KB156611

帝王燕

제왕연 11

ⓒ지에모 2021

초판1쇄 인쇄	2021년 1월 26일
초판1쇄 발행	2021년 2월 9일
지은이	지에모芥沫
옮긴이	이소정
펴낸이	박대일
편집	이문영 · 박지해 · 임유리 · 신지연 · 이지영
마케팅	임유미 · 손태석
일러스트	흑요석
디자인	박현주
교정	김미영
펴낸곳	파란미디어
출판등록	2004년 9월 14일 제313-2004-00214호
주소	03992 서울시 마포구 동교로23길 14 국제빌딩 6층
전화	02.3141.5589 영업부 070.4616.2012 편집부
팩스	02.6499.5589
전자우편	paranbook@gmail.com
카페	http://cafe.naver.com/paranmedia
인스타그램	@paranmedia
ISBN	978-89-6371-873-6(04820)
	978-89-6371-821-7(전21권)

* 이 책의 한국어판 저작권은 Imprima Korea를 통해 北京大麦中金科技有限公司와의
독점 계약으로 파란미디어에 있습니다.
저작권법에 의해 한국 내에서 보호를 받는 저작물이므로 무단 전재와 복제를 금합니다.
* 잘못된 책은 구입하신 서점에서 바꾸어 드립니다.

제
왕
연

11

帝王燕

지에모 芥沫 지음 ─ 이소정 옮김

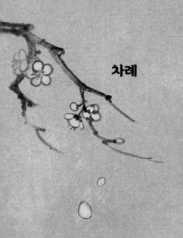

차례

帝王燕:王妃有药

Copyright ⓒ 北京大麦中金科技有限公司
All Rights Reserved.
Korean translation copyright ⓒ 2021 Paran Media
Korean translation rights arranged with 北京大麦中金科技有限公司
through Imprima Korea & Copyright Agency of China

"The WORK was firstly serialized on Xiangwang(www.xiang5.com)."

香网女性原创
博易创为旗下网站

나는 절대 당신을 막지 않아

북강에서 돌아온 후 고운원의 몸이 상당히 좋아져 보기에도 건강해 보였다. 안색도 예전처럼 창백하지 않아, 상황을 모르는 사람이 본다면 그의 몸에 병이 있다는 걸 알아채지 못할 정도였다.

비연이 그를 한번 살펴보고 말했다.

"고 의원, 보아하니 어젯밤에 꽤 편히 주무신 모양이에요."

고운원이 바로 손을 모아 읍하며 긴장한 목소리로 물었다.

"정왕 전하, 왕비마마, 저는 어젯밤 어떻게 잠들었는지 모르겠습니다. 제가 혹시 술에 취했는지요? 혹시…… 제가 체통을 잃는 말을 하거나, 무슨 황당한 일을 하거나 한 건 아니겠지요?"

비연의 눈가에 교활한 빛이 스쳐 갔다.

"어젯밤에 본인이 무슨 좋은 일을 했는지, 한번 스스로 잘 생각해 봐요!"

고운원이 더욱 긴장했다.

"저는, 제가 어찌……. 왕비마마, 제가 대체 무슨 짓을 한 것인지……. 그저…… 솔직하게 말씀해 주십시오."

비연이 고의로 코웃음을 치고 대답 없이 그를 노려보았다. 고운원은 초조한 얼굴로 군구신을 바라보았으나, 군구신 역시 무표정한 얼굴로 아무 말도 하지 않았다.

고운원이 다시 당정을 바라보았다. 당정도 속으로 즐거워하며, 비연을 따라 코웃음만 치고 대답하지 않았다.

"그, 그러니까……."

고운원이 불안해하며 물었다.

"왕비마마, 제가 무슨 잘못을 저질렀는지요? 명쾌하게 말씀해 주십시오!"

비연은 대답하지 않았다. 고운원이 정말로 연기를 하고 있는 거라면 좀 더 연기를 하게 둬도 상관없을 것 같았다. 연극을 계속하다 지쳐 쓰러지라지, 뭐!

비연이 군구신을 잡아끌어 나란히 앉았다. 당정도 자리를 잡고 앉았다. 고운원은 서성거리다가 다시 비연에게 묻고, 한참 있다가 자리에 앉았다. 그도 어쩔 수 없다는 듯 탄식하고는 나지막한 목소리로 자책하기 시작했다.

한 시진 후, 꼬맹이가 돌아왔다. 이제 비연 일행이 떠날 시간이었다. 비연은 운한각 대문 앞에서 세 번 절했다. 군구신도 그녀 뒤에서 소리 없이 세 번 절을 올렸다.

그들이 꼬맹이 등 위에 올라타는데도 고운원은 계속 고개를 숙이고 자책하고 있었다. 비연이 말했다.

"고 의원, 여기서 며칠을 더 반성할 작정인가요?"

고운원이 고개를 들더니 진지한 표정으로 말했다.

"왕비마마께서 어젯밤 제가 대체 무슨 짓을 저질렀는지 말씀해 주시지 않는다면 저는……. 저는 여기 남아 얼음을 바라보며 반성하겠습니다."

"당신!"

비연은 화가 치밀어 올랐다. 그녀는 고운원이 일부러 그런다고 확신하고 있었다! 그를 어찌 여기 남겨 둘 수 있겠는가. 그녀는 어디를 가건 그를 데리고 갈 작정이었고, 매 순간 그가 연기하는 것을 지켜볼 작정이었다.

비연이 화를 내는 것을 보고 고운원이 매우 단정한 자세로 말했다.

"왕비마마, 저는 진심입니다."

비연은 화가 나서 그를 한 대 치고 싶다고 생각하며 노한 목소리로 말했다.

"빙해영경을 찾기 전에는, 당신이 여기에 평생 있고 싶다 해도 내가 막을 거예요."

그래도 고운원은 그 자리에 못 박힌 듯 움직이지 않았고 비연은 더욱 화가 났다! 그녀가 소리치려 했을 때, 군구신이 그녀의 머리를 제 품 안에 가둬 고운원을 보지 못하게 했다. 그리고 차가운 눈으로 고운원을 노려보며 날카로운 목소리로 명령했다.

"타시오!"

고운원이 억울한 듯 다급하게 꼬맹이의 등에 오르더니 멀리 떨어져 앉았다.

비연이 서동림에게 작별을 고했다. 떠나기 몹시 아쉬웠지만 잠시 떠나는 것뿐이라 생각하기로 했다.

북해 빙안으로 돌아간 다음, 꼬맹이는 다람쥐로 변해 비연의 어깨 위로 뛰어올랐다. 그리고 그녀의 목에 얼굴을 한참 비비며 아쉬워했다. 꼬맹이는 다시 군구신의 커다란 손 위로 뛰어 내리더니 온기를 취하고는 겨우 떨어졌다. 꼬맹이는 당정의 손 위로도 뛰어올라 그녀에게 자신을 쓰다듬게 했다. 그런 후 모 두에게 손을 흔들며 작별을 고했다.

비연이 말했다.

"꼬맹아, 고생 많지? 우리가 올 때까지 기다려 줘."

꼬맹이는 이해가 가는 듯 마는 듯 고개를 끄덕이더니 몸을 돌렸다. 그때 곁에 있던 대설이 울음소리를 냈다.

"망할 계집, 왜 우리랑 같이 가지 않는 거야?"

"너야 모르겠지."

"그저 서신을 나를 뿐이잖아."

대설의 말에 꼬맹이가 엄포를 놓았다.

"겁쟁이, 미리 말해 두는데, 네가 우리 어린 주인님과 계약을 맺은 이 상 어린 주인을 위해 목숨을 바쳐야 한다고! 네가 삶을 탐하고 죽는 것 을 무서워하면 내 독 이빨이 얼마나 무서운지 맛보게 될 거야!"

대설이 깜짝 놀랐다.

"독 이빨이 있다고?"

꼬맹이가 자랑하듯 말했다.

"하하! 본 소저는 백 가지 독도 침범하지 못하는 몸이란 말이다. 내 피는 백 가지 독을 파해할 수 있고, 내 이빨도 백 가지 독을 이기거든. 무섭지?"

대설은 조금 겁을 먹었다. 그러나 어떻게든 무섭지 않은 척 피식 웃으며 말했다.

"본 늑대는 하늘도 땅도 무서워하지 않는다. 그런데 너 같은 계집을 무서워할 리가! 그때, 본 늑대가……."

대설의 말이 끝나기도 전에 꼬맹이가 불시에 덮치더니 그를 바닥에 쓰러뜨리고는 물어뜯으려 했다.

"찍! 찍! 찍!"

대설이 날카롭게 비명을 지르며 털을 곤두세웠다. 꼬맹이가 즐거워하며 역시 '찍, 찍, 찍' 하고 즐겁게 울었다. 꼬맹이는 그 와중에도 비연 일행에게 꼬리를 흔들며 자신의 위대함을 과시하는 것을 잊지 않았다.

비연과 당정은 참지 못하고 웃음을 터뜨렸고, 고운원도 웃고 있었다. 그러나 군구신은 별 반응을 보이지 않았다. 그는 비연이 즐겁게 웃는 것을 보고, 대설은 비연의 영수니, 지금 대설이 비연의 체면을 떨어뜨리고 있다는 사실을 말해 줄 수 없어 안타까울 지경이었다!

꼬맹이가 대설을 놓아주자, 놀란 대설이 재빨리 기어 일어나 멀리 피했다. 꼬맹이는 무시하듯 대설을 흘깃 본 후, 우아하게 몸을 돌려 꼬리를 가볍게 흔들며 멀어져 갔다.

비연은 웃음이 터진 것은 터진 것이고, 대설이 자신의 영수라는 사실 또한 잊지 않았다. 그녀는 대설을 잡아 올려 싫은 표정으로 말했다.

"수컷 늑대가 되어 가지고는. 겉으로는 강해 보이는데 속 빈 강정이니! 이러면 언제 내게 새끼 늑대들을 낳아 줄 수 있겠어?"

대설은 몸을 웅크리면서도 여전히 멀어져 가는 꼬맹이의 뒷

모습에서 눈을 떼지 못하고 있었다. 대설은 억울한 듯 울음소리를 내었지만 실제로는 꼬맹이에게 묻고 있었다.

"망할 계집, 언제 또 볼 수 있는 거야? 널 보려면 여기로 오면 되는 거야? 응?"

그러나 안타깝게도 꼬맹이는 듣지 못한 듯 곧 빙해 위 저 멀리 사라지고 말았다.

비연은 대설을 자신의 몸속에 감추지 않고 습관처럼 군구신에게 건넸다. 군구신은 원래 대설을 좋아하지 않는 데다 방금 대설이 쥐처럼 겁먹는 모습을 보자 더욱더 혐오스러워진 모양이었다. 그는 대설을 소매 속에 넣지 않고 되는대로 집어 던졌다.

대설은 바닥에 착지하기 전에 공중에서 마치 찢어지는 듯한 울음소리를 냈다.

"찌익……."

비연이 더 이상 참을 수 없어 얼굴을 가리고 말았다.

"아이, 정말 창피하게!"

그들은 무성한 빙설초를 지나 산등성이를 둘러 갔다. 시위들이 마차를 준비하고 기다리고 있었다.

비연이 마차에 오르려 하자 군구신이 재빨리 뒤에서 안아 단숨에 마차 위에 올려 주었다. 당정이 곁에서 마치 이모라도 된 듯 흐뭇한 표정으로 웃고 있다가, 군구신이 자신을 바라보자 겨우 정신을 차렸다.

군구신이 발을 얹을 등자를 놓아 주자 당정이 서둘러 손을 내저었다.

"그런 건 필요 없어, 필요 없다고!"

그녀는 재빨리 마차 위로 올랐으나, 마차 안이 아니라 마부의 오른쪽 옆에 앉았다. 군구신은 말없이 마부의 왼쪽 옆에 앉아 그녀를 바라보았다. 당정은 처음에는 견딜 만했지만 곧 어색한 기분이 들어 중얼거렸다.

"가는 길의 풍경이 괜찮다 들어서, 이 기회에 제대로 감상해 볼까 하고."

군구신은 아무 말 없이 그녀를 바라보았다. 결국 당정이 항복했다.

그녀가 마차 안으로 들어가려 하자 군구신이 몸을 숙이더니 그녀에게 속삭였다.

"홍두 누님, 연아와 함께 있어 주세요. 하지만 묻지 말아야 할 사적인 일들은 적게 물으시는 게 좋겠습니다."

당정은 정왕부에서 자신이 비연에게 질문했던 것들을 기억해 내고, 얼굴이 새빨갛게 달아올라 말했다.

"그건, 그런……. 사양 말고, 아니, 아니 나를 누님이라 부르지 말고, 현공대륙에서는 그냥 당정이라고."

그녀는 말을 마치자마자 도망치듯 마차 안으로 들어갔다.

당정이 안으로 들어가자 군구신이 고운원을 바라보았다. 의심할 바 없이 군구신은 그를 밖에 앉힐 작정이었다.

고운원이 순순히 당정이 방금까지 앉아 있던 자리에 앉았다. 마차가 서쪽을 향해 질주했다. 바로 흑삼림이 있는 방향으로.

그러나 얼마 되지 않아 검은 옷을 입은 남자 하나가 나타나더니, 그들을 등진 채 길을 막아섰다. 군구신에게는 몹시도 익숙한 뒷모습이었다.

이 남자는 대체 누구일까?

초상화, 익숙한 눈

군구신은 길을 가로막은 검은 옷의 남자가 진묵이라는 걸 단숨에 알아보았다!

마차가 멈추자 진묵이 몸을 돌려 무릎 한쪽을 꿇고, 두 손을 모아 큰 소리로 외쳤다.

"말씀을 올리지 않고 왔으니, 정왕 전하와 왕비마마의 용서를 바랍니다!"

진묵은 상처가 반쯤 낫자마자 바로 남쪽으로 내려왔다. 하루의 반은 상처를 치료하고, 하루의 반은 길을 걸어오느라 어제야 겨우 빙해에 도착했다. 그는 시위들에게서 주인들의 행방을 알아낸 참이었다.

사실 진묵은 상 장군에게도 말하지 않고 떠났지만, 상 장군은 이미 군구신에게 보고한 바 있었다. 군구신은 비연이 걱정할까 봐 지금까지 말하지 않았는데 여기서 진묵을 보게 되니 당황스러웠다. 그는 진묵이 이렇게 빨리 도착하리라고는 생각지 못했던 것이다.

군구신이 마차에서 내렸고, 비연과 당정도 마차 안에서 나왔다. 비연은 진묵을 보자 깜짝 놀라 달려가 그를 부축했다.

"언제 온 거야? 목숨이 아깝지도 않아?"

진묵은 감히 그녀의 부축을 받지 못하겠다는 듯 재빨리 몸을 일으킨 다음 공손한 목소리로 대답했다.

"내 상처는 이미 큰 문제가 없어. 언제라도 전하와 왕비마마에게 충성을 다할 수 있어."

비연이 진묵의 맥을 짚어 보고는 그의 상처가 거의 회복되었음을 알았다. 그러나 그녀는 여전히 안심하지 못하고 고운원을 바라보았다.

"고 의원, 한번 봐 줘요."

고운원은 난감한 얼굴로 움직이지 않았다.

비연이 물었다.

"맥만 짚어 보라는 거예요. 치료하라는 게 아니라. 그 정도는 가문의 규칙을 어기는 게 아니잖아요?"

고운원이 잠시 생각한 후 고개를 끄덕였다.

"그럴듯합니다. 그럴듯해."

고운원이 맥을 짚을 때 진묵이 몰래 비연에게 눈짓했다. 비연은 진묵이 이리도 서두른 것은 단지 상처가 회복되었기 때문이 아니라 다른 일이 있기 때문이라는 걸 알아챘다. 아마도 고씨 가문의 그 초상화와 관계있을 것이다.

비연은 아무 내색도 하지 않았다. 군구신은 그들이 눈짓을 교환하는 걸 보고 대강의 일을 짐작하면서도 아무 말도 하지 않았다.

고운원이 맥을 짚은 후 찬탄하며 말했다.

"진 시위의 상처는 이미 십중팔구 회복되었습니다. 진 시위는 체질이 아주 좋은 모양입니다. 다른 사람이라면 분명 한두

달은 더 걸렸을 겁니다."

비연이 무척 기뻐하며 말했다.

"잘됐네, 정말! 진묵, 우리와 함께 흑삼림으로 가자. 요즘 네가 같이 있지 않으니 나도 영 이상하더라고."

진묵이 평온한 눈빛으로 재빨리 읍했다. 그의 마음속에 파란이 이는지 아닌지는 그 자신만이 알 것이다.

군구신은 특별히 비연을 한 번 더 바라보았는데, 그 눈빛은 말로 형용하기 어려웠다. 그러나 안타깝게도 비연은 군구신의 그런 눈빛을 발견하지 못했다.

군구신은 진묵에게 망중과 함께 어두운 곳에서 수행할 것을 명했다. 그들은 시간을 더 이상 낭비하지 않고 곧 출발했다.

그들은 원래 휴식을 취할 생각이 없었지만, 고운원이 없는 곳에서 이야기를 나누기 위해 작은 마을의 객잔에서 밤을 보내기로 했다.

모두가 잠든 깊은 밤, 진묵이 비연과 군구신의 방으로 들어왔다. 비연이 바로 물었다.

"어찌 된 일이야?"

진묵이 등 뒤에서 그림을 꺼내 탁자 위에 펼쳐 놓으며 말했다.

"왕비마마, 이것 봐."

비연이 재빨리 초상을 펼쳐 보았다. 초상 속 얼굴을 보는 순간 비연은 저도 모르게 헉, 숨을 들이마셨다. 언제나 냉정하던 군구신마저도 경악했다.

"이건……."

지난번 보았을 때 이 초상화의 얼굴에 이미 한 쌍의 눈이 드러나 있었다. 그 한 쌍의 눈은 실제의 눈과 똑같았는데, 정감 어린 눈에 옅은 애수가 어려 있었고, 분명 여자의 얼굴이었다.

그러나 지금 그들 앞에 펼쳐진 그림 속의 두 눈은 음과 양을 모두 지닌 눈이었다. 왼쪽 눈은 남자의 눈이었고, 오른쪽 눈은 여자의 눈이었다. 얼핏 보기에는 상당히 공포스러워 보이기도 했다.

하지만 군구신과 비연은 공포보다는 그저 어색함만을 느끼고 있을 뿐이었고, 이 느낌은…… 그들이 진묵을 처음 만났을 때 느꼈던 것과 똑같았다.

비연이 말했다.

"이 눈, 어딘가 익숙해!"

군구신도 어쩐지 익숙한 느낌이 들었다. 그는 초상화의 왼쪽 눈을 가리고 오른쪽 눈을 보았다. 오른쪽 눈은 예전에 보았던 여자의 눈으로, 별다른 변화가 없었다.

군구신은 다시 초상화의 오른쪽 눈을 가렸다. 그리고 이 순간, 비연은 똑똑히 볼 수 있었다. 이 눈은 고운원의 눈과 조금 비슷했다. 초상화의 비밀이 파해된 것 같았다! 비연의 심장이 자신도 모르는 사이에 빠르게 뛰기 시작했다.

"진묵, 남자의 눈을 기준으로 한 쌍의 눈을 그려 줘!"

눈 하나만 보면 아무것도 알 수 없지만, 한 쌍을 보면 진정한 모습을 볼 수 있다. 만약 먼저 여자의 눈을 보지 않은 상태로 이 음과 양이 섞인 눈을 보았다면 그들은 오른쪽 눈에서 그렇게 많은 것을 발견할 수 없었을 것이다.

　군구신이 직접 지필묵을 준비했고, 진묵은 왼쪽 눈을 따라 그린 다음 다시 남자의 오른쪽 눈을 덧붙여 그렸다.

　이 한 쌍의 눈은…… 안으로 좁아지고 밖으로는 넓어지는, 가늘고 긴, 꼬리가 살짝 올라가는 이 지극히 보기 좋은 눈은……. 그리고 이 눈 속의 빛은, 마치 별빛과 같은 이 빛은, 웃는 듯 마는 듯 담담하게 세속을 초월한 듯한 이 빛은……. 이 눈은 고운원의 눈과 완벽히 같아 보였다. 그러나 눈빛이 완전히 달랐다!

　비연이 중얼거렸다.

　“사부……. 사부야! 분명 사부라고!”

　군구신도 진지하게 말했다.

　“이 그림은 처음에 남자의 얼굴을 그리다 후에 여자의 얼굴로 바꾼 모양이야. 그림에 있어 이 정도의 공력이라면…… 혹시 장파의 일맥이 아니었을까?”

　진묵이 바로 군구신에게 감탄하는 눈빛을 보내며 외쳤다.

　“바로 장파야!”

　만약 남자의 눈이 나타나지 않았다면, 진묵의 그렇게 좋은 안목으로도 이 눈이 남자의 눈을 고쳐 그린 거라는 것은 물론이고 그 두 눈이 천양지차라는 것도 알아볼 수 없었을 것이다. 이 정도 공력이라면 진묵의 그림 실력을 훨씬 뛰어넘는 것이었다.

　그러나 진묵이 이렇게 확신하며 장파라 외친 것은 단지 그림에서 알아볼 수 있는 공력 때문만은 아니었다. 그는 이 음과 양이 섞인 눈을 본 적 있었다.

그는 예전에 여자의 눈을 보았을 때 몹시 익숙하다 생각했다. 그리고 남자의 눈이 나타났을 때 마침내 자신이 어디서 이 눈을 보았는지 기억해 냈다.

그가 입을 열기 전, 비연이 먼저 외쳤다.

"천 년 전의 장파, 설마 첫 번째 장파……?"

그녀는 자신이 말해 놓고도 놀라 외쳤다.

"분명 그녀인 거야! 나 분명 그녀를 본 적 있어!"

군구신은 이해할 수 없어 물었다.

"빙해영경에서?"

"아니, 장파 고묘에서!"

그림은 진짜 사람과 별 차이가 없었다. 게다가 겨우 한 쌍의 눈만이 있으니, 안목이 아주 좋은 사람이 아니라면 그 내력을 알아낼 수 없었을 거다. 비연 역시 1대 장파를 떠올린 다음에야 겨우 장파 고묘 속에서 보았던 초상을 기억해 냈다.

장파 고묘 안 미궁 벽에 똑같은 초상이 잔뜩 그려져 있었다. 1대 장파의 초상이. 흰 남자 옷을 입고, 여자처럼 머리를 빗고. 얼굴 반은 남자처럼, 나머지 반은 여자처럼 그려져 있어 초상만 보면 1대 장파가 대체 남자인지 여자인지 알 수 없었다.

그리고 미궁의 중심, 둥근 연못 속에 얼음 조각이 하나 있었고 그 조각 안에는 사람이 하나 봉인되어 있었다. 바로 미궁 석벽에 그려져 있던 장파였다.

현빙이 아주 두꺼워, 가까운 거리에서 본 비연 역시 보면 볼

수록 실제가 아닌 것 같은 느낌만 받았다. 그녀는 현빙 속 존재가 사람인지 시체인지, 아니면 그림인지도 구분할 수 없었다.

비연이 이리 말하자 군구신도 1대 장파의 초상을 떠올릴 수 있었다. 그는 당시 자세히 보지 않았지만, 그 그림을 떠올리고 눈앞의 그림을 보자 비슷하다는 느낌이 들기 시작했다.

비슷하게 생긴 눈은 아주 많다. 특히나 그림으로 그려진 눈이라면 더욱 그런 법. 군구신은 여전히 신중하게 진묵에게 물었다.

"정말 그러한가?"

진묵이 고개를 끄덕였다.

"왕비마마가 한 말이 바로 내가 하려던 말이야. 이 그림을 고쳐 그린 사람은 분명 1대 장파야."

비연이 생각에 잠겼다.

"보아하니, 1대 장파는 여자였던 모양이야. 장파는 사부와 무슨 관계였던 걸까? 사부는 이 그림을 고쳐 그린 다음 무엇 때문에 고씨 가문에 걸어 두었던 걸까?"

군구신이 물었다.

"진묵, 장파 고묘는 대체 누가 건축한 거지? 1대 장파에 대해서는 얼마나 알고 있고?"

내 마음속에 담아 둘게

진묵이 1대 장파에 대해 얼마나 알고 있을까?

전혀 아는 바가 없었다!

물론 스승인 전임 장파에게 물어본 적은 있었다. 스승 역시 아는 바가 별로 없었고, 단지 석벽의 초상이 1대 장파라는 것만 알고 있었다.

비연이 가장 호기심을 느끼는 부분은 역시 미궁 중심의 얼음 조각이었다. 그러나 그녀는 진묵도 그때 미궁의 중심에 처음 도착했었다는 사실을 떠올리고 그 이상 묻지 않았다.

세 사람은 서로의 얼굴을 바라보았지만, 이 안에 대체 무슨 수수께끼가 숨어 있는지 알 수 없었다. 결국 군구신이 직접 그림을 정리해 진묵에게 건네주며 계속 고민하라고 명했다. 비록 그들은 이미 그림 속 인물의 신분을 알았으나 여전히 얼굴 전체를 복원해야만 했다.

이것 외에도 군구신은 진묵에게 다른 임무를 맡겼는데, 바로 고운원을 살피는 것이었다.

진묵이 방에서 나간 후 비연이 한숨을 내쉬며 말했다.

"그가 진묵의 신분을 모르는 게 다행이야. 아니었다면 분명 진묵을 경계했을 테니까!"

군구신이 고개를 끄덕이며 진묵이 그린 그림의 눈을 되는대로 망쳐 놓았다. 그래도 비연이 여전히 꼼짝하지 않고 앉아 있자 그녀를 뒤에서 끌어안고는 제 턱을 그녀의 어깨 위에 얹었다.

"그만 생각하고, 어서 쉬자."

조용한 밤, 그의 목소리는 더욱 다정하게 들렸다. 비연은 그의 이 나지막하고 부드러운 목소리가 정말 좋았다.

"응, 자자!"

비연이 일어나려 하자 군구신의 커다란 손이 그녀의 두 다리에 닿는가 싶더니 그녀를 안아 올렸다. 그는 침상까지 간 다음 그대로 그 위에 앉았다. 그리고 그녀의 허리를 끌어안은 채 머리카락에 얼굴을 묻었다.

비연이 손을 내밀어 보니 군구신의 턱에 수염의 흔적이 느껴졌다. 살짝 따가운 느낌이 들었지만 손에 상처를 입을 정도는 아니었다.

비연이 말했다.

"당신, 수염을 길러도 보기 좋을 것 같은데."

군구신이 그녀의 손을 피하더니 턱으로 그녀의 목덜미를 문지르기 시작했다. 비연이 간지럽다며 그를 밀어냈다.

"하하, 하지 마, 싫어! 하하, 간지럽단 말이야!"

군구신은 웃으며 아무 말도 하지 않았다. 그는 그녀를 놓아주지 않았을 뿐 아니라 더욱 힘주어 문질렀다.

비연이 발버둥을 치다가 침상 위에 쓰러지고 말았다. 군구신은 즉시 제 몸으로 그녀를 내리눌렀다. 비연은 두 손으로 그의 가슴을 막아 내며 일부러 경고하듯 말했다.

"다시 괴롭히면, 의부에게 이를 테야!"

군구신의 눈에 장난기가 떠올랐다.

"정말?"

비연이 진지하게 고개를 끄덕였다.

"당연히 진짜지!"

군구신이 눈을 가늘게 뜨더니 말했다.

"기회를 한 번 더 주지. 정말이야?"

비연은 무서워하기는커녕 오히려 군구신의 턱을 꼬집으며 반문했다.

"당연히 진짜지. 뭐 어쩌겠다는 거야? 계속 나를 괴롭힐 거야? 와 보라고! 마음대로 괴롭혀 봐!"

군구신의 숨소리가 갑자기 거칠어졌다. 그는 분명 인내하고 있었다.

비연의 귀에 그의 다정한 목소리가 들려왔다.

"연아."

비연 역시 그의 상태를 느낄 수 있었다. 그녀는 얼굴을 붉히면서도 그를 노려보다가 끝내 웃고야 말았다.

"내 이름은 불러서 뭐 하게?"

그녀의 이 웃는 얼굴은 조금 부끄러워하는 것 같았지만, 또 조금은 교활한 것 같기도 했다. 그리고 군구신의 눈에는 그 무엇보다도 유혹적이었다.

사실 그는 그녀가 진묵에게 했던 말 때문에 그녀에게 벌을 주고 싶었다. 그러나 이게 웬일인가. 결국 벌을 받는 건 자기 자신이었다.

그는 그녀를 괴롭히고 싶었다. 그녀를 힘들게 하고…… 그녀를 갖고 싶었다. 그녀에게 침상 아래로 내려갈 수 없다는 것이 어떤 느낌인지 알려 주고 싶었다. 그러나 그는 여전히 인내하면서 대혼 후의 마지막 예식을 기다렸다. 그녀가 그에게는 보물과도 같았기에…… 그렇기에 그는 계속 그녀를 이리 소중히 여기고 싶었다.

군구신이 미간을 찌푸리더니 비연을 놓아주려 했다. 비연이 갑자기 그의 목을 끌어안더니 고개를 들어 그의 턱에 부드럽게 입을 맞췄다.

군구신은 기뻤지만 동시에 고통스러웠다. 그의 호흡이 점점 더 거칠어졌고, 결국은 부득불 비연을 제지해야 했다.

그는 그녀의 몸을 누르고 그녀의 입술에 입을 맞췄다. 비연이 그 입맞춤에 녹아 온몸의 힘이 빠질 때까지, 의식조차 잃을 때까지.

그는 가볍게 그녀의 입술을, 턱을 살며시 물면서 한참 동안 여운을 즐긴 다음에야 심문을 시작했다.

"언제부터 진묵이 없으면 이상한 기분이 들었어?"

갑자기 질문을 들은 비연은 어리둥절했다. 그녀는 퍼뜩 정신이 들어 물었다.

"뭐라고?"

군구신이 다시 물었다.

"진묵이 네 곁에 없으면, 이상하다며?"

비연은 고개를 끄덕였다. 그러나 두 번째로 고개를 끄덕이려던 중 군구신의 얼굴을 보고 바로 멈추고 말았다.

"아니, 나는 그런 뜻이 아니라······."

군구신이 기다리고 있었지만 그녀는 한참 동안 말을 잇지 못했다.

"그래, 네 뜻은 뭐지?"

군구신이 다가왔다. 그녀의 대답이 불만스럽다는 듯, 언제라도 그녀를 물어 버리겠다는 듯.

비연은 뜻밖에도 한참 동안 아무 말도 할 수 없었다. 군구신이 고개를 숙이더니 그녀의 목을 물었다. 물론, 아주 가볍게 깨문 것에 지나지 않았다.

비연은 여전히 침묵했다. 그녀의 맑은 두 눈에 교활한 웃음기가 서렸다. 그녀는 일부러 말을 하지 않은 것이다.

한참 후, 군구신은 그녀가 입을 여는 것을 기다리다 지쳐, 그러나 더 이상 그녀를 물 수도 없어 결국 그녀를 놓아주고 노려보기 시작했다. 비연이 저도 모르게 피식 웃고 말았다.

"당신, 신경 쓰고 있는 거지? 응? 아주 많이 신경 쓰는 거지? 하하! 군구신, 어서 인정해!"

군구신은 어색한 표정으로 그녀를 놓아주고 몸을 일으켰다. 비연이 재빨리 그를 쫓아가 고개를 갸우뚱하며 바라보았다.

"고남신, 신경 쓰고 있는 거지? 응?"

군구신은 여전히 대답하지 않았고, 비연은 다른 쪽으로 달려가 그를 바라보았다.

"망할 얼음, 신경 쓰여 죽겠지? 으응?"

그녀는 심지어 영 오라버니라고까지 불렀고, 군구신은 결국 새어 나오는 웃음을 참을 수 없었다. 그러나 그는 곧 다시 엄숙한 표정으로 그녀를 품에 안고 진지하게 말했다.

"당연히 신경이 쓰이지. 너는 한 사람에게만 그런 감정을 느끼면 돼. 앞으로 또 다른 사람에게 그런 소리를 하면 내가 용서하지 않을 테니까……."

그는 원래 그녀를 용서하지 않겠다고 말하려 했지만, 말이라도 차마 그녀를 용서하지 않겠다고는 할 수 없어 결국은 다시 덧붙였다.

"앞으로 네가 누구에게건 그런 소리를 하면, 내가 그 사람을 용서하지 않겠다!"

비연의 마음속이 환희로 가득 찼다. 그녀는 계속 웃었고, 군구신도 결국은 진지한 표정을 유지할 수 없었다. 그는 손을 내밀어 그녀의 눈을 가리고 다시 한번 웃고 말았다.

한참 후, 충분히 웃었다 싶은 비연이 그의 손을 잡아끌어 자신의 심장께로 가져갔다.

"당신이 신경 쓴 것, 내 마음속에 기억해 둘게. 평생 담아 둘 거야. 앞으로 밖에서 내가 당신을 전하라 부르더라도, 우리끼리 있을 때는 당신을 부군이라 부를까 하는데……. 어때?"

군구신은 고개를 끄덕였다.

"네가 좋다면 나도 좋아."

이날 밤부터 비연은 군구신을 그렇게 부르게 되었다. 군구신은 원래 '전하'보다는 '상공'[1]이라는 말을 더 좋아했다. 비연은 그에게 입맞춤을 받아 정신이 혼미해질 때면 마음속에서 흘러 나오는 정을 참지 못하고 신음하듯 '상공'이라 불렀고, 그럴 때마다 군구신은 영혼이 녹아 버리는 기분을 느꼈다.

그들의 행로는 상당히 순조로웠다. 운한각에는 중요한 정보가 상당히 많았고, 비연은 그 정보들을 계속 받아 볼 수 있었다. 진양성에서 보내온 급한 전갈이며 화월산장의 정보도 끊임없이 군구신에게 들어왔다.

천염국 동쪽에서는 정역비가 병사들을 움직이기 전에 기씨와 소씨 가문이 먼저 거병했다. 정역비는 멀리 떨어져 있어 군령을 받기 어려웠지만 대부분의 큰 결정은 급하게 택에게 보고했고, 택은 결정을 내린 후 군구신에게 다시 전달했다. 그랬기에 군구신은 길을 가는 내내 하루도 제대로 쉴 수 없었다.

군구신과 비연이 서쪽으로 가고 있을 때, 해 장군의 안배하에 소 숙부와 기욱, 그리고 소씨 가문의 가주 소오가 세 번째로 만진국 황도 광안성에서 비밀리에 만나고 있었다.

비연과 군구신의 추측이 옳았던 것이다. 기씨 가문과 소씨 가문이 감히 다시 병사를 일으킨 것은 바로 만진국 황족을 배후에 두고 있었기 때문이다…….

---

1 고대 중국에서 부인이 자신의 남편을 높여 부르는 말.

인어족, 퇴로가 없다

해 장군은 그날 옥인어 일족을 대표하여 소 숙부와 연맹을 맺은 후, 소 숙부를 풀어 주었다.

소 숙부는 기욱과 소오에게 밀서를 보내 자신이 혁씨 가문의 장로였던 혁소해라는 사실을 밝히고, 당시 세 가문의 가주가 공동으로 대진제국의 황제, 황후와 빙해에서 결전을 벌인 비밀을 털어놓았다. 건명력에 대해서도 언급했다.

소오는 소씨 가문의 가주로서, 당연히 자신의 부친이 직접 빙해에 갔던 비밀을 알고 있었다. 소씨 가문은 최근까지도 빙해를 조사하는 일을 멈춘 적 없었다. 하지만 안타깝게도 지금까지 아무런 실마리도 찾을 수 없었다. 바로 그랬기 때문에 그들은 기씨 가문과 결탁했던 것이다.

두 가문이 협력한 후로 그는 계속 기욱이 약속했던 그 정보를 쫓았으나, 기욱은 시간을 끌며 지금까지 약속을 지키지 않았다.

기욱은 그해 빙해에서의 일을 어느 정도 이해하고 있었다. 다만 그는 부친이 대체 어떤 기밀 정보를 지니고 있는지는 알지 못했다. 그는 부친과 연락할 방도가 없었고, 그렇다 해서 소씨 가문에게 바닥을 드러낼 수도 없어 시간만 끄는 중이었다.

바로 이런 상황에서 두 사람 모두 소 숙부의 서신을 받았다.

두 사람 모두 바로 연맹을 맺기로 결심했다. 만진 황족이 그들을 놓아주고 병사들을 일으키지 않겠다니, 바로 마음을 굳힐 수밖에 없었다. 소 숙부, 그리고 옥인어 일족과 협력하여 건명력을 함께 노리고, 빙해를 함께 도모하자!

오늘은 그들 모두가 비밀리에 회합을 갖는 날로, 벌써 세 번째 모임이었다. 이때 소오와 기욱은 객실에서 기다리고 있었고, 소 숙부는 밀실에서 기다리고 있었다. 해 장군은 밀실 문 앞에서 서성거리며 마치 뜨거운 솥에 들어간 개미처럼 다급해하고 있었다.

소오와 기욱이 두 번이나 재촉했고, 소 숙부 역시 재촉했다. 그러나 해 장군이 오래도록 회합을 시작하지 않는 것은 수희가 아직 돌아오지 않았기 때문이었다.

최근 그가 한 모든 행동은 수희의 안배를 따른 결과였다. 그는 아주 잘 알고 있었다. 자신이 수희의 결정에 한 번 응답한 이상, 처음이 있으면 두 번째가 있고 세 번째가 있다는 사실을. 그리고 그것은 돌아갈 길이 없는 길이었다.

소 숙부는 인어족 병사들을 빌려 흑삼림으로 가겠다고 주장했다. 해 장군은 이렇게 큰일을 자신이 결정할 수 없었다. 그리고 수희가 결정하게 할 수도 없었다. 결국은 시간을 끄는 수밖에 없었다.

며칠 전 수희가 서신을 보내 삼전하를 찾았고, 삼전하가 연맹을 승낙했으며, 오늘 돌아올 거라 했다. 해 장군은 겨우 소숙부, 기욱, 그리고 소오를 초청할 수 있었다. 그런데 이게 웬일인가? 약속한 시간에서 반 시진이 지나도록 삼전하와 수희는 오지 않고 있었다. 해 장군은 이제 수희가 자신을 속인 건 아닌지 의심하기 시작했다. 수희는 삼전하를 찾지 못한 게 아닐까!

해 장군이 조급해하고 있는 동안, 시종이 총총히 달려오더니 물었다.

"해 장군, 소 숙부께서 물어보라 하셨습니다. 삼전하가 설마 돌아오시지 않은 건 아니냐고요."

해 장군이 벌컥 화를 냈다.

"돌아오시지 않았다는 게 무슨 소리냐? 허튼소리 마라!"

시종이 깜짝 놀라 말했다.

"제가 한 말이 아니라 소 숙부께서 저에게 전하라 하신 말씀입니다."

해 장군이 심호흡을 해 냉정을 유지하려 애썼다. 그리고 한참 생각한 후에야 입을 열었다.

"돌아가서 전해라. 뭐라고 말하느냐 하면…… 말하느냐 하면……. 삼전하와 수희가 일이 있어 조금 늦는다고. 지금 오고 있으니 너무 조급하게 굴지 말라고."

시종이 명을 받아 간 후 해 장군은 다시 서성거리기 시작했다. 초조하고 불안해 견딜 수 없었다. 소 숙부가 그에게 삼전하의 행방을 물은 건 이미 여러 번이었다. 그는 소 숙부가 삼전하에게 무슨 일이라도 벌어진 건 아닌지 의심 중이라는 걸 깨달을 수 있었다.

삼전하가 실종되었다는 소식은 본래 비밀이어야 했다. 지금 그와 수희가 이 지경까지 온 이상, 더더욱 드러낼 수 없었다. 만약 이 야심만만한 무리가 삼전하의 행방이 불명이라는 사실을 알게 되면, 만진국뿐 아니라 옥인어 일족이 위험해질 수 있었다.

해 장군은 조급해질수록 후회도 커졌다. 수희가 경거망동하도록 내버려 두는 게 아니었는데……. 그러나 지금 와서 후회한다 해도 소용없었다.

얼마 지나지 않아 다른 시종이 총총히 달려왔다.

"해 장군, 소씨 가문 가주께서 객실에서 화를 내며 찻잔을 던지셨습니다. 삼전하께서 성의 없이…… 일부러 그들을 푸대접한다고 하시며……."

"뭐라고?"

해 장군은 버럭 화를 냈다.

"그들 소씨 가문은 본래 우리 만진국의 사냥개에 지나지 않았건만! 그것도 지금은 물에 빠진 개 꼴 아닌가! 건명력과 관련한 일이 아니었다면 본 장군이 이미 도륙을 내었을 것을! 감히 그런 방자한 짓을 해! 본 장군이 가서 만나 봐야겠군."

해 장군이 객실 쪽으로 가려 했을 때 갑자기 수희의 목소리가 들려왔다.

"잠깐!"

해 장군이 무척 기뻐하며 돌아보았지만 바로 실망하고 말았다. 눈앞에는 수희뿐, 백리명천이 보이지 않았기 때문이다! 그가 빠르게 다가가 나지막한 목소리로 물었다.

"삼전하께서는?"

"삼전하께서 중상을 입으셔서 오실 수 없었어요. 대신 저에게 전권을 주셨죠."

해 장군이 수희의 눈을 바라보았다. 그는 분명 믿지 못하고 있었다.

"신물은?"

"아시잖아요. 삼전하의 자옥교주는 이미 도난당했고, 아마 아직 현공상회의 동래 전당포에 잠들어 있겠죠. 그러니 신물을 어떻게 가져올 수 있겠어요?"

수희의 말에 해 장군이 다시 물었다.

"다른 증거는?"

수희가 화를 내며 말했다.

"해 숙부, 이게 무슨 뜻이에요? 저를 의심하는 거예요? 지난번에 받았던 서신, 모두 전하의 친필 서신이었잖아요. 전하의 서체를 아시잖아요? 게다가 서신을 가져왔던 이들도 모두 전하의 심복이고…….."

수희의 말이 끝나기도 전에 해 장군이 말을 끊었다.

"너는 어린 시절부터 삼전하와 함께 글을 배웠지. 삼전하의 서체를 흉내 낼 수도 있고 말이다. 다른 사람은 몰라도 나는 아주 잘 알고 있다고! 삼전하의 심복 중에 네가 뽑지 않은 경우가 있나? 최근 삼전하께서 외출하실 때 아무 말씀 없으셨지만 너는 전하의 행적을 아주 잘 알고 있었지. 삼전하 곁에 있는 사람 중에 네 심복이 아닌 자가 있냐는 말이다?"

이 말을 들은 수희가 그의 시선을 피했다. 해 장군이 사납게 그녀의 손을 낚아채며 노한 소리로 외쳤다.

"아직도 솔직하게 말하지 못하겠어? 대체 이게 무슨 일이야? 설마, 설마……. 삼전하를 찾지 못한 것……이냐?"

수희는 다시 한번 고개를 들었다. 해 장군을 바라보는 그녀의 눈에서 눈물이 흐르고 있었다.

"찾지 못했어요. 어디서도 찾을 수 없었어! 전, 전하께 분명 무슨 일이 생긴 거예요!"

해 장군은 수희의 손을 놓아준 후 몇 걸음 뒤로 물러나 비틀거리며 벽에 기댔다. 비록 짐작하고 있었다 해도, 수희에게서 직접 이런 말을 들으니 도저히 받아들일 수가 없었다.

수희가 한참 동안 울먹거리다 말했다.

"환해빙원에는 여전히 병사들이 겹겹이 파수를 보고 있어요. 하지만 삼전하의 성격을 생각해 보면, 빙원에 갇히셨다면 분명 무슨 움직임이라도 있었겠지요! 절대로 앉아서 죽을 날을 기다리시지는 않았을 거예요!"

해 장군이 다급하게 말했다.

"설마, 삼전하께서 이미 군구신의 손에 떨어진 것은 아니냐?"

수희가 다시 고개를 저었다.

"아니에요. 만약 삼전하께서 그들 수중에 떨어졌다면 그들이 우리를 위협했겠죠. 지금까지 아무 소식도 없을 리 없어요. 삼전하께서는…… 분명 무슨 큰 사고를 당하신 거예요!"

해 장군은 마침내 절망하고 말았다.

"어찌하면 좋지? 어찌해야 하는 걸까? 당초에 혁소해에게 약속하지 말았어야 했던 것을!"

그러나 수희는 후회하고 있지 않았다. 그녀는 눈물을 닦고 한 음절 한 음절 또렷하게 말했다.

"해 숙부, 삼전하께 무슨 일이 벌어졌건 분명 돌아오시리라고 믿어요! 우리는 그분을 기다릴 뿐 아니라 그분을 위해 만진국을 안정시키고, 건명력을 빼앗아야 해요! 소 숙부의 말이 옳아요. 우리가 선수를 치지 않으면 축운궁주도 우리 옥인어 일족을 노리겠죠! 아직도 모르겠어요? 삼전하께서 신분을 폭로하신 이상, 우리에게는 이제 퇴로가 없어요!"

해 장군은 분노에 휩싸여 있었다. 그러나 그는 수희에게 반박할 말을 찾을 수 없었고, 결국은 소매를 떨치며 말할 수밖에 없었다.

"내가 저들에게 오늘 삼전하께서 직접 오실 거라 말했다. 너…… 네 생각엔 내가 어찌 변명하는 게 좋겠느냐? 소오가 감히 찻잔을 깨기도 했는데, 분명 일부러 우리를 시험하고 있는 게다! 말해 봐라. 이제 어떻게 해야 하는지?"

적령시, 건명검

　해 장군은 초조해했지만 수희는 전혀 긴장하지 않은 듯 침착한 표정이었다. 그녀가 백리명천이 온다고 거짓말을 했던 건 소 숙부 일행을 속이기 위한 게 아니라 해 장군을 속이기 위한 것이었다. 그녀의 행동은 바로 해 장군을 더 이상 돌아올 길 없는 길로 몰아넣기 위한 것이었다.

　"어떻게 해야 할까, 대체?"

　수희는 시종에게 나지막한 목소리로 뭔가 이야기한 다음, 다시 소오와 기욱을 밀실로 들이라고 명령했다. 해 장군은 그녀가 시종에게 이야기하는 것을 듣고 한참을 생각하다가, 어쩔 수 없다는 듯 탄식했다.

　"일이 이리되었으니 방법이 없구나!"

　"해 숙부, 삼전하께서 계시지 않으니 우리가 더욱 정신을 차려야 해요! 갑시다! 그렇게 낙담한 얼굴로 저들에게 단서를 주지 마시고요!"

　수희는 성큼성큼 걸어 밀실로 향했고, 해 장군도 옷차림을 정돈한 다음 서둘러 그녀를 따랐다.

　밀실 안, 소 숙부는 상석의 왼쪽 첫째 자리에 앉아 차를 마시고 있었다. 수희와 해 장군이 들어가자 그는 재빨리 몸을 일으키더니 예의 바르게 물었다.

"두 분, 삼전하께서는 좀 더 늦으시는지……?"

수희는 차가운 얼굴로 말없이 상석의 오른쪽 첫 번째 자리에 앉았고, 해 장군이 그녀 곁에 앉았다. 그들이 상석을 비워 놓는 걸 보고 소 숙부의 눈가에 차가운 미소가 스쳐 갔다. 그는 더 이상 묻지 않고 기다렸다.

얼마 되지 않아 소오와 기욱이 도착했다.

소씨 가문의 가주인 소오는 올해 쉰 정도로, 왜소하고 비쩍 마른 데다 옷차림도 소박했다. 무척 작은 그의 눈은 쥐처럼 생겼지만 날카롭게 빛나고 있었고 얼굴에는 염소수염을 기르고 있었다. 그를 알지 못하는 사람이라도 그가 간사하고 다루기 어렵다는 것을 한눈에 알 수 있을 터였다.

기씨 가문의 도련님인 기욱은 전쟁터에서 고생한지라 몸이 마르고 피부도 검게 타 있었다. 소씨 가문과 기씨 가문의 협력 관계가 붕괴된 후로 그는 단 한 번도 승리를 거두지 못했고, 심지어 자기 수하의 노병들에게서 입가에 털도 안 난 애송이라고 비웃음을 듣는 처지가 되었다. 그렇기에 그는 요즘 팔자수염을 기르고, 전쟁에 나갈 때건 아니건 갑옷을 벗지 않았다. 그런 모습이 좀 더 성숙하고 위엄 있어 보인다고 생각했던 것이다.

그러나 그는 거짓으로 쌓아 올린 전공처럼 겉만 번지르르할 뿐, 결국 아무것도 변화시키지 못했다. 수염을 기른다 해도 여전히 전투에서 이길 수 없었고, 최근 몇 달 동안 패잔병들을 이끌고 소씨 가문의 세력에게 대항하거나 백리 황족의 군대에게 응전해야 했다. 그야말로 전투를 치르면 한 번 패하고 한 번 도망치는 일의 연속이었다. 이 중요한 시기에 소 숙부가 제안해 오지 않았다면, 그는 소씨 가문에게 잘못을 빌 생각까지 하고 있었다.

현재 소 숙부가 그를 끌어들여 모두 함께 협력 관계를 구축하려 하고 있지만 기욱은 마음에 켕기는 구석이 있었다. 기씨 가문이 장악하고 있다는 그 빙해와 관련한 패는 전부 부친의 손에 있고, 그는 아는 것이 없었기 때문이다. 기욱은 이 자리의 사람들에게 그 사실을 들키면 결코 좋은 나날을 보낼 수 없으리라는 걸 아주 잘 알고 있었다.

소오가 먼저 밀실에 들어오고 기욱이 그 뒤를 따라 들어왔다. 소오는 상석이 빈 걸 보고 나지막한 목소리로 말했다.

"과연 이 늙은이의 생각대로군. 백리명천이 오지 않았어!"

기욱은 아무 말도 하지 않았다. 소오가 다시 말했다.

"하하, 우리 소씨 가문이 그렇게 만만한 상대는 아닐 텐데. 아니, 자네 기씨 가문은 이대로 참고만 있을 건가?"

소오는 도발하고 있었다. 예전의 기욱이라면 분명 이미 화를 냈을 것이다. 그러나 그는 지금 매우 불안한 상태였고, 백리명천이 왔는지 오지 않았는지를 따질 겨를이 없었다!

지난 두 번의 회담에서 그는 패를 내놓지 않았다. 오늘이 세 번째 회담인데, 그는 자신이 과연 얼마나 시간을 끌 수 있을지 도무지 짐작조차 할 수 없었다.

기욱은 수희, 해 장군, 그리고 소 숙부에게 일일이 고개 숙여 인사한 후 소 숙부 곁에 앉았다. 그 모습을 보고 소오는 의심하면서도 재빨리 기욱 곁에 자리 잡고 앉았다.

모두 자리에 앉았으나 수희는 백리명천이 오지 않은 이유를 설명하지 않았다. 그녀는 비록 젊은 나이였으나 해 장군보다 더 담대해 보였다.

그녀가 큰 소리로 외쳤다.

"여봐라, 차를 들여와라!"

곧 시종이 들어오더니 소 숙부의 잔에 찻물을 더해 주고 기욱에게도 찻잔을 새로 놓아 준 다음, 소오를 무시한 채 물러 나갔다. 차를 대접하지 않는다는 것은 이 자리에서 나가라는 의미였다! 이리되니 본래 상당히 미묘하던 분위기가 더욱 미묘해졌다.

소 숙부는 무슨 일이 있었는지 모르는 척 계속 차를 마셨고, 기욱도 잠시 망설이다가 찻잔을 들었다. 소오는 그 자리에서 제외된, 난처한 처지가 되었다.

수희가 침착하게 차를 한 모금 마시더니 눈썹을 치켜세우며 그를 바라보았다. 그리고 갑자기 찻잔을 탁자 위에 힘차게 내동댕이치더니 날카로운 소리로 외쳤다.

"여봐라!"

이제 미묘하던 분위기에 긴장감이 감돌기 시작했다. 수희는 대체 무엇을 하고 싶은 걸까?

소 숙부는 여전히 담담했지만 기욱은 불안하게 소오를 바라보았다. 그러나 소오는 소 숙부만큼이나 담담한 표정이었다.

시종이 곧 달려왔고, 수희가 차갑게 물었다.

"어찌 된 일이냐? 소 가주의 차는?"

시종은 전혀 무서워하지 않고 평온하게 대답했다.

"수 장군님께 보고드립니다. 삼전하께서 소 가주께서 찻잔을 깨트렸다는 이야기를 들으시더니, 분명 삼전하께서 귀히 보관하고 계시던 차를 마음에 들어 하지 않으심이 분명하니 대접할 필요 없다고 하셨습니다. 또한 삼전하께서는 눈에 모래 한 알이라도 들이고 싶지 않다고 하시며, 기호가 다르고 지향하는 바가 맞지 않는 사람이 바로 삼전하의 눈에 가장 거슬리는 자라고 하셨습니다. 이번에는 소 숙부의 체면을 보아 넘어가겠지만, 다음번에도 이런 일이 있으면 하셔야 할 행동을 취하겠다고 하셨습니다! 또한 오늘은 능 호법과 함께 돌아다니셔야 하니 오지 않으시겠다고 하셨습니다. 오늘의 회담은 수 장군님께 전권을 주시겠다고 하셨습니다."

소 가주가 서둘러 몸을 일으키더니 변명했다.

"오해입니다, 오해! 이 늙은이가 삼전하의 차를 마시는 것만으로도 이 생의 큰 영광인 것을, 어찌 싫어할 수 있겠습니까? 그저 실수로 찻잔을 깬 것에 불과합니다. 그래요, 그리고 이 일은…… 삼전하를 직접 뵙고 사죄드리고 싶습니다."

수희가 웃기 시작했다.

"그래요, 정말 오해라면야. 다음에 내가 삼전하를 뵈러 갈 적에 소 가주를 대신해 말씀 올리도록 하지요."

소오가 재빨리 말했다.

"수 장군께 수고를 끼치겠습니다. 감사합니다!"

그제야 소 숙부가 입을 열었다.

"수 장군, 삼전하께서 이 일의 전권을 그대에게 맡겼다면 우리……. 하하, 본론에 들어갑시다!"

수희가 고개를 끄덕이자 소 숙부가 거두절미하고, 본론을 이야기하기 시작했다.

"건명력은 건명검에 봉인되어 있으니, 건명검을 얻는 자가 건명력을 장악하게 되어 있소이다. 건명력은 서정력과 봉황력보다 큰 힘이며, 진정한 신력이오. 봉황력이 빙해를 깨트릴 수 있다면 건명력도 같은 일을 할 수 있소! 우리가 삼전하를 도와 건명검을 얻을 수 있다면 다시 빙해를 깨트릴 수 있을 테고, 삼전하께서는 빙핵의 힘을 모두와 함께 나누실 것이오! 오늘, 내 여러분을 속이지 않겠소. 1년 전 이 늙은이가 축운궁주를 통해 알게 된 바로는, 건명검이 바로 흑삼림 고묘의 수중 석실에 감춰져 있다 하더이다. 그리고 두 가문의 보물이 있어야만 그 석실을 열 수 있소. 두 분의 의향이 어떠한지 모르겠구려?"

소 숙부의 이 말은 물론 소오와 기욱을 속이기 위한 것이었다. 수희는 마음속으로 짚이는 것이 있어 입가에 요사한 미소를 띠었다.

소오의 눈가에 복잡한 빛이 스쳐 갔다. 사실 그는 건명력에 대해서는 전혀 알지 못했다. 그가 아는 것은 그저 소씨 가문이 수십 년 전 암시장에서 적령시라는 이름의 열쇠를 하나 얻었다는 것뿐이었다. 그 물건이 상고 신력과 관계있다는 이야기는 들었으나, 구체적으로 어느 힘과 관계가 있는지, 어떤 관계가 있는지는 아는 바가 없었다.

소오는 백리명천이 건명력을 얻은 다음 빙해를 깨고 모두와 함께 빙핵의 힘을 나눈다는 이야기를 믿지 않았다. 그는 심지어 백리명천이 계속 얼굴을 드러내지 않는 게 무슨 일이 있기 때문은 아닌지, 옥인어 일족을 장악한 게 수희가 아닌지도 의심하고 있었다. 그러나 그에게는 더 좋은 선택지가 없었다. 일단은 굴복하는 척하며 기회를 엿보아야 했다.

소오가 상황을 이해했다는 듯 말했다.

"소 숙부가 우리 소씨 가문의 적령시를 노리고 계셨군! 나는 선친과 적령시의 다른 한쪽을 수십 년 동안이나 찾아 헤맸소만……. 하하! 이제 보니 적령시의 다른 한쪽이 기씨 가문의 수중에 있었던 모양이군?"

기욱은 건명력에 대해서는 아는 바가 없었고, 자신의 가문에 어떤 보물이 있는지도 알지 못했다. 그는 소오의 말을 듣자 서둘러 고개를 끄덕였다.

"예, 그렇습니다!"

당신은 도대체 누구

기욱이 고개를 끄덕이자 소 숙부가 아주 기이한 눈길로 그를 바라보았다. 그러나 곧 시선을 거두고, 큰 소리로 웃으며 말했다.

"이 늙은이가 사람을 잘못 찾지 않았지! 하하, 두 분의 의향은 어떠신지?"

소오가 말했다.

"이 늙은이는 삼전하께서 믿을 만한 분이라는 걸 알고 있습니다. 삼전하께서 우리와 함께 복을 누리겠다고 약속하신 이상, 당연히 최선을 다해 도울 것입니다!"

기욱도 서둘러 말했다.

"우리 기씨 가문은 군씨와 한 하늘 아래 살 수 없는 원수입니다. 빙해를 도모하는 일은 말할 것도 없고, 삼전하께서 원수를 갚는 걸 도와주신다면 저도 온 힘을 다해 돕겠습니다!"

소 숙부가 무척 기뻐하며 서둘러 말했다.

"좋군, 좋아! 그럼 이제 두 분은 돌아가 준비하시오. 열흘 후, 우리 함께 흑삼림으로 가서 대업을 도모합시다!"

소오가 서둘러 몸을 일으키며 말했다.

"수 장군께서는 잊지 마시고, 이 늙은이를 대신해 삼전하께 사죄를 올려 주시지요."

수희가 웃으며 말했다.

"잊지 않겠어요."

기욱이 몸을 일으키려는 순간, 소 숙부가 몰래 탁자 아래로 그에게 종이 뭉치를 건넸다. 기욱은 무척 놀라 바로 고개를 돌렸다. 그러나 소 숙부의 사나운 눈빛을 보는 순간 그는 종이 뭉치를 받아, 아무 일도 없었던 것처럼 수희에게 작별을 고했다.

소오와 기욱이 떠난 후, 소 숙부가 바로 몸을 일으켜 수희에게 읍하며 말했다.

"수 장군, 방금 들으셨겠지요. 적령시가 그들 두 가문에 있습니다. 이 늙은이가 감히 그들 두 사람을 속였으나, 수 장군과 삼전하께는 단 한마디도 거짓말을 하지 않습니다! 건명검만 손에 넣는다면 삼전하께서는 언제라도 북해의 봉인을 푸실 수 있고, 건명력을 건명검에 담으실 수 있습니다. 소오와 기욱이 비록 적령시를 갖고 있다 하나 이 사실을 알지 못하니, 그들 두 사람이 다른 마음을 품고 건명검을 훔친다 해도 아무 쓸모가 없을 것입니다."

수희는 고개를 끄덕이며 해 장군을 바라보았다. 그 모습을 보고 소 숙부가 말했다.

"건명검은 고묘 안 호수 속에 있는데, 아주 위험하고 기묘한 곳입니다. 수 장군께서는 인어족 병사들을 가능한 많이 동행하여 불시의 위험에 대비하는 것이 좋겠습니다."

수희가 망설임 없이 대답했다.

"그야 당연하지요. 안심하셔도 좋아요! 삼전하께서는 이 일의 전권을 저에게 맡기셨으니, 전적으로 협력하겠어요."

소 숙부가 무척 기뻐하며 물러간 후, 수희는 해 장군에게 잡혀 헝클어진 소매 등을 침착하게 정리하며 입을 열었다.

"해 숙부, 방금 소오가 어떻게 행동하는지 보셨지요. 나는 그저 연극을 해 그를 놀라게 한 것에 불과해요. 해 숙부는 대체 무엇을 걱정하시는 거예요?"

해 장군이 말했다.

"삼전하의 윤허 없이 함부로 인어족 병사들을 징발할 수는 없다! 단 한 명도 안 돼!"

수희가 말했다.

"능 호법이 삼전하께서 인어족이라는 걸 알게 된 이상, 죽운 궁주는 분명 우리 백리 일족의 비밀을 이미 알고 있을 거예요. 일이 이렇게 됐는데 대체 무엇을 감춰야 하는 거죠? 삼전하께서 계셨다면 분명 같은 선택을 하셨을 거예요! 해 숙부, 다시 생각해도 도저히 결정을 내리시지 못하겠다면…… 앞으로 숙부는 더는 이 일에 관여하시지 말아요. 무슨 일이 벌어지건 저 혼자 책임질 테니까! 해 숙부는 전심으로 서쪽 변경의 전쟁만 살펴봐 주세요! 소씨와 기씨 가문이 전투를 벌인다면 우리 병사들도 따라가야 해요. 그러고도 여유가 된다면 백초 황제 쪽을 살펴보고, 어떻게든 그를 설득시켜 주시면 좋겠어요. 하하! 저는 삼전하께서 천염국을 얻으려면 동서 양쪽에서 협공해야 한다고 말씀하신 걸 기억하고 있거든요."

수희가 말하면서 점점 더 해 장군에게 가까이 다가가 속삭였다.

"그리고 방법을 생각해서 어떻게든 정역비를 죽여 주세요! 그 어린 황제와 군구신은 정역비가 없으면 이빨 빠진 호랑이, 날개가 꺾인 매라고요! 더 이상 난동을 부리지 못하게 되겠지!"

해 장군은 미간을 찌푸렸으나 결국은 아무 말도 하지 않고 탄식하며 자리를 떠났다.

소오와 기욱이 함께 물러 나와 궁문 앞에 도착했다. 기욱이 마차에 타려 하자 소오가 나지막한 소리로 물었다.

"우리 기씨 가문 조카님, 자네가 보기에 삼전하께서는 오셨는가, 아니면…… 오실 수 없으셨던 것인가?"

기욱이 의아해하며 물었다.

"오실 수 없으셨다니? 소 가주님께서는 무슨 뜻이신지요?"

소오가 웃으며 말없이 몸을 돌렸다. 기욱도 시간을 낭비하지 않고 바로 마차 위로 뛰어올랐다.

마차가 황궁을 떠나자 기욱은 소매에서 종이 뭉치를 꺼내 다급히 펴 보았다. 그는 의혹에 가득 차 있었으나, 종이 뭉치에 적힌 두 줄의 글을 보자 저도 모르게 눈을 휘둥그렇게 떴다. 그는 한참 후, 아주 한참 후에야 겨우 중얼거렸다.

"조부님!"

이 종이 뭉치에 적힌 두 줄의 글 중 첫 줄은 소 숙부가 사적으로 만나고자 한다는 내용이었고, 두 번째 줄은 바로 암호였다. 이 암호는 어린 시절 그가 조부와 정했던 것으로, 그와 조부 두 사람만의 비밀이었다. 그의 조부는 바로 기씨 가문의 선임 가주 기연결이었다!

소 숙부는 10년 전 빙해의 전투 때 세 가문의 가주가 모두 죽었다고 했다. 그런데 소 숙부가 어떻게 조부와 그의 암호를 알고 있을까? 이것은 대체 어찌 된 일일까?

소 숙부는 그에게 오늘 밤 자시[2]에 광안성 안 유운객잔에서 만나자고 청했다. 그는 무엇을 원하는 걸까? 기욱은 자못 겁이 났지만, 조부의 암호를 보며 재삼 생각한 끝에 소 숙부를 만나기로 결정했다.

자시가 되자 광안성 전체가 잠든 것처럼 고요해졌다. 달빛 아래 시간만이 소리 없이 흐르고 있었다. 이미 유운객잔이 문을 닫은 시간이었다. 기욱이 후문으로 들어가, 직원의 안내를 받아 최고급 객실로 들어가 보니 소 숙부가 창가에 뒷짐을 진 채 서 있었다. 직원이 문을 닫고 나가자 기욱이 당황하고 긴장한 채 재빨리 읍하며 말했다.

"소 숙……."

그는 잠시 망설이다가 말을 바꿨다.

"혁 장로님, 어찌…… 이 후배와 조부의 암호를 알고 계십니까? 혹시 제 조부님께서 아직 살아 계신 것은 아닌지요?"

소 숙부가 고개를 돌리더니 머리끝부터 발끝까지 기욱을 진지하게 살펴보았다. 그의 날카로운 두 눈이 점차 다정하게 변했다. 세 번의 회합을 하는 동안 그는 기욱을 제대로 보려 하지도 않았으나 지금은 분명 눈에 넣고 싶어 하는 것 같았다.

---

2 밤 11시부터 새벽 1시

그는 한참 동안 기욱을 바라보다가 마음속 정을 이기지 못하겠다는 듯 외쳤다.

"욱아, 다 컸구나!"

기욱은 무척 놀랐다. 이 순간 소 숙부는 마치 다른 사람으로 변한 것 같았다. 소 숙부의 말투는 약간…… 약간 그의 조부를 닮아 있었다!

기욱 역시 저도 모르게 외쳤다.

"대체 누구십니까?"

소 숙부는 그제야 정신을 차리고 큰 소리로 웃었다.

"이 늙은이는 당연히 혁씨 가문의 대장로 혁소해다. 네가 어렸을 때 두 번 만난 적이 있는데, 기억나지 않느냐?"

본래 기씨, 소씨, 혁씨, 세 가문은 현공대륙 북부, 동부, 서부의 세 곳을 나누어 점하고 있었다. 세 가문은 때로는 적이 되었고 때로는 친우가 되어 서로 왕래했다. 기욱은 기씨 가문의 적장손으로서 여러 어른을 만날 기회가 있었다. 그는 혁소해의 이 얼굴을 기억하고 있었으나, 이 대장로가 조부와 그리 깊은 교류는 없었던 것으로 기억하고 있었다. 그러니 조부가 그들의 작은 비밀을 그에게 알려 주었을 리 없다고 확신했다.

그가 재빨리 말했다.

"후배의 무례를 용서하십시오. 혁 장로님께서 후배 조부의 생사와 행방을 알려 주신다면, 후배는 이루 말할 수 없이 감사드리겠습니다!"

소 숙부가 등을 돌리더니 한참 후에야 겨우 말했다.

"기욱, 너희 기씨 가문에 정말로 적령시가 있느냐?"

기욱의 안색이 변했다. 그는 한참을 우물쭈물하다가 말했다.

"후배는…… 후배는 잘 알지 못합니다."

소 숙부가 큰 소리로 웃었다.

"잘 알지 못하면서 나에게 약속을 하고, 수희와 소 가주를 속였단 말이지. 대담하기도 하구나!"

기욱이 대답했다.

"선배께서 그 물건이 기씨 가문에 있다고 말씀하신 이상 후배는 믿을 수밖에 없었습니다! 저는 시일을 늦춰 주시기를 부탁드리고 진양성에 잠입하여, 가문의 땅을 다 파내는 한이 있더라도 찾아올 생각이었습니다. 게다가 예전에 부친께서, 우리 기씨 가문에 빙해의 수수께끼에 대한 비밀이 하나 있노라 하신 적이 있었습니다. 후배가 그 물건을 찾아낸다면 선배께 드리고 싶습니다. 다만…… 제 조부님의 생사와 행방을 알려 주셨으면 합니다!"

소 숙부는 여전히 웃으며 몸을 돌리더니 기욱에게 비단에 싸인 상자를 하나 주었다. 기욱이 의아해하며 열어 보니, 그 안에 열쇠의 절반이 들어 있었다. 얼음으로 이루어진 열쇠는 불과 같은 빛깔로 따뜻한 기운을 내뿜고 있었다.

기욱이 깜짝 놀라 외쳤다.

"이것이 설마…… 적령시입니까?"

축운궁주를 웃게 해 주려고

기욱은 적령시를 본 적 없었지만 소 숙부의 손에 열쇠의 반
쪽이 들린 것을 보는 순간 확신할 수 있었다. 이것이 적령시다!

소 숙부가 고개를 끄덕이더니 상자를 그에게 건네며 말했다.

"열흘 후에 이걸 수희에게 주면 된다."

기욱이 점점 더 경악했다.

"선배, 선배는 무엇 때문에 이리하시는 겁니까? 설마 선배께
서 우리 조부님께 부탁받으신 것이라도……?"

소 숙부가 큰 소리로 웃기 시작했다.

"그렇지, 그러하다."

기욱은 놀랍기도 하고 다급하기도 하여, 상자를 내려놓고 두
손 모아 읍하며 말했다.

"조부님께서 아직 살아 계시다면 어찌하여 기씨 가문으로 돌
아오시지 않고, 지금도 직접 저를 보려 하시지 않는 것입니까?
조부님은…… 대체 어찌 되신 것입니까?"

소 숙부는 기욱의 어깨를 잡았다. 마치 당장이라도 그를 안
고 싶은 듯한 태도였다. 그러나 그는 그저 기욱의 어깨를 두드
린 후 놓아주었다.

"네 조부에게는 나름의 고충이 있다. 몸을 드러내기 힘든 상
황이라 특별히 이 늙은이에게 너희 기씨 가문을 도우라 명하신

거다. 그저 이것만 기억하면 된다. 오늘부터는 내 말을 따르도록 해라. 다른 것은 물을 필요 없다."

기욱은 갑자기 미간을 찌푸리며 몇 걸음 뒤로 물러서더니 물었다.

"혁 장로님, 설마 저에게……. 대체 우리 조부님을 어찌하신 겁니까?"

소 숙부도 갑자기 미간을 찌푸리더니 반문했다.

"얘야, 잘 생각해 봐라. 이 늙은이가 너를 어찌하려 했으면 혁씨 가문의 적령시를 무엇 때문에 너에게 주고 기씨 가문의 물건인 척하라 했겠느냐? 기씨 가문의 패는 네 아비의 수중에 있는데, 네가 이 적령시 없이 수희와 연맹을 맺을 수 있을 것 같으냐?"

기욱은 더더욱 의아했다. 소 숙부가 자신이 기씨 가문의 비밀 정보를 알지 못한다는 사실까지 알고 있다니!

소 숙부가 가까이 다가오더니 목소리를 낮췄다.

"이 늙은이가 오늘 약속하마. 너에게 적령시뿐 아니라, 진상도 알려 주겠다. 건명검을 얻는 자가 건명력을 얻는다고 했지만, 건명력은 건명검에 숨겨져 있지 않아. 건명력은 북해 속 결계 안에 봉인되어 있지. 옥인어 일족의 피만 있으면 그 결계를 파해할 수 있어……."

여기까지 들은 기욱은 이미 경악하여 말도 나오지 않을 지경이었다.

소 숙부가 계속 말했다.

"건명력은 사람을 선택해 깃들곤 한다. 선택당한 사람이 건명력을 받아들이지 못하면 죽게 된다. 받아들일 수 있으면 건명력의 주인이 되지. 건명력의 주인만이 바로 건명검과 계약할 수 있고, 건명검 속에 숨은 건명검보를 얻을 수 있지. 그다음 건명검술을 습득하는 과정에서 건명력을 장악하게 되고 말이다. 얘야, 노부가 속이고 싶은 것은 네가 아니라 바로 수희와 소오란다! 하하, 건명검은 결코 흑삼림 고묘 속에 있지 않아."

기욱이 결국 참지 못하고 물었다.

"그렇다면 어디에 있지요? 선배께서 흑삼림 고묘에 들어가려 하심은 또 무엇 때문이고요?"

소 숙부가 한참 동안 생각에 잠긴 듯하더니 웃으며 말했다.

"그야 축운궁주를 즐겁게 해 주기 위해서지! 하하!"

"뭐라고요?"

기욱은 눈을 휘둥그렇게 떴으나, 소 숙부가 그의 귓가에 대고 한참 동안 속삭이자 다시 안색이 변했다. 소 숙부가 그에게서 떨어졌어도 여전히 정신을 차리지 못하고 있었다.

소 숙부는 그 모습을 보고 그다지 만족스럽지 않은 듯 다시 한번 그의 어깨를 누르며 말했다.

"나는 기씨 노야의 부탁을 받은 것에 불과하다. 너에게 사흘의 시간을 줄 테니, 이 늙은이를 믿는다면 사흘 후에 여기로 오너라. 네 부친이 지닌 정보가 무엇인지도 말해 줄 테니까. 이 늙은이를 믿지 못하겠거든, 사흘 후에 사람을 보내 적령시만 가져가도 된다."

소 숙부가 떠나려는 것을 보고 기욱이 다급하게 일어나 물었다.

"혁씨 가문의 장로로서 어찌 우리 기씨 가문을 도우려 하십니까? 또 저를 선택하신 이유는 무엇입니까?"

소 숙부가 웃으며 말했다.

"혁씨 가문에는 후사가 없다. 애야, 기억하거라. 내가 선택한 게 아니라 네 조부가 너를 선택한 것이다! 그럼 잘 고민해 보도록 해라!"

말을 마친 그는 더 이상 기욱에게 질문할 기회를 주지 않고 성큼성큼 떠났다.

기욱이 쫓아 나갔으나 이미 소 숙부는 보이지 않았다. 기욱이 고민하기 시작했다.

소 숙부가 거짓으로 축운궁주를 배반하고 수희에게 투항했다면…… 설마 혁씨 가문이 축운궁주에 의해 무너진 게 아니란 말인가? 그렇다면 대체 누구의 손에……?

기욱이 머리가 깨지도록 생각했지만 소 숙부의 행동을 도무지 이해할 수 없었다. 그러나 그는 대체 소 숙부가 자신의 무엇을 이용하려 하는지도 알 수 없었다.

기욱은 그곳을 떠나지 않았다. 그는 객잔에서 사흘 밤낮을 머무르며 내내 고민했다. 아니, 고민했다기보다는 그저 소 숙부를 기다렸다는 편이 맞을 거다. 그에게는 다른 선택지가 없었으니까!

사흘 후, 소 숙부가 약속대로 도착했다.

기욱이 적령시를 챙긴 후 직접 차를 우려 소 숙부에게 대접했다.

"선배, 기욱은 지금부터 선배의 분부를 듣겠습니다. 괜찮으시다면 제 조부님께 전해 주십시오. 제가…… 조부님을 무척 그리워한다고, 하루라도 빨리 뵙고 싶다고 말입니다!"

소 숙부가 찻잔을 들었다. 그의 두 눈에 안타까움이 스쳐 가는 듯했으나 곧 사라졌다. 그는 기욱에게 가까이 오라고 한 후 기씨 가문의 그 기밀 정보를 알려 주었다.

기욱이 경악했다.

"뜻, 뜻밖에도 그러했군요!"

소 숙부가 말했다.

"결코 외부에 발설해서는 안 된다!"

기욱이 진지하게 고개를 끄덕이며 덧붙였다.

"후배가 이해하지 못하는 일이 하나 있습니다. 선배께서 가르침을 내려 주시기를 청합니다."

"말해 보거라."

기욱이 재빨리 소오가 그에게 했던 말을 이야기했다. 그러자 소 숙부가 큰 소리로 웃으며 반문했다.

"네 생각은 어떠하냐?"

"설마 백리명천이 북강에서 무슨 일이 있어 제때 오지 못한 걸까요?"

소 숙부가 냉소했다.

"수희가 그 알량한 재주로 소오조차 속이지 못하면서 이 늙은이를 어찌 속였겠느냐. 백리명천은 분명 큰 재난을 만난 게 야. 지금 옥인어 일족에는 우두머리가 없다. 수희와 해 장군이 그 사실을 숨기고 제멋대로 움직이고 있겠지!"

기욱이 마침내 깨달았다는 듯 외쳤다.

"그날, 수희가 연극을 한 거였군요!"

소 숙부의 눈에 날카로운 빛이 스쳐 갔다.

"일단 인어족 병사들이 흑삼림에 들어가면 그들 두 사람은 더 이상 돌아갈 곳이 없어지지. 너는 기다리고만 있거라. 옥인어 일족은 조만간 축운궁의 주머니 속 물건이 되어 버릴 테니까!"

기욱은 축운궁주가 대체 어떤 존재인지 호기심이 생겼으나 감히 물어볼 엄두는 나지 않았다. 소 숙부가 축운궁주에게 이 리도 충성하는 걸 보면 분명 조부도 축운궁주에게 충성하고 있 는 게 분명했다.

그는 원래 소 숙부를 어느 정도 의심하고 있었지만 지금은 암암리에 다행이라는 생각이 들었다. 소 숙부가 제때 도와주지 않았다면 그는 며칠 후 수희에게 무슨 말을 해야 할지도 몰랐 을 것이기 때문이다.

소 숙부는 기욱에게 흑삼림과 관련한 몇 가지 주의 사항을 말해 준 후 떠나라고 했다.

열흘 후, 기욱과 소오는 각자 적령시 절반을 가져와 수희에 게 건넸다. 수희는 그것을 보며 무척 기뻐했다. 물론 그녀는 기 뻐하는 와중에도 신중함을 잊지 않고 진지하게 물었다.

"어떻게 진품인지 알아보죠?"

소 숙부가 적령시 두 개를 들어 창가로 걸어갔다. 그리고 이 기회를 틈타 소씨 가문의 적령시를 슬쩍 바꿔치기했다. 그는 적령시 두 개를 높이 들어 하나로 맞춰 보았다.

"수 장군, 보시게. 이 적령시는 햇빛 아래에서 순식간에 하나로 합쳐지고, 이렇게 붉은빛을 낸다오."

소 숙부는 완벽한 적령시를 수희에게 건넸다. 적령시는 그가 말한 것처럼 옅은 붉은빛을 내고 있었는데, 무척이나 신비롭고 아름다웠다. 수희는 무척 기뻐하며 적령시를 잘 갈무리해 넣었다.

그녀는 광안성에서 연회를 벌여 그들 세 사람을 접대했으나 해 장군은 초청하지 않았다. 그리고 이날 밤, 수희는 인어족 병사들을 이끌고 소 숙부 일행과 함께 흑삼림으로 향했다!

그들이 떠난 지 얼마 되지 않아 고칠소가 나타났다.

백리명천이 바닷속에서 죽었다 해도 흔적을 전혀 찾을 수 없었다. 이미 뭍에 올라왔다 해도 행적이 불명이었다. 바닷속에 들어갈 수 없는 고칠소는 다른 실마리를 찾을 길 없으니 수희를 주시할 수밖에 없었다.

그는 수희를 쫓아갈 생각은 없었다. 인어족 병사들이 일단 물에 들어가는 순간, 그로서는 어차피 따라갈 방법이 없었다. 고칠소는 몸을 돌려 황궁 방향으로 향했다. 앞으로 해 장군을 주시해 볼 생각이었다.

그리고 이 순간, 비연 일행은 흑삼림 가까이에 도착했다.

종이로는 불을 감쌀 수 없지

열흘 남짓한 여정 동안, 비연과 군구신은 쉴 틈이 없었다.

비연은 비록 운한각의 주인은 아니었지만 빙해를 떠난 후 현공대륙과 관련한 정보를 모두 받아 보게 되었다. 물론 헌원예의 명에 의한 것이었다.

군구신은 천염국 황제는 아니었지만 황제보다 더 바빴다. 정보, 군사 기밀, 상소문 등이 끊임없이 날아왔다.

당정이 비연의 일을 어느 정도 분담해 주고 있었다. 그리고 그런 그들과 비교하면 고운원은 그야말로 한가로움 그 자체였다. 그는 마치 산수라도 유람하듯 풍경을 즐기고, 시를 읊거나 의서를 끌어안고 멍하니 정신을 놓고 있었다.

그리고 이날 해가 서산에 질 무렵에 그들은 '반로'라는 이름의 작은 마을에 도착했다. 그곳은 남경 서쪽 제일 끝에 있는 작은 마을로, 그곳을 지나 산을 하나 돌면 바로 흑삼림이었다. 흑삼림은 남경과 백초국 사이에 있는 넓고 오래된 숲이었다.

흑삼림이라는 이름의 유래는 숲 전체가 어둡기 때문이 아니라, 흑삼림 중심에 해가 보이지 않을 정도로 무성한 숲이 있기 때문이었다.

그곳의 식물은 꽃이건 풀이건 나무건 전부 검은색이었다. 하늘을 찌를 듯한 고목 위로 등나무 덩굴이 가득하고, 그 등나무 덩굴이 덩어리를 이루며 해를 가리고 있어 그 안에서는 햇빛을 볼 방법이 없었다. 그 중앙 숲으로 들어가면 대낮이라 해도 어두운 밤이나 마찬가지였다.

소문에 따르면, 중앙 숲이야말로 진정한 흑삼림이라 했다. 중앙 숲 밖의 숲은 천 년의 시간에 걸쳐 천천히 형성된 것이었다.

중앙 숲 외에 사람들이 흑삼림을 꺼리는 또 하나의 이유는 바로 숲속의 야수들 때문이었다. 이 숲에는 현공대륙에서 가장 흉맹한 야수들이 있을 뿐 아니라, 각종 신비한 이수들도 있었다. 설랑도 이수의 일종이었으나, 몽족 선조에게 길들여져 영기를 얻고 영수가 되었다.

흑삼림에는 과거 야수들을 부리는 가문이 열 개도 넘게 있었다. 그들은 짐승과 소통할 수 있었고, 그들을 부릴 수 있었다. 그 가문들의 우두머리는 바로 중앙 숲 부근에 거주하고 있던 능씨 가문이었다.

능씨 가문이 야수를 부리는 술법은 다른 가문들보다 훨씬 뛰어나, 다른 가문이 이미 길들여 놓은 야수라 해도 능씨 가문 사람을 만나면 빼앗기기 마련이었다. 가장 중요한 것은, 능씨 가문 사람들은 백수의 왕인 호랑이족을 길들일 수 있다는 것이었다.

야수를 부리는 가문들은 능씨 가문의 인도하에 각자 구역을 나눠 야수들을 관할했고, 어느 정도는 평화를 유지하고 있었다. 그러나 한참 전, 돌도 채 되지 않은 능씨 가문의 어린 주인이 갑자기 실종되었다. 이로 인해 능씨 가문의 가모가 마음에

병을 얻었고, 가주도 가문의 일이며 흑삼림의 일을 신경 쓰지 않고 부인과 함께 비밀스러운 곳에 은거하며 사람들을 만나려 하지 않았다.

능씨 가문이 관여하지 않으니 흑삼림은 점차 질서를 잃기 시작했다. 각 가문이 싸움을 벌여 약한 가문들은 멸문당하거나 다른 가문에 합병되는 일도 생겼다. 강력한 가문들끼리의 다툼은 끊이지 않았다. 그 후로 흑삼림은 야수들이 횡행하는 약육강식의 세계가 되었다. 외부인이 일단 흑삼림에 들어왔다 야수에게 발견되면 바로 먹이가 되었다.

과거 현공대륙에서 무예를 익힌 사람들은 진기로 몸을 보호할 수 있어 적지 않은 이들이 쉽게 흑삼림에 들어갔다. 그러나 10년 전, 무예를 익혔던 이들이 진기를 잃은 후에는 흑삼림에 들어가려 하는 자가 거의 없게 되었다.

반로 마을은 흑삼림에서 가장 가까운 마을로, 이곳에는 흑삼림에서 때때로 날아오는 희귀한 날짐승을 잡고자 하는 자들이 모여들었다. 재물을 바라건 아니면 목숨을 구하려는 자건, 모두 반로 마을에서 1년씩 버티며 날짐승을 쏘아 잡을 기회를 노리곤 했다.

날이 곧 어두워질 참이었다. 비연 일행은 객잔을 하나 찾아 짐을 풀었다. 그들은 이곳에서 그들을 흑삼림으로 데려가 줄 사람을 기다릴 작정이었다.

오라버니와 고 태부가 직접 올지는 아직 확실하지 않았지만, 비연의 마음은 며칠 전부터 계속 흥분 상태였고, 군구신도 마찬가지였다.

그들이 막 식사를 끝냈을 때 매가 밀서를 가지고 날아왔다. 진묵이 매에게서 밀서를 취하자 비연이 습관적으로 받으려 했다. 그러나 이게 웬일일까? 이것은 신농곡에서 당정에게 보낸 밀서였다. 게다가 봉투에는 '당정이 직접 열 것, 다른 사람들은 보지 말 것'이라는 문구도 적혀 있었다.

비연이 당정을 바라보며 놀리듯 말했다.

"보아하니 뭔가 비밀스러운 일인데? 언니, 설마 모두에게 숨기고 있는 비밀이라도 있는 거야?"

당정이 신농곡에 적을 둔 것은 경매장의 인맥을 통해 정보를 구하기 위함이 첫 번째였고, 두 번째는 신농곡과 교류하기 위함이었다. 당정이 신농곡에서 얻는 정보는 운한각에 속하게 되어 있었으니, 그 정보가 이곳에 온다면 당연히 비연에게로 오는 것이 옳았다.

당정도 답답한지 중얼거렸다.

"신농곡 사람이 내게 보낸 건 아닐 텐데?"

이 말이 끝나자마자 당정은 자신의 이마를 철썩 때리고 스스로에게 욕설을 내뱉었다. 신농곡 사람은 당연히 서신을 이곳으로 보냈을 리 없었다.

그녀가 모두 앞에서 밀서를 펼치려 하자 비연이 막았다.

"언니, 내가 장난친 거야. 방에 들어가서 혼자 읽어 봐."

당정이 진지하게 말했다.

"뭔가 이상해서 말이야. 몇 년 동안 밀서를 수도 없이 받았지만 이렇게 받은 적은 없었어. 그리고 우리 밀정들은 내가 너와 같이 간다는 걸 모르지 않을 거야. 우리, 다른 이의 도발에 넘어가지 말고 그냥 같이 읽자."

당정의 뜻이 굳은 것을 보고 비연도 그녀의 뜻을 따르기로 했다.

이렇게 당정은 직접 서신을 뜯었다. 그리고 서신에 적힌 두 줄의 글귀를 읽자마자 안색이 변해 재빨리 서신을 거둬들였다. 비연과 군구신, 진묵, 그리고 망중까지. 네 사람 중 누가 서신 속 글귀를 제대로 보았을까?

어찌 되었건 그들의 안색이 모두 조금 기괴해졌다. 오로지 다른 탁자에 앉아 있던 고운원만이 궁금한 표정으로 지켜보고 있었다.

당정은 서신을 품속 깊이 넣었다. 마치 누군가에게 뺏길까 두렵다는 듯한 태도였다. 그녀는 분명 무척 긴장하고 있었고, 얼굴이 붉어졌다 하얗게 질렸다 하기를 반복하고 있었다.

당정은 비연을 비롯한 네 사람을 하나하나 살펴보았다. 그녀는 호흡마저 어지러워 말 한 마디 내뱉는 것조차 어려운 듯했다.

적막 속에서 분위기는 몹시 기묘하게 변했다. 결국은 군위신이 먼저 소리를 냈다. 그러나 말은 단 한 마디도 하지 않고 그저 기침을 두어 번 했을 뿐이었다. 그러고는 몸을 일으켰다.

비연이 머뭇거리다 재빨리 몸을 일으키고는 웃으며 말했다.

"그……. 시간이 꽤 되었으니까, 이제 쉬는 게 좋을 것 같아. 내일 아침 일찍 출발할 거니까."

말을 마치자마자 비연은 군구신을 따라 위층으로 올라갔다. 고운원도 위층으로 올라갔고, 망중과 진묵도 각자 자기 일을 하러 갔다.

그들이 전부 떠난 후 당정은 의자에 털썩 주저앉았다. 그녀의 얼굴에는 절망감이 가득했다!

이 밀서는 신농곡의 심복에게서 온 것으로, 서신에는 단 두 줄만이 적혀 있었다.

'정역비 모친이 신농곡으로 와서 노집사에게, 당 소저와 정역비의 혼사를 주관해 달라고 요청했습니다. 노집사는 이 일을 장주에게 처리하도록 맡겼고, 장주는 당 소저의 부모를 모시고 상의하기 위해 수하를 남쪽으로 보냈습니다.'

당정은 신농곡 사람이었지만 제 몸을 신농곡에 판 것은 아니었다. 그렇기에 신농곡 사람이 그녀의 혼사에 끼어들 수는 없었다. 그러나 정역비의 모친이 그녀와 정역비의 일을 노집사에게 말했기 때문에 노집사와 장주가 이 일에 끼어들게 된 것이다!

당정이 신분을 위조하여 신농곡에 들어갈 때, 그녀의 외숙인 승 회장의 수하가 그녀의 '부모'로 위장해 주었다. 이제 그녀와 정역비의 일을…… 숨길 수 없어지게 되었다! 어쩌면 승 회장은 이미 이 소식을 들었을지도 모른다!

당정은 한참을 멍하니 있다가 겨우 정신을 차렸다. 그녀는 밀서를 손에 꽉 쥔 채, 탁자 위를 사납게 내려치며 소리쳤다.

"정역비, 이 멍청한 놈!"

불행하게도 내 말이 맞았어

추문은 숨길 수 없는 법이다. 당정은 부끄러움과 분노에 더해 조급해하고 있었다. 아무리 생각해도, 이제 끝장난 거나 마찬가지였다.

당정은 외숙의 성격을 생각해 보았다. 외숙은 분명히 이 일을 바로 그녀의 부모에게 알릴 것이다. 그리고 사람을 시켜 그녀를 운공대륙 당씨 가문으로 돌려보내겠지. 그러면 그녀에게는 두 가지 선택지만이 남을 것이다. 정역비를 데릴사위로 들이거나, 아니면 부친이 정역비를 죽이는 것을 보거나.

제기랄! 정역비, 배가 불러 할 일이 그렇게 없었나? 그런 일을 왜 모친에게 고해바치고 난리야? 그 빌어먹을 임 노부인은 대체 노집사에게 무슨 말을 했을까?

그중 어떤 길이건, 당정은 가고 싶지 않았다!

어떻게 하지?

당정은 한참 서성거리다가 갑자기 멈추더니 객잔 대문을 바라보았다.

삼십육계 줄행랑이 바로 상책 아닐까? 일단 도망치면 되는 것이다! 연아 일행이 방금 그 글귀를 보았지만 무슨 일이 있었는지는 알지 못할 것이다. 외숙이 손을 쓰기 전에 일단 빨리 도망치자.

당정은 곁에 있던 시위들을 흘깃 보고는 아무 일도 없었던 것처럼 말했다.

"너희 둘, 잘 지키도록 해라. 무슨 문제라도 있으면 바로 정왕 전하께 보고 올리도록. 나, 나는 조금 답답하니 산책을 하고 오겠다. 곧…… 돌아올 거야."

시위들이 바로 고개를 끄덕였다. 그러나 대문 앞까지 걸어가던 당정이 발걸음을 멈췄다. 그녀는 망설이고 있었다.

이곳은 흑삼림 근처였다. 그녀가 이렇게 가 버린다면…… 너무 제멋대로인 건 아닐까? 그들은 흑삼림의 상황을 아직 잘 모르고 있었다. 인원이 부족하게 되면 어떻게 하지? 그녀가 이렇게 가 버리면 큰일을 망치게 되는 건 아닐까?

당씨 가문에는 비록 모두가 쓸 수 있는 암기도 많았지만, 그녀만이 다룰 수 있는 암기도 꽤 있었다! 그녀도 꽤 전투력이 있었다. 하지만 그녀가 이렇게 가 버리면 외숙은 분명 사람들을 안배해 쫓아오겠지……!

그녀는 한참 고민하다 다시 자리로 돌아왔다. 시위들은 몹시 의아한 듯 당정을 바라보았다.

사실 시위들은 아무것도 알지 못했고, 당정 스스로 켕겨 하고 있을 뿐이었다. 그녀가 어색하게 웃으며 말했다.

"그…… 좀 더 쉰 다음에 나가려고."

시위들은 당씨 대소저가 갑자기 친근하게 구는구나 생각하며 고개를 끄덕이는 것 외에 별다른 말을 하지 않았다.

그리고 당정이 고민에 빠져 있는 이 순간, 비연은 군구신에게 매달려 신나게 수다를 늘어놓고 있었다.

비연과 군구신이 혼사를 치른 후, 정역비는 사람이 완전히 변해 버렸다. 정역비가 더 이상 웃지 않는 것을 보면서도 비연이 아무렇지 않다면 거짓말이었다. 그러다 지금 정역비와 당정 사이에 희망이 있는 것을 보게 되었으니 비연은 기쁠 수밖에 없었다. 그녀는 정역비가 예전과 같이 항상 즐거운 표정으로, 그 무엇에도 구속받지 않는 모습이기를 바라고 있었다.

군구신은 긴 의자 위에 가부좌를 틀고 앉아 눈을 감은 채 정신을 수양하며 천염국의 정보를 기다리고 있었다. 그리고 비연은 그의 어깨에 찰싹 달라붙어 있었다. 그녀는 일단 당정과 정역비가 처음 만났을 때의 상황을 상세하게 이야기한 후, 그들의 만남에 대한 여러 가지 정황을 자세히 분석하기 시작했다.

"당정 언니는 정역비를 눈에 차 하지 않았는데……. 정역비 그 녀석도 당정 언니를 그렇게 보는 것 같지 않았고. 당신, 말해 봐. 그들이 대체 언제부터 그렇게 서로를 다시 보게 되었을까? 세상에, 어쩜 그렇게 잘도 숨기고! 당정 언니가 진양성에 술을 사러 돌아왔던 거, 설마 몰래 정역비를 만나러 온 건 아니었겠지?"

군구신은 이 화제에는 별 흥미를 느끼지 못하는 듯했다. 그러나 비연은 혼자 생각하다가 다시 이야기하기 시작했다.

"당씨 가문의 딸들은 다른 가문으로 시집가지 않아. 설마 당정 언니가 정역비를 데릴사위로 들이겠다고 해서, 임 노부인이 깜짝 놀라 노집사 어르신을 찾아간 걸까?"

군구신은 여전히 대답하지 않았다. 그러나 비연이 그의 손을 잡고 열심히 물었다.

"응? 어떻게 생각해?"

군구신은 눈을 감은 채 나지막하게 말했다.

"당정에게 가서 직접 물어보는 편이 낫겠군."

그는 비연이 제 귀에 대고 계속 이야기하는 것을 좋아했다. 그러나 그는 다른 이의 이야기를 듣는 것은 좋아하지 않았다. 특히 남녀 간의 이야기라면.

"당정 언니가 나에게 사실을 말해 줄 생각이었으면 예전에 벌써 말했겠지! 어서, 어떻게 생각하는지 말하란 말이야!"

비연이 군구신을 잡아끌더니 고개를 갸우뚱하며 해맑게 웃었다. 그리고 다정하게, 달콤하게 속삭였다.

"부군……."

군구신은 그녀가 이렇게 불러 주는 것을 무척 좋아했다. 그러나 동시에 그녀가 이리 부르는 것을 듣고 싶어 하지 않았다. 비연이 이렇게 부를 때면 그의 마음이 쉽게 흔들려 버리고, 평소의 성격이며 습관, 원칙 같은 것들이 전부 사라져 버리기 때문이었다.

그녀는 사적인 상황에서는 그를 부군이라 부르겠다고 했지만 실제로는 그에게 부탁할 일이 있거나, 난감한 일을 강요할 때만 그렇게 불렀다. 그리고 대부분은 아주 호쾌하게 그의 이름을 부르곤 했다.

비연이 눈을 크게 뜨고 있었다. 군구신은 그녀의 작은 얼굴을 보자 바로 웃음이 새어 나오는 것을 참을 수 없었다. 결국은 그의 눈빛도 다정해지고 말았다.

비연도 희망이 있다는 것을 깨닫고, 그에게 몸을 기대며 다시 한번 다정하게 불렀다.

"부군⋯⋯."

군구신이 가볍게 그녀의 코를 문지르고는 어쩔 수 없다는 듯 웃었다.

"그들 두 사람이 만약 서로를 다시 보게 되었다면 분명 우리 혼사 이후의 일이겠지. 하지만 우리 혼사가 끝난 후 이틀도 채 되지 않아 당정은 진양성을 떠났고, 정역비도 전장으로 갔지. 당정이 군에 간 적은 없으니, 여기에는 우리가 알 수 없는 뭔가가 있는 모양이군. 게다가 임 노부인이 직접 신농곡에 간 걸 보면 당정을 난처하게 만들 생각이었던 것 같아. 혼사를 청하려 했다면 당연히 남쪽으로 매파를 보냈어야지. 노집사를 찾아 혼사를 주관해 달라고 하는 것이 아니라. 내가 보기에 임 노부인이 노집사에게 혼사를 주관해 달라고 한 것은, 아무래도 노집사에게 정의를 실현해 달라고 부탁한 것 같은데."

비연이 고개를 끄덕이다가 갑자기 경악하여 외쳤다.

"설마, 당정 언니가 정역비에게 무슨 짓이라도 한 걸까? 정역비를 괴롭힌 건가?"

이 말을 들은 군구신은 비연에게 이상하다는 듯한 눈빛을 보냈다. 비연도 어색하게 머리를 긁적이며 자신의 말이 너무나 황당하다고 생각했다. 정역비는 보기에는 건달 같아도 실제로는 전쟁터를 누비고 다니던 철혈의 사내대장부가 아닌가. 당정이 어떻게 그런 그를 괴롭힐 수 있겠는가? 그리고 당정은 절대 누군가를 괴롭힐 만한 사람이 아니었다!

이때 사신이 도착해 군구신에게 서신을 여러 통 건넸고, 비연에게도 한 통 건넸다. 비연은 자신이 받은 서신의 봉투가 보랏빛인 걸 보고 매우 긴급한 일임을 깨달았다. 그녀는 다급하게 서신을 열어 보고 눈을 휘둥그렇게 떴다.

그녀는 서서히 고개를 돌려 군구신을 바라보며 말했다.

"불행하게도…… 내 말이 맞았어!"

이 급한 서신은 승 회장이 친필로 작성한 것으로, 임 노부인이 신농곡 집사에게 울면서 하소연했다는 이야기가 적혀 있었다. 당정이 정역비의 감정을 기만한 것으로도 모자라 농락하고 버렸으며, 정역비가 상심한 나머지 삶에 희망을 잃고 평생 아내를 맞이하지 않겠다고 맹세하였으니 정씨 가문의 대가 끊기게 될 거라는 내용이었다.

임 노부인은 노집사에게 전면에 나서 줄 것을 청했다. 그녀는 당정의 부모를 신농곡으로 불러, 노집사로 하여금 당정을 정역비에게 시집보내라고 설득하게 할 생각이었다.

서신을 다 읽은 군구신의 머릿속에 가장 먼저 떠오른 생각은 역시 하소만의 말이 옳았다는 것이었다. 앞으로는 비연에게서 당정을 얼마간 거리를 두게 해야 할 것 같았다.

군구신이 한마디 하려 했을 때, 비연이 갑자기 긴 의자에서 뛰어내리더니 달려 나갔다. 그렇다. 그녀는 당정을 찾아가고 있었다! 비연은 정말로 당정이 이런 여자일 줄은 몰랐다! 당정이 왜 평생 시집가지 않고 자유롭게 살고 싶다고 했는지, 비연은 이제야 알게 되었다!

그녀가 재빨리 아래층으로 내려갔을 때, 당정이 대문 밖을 향해 걸어가는 것이 보였다. 비연이 바로 소리쳤다.

"언니, 거기 서!"

당정은 안 그래도 사신이 위층으로 올라가는 걸 보고 도망치려던 참이었다. 그녀는 비연이 외치는 것을 듣고도, 고개조차 돌리지 않고 달리기 시작했다. 그러나 대문 밖으로 나간 지 얼마 되지 않아, 걸어오던 한 소녀와 마주치게 되었다.

열너덧 살 먹은 듯한 이 소녀는 머리를 양 갈래로 묶고, 연노란색 옷을 입고 있었다. 옷차림은 굉장히 소박할 뿐 아니라 여기저기 기운 곳도 있었다. 얼핏 보기에는 시골의 가난한 집 딸처럼 보였지만 등에는 아주 정교한 황금 주판을 지고 있었다.

이 소녀는 바로 비연이 예전에 만났던 밀정 전다다로, 출신이 보통이 아니었다. 그녀가 안내한다면 흑삼림을 가로지르는 것도 문제가 아니었다.

의심할 바 없었다. 그녀는 비연 일행을 흑삼림으로 안내하기 위해 온 것이다…….

아마도 묘를 지키는 사람이었을 거야

전다다가 흑삼림을 가로지를 수 있는 이유는 그녀의 부친, 대진국의 북강을 지키던 대장군 아금이 바로 흑삼림의 능씨 가문이 잃어버렸던 적자였기 때문이었다.

아금은 인신 매매상에 의해 운공대륙에서 노예로 팔렸다. 이름도 성도 없이 그저 번호만 붙어 있던 그를 승 회장이 사서 운공상회 휘하의 도박장을 맡겼다. 그는 돈을 모아 자유를 사기 위해 금을 목숨처럼 아꼈다. 승 회장은 그런 그에게 '아금'이라는 이름을 지어 주었다.

후에 그는 한운석의 사촌 동생인 목령아를 아내로 맞이했고, 두 사람 사이에서 바로 이 전다다라는 딸이 태어났다.

당정의 가명은 부친의 성과 모친의 이름을 조합한 것이었다. 그리고 전다다의 진짜 이름도 바로 부친의 성과 모친의 이름을 조합한 '금령'이었다.

성이 '금'이라서일까, 아니면 유전일까? 전다다는 어릴 때부터 금원보를 좋아해 항상 울면서 금을 달라고 외쳤다. 사정을 모르는 사람들은 전다다가 아버지를 찾는다 생각했지만 아는 사람들은 그녀가 금원보를 달라고 외친다는 사실을 알고 있었다.

전다다는 매일 황금 주판을 들고 다니며 계산하곤 했다. 당정은 항상 전다다가 지나치다고 싫어했지만 그녀는 스스로를 자랑스러워했다.

10여 년 전, 현공대륙에 도착한 승 회장은 한 인신매매상의 비밀 서류를 손에 넣게 되었다. 그 서류에는 납치되었던 다섯 명의 아이에 대한 기록이 남아 있었다. 바로 승 회장의 부인인 상관정아, 군구신, 아금, 그리고 소 부인과 소 부인의 언니인 백옥교가 그들이었다.

백옥교는 소 부인을 구하려다 죽었는데, 승 회장은 백옥교의 부탁으로 지금까지도 소 부인에게 비밀을 지키고 있었다. 그러나 다른 네 사람에게는 모든 정보를 공개한 상태였다.

10여 년 전, 승 회장은 아금에게 그의 과거를 이야기했지만 아금은 흑삼림으로 돌아가려 하지 않았다. 그 이유는 바로 아내와 함께 몇 년 동안 한가롭게 즐거운 생활을 하기 위해서였다.

빙해의 이변이 일어난 후에야 그는 흑삼림으로 들어가 암암리에 능씨 가문의 옛 세력을 모았다. 흑삼림에서 영술을 하는 사람을 발견한 것도 바로 아금이었다.

능씨 가문의 적통은 태어나면서부터 짐승과 소통할 수 있고, 백수의 왕을 부릴 수 있었다. 백수들은 그를 만나면 모두 굴복하거나 분분히 피했다. 전다다 역시 아금과 같은 능력을 지니고 있었다.

지금 아금은 고 태부, 헌원예와 함께 흑삼림에서 몸을 뺄 수 없는 상황이었다. 그래서 비연 일행을 맞이하기 위해 전다다를 보낸 참이었다.

전다다는 당정이 뛰어나오는 것을 보고 잠시 멍한 표정을 지었으나, 곧 경악한 표정으로 바뀌더니 물었다.

"언니, 아직도 도망치지 않고 뭐 했어?"

이 말을 듣는 순간 당정은 가슴이 덜컥 내려앉는 것 같았다. 전다다가 이리 묻는다는 건 의심할 바 없이 모두가 당정과 정역비 사이의 일을 안다는 걸 의미했다.

나쁜 놈!

당정은 마음속에 정역비에 대한 미움을 좀 더 쌓아 두었다.

그녀는 전다다를 상대할 여유가 없어 바로 곁을 지나쳐 도망치려 했다. 그러나 비연이 쫓아와 그녀를 가로막았다.

"언니, 나⋯⋯."

비연이 입을 열었을 때 당정이 큰 소리로 물었다.

"연아, 너 아직도 내 동생이니?"

비연이 고개를 끄덕였다.

"당연하잖아."

당정이 말했다.

"그럼 비켜, 도망치게 해 줘!"

비연이 서둘러 말했다.

"언니, 난 언니를 막으러 나온 거 아니야. 언니에게 바른말을 하러 나온 거야. 언니, 내 말을 다 들은 다음에 도망쳐도 늦지 않을 거야."

당정은 속으로 안도의 한숨을 내쉬었다.

"그래, 말해 봐."

비연이 매우 진지하게 말했다.

"언니, 나는 언니 편이긴 하지만…… 사람의 감정을 기만하는 건 옳지 않아."

뭐라고?

당정이 멍한 표정을 지었다. 전다다가 바로 한마디 덧붙였다.

"언니, 내가 언니를 숭배하긴 하지만, 다른 사람의 몸을 기만하는 것도 옳지 않아! 다른 가문의 대를 끊어 놓는 건 더욱 옳지 않고!"

이게 다 무슨 소리야?

당정이 눈을 휘둥그렇게 떴다. 그러자 비연이 길게 탄식했다.

"정씨 가문의 그 노부인이 마음을 제대로 먹으면 아주 상대하기 어렵겠지. 이미 신농곡까지 끌어들였으니……. 이 일은 정말 뒤처리가 쉽지 않을 것 같아. 여하튼 승 숙부님이 언니의 껍질을 벗겨 놓을 작정이신 것 같으니, 일단 떠나도록 해. 어서 운공 대륙으로 돌아가는 게 좋을 것 같아. 지금 언니를 구할 수 있는 건…… 언니 아버지뿐이야!"

전다다가 다시 끼어들었다.

"우리 각주 어르신께서는 언니 껍질을 벗겨 버리는 정도가 아니라 언니 아버지에게도 책임을 추궁하실 것 같아. 자식 교육을 잘못시켰다고 말이지. 언니, 내 생각엔 지금은 언니 아버지라도 언니를 지켜 주지 못할 것 같아!"

당정이 마침내 정신을 차리고 물었다.

"나……. 내가 정역비를 기만해? 그건 누가 만들어 낸 소문이야?"

비연이 재빨리 승 회장의 친필 서신을 당정에게 내밀었다.

화가 나 있던 당정은 서신을 읽자마자 돌아 버릴 것 같았다! 그녀는 한마디도 변명하지 않고 서신을 품에 넣은 뒤 바로 말머리를 돌렸다. 그리고 속으로 중얼거렸다.

'정역비, 정말 이렇게까지 책임지고 싶다 이거지? 이번에는 본 소저가…… 네가 끝까지 책임지게 해 주겠다!'

당정의 말이 활에서 튕겨져 나간 화살처럼 어둠 속으로 사라졌다.

비연과 전다다는 마침내 시선을 거둬들이고 약속이나 한 듯 서로를 바라보았다. 어린 시절 비연은 황도에서 살았고 전다다는 북강에 있었기 때문에 매일같이 놀지는 못했지만, 그래도 항상 왕래가 있었다.

여자는 자라기까지 열여덟 번을 변한다고 한다. 지금 그녀들은 서로의 얼굴을 보며 낯설어하고 있었다. 그러나 또한 서로의 신분을 알고 있었기에 비할 데 없이 친밀한 감정을 느꼈다.

비연은 전다다와 처음 만났을 때 서로 시험하던 걸 떠올리고 그만 웃어 버렸다. 전다다도 비연을 처음 만났을 때 보았던 금원보 더미를 떠올리고 웃었다.

두 사람은 서로를 보며 웃었으나 대체 무슨 말을 해야 할지 알 수 없었다. 낯섦과 친밀함이 공존하니 두 사람은 살짝 겁이 나기도 했다.

결국 비연이 주머니에서 금화 한 닢을 꺼내 전다다에게 건넸다. 그리고 어린 시절처럼 그녀에게 유혹하는 듯한 시선을 보냈다. 전다다는 재빨리 다가와 어릴 때처럼 금화를 받아 깨물어 보고는 즐거워하며 말했다.

"진짜네!"

비연은 참지 못하고 피식 웃었고 전다다 역시 웃었다. 그리고 비연을 꼭 끌어안으며 말했다.

"연아 언니, 언니랑 영 오라버니가 돌아와서 정말 기뻐!"

비연도 그녀를 꼭 끌어안으며 중얼거렸다.

"점점 더 기쁜 일만 생길 거야. 분명히."

군구신은 위층에서 당정이 떠나는 걸 보고도 막지 않았다. 그는 정역비에게 대체 어찌 된 일인지 묻는 서신을 쓴 후 망중에게 바로 보내라고 명했다.

망중이 말했다.

"전하, 이 일은 너무도 이상합니다. 승 회장님께도 한마디 언급해 드려야 하지 않겠습니까? 필경 정 장군은 우리 천염국의……."

그가 말을 끝내기도 전에 군구신이 담담하게 웃으며 말했다.

"정말로 이 일을 처리할 수 있는 사람이 흑삼림에 있으니 조급해할 필요 없다."

망중이 떠난 후 비연이 전다다를 데리고 들어왔다. 세 사람은 한밤중이 될 때까지 옛이야기를 했다. 그리고 그들은 쉬지 않고 밤을 새워 흑삼림으로 향했다. 가는 길 내내 전다다는 비연과 군구신에게 흑삼림의 상황을 상세하게 이야기해 주었다.

비연은 예전에 계강란에게서 축운궁이 흑삼림 서부의 천호 주변에 위치해 있다고 들은 적이 있었다. 그러나 아금이 직접 천호 주변을 돌아본 결과, 축운궁의 흔적 대신 폐기된 궁전 하나만을 찾았다. 지금 그들은 계강란이 축운궁의 위치조차 제대로 모르는 게 아닌지 의심하고 있었다.

아금은 최근 몇 년 동안 흑삼림에 잠복하고 있어 흑삼림에 대해서라면 손바닥 보듯이 훤하게 알고 있었다. 흑삼림 안에 존재하는 세력이라면 그가 모를 수는 없었다. 그 세력이 중앙 숲에 있는 것이 아니라면!

흑삼림이 공포스러운 이유는 야수들이 있기 때문이었다. 그러나 중앙 숲이 공포스러운 이유는 야수들조차 그 안으로는 들어가지 못하기 때문이었다. 그렇기 때문에 야수들을 부리는 이들조차 감히 그 안으로는 들어가지 않았다.

전다다가 진지하게 말했다.

"우리 아버지는 원래 서부 천호 주변에서 영술을 하는 사람을 발견했었어. 아버지가 중앙 숲 근처까지 추격했지만, 그 사람이 중앙 숲 안으로 들어가 버렸지. 만약 그 사람이 능 호법이라면…… 축운궁은 분명 중앙 숲 안에 있는 거야! 작년에 우리 아버지와 고 태의가 중앙 숲에 들어갔지만 아무것도 발견하지 못했지. 심지어 길을 잃어 하마터면 빠져나오지 못할 뻔했어. 후에 서부의 천호를 살피다가 고묘를 발견하게 된 거야. 고 태부는 우리 아버지가 만난 사람이 능 호법이라면, 축운궁은 분명 그 고묘의 존재를 알 거라고 말씀하셨어. 심지어 능 호법이 묘를 지키라는 명을 받은 사람인지도 모르겠다고 하셨지!"

비연과 군구신은 모두 능 호법을 기다리고 있었다. 여기까지 온 지금도 그들은 능 호법이 그들을 찾아올 거라고 굳게 믿고 있었다.

비연이 물었다.

"태부와 우리 오라버니는 대체 어떤 상황에 있는 거야? 어째서 몸을 빼지 못한다는 거지?"

고운원의 일깨움

비연은 오라버니가 너무너무 보고 싶었다. 그러나 헌원예와 고 태부, 아금은 지금 고묘에서 빠져나오지 못하고 있는 상태였다.

천호 고묘는 쇠 금金 자를 거꾸로 해 놓은 듯한 형태의 능묘로, 입구는 지평선보다 3척이나 낮은 곳에 있었다. 묘실은 들어갈수록 좁아지고 점점 더 위험해졌다. 그러나 가장 위험한 것은 이 고묘가 단 한 사람이 아니라 여러 묘를 모아 놓은 거라는 사실이었다.

능묘는 매우 넓었고, 모두 7층으로 이루어져 있었다. 그러나 아래층으로 내려가기 위해서는 온갖 함정과 기관을 뚫고, 비밀스럽게 숨겨져 있는 문을 찾아야 했다.

각 층에는 묘실이 많았다. 하지만 신분을 파악할 수 있는 부장품은 없고 그저 백골이 담긴 관만 놓여 있었다. 고 태부 일행이 힘을 합쳐 두 번째 문을 열고 2층에 들어갔을 때였다. 그곳 통로에서 빙해영경을 그린 벽화를 발견했다.

헌원예와 고 태부, 두 사람은 이 이틀 동안 힘을 합쳐 세 번째 문을 열고자 했고, 이미 상당히 진행했기에 중간에 그만둘 수 없는 상황이었다.

현공대륙의 능묘는 보통 똑바로 선 쇠 금金 자 형태였다. 천호 고묘와 같은 형태의 묘는 처음 보는 것이었다. 고 태부 일행이 이 능묘를 발견한 후 아금은 즉시 능씨 가문으로 가서 흑삼림의 풍속에 대해 조사해 보았다. 그러나 흑삼림의 어느 가문에도 이런 묘장 풍속은 없었다.

전다다가 말했다.

"우리 능씨 가문은 겨우 500년의 역사가 있을 뿐이에요. 가지고 있는 서적이며 두루마리들도 기껏해야 600년 전까지만 기록하고 있고요. 그 이전의 역사는 어떤 명확한 기록도 없고, 대부분이 서로 모순된 전설일 뿐이에요. 실제라고 보기에는 부족하죠."

군구신이 말했다.

"군장은 보통 동족을 함께 묻는 법인데, 빙해영경은 고씨 선조들의 은거지였고, 빙해 북안에서 멀리 떨어져 있었지. 이 묘에 빙해영경의 기록이 남아 있는 것은…… 두 가지 가능성이 있는 것 같군."

비연도 군구신과 같은 생각을 하고 있었다. 그녀가 말했다.

"이 능묘가 고씨의 것이라면, 그들은 빙해 북안에서 흑삼림으로 이주해 온 다음 이곳에 묘를 세웠을 수 있지. 아니면 이 능묘의 주인이 본래 흑삼림에 살았는데, 빙해영경에서 발생한 무슨 일이 그들 부족의 생존과 연루되었을 수도 있고!"

부족이 함께 매장된 능묘의 그림과 기록만 보면 비연이 추측한 이 두 가지 상황이 유력했다.

군구신이 고개를 끄덕이며 말했다.

"만약 고씨라면 이런 묘장 방식을 쓰지는 않았을 테니, 후자의 가능성이 더 높겠지."

비연도 고개를 끄덕이며 분석하기 시작했다.

"금 숙부조차 중앙 숲에서 길을 잃으셨는데, 능 호법이 감히 중앙 숲 안으로 몸으로 숨겼다는 것은…… 축운궁이 중앙 숲에 있다는 이야기고, 그 역사가 능씨 가문이나 흑삼림의 다른 가문들보다 오래되었다는 의미야! 그 고묘가 축운궁의 것이 아니라 해도, 축운궁은 분명 고묘의 유래를 알고 있을 거야!"

여기까지 추측한 비연이 깜짝 놀라며 물었다.

"그렇다면 오라버니 일행이 이미 축운궁에게 감시당하고 있는 건 아닐까?"

전다다는 비연과 군구신에게 감탄한 눈길을 보냈다. 그들의 추측이 고 태부 일행의 추측과 완벽하게 같았기 때문이다. 그녀가 서둘러 설명했다.

"안심해도 괜찮아. 우리 아버지가 묘지로 내려가지 않고 야수들과 함께 주변에 매복해 있으니까. 축운궁 사람이 나타날까 봐 두려운 게 아니라, 그들이 나타나지 않을까 봐 두려워해야 할 상황이야! 우리 아버지가 그들을 이기지 못한다 해도, 고 태부 일행이 나올 때까지는 버텨 줄 거야!"

비연과 군구신이 기뻐했다. 선배들이 길을 닦아 놓았다면 그들은 더욱 자신감 있게 그 고묘의 비밀을 파헤칠 수 있을 것이다!

전다다가 다시 덧붙였다.

"하지만 안타깝게도 두 번째 묘의 그 벽화는 이미 희미해진 상태야. 태부 일행은 남아 있는 그림을 보고 빙해영경이 천 년 전에 대화재로 불타 버린 것 같다고 추측하고 있어. 뒤의 묘실에 남아 있는 벽화가 완전하기만을 기대할 뿐이지."

이 말을 들은 비연은 바로 곁에 있는 진묵을 바라보았고, 진묵 역시 비연을 바라보았다. 그들은 이 순간 같은 생각을 하고 있었다. 바로 그 벽화를 수복하겠다는 생각을.

두 사람은 굳이 말하지 않아도 서로의 생각을 이해할 수 있어 전다다에게 더 이상 묻지 않았다. 곧 고묘에 들어갈 테니, 구체적인 상황이 어떠한지는 진묵이 직접 보는 편이 나을 것이기 때문이다.

비연은 고운원을 흘깃 바라보았다. 그리고 남은 나날을, 가능하면 고운원에게 좀 더 집중해야겠다고 생각했다.

군구신도 고운원을 바라보며 물었다.

"고 의원께서는 견식이 넓으신데, 이런 형태의 능묘에 대해 들어 보신 적 있으신지?"

그러자 몸을 웅크리고 있던 고운원이 외투를 단단히 여미며 춥고 무섭다는 듯 말했다.

"들어 본 적이 없습니다, 없고말고요! 그 고묘가 7층이나 된다니, 듣기만 해도 무섭습니다. 소생은 의원이고, 닭 한 마리 잡을 힘도 없는 사람입니다. 그런 고묘에 들어간다 해도 별로 도움이 될 것도 없고, 오히려 귀찮은 짐이나 될 것 같습니다만."

그러고는 서둘러 비연에게 읍하며 말했다.

"왕비마마, 소생이 왕비마마를 돕지 않으려는 게 아니라 실제로 능력이 부족합니다. 마마께 귀찮은 일이나 더해 드리지 않으면 다행일 겁니다. 소생을 객잔으로 보내 주시지요. 소생은 마마께서 돌아오실 때까지 기다리고 있겠다고 약속드리겠습니다."

비연이 특별히 웃으며 그의 어깨를 두드려 주었다.

"긴장하지 말고 안심해요. 우리는 고 의원이 우리 발목을 잡는 것 정도는 무섭지 않아요. 우리가 고 의원을 아주 세심하게 지켜 드릴 거예요."

그러자 고운원이 조급하게 말했다.

"왕비마마, 소생이 권하는 말은 한마디도 들리지 않으시는 겁니까?"

비연은 고운원을 곁에 두고 계속 감시할지언정 결코 멀리 보내거나 등 뒤에서 다른 수단을 쓰게 만들지 않을 작정이었다.

비연이 고운원에게 무해한 척 미소 지으며 아무 말도 하지 않았다. 그러자 고운원이 몇 번이나 한숨을 쉬더니, 한참 후 다시 입을 열었다.

"왕비마마, 소생은······."

전다다가 바로 끼어들었다.

"어이, 관심이 고픈 공자님, 입 좀 그만 다무시죠! 계속 소생은, 소생은 해 대면, 그쪽은 지겹지 않아도 우리는 지겹거든요!"

비연이 고운원을 자신 곁에 억지로 남겨 두는 것만으로도 이미 그들이 그를 믿지 않는다는 것을 명백하게 밝힌 거나 마찬가지였다. 그리고 전다다의 이 말은, 마지막 한 겹 남아 있던 창호지에 구멍을 내 버린 것이나 마찬가지였다!

비연과 군구신은 듣지 못한 것처럼, 약속이나 한 듯 다른 방향을 바라보았다. 두 사람은 속으로 이렇게 직설적인 전다다가 그렇게 오랫동안 밀정으로 위장하고 있었다니, 정말 괴로웠겠다고 생각했다.

전다다는 눈썹을 치켜세우고 고운원을 바라보았다. 그런데 이게 웬일일까. 고운원은 전혀 난처해하지 않고, 일부러 전다다에게 두 손 모아 읍하며 말했다.

"황공합니다만, 소생은 전 소저께서 어떤 뜻으로 하신 말씀인지 모르겠습니다. 소생은 왕비마마께 일깨워 드리고 싶었을 뿐입니다. 소생이 혹시라도 전 소저를 방해하는 일이 있었다면 소생이 전 소저께 사죄드려야겠지요. 전 소저께서 소생을 용서해 주시기 바랍니다."

전다다가 방금 그런 말을 했는데 그는 다섯 번이나 '소생'이라고 말했다. 이게 고의가 아니라면 무엇이겠는가?

물기 가득 어린 전다다의 커다란 눈이 점차 일직선으로 변했다. 그녀가 한마디 하려 했을 때 비연이 슬쩍 제지하며 말했다.

"자극 요법."

전다다는 그제야 대오 각성 한 듯 냉정을 되찾았다.

비연이 물었다.

"고 의원은 나에게 무엇을 일깨워 주려 한 거죠?"

고운원은 여전히 단정한 자세로 말했다.

"왕비마마, 중앙 숲에 들어가려면 먼저 흑삼림에 들어가야 합니다. 축운궁이 중앙 숲에 있다면 그 축운궁은 분명 야수를 부리는 능력이 있겠지요. 그렇다면 그들은 흑삼림 어디서건 자유롭게 행동할 수 있다는 의미입니다. 그러니 우리는 얼굴을 가리고 신분을 숨기는 편이 낫습니다. 게다가 소생은, 도굴꾼들은 모두 복면을 하고 들어간다고 들었습니다. 망령들에게 진짜 얼굴을 들켜 복수당하는 일이 없도록 말이지요. 왕비마마와 정왕 전하께서는 재삼 생각하시기를 권합니다."

네가 여기 있을 줄이야

비연과 군구신도 이미 가면을 준비하고 있었다.

군구신이 눈짓하자 망중이 서둘러 가면을 가져와 모두에게 나눠 주었다.

비연이 직접 고운원에게 가면을 건네며 말했다.

"고 의원께서 그렇게 주도면밀하게 생각해 주시니, 정말 세심하세요!"

고운원이 겸허하게 웃으며 바로 가면을 썼다.

비연은 이내 군구신의 품에 기대 자기 시작했다. 군구신 역시 눈을 감고 정신을 수양하기 시작했다.

마차 안은 아주 조용했다. 전다다와 고운원은 서로 마주 보며 앉아 있었는데, 전다다는 계속 고운원에게서 시선을 떼지 않았다. 이런 시선은 비연, 염진, 고칠소 다음으로 네 번째였다. 지금 고운원이 받는 압력이 어느 정도인지는 하늘만이 알 것이다.

그는 처음에는 전다다와 마주 보고 앉아 있었지만 얼마 지나지 않아 몸을 옆으로 틀었다. 그리고 잠시 후에는 아예 창밖을 바라보기 시작했다. 그러나 전다다의 시선은 계속 고운원의 뒤통수에 꽂히고 있었다.

전다다가 중얼거렸다.

"앞으로 당신을 관심이 고픈 공자라 부를 거야."

고운원은 그 말을 들었는지 말았는지 손으로 뒤통수를 쓰다듬더니 외투를 다시 여몄다.

다음 날 아침, 마차는 흑삼림 입구에 도착했다. 능씨 가문 시위들이 이미 기다리고 있었다. 전다다는 망종과 진묵에게 마차에 타라고 하고는, 자신도 가면을 쓰고 마부 대신 직접 마차를 몰기 시작했다.

능씨 대소저 전다다가 직접 길을 안내하니 숲속의 야수들이 모두 도망쳤다. 반나절도 되지 않아 그들은 순조롭게 흑삼림 서부의 천호에 도착했다.

천호는 산 위에 있었고, 고묘는 산 아래에 있었다. 능묘 중에서 지면 위에 드러난 것은 아무것도 새겨지지 않은 묘비 하나뿐이었다.

군구신이 묘비를 살펴보았고, 비연도 주변을 둘러보았다. 주변은 몹시 고요했고 풀 한 포기조차 흔들리지 않았다. 전다다가 말해 주지 않았다면 비연은 이 주변에 맹수들이 삼중으로 잠복하고 있다는 사실을 알아채지 못했을 것이다.

전다다가 나지막하게 말했다.

"연아 언니, 우리 아버지가 근처에서 우리를 보고 있어. 직접 나와서 언니에게 예를 행하지 못하는 걸 용서해 줘."

비연이 눈을 크게 뜨고 물었다.

"이렇게 남처럼 대하는 거…… 너희 어머니도 아시니?"

전다다가 솔직하게 대답했다.

"아버지는 어머니가 방해가 될까 봐 현공대륙으로는 한 걸음도 오지 못하게 하셔서……. 그러니까 어머니는 모르시지."

비연이 진지하게 말했다.

"가서 아버지께 전해 드려. 가족끼리는 남처럼 대할 필요 없다고. 그리고 오랫동안 고생하셨다고."

전다다가 반박했다.

"언니가 고생하셨다고 치하하는 건 남처럼 대하기 때문 아니야?"

비연은 갑자기 대답할 말을 잃고 말았다. 전다다가 웃으며 비연의 손을 잡았다.

"언니, 역시 언니가 제일 좋아! 언니는 태자 전하처럼 하루 종일 얼굴을 굳히고 있지 않으니까. 나나 우리 아버지는 말할 것도 없고, 우리 어머니도 태자 전하를 무서워하셔. 나는 서너 해 동안이나 태자 전하께서 웃으시는 걸 본 적이 없어. 아무리 좋은 일이 있을 때라도, 칠 숙부와 고 태부도 태자 전하께 웃으시라고 권하지 못했어. 하지만 언니가 돌아왔으니까 됐어. 언니, 태자 전하께 꼭 권해 주어야 해. 무슨 일이건 마음에 답답하게 담아 두지 말고, 계속 그렇게 얼굴을 찌푸리지 말라고. 그러다간 앞으로 부인도 얻지 못할 거라고!"

전다다는 한참 생각하다 다시 덧붙였다.

"아니야, 이러면 안 되지. 승 회장님께서 말씀하셨어. 언니를 왕비마마라고 불러야 한다고. 그래야 벌을 받지 않을 거라고."

비연은 더 이상 제대로 듣고 있지 않았다. 그녀는 지금 오라버니에 대한 생각으로 머리가 꽉 찬 상태였다. 이미 당정에게서 오라버니의 성격이 부황을 닮았고, 심지어 부황보다 좀 더 말수가 적고 엄숙하다고 들은 상태였다. 그러나 전다다가 이리 말하는 걸 들으니 마음이 너무나 아파 왔다.

서너 해 동안이나 웃지 않았다니, 오라버니는 대체 어떤 나날을 보낸 걸까? 그녀는 도저히 상상할 수 없었다.

자신이 이 10년 동안 기억을 잃지 않았다면 그녀의 나날은 어떤 모습이었을까? 그녀라는 사람은 또 어떤 모습일까? 그녀는 더더욱 상상할 수 없었다.

오라버니가 이 10년 동안 대진국을 떠받친 채 마음속에 어떤 원한을 품고 있었을지, 그리고 어떻게 한 걸음 한 걸음 걸어온 것일지.

그녀는 그나마 다행이라고 생각했다. 고 태부와 칠 숙부가 오라버니와 있어 주었으니, 서너 해 동안 웃지 않았다 해도 최소한 울지도 않았겠지?

오라버니는 어린 시절 그녀가 우는 것을 싫어했다. 만약 그 자신이 울었다면…… 그는 그 자신을 미워했을지도 모른다.

아직 만나지도 않았건만 비연의 눈이 붉어졌다. 그녀는 속으로 중얼거렸다. 절대로 울면 안 된다. 지난번 부황과 모후를 만났을 때처럼, 그렇게 눈물을 흘려 대면 안 돼! 강해져야 하는 거야! 오라버니처럼!

비연이 코를 훌쩍이며 말했다.

"내려가자."

바로 이 순간, 군구신이 갑자기 왼쪽을 바라보며 나지막하게 말했다.

"누가 있다!"

그의 말이 끝나는 순간 무성한 숲속에서 바스락거리는 소리가 들리더니 점차 풀들이 흔들리기 시작했다. 그리고 그 움직임은 지극히 컸다!

군구신은 바로 비연을 제 옆으로 끌어당겼다. 얼마 지나지 않아 검은 그림자 하나가 나는 듯이 뛰어나왔다.

"능 호법!"

"영술!"

비연과 전다다가 동시에 외쳤다. 그녀들이 모두 멍해진 사이에 군구신이 갑자기 한 발로 전다다를 차 내고 비연을 안았다.

찰나의 순간, 검은 그림자가 그들 앞에 발걸음을 멈췄다. 바로 능 호법이었다. 그의 날카로운 검이 군구신의 눈 바로 앞에서 멈춰 있었다. 군구신의 반응이 조금만 더 늦었다면 분명 검에 찔렸을 것이다.

군구신의 신속한 반응을 보고 능 호법의 눈에 경악의 빛이 떠올랐다. 그는 군구신 일행이 가면을 쓰고 있어 그들을 알아보지 못했다. 그가 공격한 것은 그들이 어떤 사람인지 보려고 한 것뿐이었다.

경악은 경악이고, 능 호법은 즉시 검을 다시 찔러 왔다. 이번에는 군구신도 피하지 않고 검을 들어 막았다. 그의 검이 어찌나 빠른지 능 호법도 버티기 힘들 정도였다.

능 호법은 군구신의 신분을 확신하고 차가운 목소리로 말했다.

"군구신, 너였군!"

"너를 오래 기다렸는데, 여기서 만날 줄이야!"

군구신의 말에 능 호법이 물었다.

"이 도굴꾼들과는 무슨 관계지?"

군구신이 반문했다.

"너야말로 이 고묘와 무슨 관계인 거지?"

능 호법의 검은 멈추지 않았고 군구신 역시 멈추지 않았다. 두 사람은 싸우면서 서로에게 질문을 던졌다.

군구신이 점차 상승세를 타기 시작했지만 망중과 진묵은 검을 쥔 채 한옆에서 능 호법이 다시 도망가지 못하도록 경계하고 있었다.

망중이 속삭였다.

"우리 전하께서는 정말 대단하시군. 이 몇 달 사이에 무공이 크게 느셨어!"

진묵은 보통 망중을 상대하지 않지만 오늘은 뜻밖에도 말을 받아 주었다.

"확실히."

군구신이 바로 상승세로 들어가지는 못했다 해도 눈이 밝은 사람이라면 그의 무공이 능 호법보다 한 수 위라는 걸 알아볼 수 있었다. 군구신이 비연을 지키고 있는 것이 아니었다면 아마 예전에 능 호법을 이겼을 것이다.

이때 주변의 바스락거리는 소리가 모두 사라졌다. 맹수들이 물러간 것이다. 그리고 얼마 지나지 않아 거대한 몸집의 사내가 무성한 밀림 속에서 걸어 나왔다. 얼굴에는 가면을 쓰고 몸에는 검은 옷을 입고 있어 매우 신비로워 보이는 이였다. 바로 전다다의 부친인 아금이었다.

그는 빠르지도 느리지도 않게, 담담하고 침착하게 걸어 나왔다. 그러나 시선은 계속 군구신과 능 호법에게서 떨어지지 않고 있었다.

아금은 전다다 곁에서 발걸음을 멈췄다. 그는 계속 군구신 쪽을 바라보면서도 전다다를 고운원 곁에서 자기 쪽으로 끌어당기더니 큰 손으로 그녀의 왜소한 어깨를 감쌌다.

전다다가 그를 바라보며 열심히 위로하듯 말했다.

"아빠, 저 사람은 영술을 할 줄 알아요. 아빠가 저 사람을 잡지 못한 것도 당연한 거야. 스스로를 너무 비하할 필요 없어요."

스스로를 비하한다고? 만약 다른 부친이 이 말을 들었다면 분명 딸에게 대역무도하다고 화를 냈을 것이다! 그러나 아금은 아무 말도 하지 않았다.

전다다가 헤헤 웃으며 다시 말했다.

"엄마가 알게 된다 해도 아빠가 창피하다고 생각하지 않을 거예요. 안심해요."

아금은 여전히 아무 말도 하지 않고 허리춤에서 금원보를 하나 꺼내더니 전다다에게 건넸다.

전다다가 재빨리 그것을 받더니 물기 어린 눈을 찬란하게 빛냈다. 그녀는 그의 손을 두드리며 말했다.

"엄마는 절대 이 일을 알지 못할 거예요. 그리고 아빠가 창피하다고 생각할 일은 더더욱 없을 거예요. 안심해도 된다니까요!"

전다다가 혼잣말처럼 중얼거리는 사이에, 군구신이 마침내 능 호법의 검을 떨어뜨리고 그를 제압했다……

내가 추측해 볼게

능 호법의 검이 바닥에 떨어지고 군구신의 검이 그의 목에 닿았다. 군구신은 그제야 비연을 놓아주었다. 자기 자신을 제외하면 그녀를 누구에게 맡겨도 안심이 안 되는 모양이었다.

군구신은 최근 수개월 동안 바쁜 와중에도 매일 시간을 짜내어 가혹할 정도로 수련을 거듭해 무공이 진보하고 있었다. 건명력을 어떻게 부릴 수 있는지는 여전히 알 수 없었지만, 내공을 부지런히 수련하는 것은 분명 좋은 일이었다.

비연이 아금과 전다다를 바라보자 그들 부녀가 서둘러 다가왔다. 능 호법 앞이었기 때문에 아금은 비연에게 그저 고개만 숙였다. 비연 역시 고개만 숙이고 아무 말도 하지 않았다.

군구신이 나지막한 목소리로 비연에게 물었다.

"괜찮아?"

군구신이 자리를 옮기는 속도가 너무 빨랐던 탓에 비연은 약간 현기증이 일었다. 그러나 그녀는 인정하고 싶지 않았다.

비연은 속으로 생각했다. 군구신의 무공이 이 정도로 진보했으니 그녀도 시간을 내어 무공을 배워야겠다고. 어찌 되었건 봉황력을 장악하려면 무공을 익혀야 했다.

그녀는 다른 이에게 부담을 주는 존재가 되고 싶지 않았다. 특히 그에게는.

비연은 모후가 스물이 넘어서야 무공을 배우기 시작했으나 기적을 창조했다는 사실을 기억하고 있었다. 모후는 채 2년이 안 되는 기간에 부황과 어깨를 나란히 하고 전투를 치를 정도의 고수가 되었던 것이다.

비연은 아직 스무 살이 되지 않았다. 그녀는 용비야와 한운석의 딸이니 분명 기적을 창조할 수 있을 것이다!

비연이 군구신에게 놀리듯 반문했다.

"당신이 지켜 주는데 무슨 일이 또 있겠어? 나를 너무 낮잡아 보는 거 아니야?"

군구신이 그제야 애정이 넘치는 표정으로 웃었다. 비연의 흘러내린 머리카락을 올려 주고, 흐트러진 옷차림도 정리해 주는 그의 눈빛이 다정했고 동작은 따뜻했다. 그러나 오른손으로는 시종일관 장검을 들고 능 호법을 겨누고 있었다. 칼날에서 흘러나오는 살기가 능 호법과 같은 고수도 감히 경거망동하지 못하게 했다.

다정한 것도 그였고, 맹렬한 것도 그였다. 그는 어린 시절 온화하고 선량했으나 자란 후에는 냉담하고 차가워졌다. 그의 뼛속 깊은 곳은 대체 따뜻할까, 아니면 차가울까?

사실 그런 것은 비연에게 중요하지 않았다. 그가 실제로 어떤 사람이건 그녀에게는 언제나 양보했고, 그녀를 지키며 사랑해 주었으니까.

아금과 전다다가 곧 다가왔다. 아금이 능 호법을 흘깃 보더니 매우 확신에 찬 목소리로 말했다.

"지난번에도 너였지. 틀림없다. 야수들의 후각을 피해 도망칠 수 있을 줄은 몰랐는데."

지난번에 아금은 천호에서 우연히 능 호법과 마주쳤고 전력을 다해 쫓아갔다. 비록 잡지는 못했지만 능 호법이 흑삼림 속으로 들어가는 것은 볼 수 있었다.

지난번 천호에서는 야수들이 매복하지 않은 상태였다. 능 호법을 발견한 다음에야 야수들을 소집해 함께 쫓았다. 그로서는 능 호법이 야수들을 피해 행적을 감출 능력이 있는지 판단할 수 없었다. 그러나 이번에는 답을 확신할 수 있었다.

야수들이 주변에 잠복해 있었지만 능 호법은 들키지 않고 소리 없이 접근했다. 능 호법이 제 몸의 냄새를 완전히 감출 수 있다는 의미였다. 아금이 높은 나무 위에 있다가 우연히 그를 발견하지 않았다면 능 호법이 얼마나 더 잠복해 있었을지, 얼마나 많은 그들의 비밀을 알아냈을지 도저히 상상도 할 수 없었다.

아금의 판단에 대해 능 호법은 아무 말도 하지 않았다.

군구신이 주변을 바라본 다음 말했다.

"보아하니 묘를 지키는 사람은 너 하나뿐인 것 같군. 이 일에 적합한 것도 아닌 것 같은데. 축운궁주가 네 영술에 대해 아는 것을 왜 그렇게 두려워하지?"

군구신이 그들의 추측을 그대로 이야기했다.

주변에 축운궁의 매복이 있었다면 능 호법은 분명 나타나지 않았을 것이다. 주변에 매복이 없다는 것은 능 호법이 지난번

이곳에서 아금과 만난 일을 축운궁주에게 이야기하지 않았다는 의미가 된다. 그리고 그가 그렇게 한 것은 자신의 영술을 드러내지 않기 위한 까닭밖에는 없었다.

능 호법은 여전히 침묵했다. 군구신이 계속하려 할 때 비연이 살며시 웃으며 말했다.

"내가 추측해 볼게!"

군구신은 비연과 말을 다투지 않았다. 그는 그녀가 웃음기 가득한 얼굴로 청산유수처럼 말을 늘어놓는 모습을 지켜보는 걸 좋아했다.

비연이 눈썹을 치켜세우고 능 호법을 살펴보다가 말했다.

"야수들을 피할 능력이 있는데 무엇 때문에 중앙 숲으로 도망쳤던 거지? 분명 일부러 사람을 중앙 숲으로 유인하려 했겠지! 보아하니 축운궁은 중앙 숲에 있고, 너는 사람을 그쪽으로 끌고 가서 축운궁주에게 귀찮은 일을 만들어 주고 싶었던 거지?"

여기까지 들은 능 호법이 눈을 들었다. 의심할 바 없이 비연의 추측이 전부 옳았다.

그러나 그는 비연을 한번 바라보았을 뿐, 그의 눈은 여전히 죽음 같은 적막에 잠겨 있었다. 그의 두 눈동자는 마치 빛을 잃은 구슬과도 같았다. 영원히 다시는 빛나지 않을 것 같은 구슬.

비연이 조급해하지 않고 계속했다.

"너는 오래도록 우리를 찾아오지 않고 대신 여기서 잠복하고 있었지. 너는 능씨 가문과 연합을 맺을 생각이 있었던 거야. 아니면 능씨 가문과 이 고묘를 패로 삼아 우리와 조건을 논해 보려 했던 거지? 내 생각에는 후자에 가까울 것 같지만. 너는 이 고묘에 대해 사실 잘 알지 못해. 너는 능씨 가문의 후예를 지켜보다가 어부지리를 노리려 했던 거야. 맞지? 네가 드러난 후 우리를 암살하고 능씨 가문을 위협하려 했겠지만 안타깝게도 우리를 만난 거지."

능 호법이 다시 한번 그녀를 바라보았다. 그가 입을 열려 하자 비연이 가로막았다.

"대답하지 않아도 괜찮아. 내 추측이 전부 맞았을 거라 생각하거든! 네가 여기 매복해 있을 수 있었던 이유는, 네가 야수들의 후각에서 도망칠 수 있어서가 아니라, 야수들을 속일 수 있기 때문이었어!"

그녀는 갑자기 발끝을 들더니 능 호법의 비녀를 뽑았다. 찰나의 순간, 높이 올려 묶었던 능 호법의 머리카락이 전부 쏟아져 내렸다.

마침내 그는 화를 냈다. 그 죽은 듯 고요하던 눈동자도 비연을 바라볼 때는 분노한 살의를 감추지 못했다. 그러나 비연은 그를 무서워하지 않고 오히려 해맑게 웃어 보이기까지 했다.

"이 비녀는 녹단 나무로 만든 거지. 녹단 나무에서는 좋은 향이 나고, 또 옥과 같은 초록빛이지. 하지만 이 비녀에서는 좋은 향도 나지 않고 색도 어두침침한걸. 분명 뭔가 조치를 한 거겠지?"

비연이 비녀를 코에 대고 냄새를 맡아 보았다.

"이 비녀는 호아탕에 담갔던 거야. 맞지?"

호아탕은 호랑이의 이빨과 말린 생강, 부자와 당귀 같은 약재를 조금씩 넣어 달인 탕으로 종기에 효과가 좋았다. 호아탕의 약방 속 호랑이 이빨은 구워서 사용하게 되어 있었는데, 용량이 많지 않아 사람들은 이상한 냄새를 느끼지 못했다. 그러나 야수들은 달랐다. 특히 흑삼림에 사는, 후각이 발달한 야수들이라면.

호랑이 이빨 냄새는 바로 호랑이를 대표하는 냄새였다. 능씨 가문만이 호랑이를 부릴 수 있어, 야수들은 능 호법에게서 이 냄새를 맡자 그가 능씨 가문 사람이라고 오인했던 것이다. 이것이 바로 능 호법이 이곳에 매복해 있으면서도 발견되지 않은 이유였다! 심지어 축운궁 사람들이 흑삼림을 자유롭게 드나들 수 있는 이유일 가능성도 있었다.

비연의 이야기를 듣고 군구신은 무척 놀랐다. 그녀가 추측한 것을 그 역시 모두 추측했다. 그러나 호랑이 이빨에 대해서는 상상조차 하지 못했다.

아금은 더욱 경악했다. 그는 다급하게 나무 비녀를 가져가 냄새를 맡아 보더니 말했다.

"과연 호랑이 이빨 냄새야. 보아하니, 축운궁이 숲속에서 호랑이를 죽인 모양이군!"

만약 외부에 사는 보통 호랑이의 냄새가 흑삼림에 나타나면, 흑삼림의 호랑이는 분명 용납하지 못할 것이다. 그러므로 능 호법이 사용한 호랑이 이빨은 분명 흑삼림에 사는 호랑이의 것이어야 했다!

비연은 여전히 웃고 있었다. 물론 그 찬란한 웃음 사이에는 어느 정도 교활한 빛이 어려 있었다. 그리고 능 호법의 눈에 담겨 있던 살의는 이미 사라진 다음이었다. 비연을 바라보는 그의 눈 속에는 어느 정도 감탄의 빛이 어려 있었으나, 곧 다시 평소의 죽음 같은 적막을 회복했다.

그가 말했다.

"확실히 전부 맞았어. 말해 봐. 그래서 뭘 하고 싶은지."

비연이 더욱 예쁘게 웃으며 말했다.

"일단 네 이름을 알려 줘!"

능 호법의 신분

이름.

능 호법은 의외인 듯했다. 그는 비연이 이런 것부터 물어보리라고 생각지 못했던 것이다.

그녀가 묻지 않았다면 아마 자신의 이름마저 곧 잊었을 것이다. 축운궁에 들어간 후 지금까지, 이미 10여 년 동안 아무도 그의 이름을 불러 주지 않았으니까.

그가 반문했다.

"이름이 그렇게 중요한가?"

비연이 진지하게 대답했다.

"이름이야 중요하지 않지. 중요한 건 네가 누구냐 하는 거야. 너는 능씨 가문 사람이 아닌데 능씨라고 사칭하고 있잖아. 너는…… 흑삼림 사람이 아니지?"

흑삼림에 능씨라는 성은 단 한 가문뿐이었다. 아금은 이미 조사를 끝냈고, 능씨 가문 전체에서 의심이 가는 사람은 없었다. 또한 능 호법이 호랑이 이빨을 사용해 야수를 피하는 방법을 사용하는 것으로 보아 결코 능씨의 후손은 아니었다.

능 호법이 비연을 바라보았다. 죽은 것처럼 고요하던 눈에 점차 진지한 색채가 돌아오고 있었다. 그는 생각에 빠진 듯 한참 동안 아무 말도 하지 않았다.

비연이 큰 소리로 웃으며 말했다.

"능 호법이 된 지 오래되어 이제 자기가 누구인지도 잊었어? 축운궁주에 대한 원한이 아주 깊잖아? 하지만 축운궁주가 아주 무섭고. 맞지?"

비연은 능 호법의 눈에 이야기가 담겨 있음을 확신했다. 능 호법이 그저 축운궁주의 권력을 탐냈다면 그의 눈빛이 그렇지 않았을 것이다!

능 호법은 비연을 한참 동안 바라보다가 갑자기 큰 소리로 웃기 시작했다. 비연의 말이 그의 마음에 들어가 박힌 것이 분명했다.

능 호법이 된 지 오래되었다. 그는 정말로 자신이 누구인지 잊을까 봐 두려웠다!

그가 영술을 배웠다 해도 감히 경거망동할 수 없었다. 계강란이나 요 이모, 소 숙부에 비해 축운궁주의 비밀을 더 많이 알게 되어도, 심지어 흑삼림의 주인이 돌아온 것을 발견한 다음에도 그는 함부로 행동할 수 없었다. 그저 사람을 중앙 숲으로 유인하는 수밖에 없었다.

그는 능씨 가문이 축운궁주를 상대할 수 있다는 사치스러운 갈망을 품고 있지 않았다. 당연히 그들과 연맹을 맺을 마음도 없었다. 군구신도 영술을 할 줄 안다는 것을 발견하고, 그들에게서 '연맹'이라는 말을 듣기 전까지는! 그리고 그들이 3대 상고 신력을 논하는 것을 듣기 전까지는!

3대 상고 신력이라면 축운궁주를 죽일 수 있을 것이다!

능 호법이 큰 소리로 웃었다. 그러나 그 웃음소리는 어쩐지 서늘하고 슬픈 기운이 서려 있었다.

모두 이유를 몰라 어리둥절해하고 있었다. 비연은 더더욱 상황을 이해할 수 없었다. 그러나 그녀는 이 웃음소리가 전혀 마음에 들지 않았다. 웃음소리는 세상에서 가장 듣기 좋은 소리인데, 이 웃음소리는 너무나 슬펐다. 슬픔과 절망이 가득했다!

비연은 절망과 연맹을 맺고 싶지 않았다! 원한을 짊어진 채 마음에 절망을 품고 있는 자라면 눈 안에 들이고 싶지 않았다!

비연은 들으면 들을수록 화가 나서 갑자기 능 호법의 웃음을 끊었다.

"그만! 대체 뭐가 그리 우스워? 웃기 시작하니 정말 보기 흉하군!"

능 호법이 바로 웃음을 멈추고 멍한 표정이 되었다. 심지어 눈빛에 어찌해야 할지 모르겠다는 빛이 떠올랐다.

비연의 인내심이 금세 사라지고 말았다. 그녀가 퉁명스럽게 말했다.

"대체 이름이 뭐야? 말하지 않으면 두 다리를 못 쓰게 만들어 버리겠어! 우리가 너와의 연맹을 귀하게 생각한다고 착각하지 말라고!"

이 말을 듣자 능 호법의 눈에 점차 곤란한 빛이 떠올랐다. 그 자리에 있던 모든 이들이 눈치챌 수 있을 정도였다.

직접 본 것이 아니라면, 그렇게 죽은 것과 같은 눈을 하고 있던 절망한 사람이 갑자기 난감해하는 것이 상상하기 어려운 일일 것이다. 그러나 실제로 능 호법은 지금 난감해하고 있었고, 그 모습이 상당히 귀여워 보이기도 했다. 마치 잘못을 저지르고 어찌해야 할지 고민 중인 이웃집 소년 같은 느낌이랄까.

비연은 놀라는 와중에도 갑자기 호기심이 들었다. 이 녀석, 아주 오래전에는 이런 모습이 아니었던 게 아닐까. 정말 이웃집 소년 같은 모습이었던 것은 아닐까? 대체 무슨 일을 겪은 걸까?

비연이 미간을 찌푸리자 능 호법은 그녀가 화를 낸다 생각하고 재빨리 말했다.

"내 성은 목, 이름은 연. 목연이야."

목연?

비연과 군구신은 '목'이라는 성을 처음 들었다. 그러나 아금은 이 성씨를 아주 잘 알고 있었다! 그가 경악한 목소리로 물었다.

"네가 목씨 가문의 후예란 말이냐?"

목씨라는 성은 흑삼림에만 존재하는 성으로, 방계가 없었다. 목씨 가문은 흑삼림에서 야수들을 부리는 가문 중 하나로, 비록 세력이 크지는 않았으나 흑삼림 내에서는 자못 높은 지위를 유지하며 다른 가문들의 존경을 받았다.

목씨 가문은 대대로 음률에 정통해 특히 피리를 잘 불었다. 그들은 야수를 길들이거나 통제하지 않고, 피리 소리로 자제력을 잃은 맹수를 안정시키곤 했다.

흑삼림에서는 누구나 야수를 길들이는 기술을 어릴 때부터 익힐 수밖에 없었다. 그러나 야수를 길들이는 기술을 연습하다 보면 사람들은 곧잘 야수를 분노하게 했고, 야수는 자제력을 잃고 미쳐 날뛰곤 했다.

야수는 본래도 흉맹한데, 자제력을 잃으면 더더욱 무서웠다. 정상급의 고수가 아닌 이상 그들을 통제할 방법은 없었다. 그런 상황에서는 자제력을 잃은 야수를 죽이거나 목씨 가문의 도움을 청해야 했다.

보통 야수가 자제력을 잃은 경우라면 죽이는 것도 별문제 없었다. 그러나 희귀한 품종이라면, 그 야수를 죽이기에는 아까운 법이었다! 그런 경우는 목씨 가문의 도움만이 유일한 길이었다. 때문에 과거 수백 년 동안, 흑삼림 내에서 아무리 심한 다툼이 벌어져도 목씨 가문에게 손을 대는 사람은 없었다.

아금은 흑삼림으로 돌아온 후, 능씨 가문이 흑삼림을 관리하지 않는 동안 격렬한 다툼이 있었고, 적지 않은 가문이 멸족되었음을 알게 되었다. 그러나 목씨 가문은 건재했다. 여전히 목씨 가문을 치고자 하는 사람은 없었던 것이다.

목씨 가문은 쟁투에 참여하지 않고, 그보다는 각 가문을 대신해 마지막 국면을 수습하고 야수들을 안정시키는 일을 했다. 그런데 빙해에 이변이 일어난 그해에 백 명에 달하는 목씨 가문 사람들이 갑자기 사라져 버렸다.

아금은 빙해의 이변이 일어난 다음 해 흑삼림에 들어와, 능씨 가문을 찾아 조상에게 돌아왔음을 고했다. 그때 그의 부모는 여전히 살아 있었고 그를 도와 2, 3년 동안이나 조사해 주었지만 아무것도 알아내지 못했다. 그리고 부모가 세상을 떠난 후에도 아금은 조사를 멈추지 않았지만 안타깝게도 지금까지 실마리가 전혀 없었다.

"네가 목씨 가문의 사람이라면, 설마……."

아금이 홀연히 깨닫고 외쳤다.

"설마, 너희 목씨 가문이 10년 전 축운궁에 의해 멸족당한 것이냐? 축운궁주가 너만 남겨 두고?"

이때, 목연의 눈에 비치던 곤란한 기운이 완전히 사라졌다. 그의 눈빛은 다시 평소의 죽음 같은 고요함을 회복했다. 10년 동안 파란을 단 한 번도 겪지 않은 듯한 그런 고요함이었다.

그가 말했다.

"그래! 나 한 사람만이 남았지."

아금은 여전히 경악하고 있었다. 비연과 군구신도 매우 놀란 상태였다. 비연이 재빨리 물었다.

"어째서 너 한 사람만 남은 거지?"

목연의 눈에 머뭇거리는 빛이 스쳐 가는가 싶더니 곧 대답했다.

"나도 모른다!"

비연 일행이 서로 얼굴을 바라보았다. 분명 모두 믿고 있지 않은 기색이었다.

목연이 그들의 반응을 지켜보다가 별다른 설명 없이 옥피리를 하나 꺼내 비연에게 건넸다. 매우 독특한 옥피리였다. 투명하고 흠집이라고는 하나도 없는 백옥으로 만들어진 그것은 보통의 피리보다 아주 짧아서 대략 7치[3] 정도로 보였다.

3　약 23센티미터.

비연은 이해할 수 없었다.

"이건……."

그러나 아금은 바로 알아보고 외쳤다.

"목씨 가문 대대로 내려오던 가보, 칠률목적!"

목연이 고개를 끄덕였다.

"그래, 우리 목씨 가문 대대로 내려오던 물건이지. 오늘 그 걸 너에게 주겠다. 너희들이 내가 축운궁주를 죽이는 것을 도 와주겠다고 약속하면, 너희들이 뭘 알고 싶어 하건 내가 아는 것을 낱낱이 알려 주겠다. 그리고 너희들이 뭘 얻고 싶어 하건 내가 물불을 가리지 않고 앞장서겠다!"

축운궁의 비밀

축운궁주는 목씨 가문을 멸망시키고 목연 한 사람만 남겨 두었다. 여기에는 분명 곡절이 있을 것이다. 바꿔 말하면 목연에게는 분명 이용 가치가 있다는 이야기다.

하지만 목연은 축운궁주와 장장 10년을 함께했는데 그 연유를 모를 수 있을까? 비연 일행은 목연을 믿을 수 없었다. 그러나 그가 건넨 칠류목적을 보면 그의 성의를 의심하기도 어려웠다.

이때, 계속 침묵하던 군구신이 입을 열었다

"축운궁주는 남자인가, 여자인가? 이름은 무엇이고, 내력은 어떻게 되지?"

목연이 대답했다.

"여자입니다! 저도 축운궁의 다른 사람들처럼 그녀의 이름도 출신도 모릅니다. 심지어 그녀의 진짜 얼굴도 본 적이 없고! 제가 아는 것은 그저 그녀가 약 30대 중반에 의약술에 능하다는 것, 그리고 흰 옷을 입고 검은 가면을 쓰는 걸 좋아한다는 겁니다. 성격은 변덕스럽고, 자신의 외모와 나이에 무척 신경을 쓰지요. 늙는 것을 두려워해요."

모두 매우 의아하다는 표정을 지었다. 비연이 재빨리 물었다.

"그녀가 빙핵의 힘을 얻고 싶어 하는 것은, 영생을 얻어 늙지 않고 영원히 외모를 보존하기 위함인가?"

목연은 솔직하게 대답했다.

"이건 추측일 뿐입니다. 그녀는 계속 3대 상고 신력을 찾아 헤맸는데 그중에서도 봉황력을 가장 중시했습니다. 10년 전 그녀는 빙해에서 요 이모를 구했고, 다시 우리 목씨 가문을 멸족한 후 소 숙부를 투항시켰습니다."

비연이 다급하게 물었다.

"소 숙부는 혁씨 가문 사람이잖아?"

목연이 고개를 끄덕였다.

"맞습니다. 혁씨 가문의 대장로 혁소해. 축운궁주는 요 이모보다 그를 더 중요하게 여깁니다."

비연이 물었다.

"설마 그의 손에 들린 패가 요 이모보다 많은 거야?"

목연이 무표정한 얼굴로 답했다.

"그가 자신의 친손주를 죽여 혁씨 가문의 대를 끊은 다음, 축운궁주에게 충성을 맹세했기 때문입니다. 3대 신력을 노리지도 않고."

비연이 차가운 숨을 들이마셨다. 너무나 기이한 이야기였다.

"세상에, 그랬다니!"

군구신과 다른 사람들도 모두 깜짝 놀랐다. 혁소해가 그런 일을 저질렀으리라고는 상상조차 못했던 것이다.

전다다가 참지 못하고 끼어들었다.

"호랑이도 자기 새끼는 잡아먹지 않는다는데……. 그 손자가 혁씨 가문의 진짜 혈통이라고 하기는 어렵지 않을까? 혹시 다른 아이를 데려다가 사칭했다던가 한 거 아냐?"

목연은 그제야 전다다를 바라보며 말했다.

"축운궁주는 현공대륙 각 가문의 모든 정보를 잘 알고 있었습니다. 그러니 혁소해가 그렇게 쉽게 그녀를 속일 수 없었을 겁니다. 그리고 그녀를 속일 만큼 대담하지도 않았겠지요. 혁소해가 그렇게 충성을 표현하는데도 축운궁주는 여전히 그를 경계했습니다. 계강란은 아는 것이 아무것도 없습니다. 요 이모와 소 숙부, 그리고 나에 대해서도 아무것도 모릅니다. 소 숙부는 나에 대해 아무것도 모르지만 나는 축운궁주에 대해 아무것도 모르고……. 우리는 서로를 의심하고 경계하며, 단 한 번도 완벽하게 믿어 본 적 없습니다. 그러니 사적으로 연합을 한다든가 하는 생각조차 해 보지 못했습니다."

비연이 재빨리 물었다.

"계강란은? 무슨 내력이라도 있어?"

목연이 고개를 저었다.

"축운궁주의 유일한 여제자고, 축운궁주는 그녀를 아주 아끼고 있습니다. 하지만 중요한 임무를 맡은 적은 없습니다. 축운궁주가 그녀를 남겨 둔 것은 쓸 곳이 있기 때문이겠지요. 다만, 계강란 자신도 스스로가 축운궁주에게 어떻게 사용될지는 알지 못할 겁니다."

"이 궁주는 아주 신중하고 주도면밀하군. 물 한 방울도 샐 틈이 없어 보여! 30대 중반에 홀로 중앙 숲에서 살고 있고……."

비연은 고민하다가 다시 물었다.

"축운궁은 대체 어떤 곳이야? 중앙 숲에 숨어 있는 은거 가문 같은 건가?"

목연이 고개를 저었다.

"축운궁은 중앙 숲 동쪽 낭떠러지 위에 세워져 있습니다. 궁전은 천 년의 역사가 있지만, 가문의 저택 같지는 않습니다. 그보다는 신전과 비슷한 느낌이지요. 모실 수 있는 신이 없긴 하지만."

여기까지 들은 아금이 참지 못하고 입을 열었다.

"너희는 어떻게 중앙 숲에 자유롭게 드나들 수 있는 거지?"

야수들은 중앙 숲을 무서워했고, 수백 년에 걸쳐 어떤 야수도 중앙 숲에 난입하지 못했다.

야수를 부리는 가문들은 비록 짐승과 소통할 수 있었으나 완벽하게 대화를 나누는 것은 불가능했다. 그저 서로 표현하고자 하는 뜻을 대강 알아듣는 정도였다. 그래서 야수를 부리는 가문들은 지금까지도 야수들이 중앙 숲을 무서워한다는 것은 알지만 무엇 때문에 그러는지는 알지 못했다. 그리고 바로 이 미지의 공포 때문에 수백 년 동안 흑삼림의 어느 가문도 중앙 숲에 들어갈 엄두를 내지 못했다.

얼마 전 아금은 고북월, 고칠소와 함께 어쩔 수 없이 중앙 숲에 들어간 적이 있었다. 그들은 어떤 위험도 만나지 않았지만 그 안에서 길을 잃었고, 하마터면 빠져나오지 못할 뻔했다.

고북월은 이 중앙 숲에 누군가가 기문진법을 배치한 것 같다고 의심했고, 고칠소는 환상경이 아닌지 의심했다. 천호 고묘를 발견하지 못했다면, 고북월과 고칠소는 다시 중앙 숲에 들어가 탐구해 볼 생각을 했을 것이다. 그런데 지금 목연이 투항한 셈이니, 그들은 힘을 아끼게 된 셈이었다.

아금은 목연의 대답을 무척 기대하는 표정을 지었다. 비연 일행도 역시 그러했으나, 목연의 대답은 완벽하게 그들의 예상을 비껴갔다.

"중앙 숲 전체가 팔괘 형태로 생겼고, 거대한 기문진법이 설치되어 있어서 예로부터 팔괘림이라 불렸습니다. 그 안의 풀과 나무는 허상인지 사실인지, 가짜인지 진짜인지 구분하기 어렵습니다. 한 번은 축운궁주가 취했고, 저는……."

목연이 잠시 머뭇거리다가 겨우 말을 이었다.

"죽기를 각오하고 그녀에게 물어, 겨우 진실을 알게 되었습니다. 팔괘림은 상고 시대 구려족이 용의 뼈를 지키기 위해 설치한 거라고 하더군요. 팔괘림 중앙에 용의 뼈가 있기 때문에 모든 야수들이 감히 가까이 가지 못하는 거고요."

모두 경악한 가운데 침묵에 빠져들었다. 전다다만이 이상할 정도로 감격 중이었다.

"세상에, 정말로 용이 있다는 거야? 아빠, 그럼 우리 용도 길들일 수 있어요?"

아금도 자신의 딸을 보며 겨우 어쩔 수 없다는 듯 미소 지었다.

"상고 시대에 용이 있었다 들어 본 적 있다. 하지만 이미 모두 멸족했다 하더구나. 남아 있는 용의 뼈는 모두 바닷속에 있어 찾을 길 없다 들었는데, 생각지도 못했구나. 그런 보물이 우리 흑삼림에 있다니!"

아금이 서둘러 물었다.

"그럼 너희는 어떻게 중앙 숲에 자유롭게 드나든 거지? 설마 축운궁주가 구려족의 후예인 건가? 아니면 기문진법을 파해하는 방법이라도?"

목연의 대답은 다시 한번 모두를 경악하게 했다.

"사실, 그날도 저는 진정으로 중앙 숲의 진법 안으로 들어가지는 않았습니다. 저는 그쪽이 신경 쓰지 못하는 틈을 타서 몰래 한쪽으로 빠졌죠. 저는 그저 그쪽이 의심하게 만들려 했을 뿐입니다. 축운궁 사람들은 중앙 숲에 출입할 때 모두 수로를 이용합니다. 중앙 숲 밖에서 수로를 이용해 바로 동쪽 낭떠러지의 축운궁으로 갈 수 있지요. 궁주는 금령을 내려, 우리가 궁전에서 한 걸음도 나가지 못하게 했습니다. 만약 금령을 어길 경우는…… 그 결과는 자신이 짊어져야 했죠."

"수로!"

비연이 다급하게 물었다.

"그렇다면 인어족의 도움을 받는 거야? 하지만……."

그녀는 뭔가를 깨달은 듯 바로 말을 멈췄다. 그러자 군구신이 이어 이야기했다.

"설마 축운궁주가 인어족의 후예인 건 아니겠지? 인어족에는 옥인어 일족 외에도 다른 일족이 있었다고 하던데!"

목연은 신중하게 대답했다.

"우리들의 출입을 돕는 것은 흑인어였습니다. 저도 의심한 적 있었지만…… 확인할 방법은 없었지요. 제가 축운궁에 들어간 후, 궁주가 축운궁을 떠나는 걸 한 번도 본 적 없으니까요. 궁주는 계속 옥인어 일족을 찾고 있었습니다. 건명력이 북해의 결계에 봉인되어 있는데, 옥인어의 피만이 그 결계를 파해하고 건명력을 불러낼 수 있기 때문입니다. 지금 소 숙부가 백리명천의 손에 떨어졌으니, 제가 말하지 않으면 궁주는 분명 백리 일족이 옥인어 일족이라는 사실을 눈치채지 못할 겁니다."

목연은 비연을 바라보며 다시 말했다.

"소 숙부가 백리명천의 손에 떨어졌지만, 궁주는 아직 그 일에 대해 전혀 모릅니다. 저는 원래 왕비마마를 납치한 후 다시 백리명천과 함께 축운궁주에게 갈 생각이었습니다. 그런데 백리명천이 갑자기 생각을 바꿀 줄이야……. 지금 생각하면 오히려 그때 그가 마음을 바꾼 것에 감사해야겠지만."

비연이 화를 내며 물었다.

"그가 축운궁과 연맹을 맺어 뭘 하려 한 건데? 갑자기 생각을 바꾼 건 또 무엇 때문이고?"

은사, 보면 볼수록 닮은

목연 역시 백리명천이 무엇 때문에 생각을 바꿨는지 알지 못했다. 그가 한참 생각하다 대답했다.

"패기 넘치는 백리명천은 다른 이에게 굴복하고 싶지 않았을 겁니다. 소 숙부를 손에 넣은 그가 왕비마마까지 납치할 수 있었다면, 축운궁주와 조건을 이야기할 때 좀 더 배짱을 부릴 수 있었을 테고요."

자리에 있는 모두가 이 말이 옳다고 생각했다.

비연은 군구신이 건명력을 지니게 되었다는 이야기를 굳이 꺼내지 않고, 다시 진지하게 물었다.

"건명력이 북해에 봉인되었다는 건 어찌 된 일이야?"

목연이 대답했다.

"축운궁주는 천 년 전 몽족 결계사가 옥인어의 피를 인자로 삼아 건명력을 북해 깊은 곳에 봉인했다고만 이야기했습니다. 어떤 연유가 있는지는 정확하게 말해 준 적이 없습니다."

전다다가 다급하게 끼어들었다.

"천 년 전의 비밀은 옥인어의 후예들조차 제대로 모르던데, 축운궁주가 어떻게 아는 거죠?"

목연이 고개를 저었다.

비연이 다시 물었다.

"그렇다면 서정력과 봉황력은? 축운궁주가 그 두 힘에 대해서는 얼마나 알고 있지?"

목연이 대답했다.

"서정력은 수련으로 얻을 수 있는 힘이고, 봉황력은 가문 대대로 전승되는 힘입니다. 축운궁주도 그 두 힘에 대해서는 아는 것이 많지 않았습니다. 그 두 힘이 대진 황족에게 있다는 것조차 요 이모의 말을 듣고 알았을 정도니까요. 하지만 축운궁주는 최근 반년 동안 계속 마음을 끓이고 있었지요."

비연은 자신의 신분 역시 굳이 서둘러 밝히지 않고 진지하게 물었다.

"무슨 일 때문에?"

목연이 대답했다.

"가문 대대로 전승되는 봉황력은 사람이 살아 있으면 힘도 있고, 사람이 죽으면 힘도 흩어집니다. 빙해의 이변 이후 한운석과 그 딸인 헌원연이 죽었다면 봉황력도 흩어져 버렸어야 합니다. 그들이 죽지 않았다면 봉황력은 여전히 그녀들 몸 안에 있을 테고요. 한운석과 헌원연의 생사와 상관없이 봉황력은 북강에 나타나서는 안 되는 거였습니다."

이 말을 들은 비연이 군구신을 바라보았다. 군구신 역시 그녀를 바라보고 있었다. 그들 역시 이미 이 문제를 고민한 바 있었다. 이 수수께끼를 풀기 위해서는 아마 먼저 빙해영경의 비밀을 알아내야 할 것이다. 그리고 이것은 바로 그들이 이번에 흑삼림에 온 목적이기도 했다.

비연이 일부러 생긋 웃으며 그를 탐색해 보았다.

"목연, 네 생각에는 어찌 된 일인 것 같아?"

비연에게 질문을 받아서일까, 아니면 비연의 눈 속에서 해맑은 웃음기를 발견했기 때문일까. 목연은 뜻밖에도 다시 한번 어찌해야 할지 모르겠다는 표정을 짓더니 다급하게 고개를 숙였다.

"축운궁주도 알지 못하는 걸 제가 어떻게 알겠습니까?"

비연이 그를 계속 탐색해 보았다.

"힘이 있다는 것은 사람이 있다는 의미일 수도 있잖아? 혹시 봉황력을 가진 사람이 북강에 나타났다는 의심을 해 본 적은 없어? 그해 빙해의 이변 이후, 기연결의 시체만 다른 곳에 있었을 뿐 다른 이들의 생사는 요 이모조차 감히 확신할 수 없었잖아? 그렇지?"

목연이 고개를 들어 그녀를 바라보더니 진지하게 대답했다.

"봉황력의 주인이 백새빙천에서 그렇게 오래 머물 리 없습니다."

비연이 다시 물었다.

"그런데 어째서 백새빙천이었을까? 설마 백새빙천이 다른 지역과 다른 점이 있는 걸까?"

목연은 여전히 고개만 저었다. 비연도 더 이상 묻지 않고 화제를 바꿨다.

"말해 봐. 이 고묘는 또 어떤 곳이야?"

목연이 대답했다.

"저도 모릅니다. 축운궁주는 이곳을 아주 중시했습니다. 저에게 때때로 누군가가 이 묘를 발견한 것은 아닌지 살펴보게 했습니다. 저도 몰래 한번 들어가 본 적 있긴 하지만 겨우 첫 번째 층까지만 가 봤을 뿐입니다."

비연이 다시 물었다.

"축운궁주는? 축운궁주는 들어가 본 적 있어?"

목연은 여전히 고개를 저었다.

"최근 10년 동안 그녀는 축운궁 밖으로 한 번도 나간 적 없습니다. 예전에 들어간 적이 있는지는 저도 모릅니다."

이만하면 물어볼 것은 다 물어본 셈이었다. 목연이 아는 정보가 비연이 생각했던 것보다 적기는 했지만, 축운궁주에 대해 어느 정도 이해하게 되었으니 상당히 만족스러웠다.

비연이 군구신에게 의사를 묻는 듯한 눈길을 보내자, 군구신이 그제야 목연에게 물었다.

"영술은 어디서 배운 거지? 정말로 고씨 성을 가진 사람에게서 배운 건가?"

비연도 예전에 이 일을 탐색해 본 적 있었다. 당시 목연의 반응은 그와 비연에게 상당한 기대를 품게 했었다. 목연이 그들에게 협력하는 큰 이유 중 하나가 바로 영술일 것이다. 군구신이 묻지 않았다 해도 아마 그가 언급했을 가능성도 높았다.

"그때…… 8년 전, 바로 이 고묘 부근에서 그 사람을 만났습니다. 그는 가면을 쓰고 있었고, 누구인지, 어떻게 생겼는지, 이름이 무엇인지도 모릅니다. 그가 도망치는 방법을 가르쳐 주겠다고 했고, 다 배운 후에야 그게 영술이라는 걸 알게 되었습니다. 그가 저와 아주 오래 같이 있어 줄 거라 생각했지만, 단 이레 동안 저를 가르쳐 주었을 뿐입니다. 저는 수년 동안 계속 암중에서 그를 찾았지만, 안타깝게도 영술을 제외하면 어떤 실마리도 없는 상태입니다."

목연의 말이 끝나자 모두 경악한 표정을 지었다. 이레라고?

비연이 이해할 수 없다는 듯 다시 물었다.

"이레? 잘못 기억하는 것 아니야?"

목연이 확언했다.

"틀림없습니다."

목연은 비연 일행이 속으로 얼마나 놀라고 있는지 알지 못했다.

그의 두 눈동자가 마침내 찬란하게 빛을 발했다. 축운궁주에 대한 복수심을 제외하면, 은사를 찾는 것이 바로 그의 남은 생 가장 큰 소원이었다. 그는 재빨리 군구신에게 포권하며 진지하게 물었다.

"정왕 전하, 저에게 은사의 행방을 알려 줄 수 있으십니까?"

군구신은 그 누구보다도 경악하고 있었다. 천부적인 재능을 타고난 군구신도 3년 가까운 시간을 들여 영술을 배워 조금이나마 성과를 얻을 수 있었다! 그런데 목연은 겨우 이레 만에 영술을 배웠다니, 여기에는 분명 숨겨진 뭔가가 있다!

군구신이 목연 어깨에 겨누고 있던 장검을 거둬들이고 말했다.

"영술은 고씨 가문의 선조께서 창시하셨지. 나에게 영술을 가르쳐 주신 분이 바로 지금 이 고묘 안에 계시다. 그분은 고씨 가문의 후예는 맞으나, 안타깝게도 네 은사는 아닌 것 같군."

목연이 실망한 동시에 놀라며 물었다.

"고씨 가문? 왕비마마의 친정 말입니까?"

군구신이 고개를 끄덕였다.

"바로 그렇다. 진양성의 고씨 가문이지."

목연이 생각에 잠기더니 중얼거렸다.

"그렇다면 제 은사께서도 분명 고씨 가문의 후예시겠군요. 그게 아니라면 이레라는 짧은 시간에 저를 가르쳐 주셨을 리 없으니까."

영술이라는 이 무공은 하루아침에 배울 수 있는 게 아니었다. 그 요령의 정수를 얻은 게 아니라면 어떻게 단숨에 배울 수 있었겠는가? 영술은 외부인에게 전수할 수도 있으나, 그 요령의 정수를 얻을 수 있는 자는 분명 고씨 가문의 사람일 것이다.

군구신의 입가에 가벼운 미소가 떠올랐다.

"이레 만에 배웠다……? 네 은사는 분명 고씨 가문 사람들 중에서도 영술을 가장 잘 이해하고 있는 사람이었던 모양이군."

군구신이 계속 모두에게서 등을 돌리고 있는 고운원을 바라보며 물었다.

"네 은사의 나이를 기억하는가? 체형이나 옷차림은?"

목연은 아주 잘 기억하고 있었다.

"아주 젊었고, 키가 크고 마른 편이었습니다. 흰 옷을 입고 있었고, 얼굴 전체를 가리는 흰 가면을 쓰고 있었습니다. 성격은 활달하고 상냥한 편이었습니다."

그 순간 군구신뿐 아니라 비연을 비롯한 그들 모두 고운원을 바라보았다.

전다다가 갑자기 손을 들어 고운원을 가리키며 말했다.

"목연 오라버니, 저 사람을 좀 봐요. 혹시 오라버니 사부가 저렇게 생기지 않았어요?"

목연이 그제야 고운원을 바라보았다. 그는 고운원이 누구인지 몰라, 전다다가 무슨 뜻으로 그런 말을 하는지도 알지 못했다.

그는 열심히 고운원을 살펴보았다. 어쩐지, 보면 볼수록 닮았다는 생각이 들었다.

"설마…… 저 사람이……."

목연의 눈에 점차 기쁜 기색이 어리더니 갑자기 빠른 걸음으로 고운원에게 다가갔다. 그리고 바로 무릎을 꿇고 두 손을 마주 잡았다.

목연의 입에서 '사부'라는 단어가 나오려는 바로 그 순간, 고운원이 갑자기 뒤로 몇 걸음 물러서다 넘어져 엉덩방아를 찧었다. 그러고는 몹시도 놀란 듯한 모습으로 몇 번이고 소리쳤다.

"소생에게 너무 황송하시오! 너무 황송해!"

목연은 그대로 굳어 버리고 말았다.

고운원이 재빨리 가면을 벗더니 말했다.

"대협, 소생의 성은 고孤씨도 아니고, 의원인지라 무술을 배운 적도 없는 사람입니다. 잘못 보셨습니다."

앞으로는 우리 사람이니까

10년이 지났으니 은사는 분명 30대 중반일 것이다. 그러나 눈앞의 이 사람은 20대 중반으로밖에 보이지 않았다. 게다가 놀라며 경황없어하는 모습에서는 은사의 품격이 전혀 보이지 않았다.

고운원을 바라보는 목연의 두 눈이 어두워졌다. 그는 자리에서 일어나 고운원을 부축하며 담담하게 말했다.

"미안합니다. 잘못 보았습니다."

모두 고요한 가운데 전다다가 갑자기 피식 웃었다. 목연이 바로 차가운 눈으로 그녀를 바라보았다. 그녀가 일부러 자신을 놀렸다고 의심하는 모양이었다. 목연은 농담을 좋아하는 사람이 아니었고, 특히 이런 식의 농담을 좋아하지 않았다.

그 날카로운 눈길을 보고 전다다가 웃음을 멈췄다. 그러나 그녀는 두려운 게 아니라 불만스러워하고 있었다. 그녀는 목연을 놀린 게 아니라 탐색해 본 것뿐이었으니까.

전다다가 불쾌한 듯 말했다.

"나는 저 관심이 고픈 공자를 보고 웃은 거지, 그쪽을 보고 웃은 게 아니라고요! 대체 왜 그렇게 보는 거야?"

관심이 고픈 공자?

목연은 어리둥절했다. 전다다는 비연과 군구신이 목연에게 얼마나 드러낼 작정인지 모르는 상황인지라 더 이상 말할 수 없었다. 그녀는 가볍게 콧방귀를 뀌고는 고개를 돌렸다.

목연이 더 묻지 않고 비연에게로 걸어갔다. 그는 아무 말도 하지 않고 두 손으로 칠률목적을 건넸다.

비연이 목적을 받아 들고 한번 손에서 움직여 본 다음 물었다.

"목연, 우리에게 질문하고 싶은 건 없어? 나와 정왕 전하가 무엇 때문에 능씨 가문 사람들과 함께 있는지 궁금하지 않아? 아니면 우리가 무엇 때문에 이 고묘를 주시하고 있는지 같은 것은?"

목연이 말했다.

"저에게는 뭔가를 요구할 패가 없습니다. 말씀하고 싶으시다면 자연스럽게 말씀하시겠죠. 말씀하실 생각이 없다면 제가 아무리 물어봐야 헛수고일 테고요."

비연은 그의 이런 태도가 무척 마음에 들었다. 군구신을 바라본 그녀는 군구신이 고개를 끄덕이는 걸 보고 마음을 굳혔다. 의심스러운 사람은 쓰지 말자. 사람을 쓴다면 의심하지 말자. 이것이 바로 그녀와 군구신의 원칙이었다.

비연이 두 손으로 칠률목적을 목연에게 건네며 진지하게 말했다.

"이 물건은 나에게는 아무 소용이 없지만, 너에게는 야수들을 진정시킬 수 있는 무기겠지. 흑삼림에는 수많은 비밀이 숨어 있으니, 분명 네가 이 피리를 필요로 하는 날이 올 거야. 갖고 있도록 해."

목연은 무척 놀란 듯 비연을 바라보았다. 그리고 점차 미간을 찌푸리며 한참 동안 손을 내밀지 않았다.

비연이 웃으며 물었다.

"보아하니, 우리를 믿지 않는 모양이지?"

"저, 저는…… 그게 아니라……."

목연이 다시 한번 허를 찔린 듯 어쩔 줄 몰라 했다. 비연이 피리를 그에게 건네며 진지하게 말했다.

"우리를 믿는다면 이 물건을 받고, 함께 고묘로 들어가자. 어쩌면 고묘 속에 우리가 알고 싶어 하는 비밀이 있을지도 몰라. 네 은사의 신분을 포함해서 말이야."

목연이 깜짝 놀랐다.

"제 은사의 신분이라니…… 그, 그게 무슨 뜻입니까?"

비연은 일부러 고운원을 흘깃거리며 목연의 질문에는 대답하지 않고 그저 이렇게만 말했다.

"가자! 이제부터 너는 우리 사람이니까, 전다다가 천천히 너에게 알려 줄 거야."

목연이 다시 한번 고운원을 바라보았다.

고운원은 이미 다시 가면을 쓰고 있었다. 그 잘생긴 눈에 가득 찬 것은 황당함이었다. 마치 목연보다 더 영문을 모르겠다는 듯한.

고묘의 묘비는 무성한 수풀 속에 숨겨져 있었다. 아금이 직접 묘비를 움직이자 지상에 고묘의 입구가 나타났다. 돌계단을 하나하나 내려가게 되어 있었는데, 바닥이 없는 어두운 동굴

속으로 들어가는 느낌이 들었다.

아금은 시위들에게 앞에서 길을 열라고 한 후 비연에게 직접 야명주를 하나 건넸다.

"왕비마마, 정왕 전하, 저는 내려가지 못합니다. 태부와 태자 전하께서는 3층 묘실에 계십니다. 부디 조심하십시오."

비연과 군구신이 고개를 끄덕였다.

비연이 먼저 들어가려 하자 군구신이 그녀의 손을 잡더니 함께 발걸음을 내디디기 시작했다.

이 순간 목연은 아직도 고운원을 보고 있었고, 고운원도 그를 보고 있었다. 눈동자가 유달리 아련해 보였다.

그때 전다다가 재촉했다.

"두 분, 이만 가시죠?"

고운원이 겁을 먹은 듯한 모습으로 말했다.

"전 소저, 차라리……."

전다다는 들은 척도 하지 않고 재빨리 말을 잘랐다.

"내려가지 않을 거예요? 계속 여기서 미적거리고 있을 거라면 내가 호랑이 한 마리를 불러와서 태우고 내려가게 해 주죠."

고운원이 더욱 겁에 질려 외쳤다.

"내려갑니다! 내려간다고요!"

그는 재빨리, 그리고 조심스럽게 계단을 내려가기 시작했다. 물론 내려가면서도 중얼거리는 것을 잊지 않았다.

"정말 터무니없지. 나 같은 일개 의원을 고묘에 데리고 들어간들 무슨 소용 있다고? 묘의 주인이여, 주인이여……. 원한은 분명히 구별하셔야 합니다. 저는 핍박받아 어쩔 수 없이 들어가고 있으니, 절대로 저를 귀찮게 하지 마시고…….”

전다다도 고운원에게 한마디 하는 것을 잊지 않았다.

“관심이 고프시군!”

목연이 전다다를 바라보았다. 그는 의심을 품고 있었고, 마음이 조급한 상태였다.

“대체 어찌 된 겁니까? 저 사람은 대체 어떤 사람입니까?”

전다다가 목연을 바라보며 도전하듯 말했다.

“내가 그쪽을 속인 적 없는데 나에게 화를 냈지요? 일단 사과해요. 아니면 내 기분이 좋아진 다음에나 이야기를 듣든가!”

목연의 눈빛이 순간 차가워졌다.

전다다는 부드럽게 대하는 사람과는 잘 지내는 편이었지만, 강하게 나오는 사람에게는 오히려 뻗대는 성격이었다. 하물며 지금은 그녀를 하늘처럼 아끼는 부친이 함께 있지 않은가. 그녀는 무서워하지 않고 차갑게 말했다.

“사과하건 말건 그쪽 마음대로 하든지.”

목연은 분명 사과하고 싶지 않은 것 같았지만 결국은 입을 열었다.

“미안…….”

그러나 그가 말을 끝내기도 전에 전다다가 바로 그의 말을 잘랐다.

“됐어요, 됐어. 나도 그쪽을 괴롭히고 싶지는 않으니까요. 나에게 금화 한 닢만 주면 용서하죠.”

목연이 당황했다.

"뭐라고요?"

"금화!"

전다다가 진지한 표정으로 말했다.

"나에게 금화 한 닢만 주면, 알고 싶은 모든 것을 다 말해 줄게요. 특히 당신 은사와 관련한 이야기를."

오늘은 아마 최근 10년 중 목연이 가장 다채로운 표정을 지은 날일 거다. 그는 이해할 수 없다는 표정으로 외쳤다.

"이, 이건…… 갈취 아닙니까!"

전다다는 두 손을 허리에 얹고 정색하며 말했다.

"이건 사과비라고요!"

사과비! 목연은 물론이고, 아금조차도 처음 듣는 단어였다. 목연은 마침내 전다다의 노림수를 알아차렸다.

그는 처음에는 전다다가 나약한 귀족 아가씨라 생각했다. 작은 일에도 화를 내거나 삐치거나 하는. 그러나 지금 보니 전다다, 이 소녀는 재물을 사랑하는 깍쟁이였다. 그녀는 화를 낸 순간부터 그에게서 금화를 얻어 낼 궁리를 하고 있었던 것이다!

딸에게 이미 수년째 당하고 있는 아금은 당연히 한참 전부터 딸의 계획을 알아차린 상태였다. 그는 코를 문지르며 아무 말도 하지 않았다.

목연은 매우 불만스러웠지만 시간을 낭비하고 싶지도 않았다.

"지금은 금화가 없습니다. 일단 빚으로 달아 두어도 되겠습니까?"

전다다가 눈을 가늘게 뜨더니 마치 수전노와 같은 모습으로 진지하게 말했다.

"물건을 저당 잡을 수 있어요. 아, 그리고 이자가 붙을 거예요. 이렇게…… 하루를 빚지면 금화 한 닢이 늘어나고……."

그녀는 말하면서 등 뒤에 지고 있던 황금 주판을 두드리기 시작했다.

목연은 도저히 참을 수 없어 전다다를 무시하고 성큼성큼 고묘 안으로 들어가 곧 어둠 속으로 사라져 버렸다. 이 모습을 본 아금이 가볍게 기침을 하더니 말했다.

"얘야, 적당히 해 둬라. 공주마마의 큰일을 망치면 안 된다."

전다다가 엄숙하게 말했다.

"아빠, 연아 언니가 저에게 진상을 말해 주라고 했어요. 제가 모든 것을 명백하게 설명하려면 최소한 반 시진 이상은 계속 떠들어야 한다고요. 그러니까 이건 제 혀는 물론이고 머리도 꽤 써야 하는 임무죠. 하지만 연아 언니에게 수고비를 달라고 할 수는 없으니 목연에게서 받아 낼 수밖에 없어요. 그리고 무엇보다 중요한 건, 이 기회에 저자가 대체 어떤 성격인지 탐색할 수 있다는 거죠. 성인께서 말씀하시길, 사람이 재물을 대하는 태도를 보면 진짜 성격을 알아볼 수 있다고 했어요. 아빠, 안심하세요. 절대 연아 언니의 큰일을 망쳐 놓지 않을 테니까. 저는 그저 이 기회에 금화를 좀 벌어 보려는 것뿐이에요. 어쨌든 금화가 한 닢이라도 많으면 기쁨도 늘어나니까."

아금은 뭐라 대답해야 할지 알 수 없었다.

전다다가 고묘로 들어가자 아금이 고묘의 문을 닫았다. 그는 이미 야수들을 다시 매복시켜 놓은 상태였다. 그는 시위 몇 명만을 묘비 근처에 매복시킨 후, 자신은 원래의 자리로 돌아갔다. 동시에 승 회장에게 서신을 보내 목연이 귀순했음을 알렸다.

지하 갱도로 들어가니 바로 첫 번째 묘실이었다. 전다다가 이곳에서 목연을 따라잡았다. 목연이 느리게 움직인 게 아니라, 비연과 군구신을 놓쳐 대체 어떻게 아래로 내려가야 할지 알지 못했기 때문이었다……

원래 겁쟁이였군

　천호 고묘의 첫 묘실은 이 고묘에서 가장 길었다. 묘실 안은 벽으로 나누어져 있지 않고, 양옆으로 커다란 돌기둥들이 늘어서 있었다. 그리고 그 사이 통로 양측으로 돌로 만든 관들이 가지런히 놓여 있었다.

　야명주 한 알로는 이 묘실 전체를 밝힐 수 없었다. 그저 한 구석만 비출 따름이었다. 하지만 그 정도 빛이라 해도, 손을 뻗으면 다섯 손가락도 구분 못 할 어둠 속에서는 유난히 눈에 띄었다. 전다다는 묘실로 내려오자마자 목연을 발견했다. 목연도 빛이 나타나자 전다다가 왔다는 것을 알 수 있었다.

　묘실 벽에 벽화가 그려져 있었지만 대부분 훼손된 상태였다. 그러나 어느 정도 얻을 수 있는 정보도 있었다. 이 고묘가 쇠금 자를 거꾸로 한 형태로, 모두 7층으로 이루어져 있다는 것도 바로 이 파손된 벽화를 통해 알게 된 정보였다.

　이 묘실에 한 번 들어와 봤던 목연이었지만 여전히 두 번째 묘실의 입구를 찾지 못하고 있었다. 전다다가 내려오는 것을 본 그는 바로 빠른 걸음으로 다가가 차갑게 말했다.

　"길을 안내해!"

　야명주가 그의 얼굴을 또렷하게 비춰 주고 있었다. 비록 보는 순간 감탄이 나오는 미남은 아니었지만, 보면 볼수록 잘생겨 보이는 유형이었다.

그의 눈빛은 평소의 죽음과 같은 적막으로 되돌아와 있었다. 어떤 파란도 없는, 희망이라고는 전혀 없는 듯한 그 눈빛 때문일까. 그의 얼굴 전체가 유달리 고요하고 굳어 있는 것만 같았다. 아니, 그라는 사람 자체가 마치 걸어 다니는 시신처럼 보일 지경이었다.

전다다는 오늘 처음 목연을 만났다. 그리고 이 순간 처음으로 가까운 거리에서 절망에 잠긴 그의 눈을 본 그녀는 깜짝 놀랐다.

"다, 당신…… 이런 데서, 그렇게 무표정하게 굳어 있지 말라고요!"

그러나 목연의 눈빛은 흔들리지 않았다.

"길을 안내해!"

전다다는 그의 이런 표정이 싫었고, 명령하는 듯한 그의 말투는 더더욱 싫었다. 그녀는 제 손을 그의 얼굴 바로 앞까지 내밀고는 차갑게 말했다.

"일단 사과비부터 내지 그래!"

목연이 짜증이 난 듯 물었다.

"내지 않겠다면?"

전다다는 속으로 기뻐했다. 사실 그녀는 금화를 받지 못하는 것도 괜찮다고 생각했다. 그렇게 되면 시간을 끌 다른 이유를 찾지 않아도 될 테니까.

그녀는 오랜만에 만나는 연아 언니와 태자 전하에게 회포를 풀 시간을 주고 싶었다. 연아 언니의 성격을 생각하면 통곡할 것이 분명했다! 그렇기에 전다다는 목연을 너무 빨리 아래로 데려가고 싶지 않았다. 막 귀순한 목연에게 눈물, 콧물 흘리는 모습을 보이게 된다면 연아 언니가 얼마나 난감하겠느냔 말이다. 나중에 위엄을 세우기도 힘들지 않을까?

전다다가 말없이 팔짱을 낀 채 등을 돌렸다. 더 이상 상대하지 않겠다는 태도였다. 목연이 의심의 눈초리로 그녀를 바라보았다. 그는 비록 아금과 전다다의 신분을 모르긴 했지만 그들이 능씨 가문 출신이라는 건 알아볼 수 있었다. 또한 그들이 비연과 군구신에게 매우 공손하다는 것도 느낄 수 있었다.

그가 말했다.

"꼬마야, 네가 감히 주인의 명령을 어긴다 해도 나는 상관없다. 후에 왕비마마와 정왕 전하께서 오시면 나는 자연스럽게 진상을 알게 되고, 아래로 내려갈 수 있겠지."

말을 마친 그도 등을 돌렸다. 하지만 전다다가 웃으며 말했다.

"주인? 하하, 혹시 정왕비가 주인이라 생각하는 거야? 기다리고 싶으면 기다리든가! 나도 밖에서 산책이나 하면서 기다리고 있지, 뭐."

그녀의 이 말은 허세를 부리기 위한 거기도 했지만 그렇다고 거짓말만은 아니었다. 운한각의 주인은 연아 언니가 아니라 태자 전하였으니까. 그녀는 말을 마치자마자 돌계단 방향을 향해 걷기 시작했다.

그들에 대해 아무것도 모르는 목연은 전다다의 말을 듣자 호기심을 느꼈다. 지금 그가 가장 조급하게 알고 싶은 것은 역시 스승과 관련한 정보였다. 심호흡을 한 번 한 그는 항시 가지고 다니던 옥패를 꺼내 전다다에게 건넸다.

"금화 한 닢을 빚지는 것으로 하고, 이 옥패를 잠시 저당 잡히도록 하겠다."

전다다가 옥패를 받았다. 볼 필요도 없이, 손에 와 닿는 감촉만으로도 상당한 가치의 옥패라는 걸 알 수 있었다. 그러나 그녀는 여전히 금화에만 흥미를 느꼈다.

"10할의 이자로 계산하되, 이자에도 이자가 붙는 복리로 계산할 거야. 하루 빚지면 금화 한 닢이 늘어나고, 이틀 빚지면 금화 두 닢이 늘어나고. 그런 식으로!"

목연은 이런 계산 방식으로 금화를 지불할 생각은 아예 없었지만 상쾌하게 대답했다.

"좋아."

그러나 누가 알았을까. 전다다가 옥패를 그에게 돌려주더니 갑자기 그의 허리에 꽂혀 있던 칠률목적을 뽑았다.

"옥패는 삿된 일을 막기 위한 것이니 계속 가지고 있어. 이 옥피리를 나에게 맡겨 두도록 해. 언제건 빚을 다 갚으면 돌려줄 테니까."

목연은 화가 나서 손을 뻗어 빼앗으려 했다. 전다다가 재빨리 멀리 떨어지더니 말했다.

"어쨌든 왕비마마께 드리려 했던 물건이잖아? 내가 잠깐 맡아 둔다 해도 결국 그쪽이 충성심을 표현하는 게 되지 않나? 안심하도록 해. 내가 아주 잘 보관할 테니까. 아무리 많은 금을 준다 해도 바꾸지 않고 말이야."

본래도 안색이 좋지 않던 목연은 전다다의 마지막 말을 듣는 순간 눈에서 분노의 불길이 일어났다. 그는 한 번 당해 줄 수는 있었지만 두 번은 당할 생각이 없었다.

다행히도 전다다는 이번에는 그를 일부러 어떻게 하려는 게 아니라 그저 말이 **빨랐을** 뿐이었다. 그녀가 재빨리 덧붙였다.

"물론, 그쪽이 금화를 가져오면 반드시 바꿔 주고."

이 말에 목연의 안색이 겨우 좀 나아졌다. 그는 전다다를 한참 바라보다가 갑자기 또 한 번 양보했다.

"좋아, 갖고 있도록 해. 하지만 만약 잃어버리면 네 목숨으로 받아 내겠다! 어서 아래로 길을 안내하고 진상을 이야기하도록 해. 당장!"

전다다는 깜짝 놀랐다. 그가 승낙하리라고는 생각지 않았던 것이다. 그저 시간을 끌기 위해 이런 행동을 했던 것에 불과했다. 어쨌든 놀란 것은 놀란 것이고, 그녀는 민망한 기분을 느끼면서도 승낙했다. 목씨 가문 대대로 전해 내려오는 보물을 지니고 있는 한, 빚을 떼어먹힐 일은 없을 것 같았다.

전다다는 주위를 살펴본 후, 돌로 만들어진 관에 시선이 닿자 가볍게 그 위에 앉았다. 연아 언니 일행은 아마 막 2층 묘실에 도착했을 테니, 시간을 좀 더 끌어야겠다는 생각이었다.

그녀가 말했다.

"할 이야기가 그렇게 많은 것도 아니니 일단 여기 앉아서 간단하게 설명할게. 이야기를 끝내고 가자고."

전다다가 관 위에 앉는 걸 보고 목연은 몹시 기꺼운 마음이 들었다. 전다다, 이 소녀는 가식적으로 굴거나 억지 부리지 않을 것처럼 보이는데, 어째서 이렇게 일부러 소란을 부렸던 걸까?

마음이 번잡해진 그가 시간을 낭비하고 싶지 않은 듯 무표정한 얼굴로 고개를 끄덕였다. 전다다가 다시 놀랐다. 목연을 설득하기 위해 꽤 많은 말을 준비하고 있었던 것이다. 그녀는 이 속 좁은 녀석이 이렇게 명쾌할 줄은 몰랐다.

전다다는 두 손으로 턱을 받친 채 생각을 더듬기 시작했다.

"어디 보자……. 어디서부터 이야기를 시작해야 할까? 10년 전 빙해의 전쟁부터 이야기할까? 사실……."

여기까지 이야기한 전다다가 갑자기 멈췄다. 순식간에 온몸이 굳어 버리며 얼굴이 공포에 질렸다. 등 뒤에서 무엇인가가 그녀를 가볍게 긁적거리고 있었던 것이다! 마치…… 마치 손 같은 것이!

목연이 불쾌하게 물었다.

"사실 뭐야?"

전다다가 그를 바라보았다. 물이 맺힌 듯한 커다란 눈이 더욱 커져 있었다. 전다다가 갑자기 '꺅' 소리를 지르더니 관 위에서 뛰어 올라 목연의 품으로 달려들었다. 그리고 두 손으로 그의 목을 끌어안고 두 다리로는 그의 허리를 휘감은 채 외쳤다.

"살려 줘! 살려 달라고! 손이! 손……!"

목연은 다시 한번 어찌해야 할지 모르겠다는 표정을 지었다.

그리고 두 손을 어디 두어야 할지 몰라 공중에 반쯤 띄우고 있었다.

목연이 관을 보니 '손'은 보이지 않았다. 대신 가느다란 푸른 뱀 한 마리가 꿈틀거리고 있을 뿐이었다. 전다다는 놀란 나머지 목연의 어깨에 얼굴을 묻고 다급하게 외쳤다.

"도망쳐! 어서 도망치자고!"

목연은 그제야 정신을 차렸다. 그의 입가에 잔잔한 미소가 떠올랐다. 물론 비웃음에 가까운 미소였다. 그는 속으로 자신이 전다다를 너무 높이 평가했다고 생각했다. 그녀는 사실 겉으로만 강한 척하는 겁쟁이에 지나지 않는 것을. 그는 전다다를 밀어내려다 생각을 바꾸고는 물었다.

"저 손이 너에게 오라고 손짓 중인데? 내가 여기서 너를 버리고 가면 어쩔 테냐?"

너를 나리라고 부를 테니

전다다는 이제 겨우 열여섯 살이었다. 보기에는 영리하고 노련해 보이지만, 실제로는 겉으로만 강한 척하는 겁쟁이에 불과했다.

뱀을 관에서 나온 손으로 착각한 상황에서 목연이 이리 말하자, 전다다는 그대로 확신하고 말았다. 그녀는 깜짝 놀라 목연을 더욱더 세게 끌어안았다.

"안 돼! 어서 가! 우리, 어서!"

목연은 그녀가 자신을 끌어안도록 내버려 둔 채 움직이지 않았다. 그리고 마치 생각에 잠긴 듯 중얼거렸다.

"이상한 일이군. 이 시체는 이미 천 년은 되었을 텐데 어떻게 아직 움직이는 거지? 설마 시변이 되기라도 한 걸까?"

시변? 그게 대체 뭐지?

전다다는 시변이라는 단어를 처음 들어 보았다. 그러나 좋은 단어가 아니라는 것 정도는 깨달을 수 있었다. 전다다가 서둘러 물었다.

"시변이 뭐야?"

목연이 입에서 나오는 대로 이야기하기 시작했다.

"시체가 썩지 않고 강시 같은 괴물로 변한 거야."

전다다는 다시 목연을 강하게 끌어안고는 덜덜 떨기 시작했다. 그녀는 이제 목소리마저 크게 내지 못하겠다는 듯, 목연의 귀에 대고 애걸했다.

"가자! 제발 부탁이야. 어서 가!"

목연이 다시 말했다.

"보아하니 저 시체가 일어나지는 못할 것 같으니 그다지 위험할 것 같지 않아. 하지만 만약 내가 너를 여기 버려두고 간다면……."

전다다는 비록 놀라서 혼이 나갈 지경이었지만 머리가 돌아가지 않는 건 아니었다. 그녀는 화를 내며 외쳤다.

"대체 뭘 하고 싶은 거야?"

"피리를 돌려줘."

목연의 말에 전다다는 겁이 나기도 하고 화가 나기도 해서 외쳤다.

"비열해!"

목연은 말없이 성큼성큼 관 앞으로 걸어갔다. 그는 목씨 가문 출신이라 흑삼림의 보통 동물들은 그에게 상당히 우호적이었다. 이 가느다란 뱀은 본래 전다다에게 적의를 품고 있었지만 그녀가 목연을 끌어안자, 그녀가 목연의 사람이라고 생각하게 된 듯 태도가 상당히 온순해졌다. 그들이 가까이 다가가자 뱀이 머리를 내밀더니 전다다의 등을 가볍게 건드렸다.

"악! 살려 줘!"

놀란 전다다가 비명을 질렀고 작은 몸은 그대로 굳어 버렸다. 온몸에 쭈뼛하니 소름이 돋았다.

목연은 뱀이 그녀를 살짝 건드리게만 한 후 재빨리 뒤로 물러났다. 전다다는 하마터면 기절할 뻔했다. 그녀는 목연이 다시 말하기 전에 재빨리 품에 감추고 있던 피리를 돌려주었다. 그녀는 이 피리를 돌려주지 않으려던 것은 아니었다. 그저 달갑지 않은 마음에 안 좋은 말을 좀 했을 뿐.

"그, 그…… 돌려줄게. 돌려준다니까. 어서 가자, 응? 나 아빠 보고 싶어……. 흑흑……."

전다다가 울기 시작했지만 목연은 미동도 하지 않았다. 그의 눈빛은 여전히 죽음과도 같은 적막이었다. 그의 세계에는 애초에 여자에게 잘해 준다거나 하는 말이 존재하지 않았다. 그가 냉랭하게 말했다.

"왕비마마께서 해 주라고 했던 이야기, 이제 들어 볼까?"

전다다도 이제 꾸물거릴 수 없었다. 그녀는 최대한 빠르게, 명확한 언어로 해야 할 이야기를 전부 털어놓았다.

목연은 들으면 들을수록 경악했다. 그가 전다다의 말을 끊고 말했다.

"그게 다 정말인가?"

전다다가 다급하게 말했다.

"정말이지! 정말이고말고! 전부 다 정말이야! 그 고운원이 그쪽 은사일 가능성이 아주 높다고! 믿지 못하겠으면 우리 아빠에게 물어봐! 아니면 우리 언니에게 물어보든가! 일단 어서 가자고!"

목연은 단숨에 이 정도 큰 비밀을 받아들일 수 없어 그대로

서 있기만 했다.

목연을 끌어안은 전다다의 손이 더더욱 매워졌다. 그녀는 몹시도 도망치고 싶었지만 눈도 감히 뜰 수 없었다. 등 뒤 텅 빈 공간에서 그 손이 여전히 그녀에게 손짓하고 있는 것만 같았다. 그녀는 두 팔로 목연의 목을, 두 다리로 그의 허리를 조이며 애걸했다.

"해야 할 말은 전부 끝냈어. 우리 제발 빨리 도망치자, 제발! 이렇게 애걸해도 안 되는 거야?"

목연은 자신의 생각에 빠진 채 중얼거렸다.

"나에게 영술을 가르친 건…… 무슨 음모였을까?"

근 10년 동안 그를 버티게 해 준 것은 두 가지, 축운궁주를 죽이겠다는 생각과 은사를 만난 덕분이었다. 그가 제 목숨을 버리고자 생각하고 있었을 때 은사를 만났다. 은사는 그를 말리며 말했다.

"꼬마야, 좀 더 버텨 보거라. 버틸 수 없다면 도망치고. 흑삼림 밖에도 아름다운 산하가 있단다. 그것들을 보기 전에 죽어서는 안 된다."

은사는 그에게 말했다. 죽음이 유일한 방법이 아니며 도망치는 법도 있다고. 그러고는 그에게 도망칠 수 있도록 영술을 가르쳐 주었다.

목연은 지금까지 도망치지 않았지만, 어쨌든 살아남았다. 그리고 오늘까지 살았기에 희망을 볼 수 있었다. 그런데 만약 이은정이 어떤 음모에 속한 것이었다면…… 그의 신념이 웃음거리가 되어 버리지 않겠는가?

"가자니까, 제발! 내가 너를 오라버니라고 부를게. 그래도 안 돼? 그럼 나리라 부를게, 응? 흑흑……. 내 금을 다 너에게 줄게. 그래도 안 되는 거야?"

전다다는 어린아이처럼 울고 있었지만 목연은 미동도 하지 않았다. 마침내 전다다는 그의 어깨를 사납게 물어뜯었고, 목연은 그제야 정신을 차렸다.

"이거 놔!"

전다다는 놓지 않았다. 목연은 그녀를 제 몸에서 떨어지게 하려 했지만 그녀는 마치 문어라도 된 것처럼 그에게 달라붙어 절대로 떨어지지 않았다. 목연이 냉랭하게 말했다.

"관 위에 있는 건 손이 아니라 뱀이야. 믿지 못하겠으면 직접 보든가!"

전다다는 마침내 어깨를 물어뜯던 입은 뗐지만 손을 풀지는 않았다.

"사기꾼! 어서 여기를 떠나, 어서!"

"정말로 뱀이라니까!"

전다다는 여전히 믿지 않았다.

"너 같은 비열한 소인을 믿을 것 같아!"

목연이 저도 모르게 심호흡을 한 후 말했다.

"2층 묘실로 가는 입구가 어디지?"

전다다가 안도의 한숨을 쉬며 말했다.

"오른쪽으로 돌아서 끝까지 걸어가. 벽에서 세 번째 줄의 네 번째 벽돌을 움직이면 돼."

"알았어. 그곳으로 데려갈 테니 이제 나한테서 떨어질래?"

전다다는 다시 사납게 그의 목을 끌어안았다. 자칫하면 그의 목을 졸라 죽이기라도 할 기세였다.

"있다가. 좀 더 있다가 떨어질 거야."

목연은 한참을 컥컥거린 다음에야 정신을 차렸다. 그는 전다다의 손을 떼어 내려 했지만 도저히 떼어 낼 수 없었다. 그는 다시 한번 심호흡을 한 후 포기하고, 전다다가 말한 길로 걸어 갔다.

전다다는 그를 속이지 않았다. 목연은 곧 두 번째 묘실로 들어가는 입구를 발견할 수 있었다. 이곳에는 본래 두툼한 벽이 있어 문을 여는 기관을 감추고 있었고, 함정도 상당히 많았다. 하지만 고북월 일행은 이 문을 파훼한 후 간단한 기관만을 하나 남겨 둔 상태였다. 덕분에 이 기관을 건드리기만 하면 2층 묘실로 향하는 문을 열 수 있었다. 그러나 지금은 묘실 문이 열려 있어 목연이 기관을 건드릴 필요조차 없었다.

목연이 문 앞에 멈춘 채 차갑게 물었다.

"여기가 맞나?"

전다다가 조심스럽게 눈을 떴다. 이미 그 관에서 멀리 떨어진 2층 묘실 입구에 와 있는 걸 본 그녀는 크게 안도의 한숨을 내쉬며 바로 목연의 몸에서 뛰어내렸다.

목연은 그제야 그녀의 작은 얼굴에 눈물 자국이 있는 걸 발견했다. 그녀는 정말로 울고 있었던 것이다. 그러나 목연의 눈빛은 여전히 그 죽음 같은 적막으로 가득 차 있었다. 그가 물었다.

"여기가 맞느냐고?"

전다다는 몹시 민망했지만 인정하고 싶지 않았다. 그녀는 대답하지 않고 그저 가볍게 코웃음을 친 다음, 몸을 돌려 문안으로 들어갔다.

목연은 무표정한 얼굴로 그녀를 따라 들어갔지만 곧 그들 두 사람은 더욱 깜짝 놀라게 되었다. 바로 문안 왼쪽에 누군가가 서 있었던 것이다!

"꺄……!"

전다다는 또 한 번 놀라 목연의 몸 위로 뛰어올라 그를 끌어안았다. 그러나 목연은 상대의 얼굴을 똑똑히 볼 수 있었다. 바로 진묵이었다.

이곳은 비록 2층 묘실로 향하는 문 안이었지만 여기에 서 있으면 1층 묘실에서 벌어지는 일을 모두 똑똑히 볼 수 있었다. 특히 어둠 속에서 밝은 곳을 본다면 더더욱.

바꿔 말하자면, 방금 목연과 전다다 사이에서 무슨 일이 있었는지 진묵은 전부 보았다는 의미였다. 심지어 두 사람의 대화도 모두 들었을 것이다…….

너, 눈이 마비된 놈

진묵을 보고도 목연은 난처한 빛이라고는 보이지 않았다. 그의 눈빛은 처음처럼 죽어 있었다.

그는 전다다의 손을 떼어 내려 했지만 도저히 떼어 낼 수 없어 차라리 떼지 않기로 했다. 대신 냉랭하게 말했다.

"내려와. 진 시위야."

전다다는 그의 어깨에 얼굴을 묻은 채 믿지 않았다. 그녀는 여전히 '시변'의 공포에 젖어 있었다. 주변에서 들려오는 바람 소리가 그녀를 더욱더 무섭게 했다.

목연이 다시 말했다.

"진 시위, 진묵이라니까. 믿지 못하겠으면 직접 보든가!"

전다다는 결코 눈을 뜨지 않았다.

목연의 인내심이 바닥나고 있었다. 그는 아무 말도 하지 않고 진묵을 바라보았다. 그의 눈빛은 여전히 죽은 것 같았지만, 그의 뜻은 명백했다. 그는 진묵이 입을 열어 제 신분을 밝히기를 바라고 있었다.

그러나 진묵은 한마디도 하지 않고 기관을 작동시켜 묘실의 문을 닫더니, 조용히 몸을 돌려 앞으로 걸어갔다.

다른 시위들은 이미 고운원을 데리고 아래로 내려간 다음이었다. 진묵이 이곳에서 그들을 기다린 것은 길을 안내하기 위해서가 아니라, 묘실 문을 닫기 위해서였다. 군구신이 2층 묘실로 들어가면서 그에게 묘실 문을 반드시 닫으라고 명했던 것이다. 아금이 실수하여 누군가가 난입하더라도, 등 뒤에서 적을 맞이하지 않도록 말이다.

진묵은 방금 목연과 전다다 사이에서 발생한 모든 일을 보았으나 아무 관심도 보이지 않은 채, 그저 그들이 들어오기를 기다렸다가 문을 닫았다.

문이 닫히는 소리를 듣자 전다다는 더욱 긴장했다.

"무슨 일이야?"

목연은 잠시 진묵의 뒷모습을 바라보다가 한마디 말도 없이 운공을 시작하여, 전다다를 한옆으로 사납게 내팽개쳤다.

바닥에 내동댕이쳐진 전다다는 그제야 겨우 진묵의 뒷모습을 보게 되었다.

"아…… 진짜로 얼굴이 마비된 것 같은 진 시위잖아! 놀랐네!"

그녀는 안도의 한숨을 내쉬며 고개를 돌리다가, 문득 목연의 죽은 듯한 눈빛 속에 혐오감이 떠올라 있는 것을 발견했다. 그 순간 그녀는 그대로 굳어 버리고 말았다.

전다다는 어린 시절부터 지금까지 부모의 애정을 아낌없이 받아 왔고, 주변 사람들 모두 그녀를 사랑해 주었다. 이렇게 혐오감 섞인 시선을 대하는 것은 평생 처음이었다. 누군가에게 미움을 사는 것도 처음이라, 그녀는 한동안 정신을 차릴 수가 없었다.

전다다를 보는 목연의 눈길에는 혐오감뿐 아니라 약간의 경멸도 섞여 있었다. 그는 그녀의 얼굴에 시선을 고정한 채, 그녀에 의해 엉망이 된 옷차림을 정리하고는 차갑게 경고했다.

"남녀는 가까이하면 안 되는 법이니 자중하도록! 다음에도 이런 행동을 보인다면, 내가 어떻게 반응할지 지켜보는 것도 좋겠지!"

전다다는 그제야 그의 눈빛에 담긴 혐오가 어떤 의미인지 알수 있었다. 그녀는 다급하게 입을 열었다.

"서, 설마, 그쪽은 내가…… 내가…….."

그녀는 '내가 그쪽에게 안겨서 뭐라도 하려 한 줄 알아'라고 말하고 싶지 않아서, 결국은 노한 소리로 외쳤다.

"너, 눈이 마비된 놈!"

눈이 마비된 놈?

본래 그녀를 상대하지 않으려 했던 목연도 이 말에는 발걸음을 멈췄다. 그는 고개를 돌리더니 여전히 적막이 내려앉은 눈으로 그녀를 바라보며 냉랭하게 물었다.

"무슨 뜻이지?"

전다다는 화가 난 채 대답했다.

"네 눈에 문제가 있다니까! 본인 스스로 제대로 보라고!"

이 말을 듣자, 멀지 않은 곳에 있던 진묵도 발걸음을 멈췄다. 그는 무심결에 제 얼굴을 쓰다듬더니 계속 걷기 시작했다. 목연도 아무 말 없이 몸을 돌려 걷기 시작했다.

전다다는 자리에서 일어나 엉덩이를 문질렀다. 한 걸음 내딛는 순간 바로 무릎이 아파 왔다. 그제야 제 치마가 찢어진 것과 핏자국이 있는 것을 발견했다.

"제기랄!"

치맛자락을 들춰 보았다. 무릎에 커다란 찰과상이 생긴 것으로도 모자라 피가 흐르고 있었다. 찰과상이니 큰 부상이라고는 할 수 없었지만 몹시 아팠다. 전다다는 치맛자락을 찢어 제 무릎을 간단하게 싸매고 다시 일어섰다.

진묵과 목연은 이미 보이지 않았고, 통로는 온통 어둠에 잠겨 있었다. 그녀의 야명주는 간신히 몇 발짝 앞까지만 비출 뿐이었다. 사방에 어둠이 잠복해 있다가 언제라도 덮쳐 올 것만 같았다. 방금의 손을 떠올라 모골이 송연해 왔다. 전다다는 이제 아픈 것은 상관하지 않고 앞으로 달려가기 시작했다.

얼마 뛰지 않아 2층 묘실로 향하는 돌계단에 도착할 수 있었다. 그녀는 벽을 짚은 채 다급하게 아래로 내려갔다. 심지어 무릎의 고통조차 잊을 정도였다. 마침내 그녀는 2층 묘실 입구 앞에서 목연과 진묵을 따라잡을 수 있었다.

전다다는 발걸음을 멈추고 숨을 몰아쉬었다. 진묵이 고개를 돌려 그녀를 보더니 아무 말 없이 계속 앞으로 걸어갔다. 그리고 목연은 그녀를 돌아보지도 않고 빠른 걸음으로 진묵을 따라갔다.

두 번째 묘실은 첫 번째 묘실보다는 작았지만 여전히 직사각형 형태였고 아주 넓었다. 첫 번째 묘실처럼 중간에 커다란 기둥들이 두 줄로 늘어서 있고, 기둥 사이 통로에 관들이 가지런하게 배치되어 있었다. 전다다는 아무 일 없으리라는 걸 알면서도 여전히 두근거리고 무서워, 양쪽 관들을 흘깃 보고는 바로 시선을 거둬들여 똑바로 앞을 바라보았다.

진묵과 목연은 그녀를 상대하지 않았고, 그녀도 그들을 상대하지 않았다. 그녀는 아픔을 참고 빠르게 그들을 쫓아갔다. 전다다는 무서웠지만 인정하고 싶지는 않아서 마음속으로 이런저런 말을 중얼거리며 자신의 주의력을 돌리려 했다.

'얼굴 마비, 눈 마비, 한 쌍이 되니 잘 어울리네! 아냐, 얼굴 마비가 눈 마비보다는 보기 좋지.'

그녀는 처음에는 속으로 생각했지만 점차 저도 모르게 작게나마 소리 내어 중얼거렸다.

"얼굴 마비가 눈 마비보다 성격도 좋아! 눈 마비보다 호쾌하고! 눈 마비보다 사리 분별도 잘하고! 눈 마비, 망할 놈! 본 소저 보기에 너는 평생 부인을 얻지 못할 것이다! 평생 외롭게 살 거야! 기다려 보라지. 이 묘를 나가는 순간 본 소저가 손을 봐 줄 테니!"

주변은 몹시도 고요했다.

그녀의 중얼거림이 아무리 작다 해도 진묵과 목연은 모두 들을 수 있었다. 진묵은 잠자코 있었고, 목연은 무표정한 얼굴로 듣지 못한 척하고 있었다. 이때, 비연과 군구신은 이미 세 번째 묘실로 통하는 문을 향해, 동시에 헌원예와 고 태부를 향해 걷고 있었다.

비연에게 있어 헌원예는 가족이었고, 그 누구도 대신할 수 없는 친 오라버니였다. 고 태부는 스승이었고, 역시 가까운 가족이었다. 부황과 의부를 제외하고 그녀에게 따뜻하고 안전한 감정을 전해 주는 또 하나의 존재인 동시에, 지금은 새로운 신분을 하나 더 얻은 존재였으니까. 바로 그녀의 시아버지라는 신분 말이다.

군구신에게 있어 고 태부는 양아버지인 동시에 사부였고, 그의 마음속 진정한 부친이었다. 헌원예는 어린 시절의 주인인 동시에 함께 공부하고 무술을 수련했던 형제였으며, 몰래 술을 훔쳐 마시던 친우였다. 그리고 지금은 그의 처남이 되어 있었다.

비연은 미리 마음의 준비를 한 상태였지만, 2층 묘실에 도착하는 순간부터 심장이 쿵쾅쿵쾅 뛰기 시작했다. 눈가 역시 시큰해졌지만 다행히도 이번에는 눈물을 참을 수 있었다.

군구신은 계속 그녀의 손을 잡아 주었다. 그의 심장 역시 그녀의 심장처럼 빠르게 뛰고 있을지는 그 자신만이 알 것이다. 최소한 여기까지 오는 동안 그의 잘생긴 얼굴은 여전히 담담해 보였다.

이곳까지 오는 내내 비연은 한마디도 하지 않았고, 군구신 역시 침묵을 지켰다. 두 사람 사이에 평소와 다른 고요함이 흐르고 있었다.

앞에서 길을 안내하는 시위의 뒤를 따라 그들은 한 걸음 한 걸음 걸어갔다. 야명주의 빛이 그들 앞의 어둠을 몰아냈다. 그러나 길은 마치 끝이 없는 듯했고, 어둠도 끝이 없는 것 같았다. 걷고 또 걷다가, 비연이 마침내 참지 못하고 발걸음을 멈췄다.

"얼마나 더 가야 하죠?"

이때였다. 앞쪽 어둠 속에서 갑자기 빛이 하나 떠오르더니 점차 그들 가까이 다가왔다. 누군가가 오고 있었다!

비연이 다급하게 그쪽을 바라보았다. 심장이 쿵, 소리를 내며 떨어지는 것만 같았다…….

오라버니를 보니 부황을 뵌 것 같아

어둠 속에서 빛이 떠오르더니 점점 가까이 다가왔다. 그 빛을 따라 사람이 오는 것인지, 아니면 사람을 따라 빛이 오는 것인지 아직은 구분하기 어려운 상황이었다.

비연과 군구신이 눈 한 번 깜빡하지 않고 보고 있었다. 그 빛속에서 점차 길쭉한 그림자 둘이 나타나더니…… 점차 또렷해지고…… 점차 가까워졌다.

마침내 제대로 볼 수 있었다. 두 사람이 다가오고 있었다. 한 사람은 앞에서, 한 사람은 뒤에서. 한 사람은 젊고 한 사람은 중년의 나이였다. 한 사람은 검은 옷을 입고 있었고, 한 사람은 눈보다 하얀 옷을 입고 있었다. 한 사람은 하늘에서 내려온 양 찬란하게 빛나고 있었고, 한 사람은 제 빛을 감추고 속세에 섞인 것처럼 청아한 분위기를 풍기고 있었다.

이 두 사람, 바로 헌원예와 고북월이었다.

10년이 지났다. 헌원예는 아주 많이 변한 것 같았다. 부황과 많이 닮아 보인다 해야 할까. 외모나 옷차림은 물론이고, 천하를 내려다보는 듯한 저 차갑고 날카로운 눈빛이며, 노하지 않아도 위엄이 서는 저 패기까지.

고북월은 거의 변한 게 없어 보였다. 외모도 그대로였고, 우아한 행동거지도 그대로였다. 그 고요한 얼굴은 웃지 않아도 보는 사람들에게 따뜻한 느낌을 주었다. 그러나 온화해 보인다 해서 쉽게 다가갈 수 있는 건 아니었다. 그에게는 함부로 침범할 수 없는 기운이 어려 있었다.

고북월은 습관조차 변하지 않은 것 같았다. 예전에 그는 항상 용비야의 뒤편 오른쪽에 서곤 했다. 지금도 그는 헌원예의 뒤편 오른쪽에 서 있었다. 내성적이고 고요한 성격이지만 결코 비굴하지도 거만하지도 않았고, 너무 빠르거나 느리지도 않았다.

비연과 군구신은 그들을 보는 순간 저도 모르게 착각을 했다. 헌원예와 고북월이 아니라 용비야와 고북월을 보고 있는 것 같았다.

헌원예와 고북월은 한참 전에 이미 비연과 군구신을 발견한 터였다. 두 사람은 가까워질수록 점차 발걸음을 늦추더니 결국은 멈췄다.

이 순간, 서로 간의 거리는 세 걸음 정도에 지나지 않았다. 그러나 이 세 걸음 사이에 10년의 세월이 숨어 있었다!

마침내 비연의 시선이 헌원예에게로 향했다. 물어볼 필요도 없었다. 그녀는 그가 제 오라버니임을 확실히 알아보았다.

비연의 외모는 부황과 모후를 닮지 않았지만, 오라버니는 부황을 아주 닮아 있었다. 그는 정말 너무나…… 너무나 부황을 닮아 있었다. 키가 몹시 커 군구신보다도 좀 더 커 보였다. 그리고 사람과 신이 모두 원망할 정도로 잘생긴 얼굴이며, 다른 이로 하여금 감히 똑바로 쳐다볼 엄두도 내지 못하게 할 깊은 눈동자……. 뒷짐을 진 채 서 있는 그의 모습은 마치 신처럼 존귀

해 보였다.

비연이 그의 눈동자를 바라보았다. 익숙하기도 하고 낯설기도 했다. 그녀는 기뻐하는 동시에 긴장하고 있었다. 오라버니가 지척에 있는 것 같기도 하고 저 하늘 끝 멀리에 있는 것 같기도 했다. 당장이라도 달려가고 싶었지만 두 다리가 납덩이라도 된 것처럼 움직이지 않았다. 그녀도 자신이 어떻게 된 것인지 알 수 없었다. 심지어 입을 열고 싶어도 열리지 않았다. 아마도 오라버니가 부황을 닮았기 때문에……. 오라버니를 보니 부황을 뵌 것 같아서.

울지 않겠다고 말했음에도 불구하고, 이 순간 비연은 빙해에서와 마찬가지로 너무나, 너무나 울고 싶었다.

그녀는 그렇게 멍하니 선 채 바라보기만 했다. 본래도 적막하던 묘실이 더욱 고요해졌다.

헌원예도 그녀를 보고 있었다. 10년 동안 차갑고 날카로웠던 두 눈동자가 마침내 따스해지고 있었다. 고요한 가운데 그가 갑자기 입을 열었다.

"연아."

확신에 가득 찬 말투였다!

그의 나지막한 목소리를 듣는 순간 비연은 오라버니가 자랐다는 것을, 성인 남자가 되었다는 것을 느낄 수밖에 없었다. 그녀의 마음이 갑자기 아파 오더니 눈에 눈물이 가득 고였다.

이 두 남매가 언제 10년에 걸쳐 헤어져 있게 되리라 생각이나 했겠는가. 그리고 또 언제 생각이나 했겠는가. 이런 말투로 상대의 신분을 확인하는 날이 오리라고.

비연은 감히 아무 말도 할 수 없었다. 입을 여는 순간 눈물이 터져 나올 것 같았다. 그녀는 입술을 깨문 채 힘차게 고개를 끄덕였다. 끄덕이고 또 끄덕였다…….

헌원예는 그녀를 바라보며 점차 잘생긴 미간을 찌푸렸다. 그러나 아무 말도 하지 않았다.

비연은 그가 믿지 않는 것을 보고 조급한 마음에 으앙, 울음을 터뜨렸다.

"오라버니, 나야! 나라고! 나란 말이야……."

그 순간, 헌원예가 홀연히 웃기 시작했다. 고작 입 끝을 살짝 올린 것뿐이었지만 무어라 표현할 수 없게 보기 좋고, 무어라 표현할 수 없게 아파 보였다. 그는 이미 수년 동안 웃은 적이 없었던 것이다.

그가 팔을 활짝 벌리고 어쩔 수 없다는 듯 웃으며 말했다.

"잘 울고, 수다스럽고. 정말 내 동생이 맞구나."

비연의 울음소리가 갑자기 멈췄다. 그녀가 달려가 헌원예를 끌어안았다.

"오라버니……."

오라버니의 포옹은 부황의 포옹 같기도 하고 군구신의 포옹 같기도 했다. 따뜻하고, 단단하고, 안전한……. 안기고 나니 그 품에서 벗어나고 싶지 않았다. 비연은 그를 꽉 끌어안은 채 눈물을 흘리지 않기 위해 온 힘을 다하고 있었다.

헌원예 역시 그녀를 꽉 끌어안은 채 한마디도 하지 않았다.

아주 한참 후에야 비연이 더 이상 울지 않는 걸 보고 그가 입을 열었다.

"어째서…… 어째서 울지 않는 거지?"

비연은 화가 나기도 하고 서글프기도 했다. 오라버니는 어째서 이렇게 그녀를 보자마자 농담부터 건네려 하는 걸까? 그녀는 울지 않으려고 하는데……. 오라버니는 그녀가 우는 것을 아주 싫어하지 않았던가?

그녀는 울먹이는 목소리로 반문했다.

"울면 뭐 하게? 겨우 오라버니를 만나게 되었는데, 웃어야 하는 거 아니야? 난 이제 어린애가 아니라고!"

헌원예는 잠시 침묵하다가 다시 담담하게 물었다.

"어째서 아무 말도 하지 않고?"

비연이 대답했다.

"말은 해서 뭐 해? 조용히 오라버니 좀 안고 있으면 안 되는 거야? 내가 꼭 그렇게 말을 많이 해야 하나?"

하고 싶은 말은 아주 많았다. 그러나 이 순간, 그녀는 무슨 말을 해야 할지 알 수 없었다. 아니, 무슨 말을 해야 할지 안다고 해도 말하고 싶지 않았다. 오라버니는 그녀가 끊임없이 수다를 늘어놓는 걸 싫어했으니까.

헌원예는 다시 침묵하더니 비연을 더욱 강하게 끌어안았다. 한참 후에야 그가 겨우 다시 입을 열었다.

"연아, 울어라. 아니면 말을 하거나. 응? 수년 동안 부황과 모후께서 계시지 않고, 너도 없으니…… 오라비는…… 오라비는 아주아주 견디기 힘들었단다.”

비연은 본래 참으려 했었지만, 이 말을 듣자 눈물이 흐르기 시작했다. 10년의 세월을 ‘견디기 힘들었다’는 간단한 말로 어찌 다 표현할 수 있을까? 10년의 세월은 과거에 가장 싫어하던 일조차 그리움으로 변하게 만들었다!

헌원예는 비연이 우는 것을 듣고 싶어 하고, 비연이 계속 이야기하는 것을 듣고 싶어 했다. 이 10년 동안을 대체 어떻게 버텼던 걸까. 10년 동안 그는 너무나 외로웠음이 분명했다!

비연은 생각하면 생각할수록 마음이 아파 와 결국 큰 소리로 울고 말았다. 그리고 울면서 계속 이야기했다. 오라버니가 그간 그녀가 겪은 일을 전부 안다는 걸 알면서도, 그녀는 그동안 있었던 일을 전부 다 이야기하지 않을 수 없었다.

두 남매가 끌어안고 있는 동안, 그들 뒤에 서 있는 이들끼리도 오랜만의 상봉이 이루어지고 있었다. 군구신은 비연 뒤편 오른쪽에 서 있었고, 고북월은 헌원예 뒤편 오른쪽에 서 있었다. 두 사람은 이미 오래도록 서로의 눈을 바라보고 있었다.

그들 두 사람은 모두 고요하고 침착했으나, 동시에 제각기 달라 보였다. 군구신은 이미 예전의 그 빠르게 철들었던 소년이 아니었다. 그는 이제 고북월보다 키도 크고 위풍당당했으며, 높은 지위에 있는 사람 특유의 고귀함과 패기가 엿보였다. 그리고 고북월은 여전히 예전의 고북월이었다. 문인과도 같이 연약해 보이는 고북월. 그러나 그 부드럽고 고요한 눈동자에는 모든 것을 이길 듯한 힘이 배어 있었다.

군구신은 그의 눈을 바라보다가 갑자기 무릎을 꿇고 두 손 모아 읍했다. 그리고 공손하게, 아니 심지어 경건한 태도로 외쳤다.

"아버지!"

그가 누구건, 어떻게 변했건, 눈앞의 이 남자는 영원히 그의 아버지였다. 그를 키워 주고 11년 동안 교육시켜 준 은혜는 영원히 잊을 수 없었다. 그가 할 수 있는 유일한 보답은 그저 그를 '아버지'라 부르는 것뿐이었다.

군구신을 바라보는 고북월의 따스한 눈길에 점차 연민과 안타까움이 배어 나왔다. 그는 군구신을 바라보며 잔잔하게 미소 지었다. 마치 사월의 봄바람처럼 따스한, 무어라 표현할 수 없이 보기 좋은 미소였다.

군구신은 이런 웃음 속에서 자랐다. 과거의 모든 기억은 이리도 따뜻한 것들이었다. 공기봉리와 개나리의 향이 밴, 사월의 태양과도 같은 그런 기억들이었다. 이 기억들은 그의 평생을 따뜻하게 해 주기에 충분했다. 군씨 가문에 의해 아무리 큰 고통을 겪었다 해도, 천무제와 대황숙에 대해 아무리 큰 원한을 품게 되었다 해도, 그의 마음은 결코 이 따뜻한 온도를 잃지 않았다.

군구신은 세 번 머리를 조아린 후 진지하게 말했다.

"아들이 불효하여 사명을 욕되게 하였습니다. 부친께 죄를 청합니다!"

서로 많이 늘었다

군구신이 세 번 머리를 조아렸다. 그러고도 계속 무릎을 꿇은 채 일어나지 않았다. 고북월이 마침내 빠르게 달려와 직접 부축해 일으켰다.

"정왕 전하, 일어나시지요."

이 말에 군구신의 안색이 변하더니 흐느끼기 시작했다. 그는 일어나지 않고 고북월의 손을 꽉 잡았다.

군구신이 고북월의 눈을 한참 들여다보다가 겨우 물었다.

"아버지, 저를…… 남신을 인정하지 않으시는 겁니까?"

고북월은 황망했지만 여전히 담담하게 웃으며 말했다.

"정왕 전하는 이미 친부모를 찾으셨고, 군씨 가문의 적장자라는 귀한 신분이십니다. 다시는 저를 아버지라 부르셔서는 안 됩니다. 게다가 이미 연 공주마마의 부마가 되셨으니, 저에게 절을 올리셔도 안 됩니다. 앞으로는 연 공주마마와 태자 전하를 따라 저를 태부라 부르시면 됩니다."

군구신이 고개를 저었다. 그의 눈가가 붉어지고 있었다. 고북월의 손을 뿌리친 그가 다시 한번 머리를 조아리고 진지하게 말했다.

"남신에게 아버지는 평생 한 분밖에 안 계십니다. 남신이 어떤 신분이건, 남신은 영원히 아버지와 어머니의 아들입니다!

아버지께서 남신을 인정하지 않으신다면, 남신은 오늘 이 자리에서 일어나지 않을 겁니다!"

고북월이 그 자리에 앉더니 가볍게 탄식했다.

"당연히 인정하지. 그저 호칭 문제일 뿐인데 왜 그리 집착하느냐? 바보 같은 놈. 너의 지금의 신분이 우리 고씨 가문의 아들이 되는 것보다 높단 말이다. 네가 정왕이 되었으니 정왕다운 면모를 보여야지. 내가 그때 너를 데려다 키울 적에, 너에게 천부적인 재능이 있는 것은 알았다만 출신이 그리도 고귀한지는 알지 못했지. 지금 너는 연못에서 키우는 물고기가 아니라 포부를 널리 펼 수 있는 사람이 되었으니, 나는 무척 기쁘단다."

고북월이 이리 이야기하는 것은 물론 군구신을 위한 것이었다. 예전에 연 공주는 언제나 군구신에게 시집가겠다고 말하곤 했다. 고북월은 당시 신분의 차를 걱정하면서도 입 밖에 내지는 않았다. 하지만 지금은 그때의 근심거리가 사라진 셈이었다.

군구신은 계속 집착하고 있었다. 그는 고개를 들고 진지하게 물었다.

"아버지께서 아들을 인정하신 이상, 아들은 당연히 아버지를 아버지라 불러야 합니다. 게다가 아버지께서 이 호칭을 원치 않으신다 해도, 어머니께서 승낙하시겠습니까?"

이 말에 고북월이 살짝 멍한 표정을 짓더니 어쩔 수 없다는 듯 미소 지었다. 군구신이 재빨리 다시 물었다.

"아버지, 어머니와 동생은 어디 있습니까? 어머니께서 정말 저 때문에 떠나신 겁니까? 만약 그렇다면 제가 정말로 불효막

심했습니다!"

고북월이 잠시 생각하다가 대답했다.

"일단 일어나거라. 고묘에서 나간 후에 함께 네 모친을 만나러 가자."

군구신이 무척 기뻐하며 더 묻지 않았다. 고북월이 이리 말하는 이상, 지금 당장 말할 수 없는 어떤 연유가 있을 것이다.

군구신이 몸을 일으키자 고북월이 그를 잡고 위아래로 훑어보았다. 고북월의 표정은 시종일관 담담하여, 기뻐하는지 슬퍼하는지도 알 수 없었다. 그는 정말로 진지하게 군구신을 살펴보았다. 그의 눈동자에 가득 찬 것은 연민과 안타까움이었다.

고북월이 군구신의 맥을 짚어 본 후 이미 완치된 한독에 대해서도 자세하게 물었다. 그는 군구신의 몸에 큰 문제가 없다는 것을 확인한 다음에야 겨우 안심했다.

고북월이 막 군구신의 손을 놓았을 때, 비연이 등 뒤에서 그를 끌어안았다.

"태부, 모두 제가 부황과 모후를 닮지 않았다고 해요. 태부는 저를 알아보시겠어요?"

고북월이 고개를 돌리더니 무척 기뻐하면서도 살며시 비연을 밀어냈다. 아이가 커 버린 이상 함부로 안아 줄 수 없게 되었다. 세월이 인간에게 가하는 징벌 중 이보다 더 잔인한 것이 있을까?

고북월이 비연을 보면서 점점 더 기쁜 듯 입가의 웃음기도 점점 더 짙어졌다. 그가 두 손을 모아 읍하며 말했다.

"저는 당연히 공주마마를 알아볼 수 있습니다. 연 공주마마께서 어찌 황후마마를 닮지 않았다 하시는지요? 두 눈이 황후마마를 무척이나 닮으셨습니다. 그리고 입매는 황상을 좀 더 닮으신 것 같습니다. 제가 흑삼림에 묶여 있느라 제때 공주마마를 뵈러 가지 못하고, 두 분을 너무 고생하시게 하였습니다."

비연은 이미 헌원예의 품에서 충분히 울고 난 다음이라 지금은 상당히 기분이 안정돼 있었다. 방금 고북월과 군구신 사이에 오간 대화도 다 들었다.

비연은 고북월이 자신을 '저'라고 표현하는 것을 듣자 바로 군구신의 손을 잡고 진지하게 말했다.

"태부, 우리는 이미 혼례를 치렀어요. 앞으로 다시는 제 앞에서 스스로를 저라고 말하지 마세요. 저도 이제 태부를 태부가 아니라, 시아버지라 불러야겠지요. 어때요?"

고북월이 당황했다. 그러나 비연은 아랑곳하지 않고 다시 말했다.

"앞으로 이 사람이 저를 괴롭히면, 저는 부황이나 오라버니를 찾아가 이르지 않고 태부를 찾아갈 거예요. 괜찮죠? 물론 제가 이 사람을 괴롭히면, 이 사람도 태부를 찾아가 이르는 것이 아니라 우리 부황이나 오라버니를 찾아가야겠지요."

이건……. 이런 식이라면 군구신이 절대적으로 억울할 수밖에 없지 않은가!

고북월이 마침내 참지 못하고 큰 소리로 웃기 시작했다. 최근 수년 동안 현공대륙에서 아무리 큰 실마리를 잡아도 즐겁게 느낀 적이 없었다. 그러나 연아는 이 가벼운 농담 한마디로 그를 즐겁게 했다.

그는 아주 잘 기억하고 있었다. 십수 년 전, 그가 남신을 데리고 입궁하여 연아에게 남신이 그녀의 영위가 되어 줄 거라고 말했을 때, 연아가 지금과 같은 말을 했었던 것이다. 단 한 글자도 틀리지 않고.

그리고 이 말을 기억하는 것은 고북월만이 아니었다. 군구신과 헌원예도 기억하고 있었다.

군구신은 살짝 미간을 찌푸렸다. 분명 어쩔 수 없다고 여기면서도 조금 민망한 기색이었다. 곁에 있던 헌원예도 잔잔하게 웃고 있었다. 그는 일부러 군구신에게 눈썹을 치켜세웠고, 군구신도 마침 그런 그를 보고 있었다.

두 사람의 시선이 얽히는 순간, 갑자기 모든 것이 멈춘 것 같았다. 과거 그들은 주인과 수하의 관계였지만, 그보다는 형제에 가까웠고, 지금은 새로운 신분이 하나 더 생겼다.

군구신이 두 손을 모아 읍하며, 어릴 때보다는 조금 덜 공손하게, 그러나 좀 더 진지하게 말했다.

"태자 전하, 오랜만에 뵙습니다."

헌원예가 다가오더니 한 손으로 군구신의 주먹을 잡고는 갑자기 내공을 움직이기 시작했다. 그의 손바닥이 떨리는 가운데 군구신 역시 내공으로 막아 냈다. 그렇게 두 사람이 한참을 대치했으나 우열을 가릴 수 없었다.

헌원예가 손을 놓자, 동시에 군구신도 두 손을 거둬들였다. 두 사람이 서로를 바라보며 웃었다.

헌원예가 말했다.

"많이 늘었군!"

"서로 마찬가지입니다."

군구신의 대답에 헌원예가 다시 말했다.

"건명력이 진정한 상고 신력이고, 서정력과 봉황력보다 훨씬 앞서지. 본 태자는 무척 기대하고 있다."

군구신은 한 걸음도 물러나지 않았다.

"본 왕도 크게 기대하고 있습니다."

헌원예가 다시 웃었다. 매우 만족스러운 모양이었다. 그의 두 눈 속에 마침내 감탄하는 듯한 빛이 떠올랐다.

그는 어린 시절부터 군구신이 고북월처럼 우아하면서도 내향적인 성격을 갖게 될까 봐 두려워했다. 특히 군구신이 새로운 신분을 획득했다는 얘기를 듣고 나서는 더욱 그랬다. 그러나 지금 군구신의 패기 넘치는 모습을 보니 무척 만족스러웠고, 마음을 놓을 수 있었다.

헌원예가 말했다.

"결국 네가 먼저 동생을 찾아냈군. 현한보검은 어떻게 됐지?"

현한보검은 운공대륙 천산검종에서 나온 명검으로, 용비야의 물건이었다. 용비야는 이 보검을 딸에게 줄 생각이었다.

비연이 실종된 후, 군구신은 현공대륙으로 떠나기 전에 헌원예에게서 이 검을 얻어 휴대용 검인 것처럼 위장했었다.

군구신이 대답했다.

"고묘에서 나가는 대로 가지러 갈 예정입니다."

군구신은 이 검이 대황숙에게 있다는 걸 알고 있었다. 최근 그는 고칠소가 만진국에서 보내오는 정보 외에 자신이 파견한 세작들이 보내오는 정보도 받고 있었다. 만진국에 대해서라면 그는 우세한 위치를 점하고 있었다!

헌원예가 고개를 끄덕였다.

"좋아!"

비연은 그들이 이렇게 엄숙한 분위기에 젖어 있는 것이 싫어 재빨리 말을 끊었다.

"화제를 좀 바꿔요! 태부, 말해 봐요. 내가 태부를 뭐라 불러야 하는지?"

고북월이 곧 진지해졌다.

"아직 부모께 절을 올리지 못했으니 혼례가 완전히 끝난 것이 아닙니다. 그러니 저도 감히 마음대로 주장할 수 없습니다. 부황의 성격이 어떠하신지는 공주마마도 알고 계시겠지요. 두 분이 힘과 마음을 합쳐 조만간 빙해의 현빙을 깨고 부황과 모후를 구출하면…… 그리고 그때 부황께서 허락하신다면 저도 무엇이건 승낙하겠습니다."

이 말에 비연과 군구신이 단서를 하나 눈치챘다.

비연이 헌원예를 보며 물었다.

"우리 두 사람?"

고북월이 막 설명을 하려고 했을 때 시위들이 고운원을 데려왔다.

사람을 도우려면 끝까지

고운원이 다가오자 고북월과 헌원예가 함께 고개를 돌려 바라보았다.

시위 두 사람 사이에 끼어 있는 고운원은 양팔로 스스로를 껴안은 모습으로, 위축돼 보였다. 그는 오는 내내 사방을 두리번거렸고, 잘생긴 얼굴은 공포에 질려 있었다.

헌원예가 속삭였다.

"고운원?"

비연이 고개를 끄덕였다.

"바로 그 사람이야."

헌원예가 말없이 냉랭한 눈길로 고운원을 바라보았다. 고북월 역시 침착한 표정이었다. 군구신이 이때를 틈타 비연을 잡아끌어 살며시 얼굴 위 눈물 흔적을 닦아 주었다. 헌원예가 그런 두 사람을 흘깃 바라보다가 곧 시선을 돌렸다.

얼마 지나지 않아 고운원이 그들 앞으로 걸어왔다. 그는 바로 비연과 군구신에게로 달려오더니 나지막한 목소리로 물었다.

"정왕 전하, 왕비마마, 이 묘실은 너무나 괴상합니다. 어서 위로 올라가시는 게 어떻겠습니까? 고인이 잠들어 있는데, 우리가 불경하면 분명 보복이 있을 겁니다!"

비연은 그를 상대하지 않았다. 고운원은 고북월과 헌원예가 자신을 보고 있는 걸 발견하고는 스스로를 더욱 꽉 끌어안으며 속삭였다.

"왕비마마, 저 두 분은……."

비연이 대답하기 전에 고북월이 먼저 읍하며 물었다.

"고씨 가문의 은거 의원인 고 의원님, 맞으십니까?"

고운원은 주변을 둘러보고 별다른 위험이 없음을 확인하고는 겨우 몸을 폈다. 그는 일부러 고북월에게 다가가 읍했다.

평소 고북월의 점잖고 예의 바른 행동이 우아함 7할에 침착함 3할이었다면, 오늘은 우아함 3할에 침착함 7할로 더욱 예의 바르게 행동하고 있었다. 그에 비해 고운원의 예의 바른 행동은 반은 진부하고 반은 케케묵은 것으로 지나치게 착실했다. 누가 보아도 융통성이라고는 없는 책벌레에 지나지 않았다! 그가 두 손을 모으고 몸을 굽히는 동작은 올바르다 못해 거의 판에 박힌 듯해 보였고, 말투 역시 그러했다.

"바로 저입니다. 미처 예를 갖추지 못했습니다."

고북월이 잔잔하게 미소 지었다.

"존함은 오래전부터 들었습니다. 저는 정왕의 양부로, 운공 대륙 대진국의 태부입니다. 저는 귀하와 성이 같고, 이름은 북월이라 합니다. 듣기에, 귀하께서 북강에 계실 적에 제 아들놈의 내상을 치료해 주셨다고요. 감사드립니다."

고운원이 여전히 진지한 얼굴로 말했다.

"원래 정왕 전하의 양부 되시는 분이셨군요. 역시 미처 예를 갖추지 못했습니다. 북강에서의 일은, 제가 왕비마마께 약속했던 것을 지킨 것뿐이니 감사하실 필요가 없습니다. 없고말고요."

고북월이 고개를 끄덕이며 미소 지었다.

"귀하의 성 역시 고씨니, 500년 전으로 거슬러 올라가면 우리는 분명 한집안 식구였겠군요."

고운원이 그제야 웃었다.

"지난번에도 고씨 성을 가진 공자를 한 분 뵈었지요. 고칠찰이라는 이름으로도 불린다고 하던데, 그분도 그리 말씀하시더군요. 고 태부께서 그분과도 한집안 식구신가요?"

고북월이 대답했다.

"그렇지는 않습니다. 제 성은 본래 고孤씨로, 조상이 현공대륙에서 운공대륙으로 옮겨온 후 성을 고顧씨로 바꿨습니다. 듣기로 현공대륙의 고孤씨의 방계가 남쪽으로 내려와 은거하면서, 귀찮은 일을 피하려고 성을 고顧씨로 바꾼 경우가 있다 하더군요. 연운간 역시 진양성 남쪽이니, 귀하의 조상 역시 고孤씨였을지도 모르겠습니다."

고운원은 잠시 생각에 잠겼다가 대답했다.

"가문의 어르신들께 그런 이야기를 들은 기억은 없습니다. 족보도 겨우 200년 정도만 기록이 남아 있고요. 아무래도 이 일은 고찰해 보기 어려울 것 같습니다."

고북월이 담담하게 웃었다.

"상관없습니다. 지나간 일보다는 눈앞의 일이 중요하니까요. 귀하께서 만약 우리와 한마음이라면 천 년 전이건 백 년 전이건 과거의 일을 생각할 이유는 없겠지요."

고운원의 눈가에 일말의 복잡한 빛이 스쳐 갔으나 곧 사라지고 말았다.

그는 가볍게 탄식하기 시작했다.

"고 태부, 저는 일개 의원에 불과합니다. 여러분들과 어떤 관계도 없고, 일가친척인 것도 아니지요. 여러분이 도모하는 대업이나, 복수하고자 하는 일에도 아무 흥미가 없습니다. 저는 그저 왕비마마께서 사부를 너무 그리워하셔서 병환이라도 되지 않을까 싶어, 왕비마마께 금침을 세 개 드리며 세 가지 일을 해 드리기로 약속한 것뿐입니다. 설마 왕비마마께서 지금까지도 착각에서 벗어나지 못하시고 저를 마마의 사부라고 믿으실 줄은 몰랐지요. 마마께서 저와 함께 빙해영경을 찾으려 하시니⋯⋯. 아, 저는 정말 일개 의원에 불과합니다. 저는 그렇게 큰 도움을 드릴 수도, 큰 책임을 질 수도 없습니다. 태부께서는 이치를 아는 분이신 듯하니, 대신 왕비마마를 설득해 주시지요!"

고북월이 잠시 생각에 잠긴 듯하더니 바로 대답했다.

"이 일은 왕비마마를 설득할 필요도 없이 제가 알아서 처리할 수 있겠습니다."

고북월이 바로 시위를 부르더니 말했다.

"고 의원을 모시고 흑삼림을 나가도록. 힘들지 않게 모시도록 해라."

이 말에 비연 일행은 깜짝 놀랐고, 고운원마저 당황했다.

시위들이 헌원예에게 묻는 듯한 시선을 던졌다. 그러나 그가 반대하지 않는 걸 보고 다가섰다.

"고 의원님, 가시지요."

고운원이 오히려 빠르게 정신을 차렸다. 그는 지금까지 온 길을 돌아보더니 다시 몸을 웅크리고 중얼거리기 시작했다.

"이 길을 오는 내내 마음이 조마조마한 것이…… 확실히 쉽지 않았습니다! 아, 사람을 도우려면 끝까지 도와야 하는 법이니, 여기까지 온 이상 차라리 이 일을 끝낼 때까지 함께 가는 게 낫겠습니다. 이 고묘는 음산하고 이상한 것이 결코 평범한 곳이 아닌데…… 여러분이 무슨 상처라도 입게 되면 제가 도움이 될 수도 있으니 말입니다."

그러고는 고북월이 입을 열기 전에 다급하게 덧붙였다.

"단, 이번만입니다. 다음에는 이런 일 없을 겁니다. 고묘를 나가는 즉시 고 태부께서 하신 말씀을 지키셔서, 왕비마마로 하여금 저를 놓아주시게 해야 합니다!"

고북월은 그저 마음속에 짚이는 바를 시험하려 했던 것뿐이었다. 그는 고개를 끄덕이며 그 이상 고운원을 힘들게 하지 않았다.

비연과 군구신이 눈빛을 교환했다. 그들은 속으로 고북월에게 탄복하고 있었다. 비연은 계속 고운원이 연기를 하고 있다고 믿었지만, 그가 그들과 함께하고 싶어 한다고는 생각지 못했다. 고운원이 이 고묘에 남겠다고 말하는 것은, 그 역시 이 고묘에서 하고 싶은 일이 있다는 의미였다. 이제 제대로 감시하기만 하면 그의 꼬리를 잡지 못할 일은 없을 터였다!

군구신의 생각도 마찬가지였다. 그가 부친과 방금의 화제를 이어 나가야 할지 고민하고 있는데 전다다 일행이 나타났다. 진묵과 목연이 앞에서 걸어오고 있었고, 전다다는 뒤에서 절뚝이며 걸어오고 있었다.

진묵과 목연, 이 두 '마비' 씨들은 전다다가 이상하다는 걸 눈치채지 못했지만, 비연은 멀리서 보고도 바로 뭔가 문제가 생겼다는 걸 깨달았다. 그녀가 재빨리 다가가 물었다.

"전다다, 왜 그러는 거야?"

그제야 진묵과 목연이 돌아보았고, 전다다의 치마에 핏자국이 있는 것이며 한쪽 다리로만 서 있는 걸 발견했다. 두 사람 모두 멈칫하며 당황했다.

전다다는 아프기도 하고 무섭기도 하던 차에 비연을 보자, 이제 신분도 잊고 한쪽 다리로 뛰어가 비연의 품으로 파고들었다.

"놀라 죽는 줄 알았어. 관에서…… 손이 나와서! 시변이래!"

비연이 의심스러운 얼굴로 물었다.

"뭐라고? 그게 뭐야? 다리는 어떻게 된 거야?"

전다다는 손을 들어 목연을 가리키다가, 또 무엇 때문인지 갑자기 멈추고 말했다.

"내가 너무 빨리 뛰다 넘어진 거야."

목연이 눈을 내리깔았다. 그의 눈은 여전히 죽음 같은 적막으로 가득 차 있었다.

비연은 더 묻지 않고 재빨리 전다다를 부축해 자리에 앉혔다. 그리고 모두 등을 돌리게 한 후 전다다의 치마를 들춰 보았다.

전다다의 부상이 심한 것은 아니었지만 내내 빠르게 걸어오다 보니 상처가 심해져 있었다. 무릎을 감싼 천도 이미 젖어 있었고, 피도 완전히 멈추지 않은 상태였다.

비연이 조심스럽게 천을 풀었다. 전다다의 여린 피부에 찰과상이 크게 생겨 있었고, 두 곳에서 여전히 피가 배어 나오고 있었다. 그야말로 보기만 해도 마음이 아픈 모습이었다. 비연은 안타까운 동시에 의혹을 품은 채 늘 가지고 다니는 연고를 꺼내 전다다에게 발라 주고는 다시 상처를 감싸 주었다.

비연이 말했다.

"이제 겨우 2층에 왔는데 이렇게 상처를 입다니. 나가서 네 아버지에게 뭐라 하면 좋담?"

전다다가 대답하기도 전에 비연이 몸을 일으켰다.

"진묵, 목연, 말해 봐. 어떻게 된 거야? 손은 뭐고, 시변은 또 뭐야?"

소녀 혼자 절뚝이며 쫓아오게 만들다니, 저 두 남자 정말 너무하지 않은가!

뜻밖에도 독설남

예전이라면, 비연이 물으면 진묵은 바로 대답했을 것이다. 그러나 이번에는 담담한 표정으로 대답하지 않았다.

그에게 있어 비연 외 다른 이의 일은 그와 아무 관계도 없었다. 그러나 비연이 그의 이름을 불렀으니 그도 뭔가 하긴 해야 했다. 그래서 목연에게 묻는 듯한 시선을 던졌다. 진묵의 뜻은 명백했다. 그는 무슨 일이 있었는지 이르고 싶지 않았지만 목연이 당사자로 나서지 않으면 그가 솔직하게 말하는 수밖에 없었다.

목연도 진묵의 뜻을 이해했다. 전다다의 무릎을 흘깃 보고는 바로 시선을 거둬들였다. 눈빛 속에는 동정이나 부끄러움 따위는 보이지 않았다. 물론 안타까워하거나 마음 아파하는 빛도 없었다. 비연을 바라보는 그의 눈동자는 여전히 텅 빈 듯 죽어 있었다. 그가 침착하게 말했다.

"푸른 뱀 한 마리가 나타났을 뿐이고, 제가 그녀를 속였습니다."

"뭐라고? 그쪽……."

전다다가 재빨리 일어나다가 말을 채 끝내기도 전에 무릎의 통증 때문에 헉, 숨을 들이마셨다. 다행히 비연이 제때 부축해 주어서 쓰러지지 않을 수 있었다.

이때 목연이 다시 말했다.

"능씨 가문의 후예로서 가느다란 뱀 하나 구분해 내지 못하다니. 내가 그쪽이라면 이미 예전에 구멍을 파고 들어가 나오지 않았을 거다."

전다다가 분노했다.

"너!"

목연이 계속 말했다.

"아니지, 땅 밑에 구멍을 파는 건 무리겠군. 네가 파는 건 돈뿐이니까. 그렇지?"

모두 이 말을 듣고 나서야 목연이 뜻밖에도 독설가라는 걸 알게 되었다.

다른 이에게 이런 조롱을 받아 본 적이 단 한 번도 없었던 전다다는 화가 나서 소리쳤다.

"너……."

사납게 발을 구르다가 순간 아픈 나머지 비명을 지르며 두 손으로 무릎을 감쌌다. 작은 얼굴도 금세 창백해졌다.

"목연, 다 큰 남자가 되어 가지고 이렇게 어린 소녀를 괴롭혀야겠어?"

비연도 몹시 화가 났다. 전다다가 괴롭힘을 당해서 화가 난 게 아니라 자신이 판단을 잘못 내렸다는 생각 때문에도 화가 났다. 목연이 이런 사람이었다니!

목연이 무표정한 얼굴로 계속 말했다.

"왕비마마께서 전 소저에게 진상을 알려 주라 이르셨지만, 전 소저는 계속 이야기하지 않고 일부러 시간을 끌더군요. 게다가 저를 속이며 금을 요구하더니, 마침내 제 칠률목적을 저당으로 잡았습니다. 그리고 관 위에 앉더니 자기 멋대로 뱀을 손으로 오해했습니다. 저는 그 틈을 타서 칠률목적을 돌려받고, 그녀에게 진상 이야기를 하게 하려 했을 뿐입니다. 후에 그녀는⋯⋯."

여기까지 들은 비연은 미간을 찌푸렸다. 전다다의 안색도 보기 딱하게 변해 있었다. 그녀가 갑자기 말을 끊었다.

"그만!"

목연이 그녀를 상대하지 않고 계속 말하려 했다. 전다다가 다시 한번 큰 소리로 외쳤다.

"됐다니까! 네 말이 다 사실이야. 본 소저가 먼저 잘못했다고! 본 소저가 탓하지 않을 테니 그만 그 입 좀 다무시지!"

전다다의 기세가 어찌나 흉흉한지 마치 분노한 작은 사자처럼 보였다.

그녀가 그 기회를 틈타 금화를 얻어 내려 한 건 사실이었다. 그러나 그녀의 가장 큰 목적은 비연 일행에게 회포를 풀 시간을 주고, 비연이 우는 걸 다른 사람들이 보지 못하게 하는 것이었다. 그러나 이런 상황에서 이런 이야기를 할 수는 없었다. 그러니 자신이 잘못했다고 인정하는 것 외에 또 무엇을 할 수 있단 말인가?

그러나 목연은 그녀의 말을 듣지 않고 제멋대로 계속 이야기했다.

"후에 그녀가 놀라서 굳은 채 저를 끌어안고 놓아주지 않았습니다. 남녀가 너무 친밀하게 접촉하면 안 되는 것을⋯⋯. 그녀가 놓아주지 않으니 제가 밀어낼 수밖에 없었습니다."

'놀라서 굳었다'라는 말을 들었을 때 전다다는 이미 이를 갈고 있었다. 그리고 '남녀가 너무 친밀하게 접촉하면 안 된다'라는 말을 듣는 순간에는 그녀의 눈빛 속에 살의가 번쩍였다. 이 자리에 이렇게 많은 사람이 있지 않았다면 그녀는 한참 전에 손을 썼을 것이다. 그녀는 평생 이렇게 화가 나 본 적이 없었다.

비연으로서는 전다다의 생각을 알 수 없어, 그저 전다다가 재물을 탐한 모양이라 생각했다. 물론 그녀는 여전히 전다다를 두둔할 생각이었다.

"다다가 잘못했다 해도, 남자가 그렇게 사납게 손을 썼어야 하는 거야? 대체 얼마만 한 힘으로 다다를 밀친 거지?"

목연이 대답했다.

"그녀가 저를 너무 꽉 끌어안고 있었습니다."

이 말을 듣자 하얗게 질려 있던 전다다의 얼굴이 순식간에 붉어졌다. 비연 역시 난감한 표정이 되었다.

군구신은 한옆에서 고북월과 헌원예에게 목연이 투항한 연유를 설명하고 있었다. 그들 세 사람은 이런 작은 일에는 관심이 없어 보였다. 그리고 진묵은 여전히 담담한 표정이었다.

"너, 너……."

전다다가 손가락으로 목연을 가리켰다.

"두, 두고 봐!"

비연은 목연의 성격이 어떠한지 깨닫고, 이 일은 더 추궁하지 않기로 마음먹었다. 그러나 점점 더 난감해지는 것은 어쩔 수 없었다.

비연이 입을 열려고 했을 때 목연이 다시 말했다.

"그녀가 상처를 입은 것은 몰랐습니다. 이 일에는 제 잘못도 있으니, 쌍방 간의 계산이 끝난 것 같습니다."

비연과 전다다는 몹시 놀랐다. 목연은 사실 변명하고 있었던 것도, 전다다의 행동을 이르려던 것도 아니었다. 그저 공정하게 시비를 가리고 싶어 할 뿐이었다.

전다다는 아무리 생각해도 불만스러웠다. 아무래도 자신이 손해 본 것 같았다.

비연은 오히려 안도의 한숨을 내쉬었다. 그녀는 목연이 소녀와 지나치게 시비를 가리는 남자가 아니기를 진심으로 바라고 있었다. 그런데 지금 보니, 여자에게 관심이 없을 뿐이지 그렇게까지 형편없는 남자는 아니었다.

비연이 재빨리 분위기를 수습했다.

"됐어, 이 일은 여기까지 하자. 다다, 상처를 입어서 불편하면 내가 시위를 시켜 너를 올려 보내 줄게."

전다다는 다급해졌다. 그녀는 가까스로 모두와 함께 일할 수 있는 이번 기회를 잡은 참이었다. 그런데 이 정도 부상 때문에 자리를 떠난다면 앞으로 어떻게 얼굴을 들고 다닐 수 있을까? 다른 사람은 말할 것도 없고, 당정만 해도 그녀를 비웃을 것이다.

게다가 이 무덤은 흑삼림 안에 있으니, 아래에 어떤 야수들이 숨어 있을지 그 누구도 장담할 수 없었다. 목연이 야수들을 달랠 수 있지만, 달래는 것과 길들이는 것은 다른 문제였다. 달래는 것은 그저 야수들을 평온하게 만드는 것일 뿐, 그들을 진정으로 굴복시키는 것은 아니었다. 정말로 야수들이 길을 막거나 한다면 목연으로서는 길을 뚫을 방법이 없을 것이다.

비연이 머뭇거리는 것을 보고 전다다가 재빨리 말했다.

"겨우 찰과상인데, 뭐. 뼈나 근육을 다친 것도 아니잖아. 조금 쉬면 금방 괜찮아질 거야! 왕비마마, 계속 함께 가게 해 줘요. 야수를 만나면 도움이 될 사람이 한 명이라도 더 있는 게 낫잖아요!"

비연이 고려한 것도 바로 이 점이었다.

전다다는 비연의 대답을 기다리지 않고, 바로 시위 하나에게 손짓하며 명령했다.

"무릎을 꿇어!"

시위가 무릎을 꿇자 전다다는 그의 등에 업힌 다음 말했다.

"조금 쉬면 괜찮아질 거예요!"

비연이 고개를 끄덕였다.

"그렇다면 좋아."

목연의 시선이 시위의 목을 감싼 전다다의 두 손을 훑어 내렸다. 그러나 그의 눈에는 어떤 파란도 일지 않았고, 곧 몸을 돌려 그녀를 상대하지 않았다. 이 일은 이렇게 일단락을 맺은 셈이었다.

비연이 진묵 곁에 다가가 나지막하게 물었다.

"저들이 저러는 걸 다 지켜본 거야? 넌 왜 아무 말도 하지 않았어?"

진묵이 속삭였다.

"주인님과 상관없는 작은 일들은 내가 신경 쓸 범위가 아니니까. 흥미 없어."

비연도 대답할 말이 없었다. 그녀는 더 묻지 않고 성큼성큼 군구신에게로 다가갔다. 이때 군구신은 이미 목연에 대한 이야기를 마친 다음이었다.

비연이 모두에게 목연을 소개했다. 이 순간 목연의 그 죽은 듯한 눈에 빛이 살짝 감돌기 시작했다. 그의 앞에 있는 세 명은 각자 3대 상고 신력을 지닌 사람들이었다. 바로 그의 필생의 염원이었던! 그는 길게 이야기하지 않고 바로 손을 모아 읍하며 말했다.

"앞으로 어떤 위험이라도 감수하겠습니다!"

헌원예와 고북월은 대답하지 않고 그저 고개만 끄덕였다. 목연은 일부러 비연 뒤로 물러났다. 이때 고운원 역시 비연 뒤에 서 있었다.

목연은 이미 전다다가 말한 '관심이 고픈 공자'가 무슨 의미인지 깨닫고 있었다. 고운원에 대해서 따로 짚이는 바도 있었다. 목연은 비연의 설명 없이도 고운원을 주시하고 있었다.

모두 자리를 잡자, 고북월이 방금의 화제를 이어 나가기 시작했다.

"빙해의 현빙을 깨기 위해서는 봉황력뿐 아니라 건명력도 필요하다. 이리 오너라. 3층 묘실의 벽화에 무엇인가가 숨겨져 있단다."

3대 신력의 진상

10년 전 빙해의 전투에서 빙해의 빙핵은 이미 파괴된 상태였다. 빙핵의 힘은 빙해를 무너뜨리기에 충분했고, 운공대륙의 북강을 바다로 만들기에도 충분했다.

당시 한운석은 파괴된 빙핵에 독을 쓴 다음, 그것을 자신의 독 저장 공간에 넣으려 했다. 그렇게 빙해를 무너뜨릴 빙핵의 힘이 독 저장 공간으로 들어갔고, 무너져 내린 빙해를 원 상태로 회복시킬 수 있었다.

사실 한운석이 빙핵을 독 저장 공간에서 내보내면 그녀와 용비야는 현빙을 파해할 수 있었다. 그러나 그렇게 한다면 빙해는 다시 파괴될 것이다. 같은 이치로, 비연이 지금 봉황력을 이용하여 빙핵을 꺼내고 빙해의 현빙을 깨트린다 해도 같은 문제를 겪게 될 것이다. 진퇴양난이었다.

고북월 일행이 최근 수년 동안 전력을 다해 사람을 찾지 못하고, 3대 신력의 비밀을 찾는 데 힘을 들였던 것은 바로 이 어려운 문제를 해결할 방법을 찾기 위해서였다.

고북월과 헌원예가 그렇게 큰 힘을 들여 세 번째 묘실로 통하는 문을 연 것은 원래 빙해영경에 대해 탐구하기 위해서였다. 그러나 생각지도 못하게 세 번째 묘실의 벽화에는 빙해영경에 관한 기록이 아니라 3대 상고 신력에 대한 기록이 남아 있었다. 이 고묘의 내력이 정말 대단했다!

비연은 원래 진묵과 함께 2층 묘실의 빙해영경 벽화를 연구하고, 복원이 가능한지 살펴볼 생각이었다. 그러나 고북월의 말을 듣자 그녀는 일단 2층 묘실의 벽화는 내버려 두기로 했다.

헌원예가 직접 앞에서 길을 안내했고, 군구신과 고북월이 어깨를 나란히 하고 그 뒤를 걸었다. 비연은 군구신과 함께 가지 않고 일부러 고운원 곁에서 걷고 있었다. 진묵과 목연이 비연 뒤에 있었는데, 두 사람 다 고운원을 유심히 살펴보고 있었다. 그리고 시위의 등에 업힌 전다다가 제일 마지막이었다.

그들은 곧 돌로 된 문을 지난 뒤 돌계단을 내려가 3층 묘실에 도착했다. 벽에 횃불이 상당히 많이 꽂혀 있어 묘실 전체가 무척 밝았다.

형태는 앞에서 본 두 묘실과 기본적으로 같았다. 다만 양쪽의 관들이 아주 적었다. 그러나 앞에서 본 두 묘실의 관들이 가지런히 놓여 있던 것과 달리, 3층 묘실의 관들은 모두 열려 있었고, 심지어 훼손된 것도 있었다.

사방을 둘러보니 바닥이며 벽에 날카로운 화살이며 암기 등이 널려 있고, 열려 있는 구멍도 보였다. 얼핏 보기에도 모두 함정이었다.

시위 몇몇이 현장을 정리하고 원래의 형태로 복원하는 중이었다. 첫째로는 흔적을 남기지 않으려 함이고, 둘째로는 방어선을 구축하여 다른 사람들이 난입하는 것을 막기 위해서였다.

이 고묘는 사람들이 쉽게 들어올 수 있는 곳은 아니었다. 비연 일행이 편하게 이곳까지 올 수 있었던 건 헌원예가 이미 각종 기관을 제거하고 묘실을 원래의 모습으로 복원해 두었기 때문이었다.

첫 번째 묘실을 제외하고, 그들은 두 번째와 세 번째 묘실에서 생사의 위험을 겪어야 했다.

시위가 기관을 새로 배치하는 것을 본 군구신이 짚이는 것이 있어 물었다.

"이 기관들을 원래의 모습대로 복원 가능합니까?"

헌원예가 말했다.

"불가능하다. 일단 건드리고 나면 다시는 쓸 수 없더군."

"그렇다면 지금까지 아무도 들어온 적이 없다는 이야기군요."

"최소한 아무도 이 길을 지난 적은 없다는 이야기지. 3층 묘실 역시 아무도 온 적이 없다. 하지만 아래층 묘실에 다른 길이 있을 가능성 역시 배제할 수 없지."

대부분의 무덤은 출입구가 단 하나로, 관을 들인 다음에 바로 봉해 버리기 마련이었다.

그러나 출입구가 둘인 무덤도 없는 것은 아니었다. 이 무덤은 쇠 금 자를 거꾸로 한 형태로, 다른 무덤들과 형태가 다르니 여러 가능성을 생각해야 했다.

군구신이 고개를 끄덕이며 말했다.

"그렇다면, 축운궁주가 무엇 때문에 이 무덤을 지켰을까요?"

축운궁주가 목연을 보내 이곳을 지키게 한 것은 분명 이 무덤이 중요하다는 사실을 알았기 때문일 것이다. 그런데 그녀가 어떻게 이 무덤에 대해 알게 된 걸까? 다른 곳에서 알았을까? 아니면 아래층 무덤에 관련된 벽화가 있고, 축운궁주가 다른 출입구로 그곳에 들어간 걸까?

헌원예가 바로 군구신의 걱정을 알아차렸다. 비록 지금으로써는 가능성이 얼마나 큰지 알 수 없었지만, 그는 아래층 묘실에 다른 출입구가 있을 가능성에 대비하지 않을 수 없었다. 만약 누군가가 다른 출입구로 아래층 묘실에 들어온 적이 있다면 그들은 기관이나 함정뿐 아니라 매복도 대비해야 했기 때문이다.

헌원예는 잠시 생각하다가 갑자기 목연을 바라보며 냉랭하게 물었다.

"서정력만으로 대적한다면 축운궁주를 죽일 수 있는가?"

"10품의 힘이라면 아마 가능할 겁니다. 그러나 10품이 안 되었다면 모험일 듯합니다. 예전에 그녀 혼자서, 차 한잔 마실 시간도 되지 않아 목씨 가문 전원을 멸족시켰으니까요. 이 숲의 아무리 흉악한 야수라 해도 그녀를 두려워합니다."

목연은 과거의 장면을 떠올리며 여전히 두려워하고 있었다. 그에게 있어 축운궁주는 사람이 아니라 마귀에 가까운 존재였다!

헌원예는 고개를 끄덕이고 더 이상 묻지 않았다.

서정력을 수련하기 위해서는 내공을 최상급의 상태까지 수련해야 했다. 게다가 비슷한 수준으로 함께 수련할 사람을 찾지 못한다면 단시일 내에 돌파하기가 무척 어려웠다.

부황도 헌원예 나이였을 때는 서정력 수련을 정식으로 시작하지도 않았다. 그는 이미 청출어람이라 할 수 있었지만, 지금 여전히 7품에서 정체 중이었고, 10품까지는 아직 먼 길을 가야 했다.

그는 보수적인 사람은 아니었지만 이런 일로 모험을 하고 싶지는 않았다. 그에게는 갚아야 할 원한이 있었고, 어깨에는 대진국이 걸려 있었다.

헌원예가 묘실 중앙까지 걸어간 다음 모두를 이끌고 오른쪽으로 돌았다. 오른쪽 기둥을 지나 커다란 석관 두 개만큼 걸어가자 돌벽 위에 그려진 벽화를 볼 수 있었다.

현공대륙의 지도였다. 대부분은 이미 희미해져 있었으며, 심지어 칠이 벗겨진 곳도 있었다. 그러나 여전히 그 현묘함을 알 수 있었다. 지도의 바탕색은 누런색이었지만 북강의 백새빙천, 남쪽의 빙해, 그리고 서쪽의 흑삼림은 흰색이었다. 그리고 이 지도 옆에는 옛 글씨가 몇 줄 적혀 있었다.

무학세가와 야수를 부리는 가문의 비기, 그리고 고씨 가문의 의술과 약전은 모두 옛 글씨로 쓰여 있어, 그 자리에 있던 모두는 읽는 데 어려움이 없었다. 그러나 모두 그 글씨들을 읽는 순간, 경악했다.

그것은 기존에 알고 있던 정보를 모두 뒤엎는 내용이었다. 그들은 3대 상고 신력 중 봉황력이 빙해를 무너뜨릴 수 있고, 서정력이 백새빙천을 무너뜨릴 수 있으며, 건명력이 흑삼림을 무너뜨릴 수 있다고 생각했다. 빙해, 백새빙천, 흑삼림, 이 세 신비한 곳에 그 비밀이 숨겨져 있노라고.

그러나 이 옛 글씨들이 말하는 바에 따르면 10품의 봉황력과

10품의 서정력이 동시에 나타나면 현공대륙 전체를 무너뜨릴 힘을 불러낼 수 있고, 건명력만이 이 힘에 대항할 수 있었다. 그리고 건명력은 흑삼림에 숨겨져 있다고 적혀 있었다.

모두 서로의 얼굴을 바라보며 마음속의 의혹을 숨기지 못했다. 건명력은 분명 북해 바닷속에 있지 않았던가. 그런데 어떻게 흑삼림에 숨어 있다는 걸까? 여기에 무슨 비밀이라도 있는 걸까?

설마, 건명력이 본래 흑삼림에 숨어 있다가 후에 몽족의 결계에 의해 북해 바닷속에 봉인된 걸까? 몽족이 멸족당한 것과 무슨 관계가 있을까?

게다가 봉황력이 빙해의 빙핵을 불러낼 수 있다면 서정력은 어떨까? 백새빙천에도 신비한 힘이 숨어 있는 걸까?

빙해의 이변 이후 현공대륙에서, 무예를 익힌 모든 자들의 진기가 사라졌다. 이 일과는 무슨 관련이 있을까?

비연은 그렇게 많은 일을 고민할 여력이 없었다. 그녀가 감동하여 외쳤다.

"태부! 건명력이 빙해의 힘에 대항할 수 있다면, 부황과 모후를 구할 수 있는 것 아닌가요? 우리가 지금, 건명력을 다루는 방법을 찾으면 되는 것 아닌가요?"

뜻밖에도 회복되었다

비연의 물음은 바로 고북월이 방금 이야기한 벽화의 현묘함 중 하나였다.

그러나 고북월은 신중했다. 어쨌든 그들은 건명력에 대해 아는 바가 많지 않았다.

"이 몇 줄의 의미로는 분명 그렇겠지요. 다만, 아직 정확한 내력을 알 수는 없으니 쉽게 결론을 내릴 수는 없습니다."

말을 마친 고북월이 진묵을 돌아보았다. 군구신, 헌원예, 그리고 시위에게 업혀 있는 전다다 역시 진묵에게 묻는 듯한 시선을 던졌다.

진묵은 여전히 진지하게 벽화를 살피느라 그들의 시선을 눈치채지 못하고 있었다. 비연이 그 모습을 보고 슬며시 웃었다. 캄캄함 속에서도 모두의 마음이 통하고 있으니, 가끔은 말이 필요 없는 순간도 있는 것이다.

물론, 그 자리에는 모두와 마음이 통하지 않는 사람도 둘 있었다. 목연과 고운원이었다.

'은사'에 대한 목연의 집념은 비연에게 전혀 뒤지지 않았다. 여기까지 오는 내내 그는 모든 주의력을 고운원에게 쏟아부었다. 게다가 진묵에 대해 잘 알지 못했기에 이 순간에도 계속 고운원의 뒷모습만 지켜보고 있었다.

고운원은 진묵에 대해 잘 알고 있었다. 그러나 이 벽화에 대해서는 아무런 관심이 없었다. 그는 여전히 조마조마한 듯 양팔로 자신을 끌어안은 채 웅크리고 있었다. 때때로 주변을 둘러보기도 하는 게, 마치 안전하지 못하다고 느끼는 듯한 모습이었다.

그의 이런 모습을 보고 비연은 한 대 치고픈 충동을 느꼈지만 꾹 참으며, 나지막한 목소리로 망중에게 명령했다.

"잘 지켜보도록."

"알겠습니다."

믿음직한 망중의 대답에 비연은 그제야 안심하고 진묵과 함께 벽화를 살피기 시작했다. 진묵은 벽화의 손상 정도를 살폈고, 비연은 벽화에 사용된 안료며 재료들을 살폈다.

비연도 첫눈에는 무엇이 이상한지 알아챌 수 없었다. 그러나 진지하게 살펴보다 보니 뭔가 이상하다는 생각이 들었다.

"이 원료, 아주 이상해요!"

고북월이 바로 물어 왔다.

"설마 연 공주께서도 이 안료가 무엇인지 모르시겠습니까?"

그림을 그리는 안료는 크게 두 가지로, '석색'과 '수색'이 있었다. 그 이름을 보면 알 수 있듯이 '석색'은 광석으로 만든 안료로, 푸르스름한 회색이나 녹색이 섞인 회색 같은 빛깔을 냈다. '수색'은 꽃이나 풀, 나무를 재료로 만든 것인데, 자소 나무에서 뽑아낸 보랏빛이나 회화나무로 만든 녹색 같은 것이 대표적이었다.

광물이건 꽃이나 나무건 모두 약이었다. 보통 의원이나 약사도 기본적으로 판별할 수 있었다. 하지만 의원으로서 약학 방면에도 능숙한 고북월로서도 눈앞의 벽화는 물론 2층 묘실의 벽화에 사용된 안료 역시 도무지 판단해 낼 수 없었다. 이것만으로도 이 벽화에 사용된 안료가 심상치 않다는 의미였다. 이것이 바로 그가 이야기한 현묘함 중에 또 다른 하나였다.

비연이 벽화를 쓸어 보더니 한참 후에야 고개를 끄덕였다.

"알아보지 못하겠어요."

벽화는 현공대륙의 지도로, 바탕색은 누런빛이었고, 흑삼림, 백새빙천, 빙해는 흰색으로 그려져 있었다. 그 외에도 희미하게나마 보랏빛, 붉은빛, 녹색 등이 남아 있었는데 비연은 그중 어떤 색도 어떤 안료로 그린 것인지 판단해 낼 수 없었다.

그녀가 진묵에게 묻는 듯한 시선을 던졌다. 진묵은 약에 대해 알지 못했지만 안료에 대해서라면 최고의 전문가였다! 화가가 그림을 배울 때는 재료를 모아 안료를 만드는 것부터 시작하는 법이었다.

진묵 역시 고개를 저었다.

"이런 안료는 본 적이 없어. 저 색채는 내가 써 본 가장 상등품의 안료보다 한 등급 높은 거야."

비연이 물었다.

"이 그림, 복원 가능할까?"

진묵은 여전히 고개를 저었다.

"너무 많이 훼손되었어. 할 수 없을 것 같아."

비연은 조금 실망했지만 곧 기운을 차리고 말했다.

"가자, 가서 다른 그림을 보자."

이 말에 고운원이 함께 움직이려 했다. 그때 군구신이 말했다.

"아버지, 연아, 진묵, 세 사람만 가도 충분하다. 다른 사람들은 여기서 기다리기로 하지."

고운원이 겁먹은 듯 군구신을 흘깃 보더니 멀리 가서 관을 등지고 섰다.

비연을 포함해 세 사람이 다녀왔으나 별다른 수확이 없었다. 2층 묘실의 벽화 역시 같은 상황이었던 것이다.

비연과 진묵은 돌아온 후에도 여전히 벽화를 뚫어지라 바라보았다. 두 사람 모두 미간을 찌푸린 채였다. 전다다가 참지 못하고 입을 열었다.

"그 안에 숨겨진 것을 파악할 수 없다면, 시간 낭비하지 말고 아래로 내려가는 게 어때요?"

그러나 비연과 진묵은 여전히 벽화를 보고 있었고, 다른 이들 역시 침묵을 지키며 전다다에게 대답하지 않았다. 전다다가 입술을 비죽이며 무심결에 고개를 돌렸을 때였다. 그녀를 쳐다보고 있던 목연과 시선이 마주쳤다.

'저 눈 마비가 뭐 때문에 나를 보고 있는 거지?'

전다다가 마주 노려보려 했을 때, 목연이 주의를 고운원에게로 옮겼다. 전다다도 그만둘 수밖에 없었다.

한참을 살핀 후에 비연이 갑자기 말했다.

"진묵, 어차피 단서를 찾을 수 없다면 우리 이 벽화를 없애 버리는 게 낫지 않을까?"

그 말은 벽화의 안료를 취하겠다는 뜻이었다. 안료가 특수하니 분명 심상치 않은 내력이 있을 테고, 내력을 밝힐 수 있다면 최소한 실마리를 하나 얻을 수 있을 것이다. 그럼 이 무덤의 주인을 찾는 데도 도움이 될 것이다.

진묵은 물론 비연의 말에 동의했고, 군구신과 다른 이들도 반대 의견을 내지 않았다. 비연이 작업에 착수하기 위해 비수를 꺼냈다. 그러나 그녀가 막 흰 안료를 한 번 긁었을 때 허리춤에 매달려 있던 약왕정이 사납게 요동치기 시작했다.

비연이 깜짝 놀라 무의식적으로 약왕정을 내리눌렀다. 모두 약왕정에게는 관심을 두지 않았기 때문에 무슨 일이 벌어졌는지 알지 못했다. 하지만 비연의 동작을 보고 이상함을 느낀 군구신이 가장 먼저 물었다.

"왜 그러는 거야?"

비연은 재빨리 비수를 그에게 건넨 후 약왕정을 풀며 중얼거렸다.

"회복된 것 같아. 꼭⋯⋯."

그녀의 말이 끝나기도 전에 약왕정이 갑자기 그녀의 손에서 날아오르더니 공중으로 떠올랐다. 그 순간, 비연은 약왕정이 흥분하고 있다는 사실을 알 수 있었다. 지난번 정왕부 온천에서와 같은 상황이었다. 파업 중이던 약왕정이 약광석의 냄새를 맡자 바로 원 상태로 회복했던 것이다. 게다가 계속 꿈틀거리며 약광석을 제 공간 안으로 받아들이고 싶어 했다.

약광석은 최고의 약재라 약왕정이 무척 좋아했다. 약왕정 속 약초밭은 어떤 약재라도 심을 수 있지만, 광물 약재만큼은 그럴 수 없었다. 그렇기 때문에 약왕정은 좋은 약광석을 보면 자제력을 잃곤 했다.

비연은 북강에서 돌아온 후 신농곡에 부탁해, 귀한 약광석을 여러 종류 받아 약왕정을 깨우려 해 보았지만 성공하지 못했다. 그래서 지금 무척 놀랐다. 약왕정이 대체 왜 이러는 걸까?

그녀는 벽화를 보며 중얼거렸다.

"설마, 이 안료에 약성이 있어서 약왕정을 깨운 걸까?"

모두 약왕정에 대해 잘 알지 못해 상황을 이해하지 못하고 있었다.

비연이 재빨리 손을 내밀어 명령했다.

"돌아와!"

약왕정은 바로 비연의 손안으로 들어왔다. 그러나 여전히 뚜껑이 떨어질 듯 꿈틀거리고 있었다.

비연은 벽화를 노려보다가 과감하게, 약왕정에게 약을 모두 수거하라고 명령했다!

찰나의 순간…….

이번에는 옳았다

찰나의 순간에, 벽화 전체가 사라졌다.

비연의 추측이 옳았다! 안료에 약성이 있었다! 모두 약이었던 것이다!

안료들이 들어가자마자 약왕정이 바로 약성을 분석해 냈다. 비연이 저도 모르게 외쳤다.

"적령석! 적령석이야!"

직접 본 적은 없었지만 백의 사부의 책에서 적령석의 약성에 대한 기록을 읽은 적이 있었다.

적령석은 약광석의 일종으로 천하에서 가장 뜨거운 물건이고, 일곱 가지 색이 있다고 했다. 이 약재 하나만으로도 어떤 한기든 극복할 수 있노라고, 아무리 오래된 현빙의 한기라 해도 억누를 수 있다 했다. 하지만 이 약물은 예전에 자취를 감춰 백의 사부도 갖고 있지 않았다.

잠시 후, 약왕정이 안료를 융합하여 단약 한 알을 만들었다.

비연이 그것을 손바닥 위로 소환했다. 마치 얼음처럼 투명하고 윤기가 도는 그 단약은 마치 타오르는 불과도 같은 따뜻한 기운을 내뿜고 있었다.

비연이 적령석에 대해 설명하면서 단약을 꼭 쥐고 손바닥의 온기를 전했다. 얼마 지나지 않아 그녀가 손을 펴자 단약이 희미한 붉은 빛을 내뿜고 있는 게 보였다. 그러자 비연이 무척 기뻐하며 말했다.

"이 물건은 약광석 중 최고급품일 뿐 아니라 약 중에서도 최고급품이에요. 약왕정이 깨어날 만했어요!"

고북월이 곁에 있던 고운원을 흘깃 보더니 살짝 미간을 찌푸렸다.

"그런 약은 들어 본 적 없는데, 이 약은 대체 어디서 난 것일까요?"

비연은 흥분한 가운데에서도 중요한 일이 무엇인지 깨달았다.

"사부의 책에서 관련 기록을 본 적이 있어요. 어디서 난 약인지는 저도 모르겠지만요."

고북월이 바로 말을 받았다.

"그렇다면 공주마마의 사부께서는 분명 아시겠군요."

말을 마친 그가 일부러 몸을 돌려 고운원을 똑바로 바라보았다. 그러자 그 자리에 있던 모두가 그를 따라 고운원을 바라보았다.

고운원은 비연의 손에 있는 단약을 넋을 잃고 바라보던 중이었다. 모두 쳐다보자 그는 어딘가 기운 없는 표정으로 말했다.

"이건 저도 오늘 처음 보는 물건입니다."

고북월이 말했다.

"고 의원, 저는 연 공주마마의 사부께서 아신다 했지, 고 의원이 아시리라 말한 게 아니니 긴장하실 필요 없습니다."

의심할 바 없이 고북월이 다시 한번 고운원을 흔들어 놓은 셈이었다. 고운원이 살짝 멈칫하더니 곧 긴장한 모습으로 변명했다.

"저, 저는……. 다들 저를 보시니 두려워서 그런 것 아닙니까?"

그때였다. 전다다가 갑자기 놀란 소리로 외쳤다.

"어서 봐요! 벽에…… 아직도 그림이 있어요!"

모두 고개를 돌려 보니 원래 그림이 있던 곳에 점차 새로운 그림이 떠오르고 있었다. 역시 현공대륙의 지도였지만 매우 또렷하고 완벽한 모습이었다.

이 지도의 지역 구분은 지금 현공대륙에 존재하는 세 나라와 남경의 지역 구분과는 완전히 달랐다. 현공대륙 전체가 일곱 지역으로 나뉘어 있었는데, 가장 북쪽에 위치한 지역은 '몽족설지'였고, 흑삼림 역시 독립된 지역으로 여전히 흑삼림이라 불리고 있었다.

그러나 비연 일행의 시선을 끈 것은 지역이 어떻게 구분되었느냐 하는 게 아니라, 백새빙천, 빙해, 그리고 흑삼림에 용오름이 그려져 있다는 사실이었다.

백새빙천의 용오름에는 '천살天殺'이라는 두 글자가, 빙해의 용오름에는 '지살地殺'이라는 두 글자가 적혀 있었다. 그리고 흑삼림의 용오름에는 보검이 하나 그려져 있었는데, 검의 손잡이에도 두 글자가 적혀 있었다. 아주 작았지만 또렷하게 알아볼 수 있었다. 바로 '건명'이라는 글자였으니까.

비연이 중얼거렸다.

"천살은 지극히 불길하고, 지살은 지극히 악한 것인데…….

아마도 세상을 무너뜨릴 힘을 뜻할 거야!"

고북월이 지도에 손을 대고 어림짐작해 보았다. 뜻밖에도 흑삼림이 현공대륙 중심에 위치하고 있었고, 북쪽의 백새빙천과 남쪽의 빙해까지의 거리가 똑같았다.

고북월이 진지하게 말했다.

"봉황력이 지살을 끌어내고, 서정력이 천살을 끌어낸다면…… 흑삼림의 이 건명이라는 검이 그 두 살을 이길 수 있다는 이야기로구나!"

군구신이 몽하의 말을 떠올리고 재빨리 말했다.

"천 년 전, 북강에서는 서정력을 두고 다툼이 있었고 몽족이 멸족되었습니다. 그런데 몽족의 결계사가 어떻게 건명력을 북해에 봉인할 수 있었을까요? 설마 천 년 전 누군가가 서정력으로 천살을 끌어냈다가 몽족의 건명력에 의해 저지당했던 걸까요?"

모두 서로 얼굴만 바라보는 가운데, 전다다가 재빨리 말했다.

"건명력에 의해 저지당했다면, 무엇 때문에 건명력을 북해 바닷속에 봉인했겠어요? 설마…… 건명력이 바닷속에 봉인된 게 아니라, 바닷속의 천살을 억누르고 있었던 건 아니겠지요?"

이 추측에 모두가 차가운 숨을 들이마셨다!

전다다의 이 추측이 맞는다면, 군구신이 건명력을 얻은 이상 바닷속에 봉쇄되어 있던 천살이 자유로워졌다는 의미 아닌가!

비연이 서둘러 말했다.

"건명력이 바다에서 나왔을 때, 북해에도 용오름 현상이 있었어. 하지만 봉황력과 건명력이 서로 부딪친 후에는 사라져 버렸지. 그 용오름은 천살로 인한 게 아니라 건명력으로 인한 게 분명해. 건명력이 바다에서 나온 후 석 달이 지났는데, 북강은 여전히 태평한걸. 천살이 북해 바닷속에 있을 리가……."

"그것도 옳아!"

전다다가 고개를 갸우뚱하더니 다시 말했다.

"그렇다면 왕비마마, 몽족이 무엇 때문에 건명력을 바닷속에 봉인해 두려 한 걸까요? 게다가 건명력과 저 건명검은 무슨 관계가 있는 거죠?"

모두 서로를 바라보기만 할 뿐 별다른 단서를 찾지 못하고 있었다.

그러나 몇 줄의 글자와 이 지도가 알려 주는 정보만으로도 이미 충분히 만족스러웠다. 최소한 그들은 3대 신력의 관계를 똑똑히 알게 되었으니까.

군구신이 말했다.

"현공대륙에 전설이 있습니다. 빙해에 현기가 있는데, 진기 수행의 근원이라고요. 지금 보니 빙해에는 현기가 없고 오히려 살이 있는 모양입니다. 빙핵 속에 숨어 있는 힘이 바로 지살이 겠지요. 만약 황후마마께서 그 힘을 독 저장 공간에 가두지 않으셨다면, 현공대륙의 재난은 겨우 무술을 익힌 자들이 진기를 잃는 정도에서 그치지 않았을 것입니다."

비연이 차갑게 웃기 시작했다.

"영생? 하하! 모든 것이 무너지고 모든 것이 텅 비어 버리게 되면…… 그것도 영원이라 할 수 있겠지.”

계속 침묵하고 있던 헌원예도 냉소하며 말했다.

“무지한 자들이 망령되이 내 운공대륙 북강을 멸하려 했겠다. 제 무덤을 파고 있는 줄도 모르고!”

헌원예가 말하는 ‘무지한 자들’은 물론 기씨, 소씨, 혁씨, 세 가문이었다.

그때 목연이 말했다.

“축운궁주는 진상을 얼마나 알고 있을까요? 그녀의 목적은 분명 외모를 영원히 유지한다든가 하는 게 아닐 겁니다. 설마…… 세상을 멸망시키고 싶은 걸까요?”

목연은 비록 축운궁주를 완벽하게 이해하고 있지는 않았지만, 최소한 그녀가 단목요나 혁소해 일행을 단지 이용하고 있다는 사실은 눈치챌 수 있었다.

축운궁주는 인어족의 피로 건명력을 끌어낼 수 있다는 걸 알고 있었고, 이것은 그녀가 천 년 전 북강에서 일어난 일을 알고 있다는 것을 의미했다.

의심이 깊어졌으나 별다른 추측은 나오지 않았다. 앞으로도 계속 답을 찾아가는 수밖에 없었다.

“이 고묘에 오기를 잘한 것 같아.”

비연이 중얼거리며 지도를 살펴보았다.

북쪽의 ‘몽족설지’부터 남쪽의 ‘남경성’까지 두루 살펴보았지만 ‘빙해영경’은 보이지 않았다. 아무래도 빙해영경은 작은 지역인 듯했다.

그러나 비연은 조금도 실망하지 않았다. 그녀는 고운원을 바라보며, 순진하게 웃으며 말했다.

"2층의 그 벽화도 무척 기대되는걸요. 고 의원, 함께 가 보지 않겠어요?"

약곡, 전설이 진짜였다

비연의 청을 듣자 고운원은 망설이듯 머리를 긁적이며 그동안 온 길을 돌아보았다.

비연뿐 아니라 모두가 그의 대답을 기다리고 있었다. 그러나 이게 웬일일까. 그가 갑자기 반문했다.

"모두 함께 가는 겁니까? 모두 간다면…… 저는 절대로 여기 혼자 남고 싶지 않습니다."

비연의 인내심이 조금만 덜했더라도, 아마 고운원 때문에 화가 나서 죽었을 것이다.

비연이 짜증을 억누르며 대답했다.

"그럼 모두 함께 가죠."

곧 모두 함께 2층 묘실로 되돌아갔다.

2층 묘실의 벽화도 3층 묘실의 현공대륙의 지도만큼이나 훼손되어 있었다. 이 벽화는 산골짜기를 그린 것이었는데, 골짜기에 불길이 활활 타오르고 있었다. 만약 벽화 왼쪽에 '빙해영경'이라 쓰여 있지 않았다면, 비연은 결코 이곳이 빙해영경이라는 사실을 깨닫지 못했을 것이다.

비연은 이미 약왕정을 통해 적령석에 대해 알게 되었으므로, 벽화 앞에 서는 순간 곧 이 벽화에 사용된 안료 역시 적령석이라는 걸 알 수 있었다. 그녀는 가볍게 약왕정을 문지르며 몰래 명령을 내렸다.

찰나의 순간, 그림 전체가 사라지고 벽은 원래대로의 모습을 회복했다. 그리고 얼마 지나지 않아 빙해영경의 정경이 또렷하게 떠오르기 시작했다.

꽃이며 풀과 나무, 밭과 집, 절벽, 폭포, 그리고 오솔길……. 모든 것이 세밀하게, 사실대로 그려져 있었다. 얼핏 본다면 창밖의 풍경이라 착각할 정도였다.

비연은 눈 한 번 깜빡이지 않고 바라보았다. 익숙한 풍경이 하나하나 떠오르자 저도 모르게 마음속에 쓰린 감정이 올라왔다. 여덟 살부터 열여덟 살까지, 장장 10년 동안 그녀는 이 골짜기에서 자랐다. 근심 없이 평안하고 즐겁던 세월을…… 모두 이곳에서 보냈다. 이곳은 그녀에게 있어 또 하나의 집이었다.

설사 백의 사부에게 불만을 품고 있다 해도, 그녀는 잘 알고 있었다. 그녀는 지금도 그에게 감사하는 동시에 그를 그리워하고 있었다. 그녀는 고운원을 놓아주지 않으면서 마음속으로는 남몰래, 그가 백의 사부가 아니기를 바라고 있었다.

모두 사부는 부친과 같다고 한다. 그러나 그녀에게 있어 백의 사부는 아버지보다는 항상 곁에 존재하는 보호자의 느낌이었다. 그는 10년 동안 그녀 곁에 있어 주었고, 그녀를 10년 동안 지켜 주었다.

벽화가 완전히 드러나기도 전에 비연의 눈이 붉어졌다. 그녀는 고개를 돌려 고운원을 바라보았고, 그녀의 눈동자에 다시 한번 처음 고운원을 만났을 때의 집착이 드러났다.

그녀가 말했다.

"고 의원, 이곳이 바로 빙해영경이에요. 내 사부가 계시던 곳이죠."

고운원은 그동안 계속 그래 왔던 것처럼 비연의 눈빛을 피하고는 난감한 표정을 지으며 말했다.

"무척이나 운치가 있는 곳이군요. 아주 좋습니다. 좋아요."

비연이 손가락으로 벽화 위 산꼭대기를 가리켰다.

"여기에 작은 정원이 있었고, 대나무로 지은 집이 두어 채 있었죠. 나와 사부는 여기서 살았어요. 나는 동쪽 집에, 사부는 서쪽 집에서 지냈죠. 어린 시절의 나는 어둠을 무서워해서, 한밤중이 되면 사부의 품속으로 파고든 다음에야 겨우 잠들곤 했죠. 어릴 때는 악몽도 자주 꾸었죠. 악몽에서 깨어날 때면 사부의 침상으로 몰래 들어가, 그의 등에 붙어서야 안심하고 잠들 수 있었어요."

비연은 다시 산허리를 가리켰다.

"여기 전각이 있었는데, 약에 대해 배우는 곳이었죠. 어릴 때는 쓴맛을 싫어해서 매번 약을 시험할 때면 먼저 사부에게 감초사탕을 달라고 조르곤 했어요. 사부는 한 번에 세 알씩 주셨죠. 그리고 어린 시절의 나는 노는 데 정신이 팔려 약재를 태우곤 했는데, 사부는 항상 약방을 베껴 쓰는 벌을 주셨죠. 하지만 한 번도 검사하신 적은 없어요."

비연은 계속 말하다가 마지막으로 폭포 옆 절벽을 가리켰다.

"여기. 바로 사부가 여기서 나를 밀었죠……."

비연은 고운원을 바라보며 물었다.

"말해 봐요. 그때부터…… 사부에게는 내가 필요 없었던 건가요?"

주변 사람들은 모두 의심 어린 표정을 짓고 있었다. 군구신은 주먹을 꽉 쥔 채 당장이라도 앞으로 나서서 비연을 안아 주고 싶은 마음을 간신히 참고 있었다. 그러나 고운원은 여전히 난감한 얼굴로 대답했다.

"그거야 왕비마마의 사부님만이 아시겠지요."

비연이 웃기 시작했다. 쓴웃음이 계속 나오는 것을 멈출 수 없었다.

"맞아요. 내 사부만이 알고 있겠지요!"

그녀는 고개를 돌렸다. 이 순간만은 고운원을 보고 싶지 않았다. 그리고 무심결에 벽화를 바라보던 그녀는 깜짝 놀랐다.

새로운 벽화가 완전히 드러났다. 골짜기 전체에 불이 활활 타오르고 있었다. 그 불길이 어찌나 강한지, 그 불이 하늘에서 내려온 건지 아니면 하늘로 향하고 있는 건지 알 수 없을 정도였다. 그 불길 속 약초밭에 희미하게 거대한 약 솥이 보였다.

그녀와 백의 사부가 살던 산꼭대기에 집은 보이지 않았지만 경건하게 무릎을 꿇고 절하는 사람들로 가득 차 있었다. 그들 앞에는 깃발이 하나 꽂혀 있었는데, 옛 글자로 '구려九黎'라고 적혀 있었다. 이 사람들은 구려족인 게 분명했다.

그들 앞에는 한 남자가 서 있었다. 흰 옷을 입은 검은 머리카락의 남자가. 그는 몸을 굽히고 있었는데, 불바다 속으로 뛰어

들려는 것 같기도 했고 거대한 약정 속으로 뛰어들려는 것 같기도 했다. 다른 이들은 아주 작고 간략하게 그려져 있는 데 반해 이 백의 남자는 유달리 세밀한 필치로 그려져 있었다. 꼿꼿하고 큰 키에 잘생긴 얼굴까지 모두 또렷함은 물론, 심지어 그의 눈에 비친 화염까지도 그려져 있었다. 바로 비연의 백의 사부였다!

비연은 무심결에 약왕정을 꽉 쥔 채 중얼거렸다.

"신농곡……. 신농정……."

신농곡에는 전설이 있었다. 천 년 전 현공대륙에 전쟁이 벌어져 사상자가 수없이 많았고, 사람들은 집을 잃고 떠돌아다녔으며 감염병도 유행했다. 그런데 하늘에서 신농곡에 신화를 내려 주자 신비한 백의 약사 한 사람이 상고 시기부터 내려오는 구리며 오행의 정수를 모아 신농정을 주조한 다음 스스로 불속에 뛰어들었다. 사람들은 그 백의 약사가 누구인지 몰랐지만, 자신을 버려 세상 사람들을 질곡에서 구한 그를 존경하며 약왕 신농씨의 재림으로 여겼다. 그들은 백의 약사의 신상을 주조했고, 그 골짜기를 신농곡이라 이름 지었다.

모두 서로 얼굴을 바라보았다. 이 자리에 있는 모두가 경악하고 있었다. 그들 중 신농곡의 전설이 사실이라 생각했던 이는 아무도 없었던 것이다. 그러나 그것은 사실이었고, 다만 신농곡에서 있었던 일이 아니라 빙해영경에서 있었던 일이었다! 그리고 사람들을 더욱 놀라게 한 것은 비연의 백의 사부가 바로 신농정을 주조한 사람이었다는 것이다!

그렇다면…… 비연의 손에 있는 약왕정이 바로 천 년 전의 그 신농정인 것이다! 그리고…… 백의 사부는 천 년 전에 죽은 것이다!

비연은 어떻게 빙해영경에 가게 되었던 걸까? 그녀는 또 어떻게 백의 사부와 10년을 함께 보냈을까? 설마, 그때 백의 사부가 죽지 않았던 걸까? 하지만 그가 죽지 않았다면 어떻게 이 신농정을 주조할 수 있었을까?

비연은 미간을 점차 강하게 찌푸리며, 다시 한번 고운원을 바라보았다. 그러나 그녀가 입을 열기도 전에 고운원이 먼저 소리쳤다.

"이분이 바로 왕비마마의 사부 되십니까? 이, 이……. 확실히 저와…… 아니, 아니지요, 제가 이 어르신과 확실히 비슷하다고 말해야겠지요. 정말 닮았습니다! 그러나…… 정말 생각지도 못했습니다. 왕비마마의 사부께서 그런 인물이신지. 대단합니다! 대단해요!"

비연이 그를 사납게 노려보며 말했다.

"내 사부는 구려족과 분명 관련이 있을 거예요. 이 빙해영경은 어쩌면 내 사부의 땅이 아니라 구려족의 땅일 수도 있고요. 이 고묘도 구려족이 묻힌 곳이겠군요. 구려족이 지키고 있다는 그 용의 뼈……는 아마도 건명검이겠지요!"

그림 속 사람들이 구려족이라면, 중앙 숲의 팔괘진은 구려족 사람들이 펼친 걸 테고, 건명검 역시 흑삼림에 숨겨져 있을 것이다……. 여러 실마리를 조합하면 비연은 이렇게 생각할 수밖에 없었다!

고운원이 미간을 찌푸리며 이해할 수 없다는 듯한 표정을 지었다. 비연은 그를 상대하지 않고 몸을 돌려 첫 번째 묘실을 향해 걷기 시작했다. 그곳에도 벽화가 있었기 때문이다. 비연은 조그마한 단서라도 결코 놓칠 생각이 없었다…….

내 사부는 영웅이었어

비연은 재빨리 1층 묘실을 향해 걸어갔다.

군구신은 즉시 미간을 찌푸리며 고운원을 바라보았고, 주변 다른 이들의 시선 역시 고운원에게로 향했다. 백의 사부의 제자였던 비연은 말할 것도 없고, 전다다처럼 아무 상관 없는 사람조차 이 상황이 답답하고 화가 났던 것이다.

고운원이 이렇게 사람들의 시선을 받는 게 벌써 몇 번째인지 모를 정도였다. 그도 미간을 찌푸린 채 어쩔 수 없다는 듯, 동시에 자신은 무고하다는 듯한 표정을 지었다. 심지어 변명을 늘어놓고 싶어 다급해하는 것 같기도 했다.

이 순간, 전다다의 인내심이 마침내 끊기고 말았다. 그러나 그녀는 아무 말도 하지 않고 시위의 등에 업힌 채 편안한 표정으로 휘파람을 불었다. 이 휘파람 소리는 크지 않았지만 고요한 묘실 안에서 유달리 또렷하게 들렸다. 하지만 곡조가 몹시 평범했기에, 얼핏 듣기에는 그저 재미로 부는 것 같았다.

사람들은 휘파람으로 야수들을 부를 수 있다는 걸 알고 있었지만 별생각 없이 그저 전다다가 심심한 모양이라 생각했다. 그러나 이게 웬일일까. 주변에서 바스락거리는 소리가 들리더니 독사들이 한 마리 한 마리, 관 주변에서 나타나기 시작했다.

모두 의아한 표정을 지었다. 이곳에 뱀이 어떻게 숨어 있었는지 알 수 없었기 때문이다.

"정말 뱀이 있었네!"

전다다가 감탄한 듯 외치더니 휘파람을 한 번 더 불었다. 독사들이 순식간에 사방팔방에서 고운원을 향해 모여들었다.

고운원은 잠시 멍한 표정을 짓더니 곧 큰 소리로 외치기 시작했다.

"사람 살려! 전 소저, 대체 뭐 하는 겁니까? 살려 주시오! 왕비마마, 정왕 전하, 살려 주십시오……."

고운원은 구원을 청하며 비연 일행 쪽으로 달려갔다. 그러나 독사들의 속도가 훨씬 빨랐다. 독사 두 마리가 그를 가로막은 채 새빨간 혀를 날름거렸다. 고운원은 다급하게 발걸음을 멈추고 멍하니 독사들을 바라보았다. 놀라서 그대로 굳어 버린 것 같았다.

전다다가 속으로 중얼거렸다.

'관심이 고픈 공자님, 정말 귀찮아 죽겠어! 어떻게 연극을 계속하는지 지켜봐 주지! 본 소저가 오늘 연아 언니를 대신해 네 본모습을 드러내 줄 테다!'

그녀가 입술을 비죽이며 휘파람을 불자 가장 큰 독사가 고운원의 손을 물었다. 고운원이 깜짝 놀라 다시 비명을 질렀다. 모두 쳐다보았지만 아무도 도우러 오지 않았다. 다른 독사 한 마리가 고운원의 다른 손을 물었고, 고운원의 비명도 끊이지 않았다.

마침내 비연이 참을 수 없어 날카로운 목소리로 외쳤다.

"그만!"

군구신의 장검을 뽑아 들고 빠른 걸음으로 다가간 그녀가 뱀 두 마리를 베어 버렸다.

전다다는 비연의 차갑고 날카로운 목소리에 깜짝 놀랐다. 그녀는 하마터면 비연이 아니라 성격이 차갑기로 유명한 헌원예가 외쳤다고 착각할 뻔했다. 전다다가 속으로 중얼거렸다.

'확실히 남매는 남매네. 화를 내기 시작하면 똑같으니. 놀라 죽을 뻔했잖아!'

헌원예도 마침내 입을 열었다. 비연보다 훨씬 차가운 목소리였다.

"아직도 뱀을 물리지 않는 게냐?"

전다다는 겨우 정신을 차렸다. 그녀는 감히 헌원예를 쳐다보지도 못하고 다급하게 시위의 등에 머리를 묻은 채 조그맣게 '쉬' 하는 소리를 냈다. 그 소리는 기운이라고는 전혀 없이 가련하게 들렸다. 아마 독사들도 그녀가 억울해한다는 걸 알아차렸을 것이다.

곧 독사들이 물러났다. 그러나 고운원의 두 손은 여전히 반토막 난 독사에게 물려 있었다. 그는 안색이 창백한 것이, 곧 울음이라도 터뜨릴 기세였다.

"살려 주십시오……. 살려 주십시오!"

비연은 그의 이런 모습에 마음이 아픈 건지 아니면 화가 나는 건지 스스로도 구분할 수 없었다. 결국 그녀의 눈가가 다시 붉어졌다.

그녀가 움직이려 했을 때 군구신이 막아서더니 직접 뱀의 머리를 떼어 주었다. 다행히 뱀의 이빨까지 제거할 수 있었지만 고운원의 손에는 구멍이 네 개나 나 있었다. 곧 그곳에서 피가 배어 나오기 시작했다. 양은 많지 않았지만 검은빛인 것으로 보아 뱀에게 극독이 있었음이 분명했다!

고운원은 놀란 나머지 다리가 풀려 엉덩방아를 찧고 그대로 굳어 버렸다.

비연이 코를 훌쩍이더니 갑자기 쪼그리고 앉았다. 그리고 고운원의 손을 잡고 그의 피를 빨아내기 시작했다. 그녀가 이렇게까지 하리라고는 누구도 생각지 못했다.

군구신은 그녀의 행동을 제지하고 싶었지만 이미 늦었다. 그의 눈가에 희미하게 불만스러운 빛이 스쳐 갔지만 겉으로 드러내지는 않았다.

고운원도 분명 놀라고 있었다. 비연을 보는 그의 눈빛에 순간 일말의 근심이 어렸지만 곧 사라졌다.

얼마 지나지 않아 비연이 독을 전부 빨아냈다. 눈을 감은 그녀의 모습은 유난히도 고요해 보였다. 그녀는 약왕정에서 연고를 꺼내 고운원에게 발라 주었다. 그리고 상처를 감싸기 위해 치마를 찢으려 하자 군구신이 미리 준비한 천을 그녀에게 건네주었다.

비연이 조심스럽게 고운원의 상처를 감싸 주었다. 그녀는 여전히 아무 말도 하지 않았다. 상처를 다 싸매자 고운원이 크게 안도의 한숨을 내쉬고는 말했다.

"왕비마마께 감사드립니다. 제 목숨을⋯⋯."

그가 말을 끝내기도 전에 비연이 갑자기 고개를 들어 그를 바라보았다. 맑은 두 눈이 붉게 달아올라 있었다. 분명 울지 않았는데도⋯⋯ 운 것보다 더해 보였다. 그녀의 눈동자는 진지하고도 고집스러워 보였다.

고운원이 어쩔 수 없다는 듯 가볍게 탄식하며 그녀의 시선을 피했다.

"왕비마마, 대체 어떻게 해야⋯⋯."

비연이 그의 말을 잘랐다. 그녀의 목소리는 아주 낮았고 말투도 평온했지만, 왠지 모를 힘이 깃들어 있어 모두 조용히 귀를 기울일 수밖에 없었다.

"내 사부께서는 자신의 몸을 버리고 의를 취하셨어요. 자신의 목숨으로 백성들을 구제하셨죠. 그러니 그분은 현공대륙의 영웅이십니다. 그분께 10년 동안 양육을 받고 약왕정을 받은 것은⋯⋯ 삼생에 다시없을 영광입니다. 설사 사부께서 나를 필요로 하지 않으시고, 나를 인정하지 않으신다 해도⋯⋯ 나는 영원히 그를 사부로 모시고 존경할 것입니다!"

여기까지 들은 고운원의 손이 살짝 굳어 버렸다. 비연이 그런 그의 반응을 눈치챘는지는 알 수 없었다. 그녀는 계속 평온한 어조로 이야기했다.

"창생을 마음에 품고 자비를 베풀었던 영웅이 이름을 남기지 않을 수도 있지요. 그러나 악을 행한 자는 절대로 법 밖에서 노닐어서는 안 되고, 영원히 그 더러운 이름을 남겨야 하는 법입니다! 나는 반드시 진상을 모두 밝혀내겠어요!"

마침내 고운원이 천천히 눈을 들어 비연을 바라보았다. 그러나 비연은 여전히 그의 손을 뚫어지라 쳐다보며 다시 말했다.

"고 의원, 상처가 심하지 않으니 무서워할 필요 없어요."

그러고는 몸을 일으켜 성큼성큼 돌계단 위로 걸어 올라갔다. 눈에 눈물이 어렸지만 눈물을 흘리지는 않았다. 그녀는 심지어 웃고 있었다. 마음 깊은 곳에서 우러나오는 미소였다. 그녀의 백의 사부는 영웅이었다. 그녀는 자랑스러워해야만 했다!

비연은 믿고 싶었다. 목숨을 버려 가며 세상을 구한 사부라면 결코 그녀에게 악의를 품지 않았을 것이며, 음험한 생각을 가졌을 리도 없다. 한 걸음 한 걸음 계산에 의해 움직이던 소인배일 리 없는 것이다. 그가 굳이 연극을 하고 싶다면……. 그가 기쁘면 그것만으로도 좋다.

비연은 속으로 맹세했다. 다시는 그를 핍박하지 않겠노라고.

군구신은 바닥에 떨어진 핏자국을 쳐다보며 잠시 머뭇거리다가 재빨리 몸을 일으켜 비연을 쫓아갔다. 고북월과 헌원예도 서로 눈빛을 교환한 후 그녀를 따라갔다.

고운원은 그제야 몸을 일으켜 따라가기 시작했다. 고개를 숙이고 있어 다른 사람들은 지금 그가 어떤 표정인지 볼 수 없었다.

전다다는 아무 말도 하지 않았고, 시위는 감히 움직일 수 없어 그대로 서 있었다. 비연 일행이 멀어지고 나서야 전다다가 시위의 등에서 고개를 내밀고는 중얼거렸다.

"내가 오늘 한 짓이…… 잘한 걸까, 아니면 잘못한 걸까?"

말이 떨어지자마자 등 뒤에서 차가운 목소리가 들려왔다.

"해서는 안 될 일이었지."

전다다가 고개를 돌려 보니 목연이 서 있는 게 보였다. 그의 눈빛에는 어떤 빛도 없이, 그저 죽음과 같은 적막만이 흐르고 있었다. 하지만 왜인지는 알 수 없었지만 전다다는 그의 눈빛에서 경멸을 읽을 수 있었다.

"내가 쓸데없는 일을 했다 한들 그쪽이 알 바는 아니잖아?"

전다다의 말에 목연은 무표정하게 입을 열었다.

"앞으로는 그런 식으로 뱀을 부르지 말도록."

전다다가 궁금해하며 물었다.

"왜?"

"듣기에 괴로우니까. 꼭 오줌 싸는 소리 같더군!"

목연의 대답에 전다다는 당황했다가 곧이어 화를 냈다.

"너!"

목연이 태연하게 몸을 돌렸다. 전다다가 눈을 가늘게 뜨더니 시위에게 따라붙으라 명한 다음 물었다.

"왜, 오줌이라도 쌌어?"

땅속 호수, 인어족과 연관되다

오줌이라도 쌌냐고?

전다다의 질문에 목연은 속이 뒤틀렸다. 그는 바로 발걸음을 멈추고 차가운 눈으로 그녀를 바라보았다. 축운궁에 여제자는 계강란 한 사람뿐이었지만, 그는 최근 수년 동안 적지 않은 여자들을 봐 왔다. 하지만 전다다처럼 뻔뻔한 여자는 본 적이 없었다. 재물을 탐할 때도 뻔뻔하더니 말을 할 때도 뻔뻔했다. 더 중요한 것은 그녀를 꿰뚫어 볼 수 없다는 것이었다. 그녀는 영리하다 싶으면 곧 모호한 행동을 했고, 이상하다 싶으면 또 매우 영리하게 굴었다.

전다다는 목연이 무섭지 않았다. 눈썹을 치켜세운 채 그를 바라보며 입술을 비죽였다. 그녀의 눈빛은 매우 도전적이었지만 목연이 보기에는 여전히 어린애처럼 보였다.

목연은 입 끝까지 올라온 말을 도로 삼켰다. 자신이 미치지 않고서야 이 어린애 같은 소녀에게 스스로 말을 붙일 이유가 없는 듯했다. 그는 한마디도 하지 않고 그저 전다다를 노려본 다음 몸을 돌려 성큼성큼 걸어갔다.

전다다는 살짝 멍한 표정을 지었다가 재빨리 시위에게 물었다.

"방금 봤어?"

시위가 어리둥절했다.

"아가씨, 무슨 뜻이신지……?"

전다다가 이해할 수 없다는 듯 말했다.

"저 눈 마비 녀석이 나를 노려본 거 말이야!"

그녀의 목소리는 크지 않았지만 앞에서 걸어가던 목연에게도 똑똑히 들렸다. 목연이 깊게 심호흡하고는 더욱더 빠르게 걷기 시작했다. 그는 자신의 기분이 타인의 영향을 받기 시작했다는 사실을 알아채지 못하고 있었다. 은사에 대한 생각과 축운궁주를 죽이겠다는 생각 외에, 지금까지 그 누구도, 어떤 일도 그의 마음에 파란을 일으킨 적이 없었던 것이다.

시위는 전다다에게 뭐라 대답해야 할지 알 수 없어 달래듯 말했다.

"아가씨, 목 공자는 나쁜 사람이 아닙니다. 목씨 가문 사람들이 선량하다는 것은 흑삼림 사람이라면 모두가 아는 사실이지요. 저분을 너무 힘들게 하지 마시지요."

전다다가 바로 시위의 목을 조르며 속삭였다.

"나를 배신하고 저 녀석 편을 들다니. 본 소저가 바로 너의 목을 졸라 죽여 버릴 테다!"

시위는 무서워하지 않고 웃으며 말했다.

"무섭지 않습니다. 아가씨도 착한 분이시니까요."

전다다는 흥이 깨졌다는 듯 시위의 등에 얼굴을 묻었다.

"시위 오라버니, 우리도 빨리 가자!"

전다다는 능씨 가문의 대소저였으나 신분을 내세우지 않는 성격이었다. 능씨 가문의 시위들 대부분 그녀를 막내 여동생처럼 여겼고, 전다다 역시 모두와 사이가 좋은 편이었다. 하지만 모두의 이름을 하나하나 기억하지는 못해 누구를 만나건 시위 오라버니라 불렀다. 그리고 특수한 상황에서는 친밀하게 굴더라도 서로 별다른 문제로 여기지 않았다.

가끔은, 마음속에 거리낌이 없기 때문에 주의하지 않게 되기도 하고, 자신이 주의하지 않기 때문에 다른 이가 어떻게 자신을 대하는지 좀 더 생각하게 되기도 한다.

목연이 바로 고운원을 따라잡았다. 고운원은 여전히 두 팔로 스스로를 끌어안은 채 움츠리고 걸었다. 뒤에서 보면 그저 겁이 많은 문약한 서생 같아 보였다. 그는 연기를 하고 있다!

목연은 말없이 그를 바라보았다. 그의 기분은 예전과 꽤 달라져 있었다. 그는 비연이 방금 한 말이 고운원의 마음속에 남았을지는 알 수 없었다. 그러나 비연의 그 말은…… 그의 마음속에 전부 남았다.

그가 스승과 함께한 건 이레에 불과했으니 비연의 10년에는 비할 수 없을지도 모른다. 그러나 그 이레는 그의 일생에 큰 영향을 끼쳤다. 그 역시 백의 사부의 제자였고, 백의 사부가 영웅임을 알게 되었으니 자랑스러울 수밖에 없었다.

목연은 곧 고운원과 어깨를 나란히 하고 걸었다. 고운원이 그를 흘깃 보더니 바로 시선을 거뒀다. 목연은 잠시 머뭇거리다가 차라리 고운원 앞에서 걷기로 했다.

얼마 지나지 않아 전다다와 시위가 쫓아왔다. 그들은 발걸음을 멈추지 않고 고운원을 스쳐 지나갔다. 전다다는 일부러 고개를 돌려 그를 한번 바라보고는 속으로 중얼거렸다.

'관심이 고픈 사부님, 미안해요. 앞으로는 그러지 않을게요.'

이렇게 모두의 시선을 받던 고운원은 외톨이가 되었다.

고운원이 천천히 고개를 들었다. 얼굴에 가득하던 공포가 점차 사라지더니, 미간을 찌푸린 채 제 몸을 더욱 강하게 끌어안았다. 마치 거대한 고통을 받아 내는 것처럼.

그도 멈추지 않고 한 걸음 한 걸음 앞으로 걸어갔다. 그의 발걸음은 점점 빨라졌고, 얼마 지나지 않아 전다다와 목연을 따라잡은 다음 그들을 앞질렀다. 그는 그 누구에게도 자신의 이상한 점을 보여 주고 싶지 않았다.

비연 일행이 1층 묘실에 도착했다. 그곳 벽화는 2층, 3층의 벽화에 비하면 매우 작았지만 똑같이 훼손되어 있었다. 벽화에는 이 고묘의 대강의 모습이 그려져 있었다. 사람들은 바로 이 벽화 덕에 이 고묘가 쇠 금 자를 거꾸로 한 형태라는 것을 알 수 있었다.

이치대로라면 묘실의 구조도를 벽화로 그릴 이유가 없었다. 하지만 이 고묘가 워낙 보통의 무덤과는 달라, 모두 그 연유에 대해서는 미처 생각하지 못했다.

이 벽화도 적령석으로 그려져 있었다. 비연이 약왕정을 움직이자 벽화가 순식간에 사라졌다.

그리고 잠시 기다리자 과연, 완벽한 벽화가 점차 떠오르기 시작했다.

이 고묘의 완벽한 구조도였다. 비연 일행의 추측과는 달리, 이 고묘는 거꾸로 된 쇠 금 자 형태가 아니라 마름모꼴로, 지상 7층, 지하 7층으로 이루어져 있었다. 물론 지금의 상황을 보건대 이 고묘는 아직 완성되지 않은 상태 같았다.

모두 의아해하고 있노라니 전다다가 먼저 입을 열었다.

"이 구조 정말 재미있는데. 제대로 지었다면 분명 보기 좋았을 텐데."

'보기 좋다'라는 말로 무덤을 형용하다니, 그 자리에 있는 사람들 모두 아연했다. 목연은 참지 못하고 다시 한번 그녀를 바라보았다.

전다다는 다른 사람들이 어떻게 느끼는지는 전혀 신경 쓰지 않고 벽화를 바라보며 중얼거렸다.

"이 고묘의 구조를 설계하려면 꽤 공을 들였을 텐데. 구려족에게 무슨 큰 변고라도 생겨서 이 묘를 완성하지 못한 게 분명하네요."

전다다의 이 말은 중요한 점을 지적하고 있었다. 구려족이 중앙 숲에 팔괘진을 설치하고 용의 뼈를 수호했다는 것은 그들이 흑삼림 최초의 주인이었다는 의미였다.

그러나 건명검이 흑삼림에 있는데 건명력은 북해에 봉인되었다. 분명 이 사이에 발생한 변고는 구려족과 관계가 있을 것이다.

이 벽화로는 어떤 변고가 있었는지 알 수 없었다. 모두 마음속에 의혹을 품은 채 아무 말도 하지 않고 계속 벽화를 주시하고 있었다.

헌원예는 매 층 묘실의 입구를 찾기 위해 상당한 공력과 시간을 써야 했다. 그러나 이제는 이 벽화 덕분에 시간을 꽤 아낄 수 있을 듯했다. 가장 중요한 것은 이 고묘 6층의 절반이 물속에 잠겨 있다는 사실이었다. 바꿔 말하자면 7층 묘실은 완전히 물속에 잠겨 있었다. 고묘의 아랫부분은 거대한 땅속 호수와 마찬가지였다!

그림에 그려진 대로라면 7층 묘실에는 물이 없었지만, 묘실 문을 여는 순간 물이 쏟아져 들어갈 것이다. 그렇다면 7층 묘실은 대체 어떻게 건축한 걸까? 사람들은 서로 얼굴을 바라보며 그저 의혹만 품고 있을 뿐이었다.

비연이 입을 열었다.

"인어족! 인어족이 아니라면 대체 누구에게 이렇게 물을 다룰 능력이 있겠어?"

군구신이 말했다.

"설마 구려족이 인어족의 방계인 걸까? 아니면…… 그때 인어족이 구려족을 도와 이 묘를 건설한 걸까?"

헌원예가 이어 말했다.

"묘를 건설하는 건 힘든 일이지. 어쩌면 그때 인어족이 구려족의 노예였던 건 아닐까?"

고북월이 말했다.

"옥인어의 피가 건명력을 깨울 수 있었으니, 구려족의 비밀도 작지 않을 겁니다. 이 그림만으로는 땅속 호수가 다른 수맥과 통하는지도 단정할 수 없습니다. 축운궁주가 인어족을 부릴 수 있으니, 아래로 내려갈 때 더욱 조심해야 할 것 같군요."

비연이 고개를 끄덕이고 바로 결단을 내렸다.

"진묵, 이 벽화 셋을 모두 외워 버려. 이 그림은 남겨서는 안 되니 전부 훼손해 버리자! 우리는 계속 아래로 내려가야 해!"

급한 일, 일단 이별

비연이 벽화를 훼손하겠다고 하자 전다다는 몹시 다급해져 서둘러 물었다.

"잠깐만요! 이 벽화는 어떤 안료로 그린 거죠? 혹시 돈이 될 만한 것은 아닌가요? 왕비마마께서 필요하지 않으시다면 저에게 주시는 게 어때요?"

그녀는 금을 가장 좋아했지만, 금으로 바꿀 수 있는 물건이라면 모두 욕심냈다. 적령석이 그렇게 귀한 것이라니, 이 벽화의 안료도 분명 꽤 가치가 나갈 것 같았다.

비연이 말했다.

"진묵, 네가 잘 설명해 주도록 해."

진묵이 담담한 표정으로 말했다.

"돈이 안 돼. 칠한 것에 불과해. 적령석이 사라지면 벽이 차가워지면서 그림이 드러나는 거지."

전다다가 실망하여 고개를 끄덕이고 중얼거렸다.

"적령석으로 다시 그림을 그린 게 그저 이 벽화를 보호하기 위해서야? 그것만은 아니겠지?"

전다다는 또 중얼거리다가 중요한 점을 짚어 냈다. 첫째, 그렇게 귀한 물건인 적령석을 벽화의 안료로 쓴다는 건 너무 사치스러웠다. 둘째, 만약 벽화를 보호하기 위해서라면 다른 방법을 쓸 수 있으니 이렇게 복잡한 방법을 쓸 이유가 없었다.

분명했다. 이 고묘의 주인은 일부러 적령석을 안료로 써서 벽화에 뭔가를 숨겨 놓은 것이다.

진묵처럼 각종 안료에 익숙한 화가도, 비연과 고북월처럼 높은 수준의 약사와 의사도 알아볼 수 없을 정도였으니 다른 사람들은 말할 것도 없었다. 약왕정이 회복되지 않았다면 비연 일행도 그저 이상하다는 생각만 할 뿐 진상을 알아내지는 못했을 것이다.

이렇게 고심 끝에 숨겨 놓았다면 분명 크게 용도가 있을 것이다. 이 적령석은 최소한 구려족에게는 아주 귀한 보물이었음은 분명했다!

지금 이 자리에 있는 이들 모두 영리한 사람들이라 각자 마음속으로 짚이는 바가 있었다. 하지만 사람들은 시선만 주고받을 뿐 그 이상 말하려 하지 않았다. 전다다의 질문은 그녀 스스로 우둔하다는 것을 드러내는 것에 지나지 않았다.

비연이 그녀에게 고개를 끄덕이며 설명해 주려 했을 때, 전다다가 바로 웃으며 외쳤다.

"알았다! 알겠어!"

전다다의 순수한 웃음에 비연은 저도 모르게 따라 웃었다. 당정이 전다다가 재롱둥이라고 말한 적 있는데, 확실히 그런 모양이었다. 잠시 어리석은 척하면서도 큰 잘못은 범하지 않고, 영리한 척하면서도 큰 계책은 세우지 못하지만, 웃기 시작하면 확실히 귀여웠다.

진묵이 그림을 머릿속에 기억하고는 검을 움직여 벽화를 전부 훼손해 버렸다.

모두 아래로 내려가려 할 때 등 뒤의 묘실 문이 갑자기 열리더니 시위 하나가 다급하게 들어왔다. 그리고 헌원예에게 달려가 공손하게 서신을 올리며 말했다.

"태자 전하, 궁에서 온 급한 전갈입니다!"

서신을 읽는 헌원예의 잘생긴 미간이 찌푸려지기 시작했다. 그는 서신을 고북월에게 건네며 말했다.

"남부의 수해와 기근이 심해졌다는구나. 감염병이 이미 중부까지 퍼졌다고 하고, 최근 두 번이나 구휼을 위해 보낸 양식이 사라졌다고 한다! 태부, 태부도 함께 가야 할 것 같소."

나라를 다스린다는 것은 하늘 위로 오르는 것만큼 어려운 일이었다. 아무리 능력이 있는 황제라 해도 조정의 모든 관원이 청렴하게 최선을 다하도록 할 수는 없었다. 아무런 난리가 벌어지지 않도록 할 수도 없었다. 그가 대진국에 있을 때도 그러했으니, 하물며 그가 대진국에 있지 않다면⋯⋯.

이미 여러 달을 떠나 있었으니 돌아가야 마땅했다. 수해가 발생한 지금은 더더욱 돌아가야 했다. 헌원예는 비연 일행과 함께 고묘 아래층까지 내려가 이 고묘의 비밀을 확실하게 파해한 다음 떠나고 싶었지만 이제는 그럴 수 없게 되었다.

고북월은 헌원예의 말만 듣고도 마음속으로 자책했다. 그리고 서신 속 상세한 내용을 읽자 길게 탄식을 내뱉을 수밖에 없었다. 그는 이미 여러 해 동안 조정 일에 관심을 두지 않았다.

그러나 감염병이 이렇게 신속하게 퍼지고 있다면 그도 반드시 돌아가야 했다.

비연은 빙해에 있을 때 이미 대진국 남부의 홍수가 심각하다는 이야기를 들었고, 오라버니가 오래 함께 있지 못할 거라는 사실을 알고 있었다.

군구신이 먼저 진지하게 읍하며 말했다.

"태자 전하, 아버지, 돌아가십시오. 이곳은, 그리고 현공대륙은 안심하고 저에게 맡겨 주십시오!"

헌원예는 그를 바라보며 아무 말도 하지 않았다. 대신 고북월이 고개를 끄덕이며 말했다.

"나와 태자 전하를 배웅해 주었으면 좋겠구나. 다른 사람들은 여기서 기다리는 게 좋겠군."

군구신에게만 하고픈 말이 있는 모양이었다. 비연과 군구신은 고북월과 헌원예를 따라 걷기 시작했다.

1층 묘실 대문을 나가자마자 고북월이 걸음을 멈추고는 나지막한 목소리로 말했다.

"공주마마, 황후마마께서는 무공을 수련하신 후에야 봉황력을 점차 다룰 수 있게 되셨습니다. 각종 현묘한 이치도…… 황후마마께서는 대부분 스스로 찾아내셨지요. 공주마마의 상황은 황후마마와 약간 다르긴 하지만, 어쨌든 봉황력을 다루시려면 무공 수련부터 시작하셔야 합니다."

비연이 고개를 끄덕였다. 그녀는 이미 며칠 전부터 군구신에게서 무공을 배우고 있었다. 모후가 빙핵에서 나올 수 있다 해도 그녀는 봉황력을 다루고 싶었다. 첫째로는 만일에 대비하기 위해, 둘째로는 스스로를 지키기 위해, 그리고 셋째로는 적을 죽이기 위해!

고북월이 다시 군구신을 향해 말했다.

"남신, 이렇게 된 이상 부지런히 무공을 수련하고 기반을 다지도록 해라. 건명력과 건명보검의 비밀은 십중팔구 이 고묘에서 찾을 수 있을 거다. 네가 건명력을 얻은 이상, 고묘 안으로 들어갈 때는 더욱 신중하게 굴어야 한다."

군구신이 고개를 끄덕였다.

"예, 아들이 부친의 말씀을 이해하였습니다."

고북월이 참지 못하고 다시 한번 군구신을 살펴보았다. 기쁨, 애정, 감탄…… 그의 눈빛이 빛나고 있었다. 고북월이 담담하게 웃었다. 몹시도 다정하고 부드럽게, 무어라 형용할 수 없이 편안한 감정을 주는 그런 느낌으로, 마치 봄비가 소리 없이 만물을 적시듯이.

그가 군구신의 어깨를 두드리고 웃으며 말했다.

"너는 영위니, 주인의 안위를 돌봐야 한다. 그리고 남편이 되었으니 아내가 근심하지 않게 해야 한다. 공주마마를 잘 보살펴 드려라."

군구신이 다시 읍하며 말했다.

"아들이 삼가 마음에 기억하겠습니다."

비연이 헌원예와 작별의 말을 주고받다가 그들의 대화를 듣고 바로 그쪽으로 고개를 돌렸다. 농담을 한마디 하려던 그녀는 군구신의 얼굴을 보고는 입을 다물었다. 그의 표정은 더없이 숙연했고 검은 눈은 진지하게 빛나고 있었다.

이때 고북월이 군구신에게 다가가더니 귓가에 대고 아내인 진민과 작은아들의 행방을 이야기해 주었다. 군구신은 아무것도 묻지 않고 그저 조용히 듣기만 했다. 비연은 무척 궁금했지만 바로 물어볼 수는 없었다.

헌원예가 바로 이 틈을 타서 속삭였다.

"연아, 네 남편이 너를 감히 괴롭히지는 않겠지만…… 만약 정말로 너를 힘들게 한다면 절대 숨겨서는 안 된다."

그러자 비연이 그의 팔을 잡아당기며 웃기 시작했다.

"어릴 때부터 내가 그를 괴롭혔으면 괴롭혔지, 언제 그가 나를 괴롭힌 적이 있었나! 모르는 것도 아니면서."

헌원예는 이 대답이 아주 만족스러운 모양이었다. 그가 다시 말했다.

"기억해라. 생명은 중요하다. 어떤 일이건 너무 무리하지 마라. 이 고묘도 마찬가지다. 너희만으로는 힘들 것 같으면, 오라버니가 돌아오기를 기다려 함께 들어가도 늦지 않는다."

비연은 헌원예의 이런 태도가 마음에 들지 않았다. 그녀가 그의 손을 놓고 진지하게 말했다.

"오라버니, 대진국은 오라버니에게 맡길게. 현공대륙의 적들은 우리에게 맡겨 줘! 나와 그는 3년 안에 복수를 끝내고 현빙을 파해하겠다고 부모님께 약속드렸어! 한번 약속한 이상 끝까지 해야지! 그리고 현공대륙은 내가 맡을 거야. 오라버니라도 나랑 다툴 수는 없어!"

비연은 흥분한 나머지 저도 모르게 마지막 말을 유달리 큰
소리로 외치고 말았다.

군구신과 고북월은 그녀의 말을 듣자마자 바로 고개를 돌려
그들을 바라보았다⋯⋯.

세 사람의 약속

비연의 말에 헌원예가 큰 소리로 웃고 말았다.

그가 입을 열려고 했을 때 군구신이 진지하게 말했다.

"연아의 그 말은 틀렸습니다. 현공대륙은, 우리 군씨의 것입니다!"

이 말에 모두 조용해졌다. 비연과 헌원예가 함께 군구신을 바라보았고, 고북월 역시 그를 바라보았다.

비연은 물론 군구신의 마음을 알고 있었다. 그렇지 않았다면 방금 오라버니에게 그런 말을 하지도 않았을 것이다. 그러나 그녀는 군구신이 이렇게 직접적으로 이야기할 줄은 예상하지 못했다. 그러나 놀란 가운데에도 걱정을 전혀 하지 않았다. 아니, 오히려 무척 기뻤다. 그녀가 좋아하는 남자는, 그녀가 혼례를 치른 남자는 분명 이만큼 대담하고, 박력이 있으며, 야심이 있는 남자여야만 했다. 그렇지 않은가?

그녀는 마침내 군구신이 '주고 주지 않고와 원하고 원하지 않고는 다른 이야기'라고 말했던 뜻을 이해하게 되었다. 천하를 선물한다 해도 '두 손을 맞잡고 강산을 양보'하는 것과 '직접 강산을 얻는' 것은 완전히 다른 일이니까.

헌원예와 고북월이 놀란 이유는 바로 '군씨'라는 말 때문이었다.

네 사람은 모두 침묵을 지키고 있었다. 주위를 둘러싼 공기조차 굳어 버린 것 같았다. 한참 후, 헌원예가 갑자기 차가운 목소리로 위협했다.

"군구신, 배짱이 있다면 다시 말해 보라!"

군구신은 위협에 전혀 굴하지 않았다. 그는 안색 하나 변하지 않고 태연자약하게 말했다.

"원수는 저와 연아가 함께 갚을 겁니다! 그리고 현공대륙은 우리 군씨의 것입니다!"

분위기가 더욱 고요해졌다.

그러나 곧 헌원예가 너털웃음을 터뜨렸다. 그가 어떻게 군구신을 위협할 수 있겠는가. 그는 그저 군구신을 시험해 본 것에 불과했다. 그가 기다려 온 것은 바로 군구신의 이 말이었다.

10년 전 그는 빙해 남안에서 맹세했다. 언젠가 헌원 황족이 현공대륙을 밟을 거라고. 그리고 최근 10년 동안 운한각의 세력은 천염국을 포함, 현공대륙의 여러 큰 세력에 침투해 있었다. 아직 축운궁의 내력을 알아내지 못했고 3대 상고 신력의 진상도 완전히 알아내지는 못했지만, 그의 명령 한마디면 현공대륙의 절반은 그의 주머니로 들어올 것이다.

그가 유일하게 생각하지 못한 것은 바로 동생과 군구신이 자신을 막을 거라는 사실이었다. 그러나 이 두 사람도 결국은 그의, 헌원 황족의 사람들이었다!

헌원예가 큰 소리로 웃으며 말했다.

"감히 우리 헌원 황족과 다투려 하다니, 대담하구나! 내 동생이 너를 그리도 좋아하는 게 억울하지만은 않다!"

군구신의 지금 신분으로 그의 신하가 되려 하거나, 아니면 태부의 아들이나 영위의 신분으로 연아를 아내로 맞이하겠다고 한다면 그가 가장 먼저 반대할 것이다. 군구신이 만약 그리한다면 그것은 대진국에게 충성하는 게 아니라 양보에 지나지 않았다. 강자에게 있어 양보란 결국 모욕이었다.

헌원예는 군구신의 어깨에 한 손을 얹고 한 글자 한 글자 힘주어 말했다.

"내 부황과 모후께 3년을 약속하였다 했지? 좋다. 본 태자가 너에게 1년 반을 주겠다. 1년 반 동안 현공대륙을 얻고, 모든 흉수를 잡고, 진상을 조사하도록 해라. 해내지 못하면 본 태자는 한 걸음도 너에게 양보하지 않을 것이다. 물론 우리 대진국의 연 공주도, 감히 얻을 엄두를 내지 말아야겠지!"

군구신은 대답하지 않았다. 대신 그의 입가에 단호한 미소가 걸렸다. 그는 헌원예 앞으로 손을 내밀더니 천천히 주먹을 쥐었다.

헌원예의 입가에도 미소가 떠올랐다. 만족스러웠고 감탄스러웠다. 그는 담대하고 기백이 있는, 심지어 야심이 있는 친우를 좋아했다. 그에게는 그런 친우를 질투하거나 근심하지 않을 배짱이 있었다.

헌원예 역시 손바닥을 내민 다음 주먹을 쥐고, 군구신의 주먹과 부딪쳤다. 남자의 약속이었다!

비연은 무척 기뻐하며, 제 주먹을 내밀어 헌원예와 군구신의 주먹에 부딪치고 진지하게 말했다.

"좋아, 1년 반. 오라버니, 그가 해내지 못하면 내가 그에게 가지 않을게! 오라버니, 걱정할 필요 없어. 부황과 모후의 체면을 떨어뜨리지 않을 테니까!"

군구신이 눈썹을 치켜세우고 비연을 바라보더니 웃기 시작했다. 비연도 그를 쳐다보다가 다시 헌원예를 보며 해맑게 웃기 시작했다!

고북월은 어른으로서 한옆에 가만히 선 채 한마디도 하지 않았다. 그는 헌원예의 도량을 이해했고 군구신의 박력을 이해했다. 그리고 그들의 진실한 모습을 보고 그들의 대화를 들으니, 마음 가득 감개무량한 기분이 들었던 것이다.

헌원예와 군구신은 대진국의 그 진정한 주인에게는 비할 바가 아니었다. 그러나 겨우 스물의 나이에 이렇게 기백이 넘치는 것도 쉬운 일이 아니었다. 고북월은 이 두 아이가 언젠가는 반드시 청출어람을 보여 주리라 믿었다!

연 공주는 또 언제 이러지 않은 적이 있었던가? 그녀의 성격은 비록 황후마마와 완전히 같지는 않지만, 그 굽히지 않는 성격은 황후마마에게 뒤지지 않았다.

세 사람이 손을 내려놓자 헌원예가 한마디 덧붙였다.

"오늘부터 운한각의 모든 사람은 너희 둘이 부릴 수 있다. 더는 나에게 보고하지 않아도 좋다."

군구신이 바로 대답했다.

"연아가 부리면 됩니다. 저에게는 수하들이 있습니다! 물론,

언젠가 서정력이 필요해지면 저도 예를 차리지 않겠습니다!"

헌원예는 점점 더 만족스러웠다.

"좋다! 본 태자는 대진국에서 좋은 소식을 기다리겠다! 그럼 건강하도록!"

비연이 앞으로 나가더니 힘주어 헌원예를 끌어안은 다음 놓아주었다.

"오라버니, 건강해야 해! 빙해를 건널 때 부황과 모후께 나는 잘 지내고 있다고 꼭 전해 드려."

헌원예가 고개를 끄덕였다.

비연은 고북월을 바라보며 아쉬워하면서도 웃는 얼굴로 말했다.

"태부, 감염병은 호랑이보다 무서운 거예요. 필요하면 언제라도 저를 부르세요."

고북월 역시 고개를 끄덕였다.

"공주마마, 안심하십시오. 생각해 둔 바가 있습니다."

군구신은 별다른 말을 하지 않았다. 부자지간이고 형제지간이었다. 눈빛만으로도 천 마디, 만 마디 말보다 많은 것을 전할 수도 있는 것이다.

헌원예, 고북월과 작별하고 비연과 군구신은 다시 고묘 안으로 들어갔다. 두 사람만의 시간을 가질 수 있게 되자 군구신이 비연의 손을 잡더니 깍지를 꼈다. 그리고 한참 침묵 속에서 걷다가 발걸음을 멈추더니, 살며시 비연의 턱을 들어 올렸다. 그는 그녀를 응시하더니 상당히 진지하게 물었다.

"배짱이 대단하던데. 본 왕에게 오지 않겠다는 말을 하다니 말이야?"

비연이 웃었다.

"사실 나는 그럴 만한 담력이 되지 못해. 그저 당신을 믿을 뿐이야."

그저 농담으로 한 말에 비연이 이렇게 대답하리라고는 생각지 못한 군구신은 더 이상 아무 말도 하지 않았다.

그의 입술이 다가오는가 싶더니 비연의 입술에 깊은 입맞춤이 떨어졌다. 입맞춤이 끝난 다음에도 그는 그녀를 놓아주지 않았다. 그는 눈을 감은 채 제 이마를 비연의 이마에 맞대고 속삭였다.

"연아……."

비연은 그의 이 다정한 말투가 좋았다.

"응?"

"나중에 네 사부에게…… 그리고 네 오라버니에게도…… 절대…… 절대……."

그는 '절대'라는 말을 몇 번이나 반복하다가 겨우 남은 말을 끝냈다.

"절대 그렇게 가까이 가지 마. 어쨌든 너도 이제 다 컸으니까."

비연은 잠시 생각하다가 겨우 이해했다. 군구신이 이야기하는 가까이라는 것은 그녀가 고운원의 손을 잡고 피를 빨아낸 것, 그리고 오라버니를 포옹한 것이었다. 그녀는 군구신이 이런 면에서는 도량이 좁다는 걸 알고 있었고, 그것을 즐기고 있었다. 그러나 그가 자신의 오라버니와 사부에게까지 질투할 줄은 몰랐다.

비연이 웃기 시작하자 군구신은 그녀의 시선을 피해 앞서서 걷기 시작했다. 비연은 그를 쫓아가지 않고 일부러 진지하게 말했다.

"내가 자란 것은 이유가 안 될 것 같은데? 나를 설득할 다른 이유를 말해 주면…… 내가 고려해 볼지도!"

군구신은 그녀를 상대하지 않고 몇 걸음 걷더니 갑자기 고개를 돌려 비연을 바라보며 말했다.

"너는…… 지금 내 여자니까."

비연은 그가 '신경이 쓰인다'고 말해 주기를 바라고 있었다. 그런데 예상과는 다른 그의 대답에 그녀의 얼굴이 붉어졌다. 군구신이 돌아오더니 별다른 말 없이, 여전히 그녀의 시선을 피하며 그녀를 잡아끌었다.

고묘 안, 진묵은 이미 벽화 세 폭을 처리한 참이었다.

군구신과 비연은 그들과 함께, 고묘의 구조도에 표시된 대로 네 번째 묘실로 향하는 문을 찾기로 했다…….

아주 좋다, 바로 내 뜻이야

고묘의 구조도 덕분에 비연 일행은 쉽게 3층 묘실 안에 있는 문을 찾아낼 수 있었다.

그러나 문이 있다는 표시가 있다고 해서 바로 문을 찾을 수 있는 것은 아니었다. 문은 벽 뒤에 숨겨져 있었다. 벽을 부수지 않으면 묘실의 문을 볼 수가 없었다.

이 벽은 보기에는 주변의 다른 벽과 같았지만 실제로는 매우 두꺼웠다. 묘실의 구조도를 보지 않았다면 헌원예와 고북월은 결코 그렇게 쉽게 이곳이 여러 층으로 이루어진 고묘라는 사실을 알지 못했을 것이다.

그리고 헌원예와 고북월이 미리 경험한 바를 알려 주지 않았다면 비연과 군구신은, 문이 있는 곳을 알았다 해도 그 문을 어떻게 찾는지 알 수 없었을 것이다. 이 벽을 부수면 설치된 기관들이 연이어 발동하고, 위험해질 수밖에 없었다.

군구신이 일검에 벽을 갈랐다. 암기 여럿이 틈새에서 쏟아져 나왔다. 비연 일행은 양쪽으로 나뉘어 피했다. 군구신은 암기를 막으며 다시 검을 휘둘렀다. 좌우로 위치를 옮기며 극히 빠른 속도로 움직였는데, 마치 그림자가 흔들리는 것 같아 모두 그의 모습을 정확하게 볼 수 없었다.

비연은 그를 전혀 걱정하지 않았다. 그저 감탄하는 동시에 부러운 마음이 들었다. 자신도 언젠가는 그처럼 강해지고 싶다는 생각이 들었다. 자신만의 힘으로 다른 이들에게 길을 열어 줄 수 있다면 얼마나 좋을까?

이때 진묵은 비연의 뒤가 아니라 앞쪽에 서 있었다. 군구신이 함께 있지만 그는 여전히 시위로서의 임무를 수행하기 위해 비연을 가장 안전한 자리에 있게 한 것이었다.

목연은 눈 한 번 깜빡이지 않고 군구신을 지켜보았다. 군구신의 영술을 처음 보는 건 아니었지만 방관자의 신분으로 보는 것은 처음이었다. 죽은 듯하던 그의 눈에 점차 감탄의 빛이 떠올랐다. 그는 군구신의 영술이 자신보다 훨씬 위라는 사실을 알고 있었다.

고운원은 평소와 마찬가지로 몸을 웅크리고 있었다. 그러나 시선은 분명 군구신의 발걸음을 따라가고 있었다. 마치 그의 동작을 하나하나 제대로 봐 두고 싶다는 듯이.

망중과 다른 시위들 역시 군구신을 보고 있었다. 전다다만이 군구신이 떨어뜨리는 암기를 보며 기뻐하고 있었다. 그녀에게 있어 이 고묘 안의 모든 것은 가치 있는 골동품으로 보였다. 그녀는 이미 시위들에게, 현장을 정리할 때 모든 물건을 능씨 가문의 창고로 보내라고 명해 둔 바 있었다. 단 하나도 빠지는 일이 있어서는 안 된다고.

군구신이 열 번 검을 휘두르자 마침내 두꺼운 벽이 완전히 갈라졌다. 더 이상 암기가 날아오지 않자 군구신은 발걸음을 멈췄다.

바닥에는 암기가 가득했고 그의 앞에는 문이 드러나 있었다.

문은 벽 안에서 세 치 정도 들어가 있었는데, 좌우 양쪽으로 열리는 듯했다. 문을 연 다음 어떤 위험이 있을지는 아무도 알 수 없어 모두 원래의 자리에 선 채 경거망동하지 못하고 있었다.

군구신이 앞으로 걸어가려 하자 목연이 나섰다.

"정왕 전하, 제가 시험해 봐도 괜찮겠습니까?"

군구신이 고개를 돌렸다. 그 순간, 문 사이에서 암기 하나가 날아왔다. 군구신은 침착한 표정으로 여전히 목연을 바라보며 살며시 몸을 틀어 암기를 피했다.

"부질없는 일이다."

말이 떨어지자마자 문이 스스로 열리더니 수많은 암기가 동시에 날아왔다. 그야말로 암기 비라도 해도 좋을 만큼 빽빽했다.

군구신의 몸이 환영처럼 순식간에 비연 앞에 나타났다. 그는 비연을 안은 채 뒤로 물러나며 차갑게 외쳤다.

"모두 물러나라!"

그제야 모두 군구신이 '부질없는 일'이라 말한 건 목연을 무시해서가 아니라 그저 사실을 말한 거라는 걸 깨달았다. 뒤로 몇 발짝만 움직이면 암기를 피할 수 있으니, 큰 힘을 쏟을 필요가 없었던 것이다.

암기 비는 빠르게 쏟아진 것만큼이나 빠르게 끝났다. 모든 것이 끝난 후 사람들은 바닥에 널린 암기들을 보며 마음이 편해지는 게 아니라 오히려 오싹해 오는 걸 느꼈다.

비연이 중얼거렸다.

"오라버니와 태부는 아직 흑삼림을 나가지 않았겠지. 왜 지금…… 어째서 보고 싶은 걸까?"

헌원예와 고북월이 위험을 감수하며 앞의 묘실들을 열지 않았다면, 지금 이렇게 쉽게 이중 함정을 피하지 못했을 거라는 사실을 모두 알고 있었다.

군구신이 친근하게 비연의 코를 문지르고는 위로하듯 말했다.

"아무리 길어 봤자 1년 반이야. 1년 반 후에는 다시 만날 수 있어."

사람들은 '1년 반'의 의미를 알지 못했다. 어쨌든 그들은 군구신이 비연에게 애정을 표시하는 모습을 보며 잇달아 시선을 돌렸다. 물론 전다다를 제외하고.

전다다가 상당히 진지하게 말했다.

"정왕 전하, 좀 삼가시는 게 어떨까요? 그러다 왕비마마의 코가 주저앉겠어요."

이 말에 고운원이 피식 웃었고, 목연과 진묵, 두 '마비'도 웃음이 새어 나오는 것을 참을 수 없었다. 시위들도 웃고 싶었지만 감히 웃을 수 없어 모두 간신히 참고 있었다.

비연이 전다다를 노려보았다. 보기에는 화가 난 것처럼 보였지만 실제로는 부끄러워 죽을 지경이었다. 그러나 군구신은 안색 하나 변하지 않고 태연자약했다. 그는 비연과 몇몇 어른을 대할 때 외에는 그 누구 앞에서도 부끄러움을 느끼지 못하는 모양이었다.

문이 순조롭게 열렸다. 그러나 헌원예와 고북월의 말에 따르면 이 묘실 안의 기관과 함정은 점점 더 무시무시해진다고 했다. 그러므로 일단은 더 두고 봐야 했다.

군구신이 눈썹을 치켜세우고 목연을 바라보며 물었다.

"선두에 서겠나?"

목연이 무척 기뻐하며 말했다.

"좋습니다. 바로 제 뜻입니다!"

강자에게 있어 양보란 모욕이다. 동시에 어떤 임무를 맡긴다는 것은 상대를 인정하는 것이었다!

목연이 묘실에 들어간 지 얼마 안 되어 날카로운 날붙이들이 부딪치는 소리가 격렬하게 들렸다. 의심할 바 없었다. 목연이 모든 기관을 발동시킨 것이다.

군구신과 진묵, 망중 등 시위들이 바로 안으로 들어갔고, 비연과 전다다, 고운원은 밖에 머물러 있었다.

이것은 그저 격렬하게만 싸워야 하는 게 아니라 시간을 어느 정도 소비해야 하는 함정임이 분명했다. 비연은 계속 묘실 안에 주의를 기울이고 있었다. 그녀가 두려워하는 것은, 묘실 안에 독이 있지나 않을까 하는 것이었다.

고운원은 벽에 기댄 채 여전히 양팔로 자신을 껴안고 웅크리고 있었다. 비연 일행은 그를 주시하지 않았기 때문에 아무도 그가 고통스러워하는 것을 눈치채지 못했다. 그저 그가 계속 연기를 하고 있는 거겠니 생각하며 그대로 내버려 두었다.

전다다는 남아 있는 시위들에게 명해 문 앞에 떨어진 각종 암기를 정리하도록 했다. 그리고 벽 앞에 쪼그리고 앉아 시위들을 쳐다보며 주판을 튕겼다. 진지하다 못해 엄숙한 그 표정 덕분에 그녀는 이 순간 열대여섯 먹은 소녀가 아니라 침착하고 노련한 여자처럼 보였다. 그리고 그녀의 몸 전체에서는 방해하면 용납하지 않겠다는 기운이 뿜어져 나오고 있었다.

시위들은 경험이 많은 듯 곧 물건을 종류별로 수집을 끝냈다. 전다다가 주판을 다시 짊어지고 일어나 박수를 치더니, 천진난만한 얼굴로 웃으며 말했다.

"다들 고생했어."

그녀는 시위들을 계속 지휘했다.

"너희들, 이 물건들을 저쪽 구석으로 가져다 둬."

그때 비연이 미간을 찌푸리며 그녀를 바라보았다.

"다다."

전다다가 돌아보더니 웃으며 말했다.

"연아 언니, 내가 언니를 왕비마마라고 부르잖아. 언니도 나를 좀 듣기 좋은 이름으로 불러 주는 거 어때?"

"뭐라고 부르면 되는데?"

전다다가 헤실헤실 웃으며 말했다.

"전아!"

비연은 피식 웃고 말았다.

"그래, 너만 좋다면야! 전아!"

전다다는 매우 기쁜 듯 다시 요구했다.

"돌아가면 다른 사람들에게도 그렇게 부르라고 해 줘. 응?"

비연이 고개를 끄덕였다.

"그래. 돌아가면 당정 언니에게도 그렇게 부르라 할게."

전다다가 무척 만족한 듯 다시 물었다.

"왕비마마, 저를 무엇 때문에 부르셨는지요?"

비연이 전다다의 무릎을 가리키며 물었다.

"네 상처…… 이제 괜찮아?"

전다다가 고개를 숙이더니 잠시 멍한 표정을 지었다. 그리고 곧 두어 번 팔짝 뛰어 보더니 무척 기쁜 듯 외쳤다.

"아프지 않아! 아프지 않은 것도 모르고 있었네! 정말 빨리 나았는데!"

비연이 의기양양한 표정으로 말했다.

"그게 다 누가 준 약 때문인데!"

전다다는 몸이 회복된 이상 놀고 있을 생각은 없었다. 그녀는 곧 묘실 안으로 들어갔다. 군구신 일행에게 협조할 생각이었다.

이렇게 비연 일행이 4층 묘실 안으로 들어가는 순간에, 수희와 소 숙부 일행은 막 흑삼림 주변에 도착했다…….

드러나다, 전혀 알지 못하다

천호는 흑삼림 서쪽에 있었다. 그 천호 동쪽에는 폭포가 있었다. 흑삼림 전체를, 서쪽에서 동쪽으로 관통하는 강의 물줄기가 날듯이 떨어져 내리는 폭포였다. 높은 산에서 내려다보면 이 물줄기는 마치 숲속에서 꿈틀거리며 나오는 이무기처럼 보였다. 그래서 이 강을 예전부터 이무기를 가리키는 망螃 자를 써서 '망하'라고 불렀다.

달이 밝은 밤이었다. 망하 근처에서 수희와 소 숙부 일행이 말에서 내렸다. 그들은 모두 검은 옷을 입고 얼굴을 가리고 있었다. 언제나 야하게 치장하는 걸 좋아하는 수희도 오늘은 몸을 빈틈없이 가리는 옷을 입고 있었다. 그러나 오히려 그 옷이 몸매를 더욱 뚜렷하게 해 보는 이에게 묘한 생각을 하게 만들었다.

기욱 역시 평소 입던 갑옷이 아니라 검은 옷을 입고 얼굴을 가리고 있었다. 미간에는 기개라 부를 만한 것이 나타나 있었는데, 마치 명문가의 자제다운 모습이었다. 그리고 소 숙부와 소씨 가문의 가주는 별 변화 없이 평소와 같아 보였다.

수희는 꽤 많은 인어족 병사들을 이끌고 왔는데 모두 정예병이었다. 그녀는 네 명의 인어족 병사에게 먼저 물에 들어가 길을 찾도록 했다. 지금은 그 병사들이 돌아오기를 기다리는 중이었다. 그들은 흑삼림에 들어가지 않고, 이 강을 통해 천호 부근의 고묘에 직접 들어갈 생각이었다.

소 숙부는 축운궁에 드나들 때 흑인어의 안내를 받아, 망하에서 축운궁으로 바로 통하는 물길이 있다는 걸 알고 있었다. 사실 망하에서 천호의 고묘까지의 길도 그는 흑인어와 함께 몇 번이나 다녀온 바 있었다. 물론 그는 이 모든 것을 수희에게 속이고 있었다.

현재 수희는 축운궁이 흑삼림의 은거 세력으로, 출입이 자유롭다고 생각했다. 소 숙부가 축운궁주를 배반했으니 그들은 물길로 갈 수밖에 없다고 여기고 있었다.

달밤, 산 그림자가 무겁게 깔리고 나무들이 빽빽했다. 온 세상이 고요한 가운데 숲속에서 포효하는 소리가 들려왔다. 강가에서 풀을 뜯던 말들이 놀라 울더니, 마치 목숨을 걸기라도 한 것처럼 순식간에 도망치기 시작했다.

수희가 소 숙부를 바라보았다. 그녀가 입을 열기 전에 기욱이 먼저 말했다.

"소 숙부, 서, 설마 호랑이입니까?"

광안성에서 여기까지 오는 내내 소 숙부는 남몰래 기욱에게 상당히 잘 대해 주었다. 그러나 모두 앞에서는 어떤 단서도 드러내지 않았다. 그는 무시하듯 기욱을 흘깃 보고는 말했다.

"이 늙은이가 진작 말하지 않았나. 흑삼림의 맹수들은 절대로 흑삼림 밖으로는 한 걸음도 나오지 않아. 설마 기씨 가문 큰 도련님의 배짱이, 저 짐승들과 같은 것은 아니겠지? 그렇다면 지금이라도 당장 돌아가는 게 좋겠군. 다른 사람들 발목을 잡는 일이 없도록 말이야."

기욱이 대답하기 전에 소 숙부가 다시 말했다.

"물론, 기씨 가문이 적령시를 내놓았으니 수 장군과 이 늙은이가 그 공로를 기억하겠네. 일이 이루어진 후에 최소한 한몫 잡게는 해 주지."

소 숙부는 이런 말을 하면서 속으로 기욱이 잘못을 인정하고 입을 다물기를 바랐다. 그러나 이게 웬일인가. 기욱은 체면에 집착하느라 억지로 고집을 부렸다. 그는 마치 아무것도 무섭지 않다는 표정으로 말했다.

"소 숙부, 오해하셨습니다. 후배는…… 후배는 그저 흑삼림의 야수들이 얼마나 흉악한지, 후배의 검을 몇 초식이나 버텨낼지 궁금했을 뿐입니다. 후배가 만약 무서웠다면 어찌 여기에 왔겠습니까?"

이 자리에 있는 사람들 중 기욱이 가장 젊은 것은 아니었지만 가장 어린 티를 냈다. 소 가주는 말할 것도 없고 수희조차 그의 허세를 알아차렸다.

소 가주가 비웃듯이 말했다.

"기씨 가문 도련님의 검술이 고명하여 세상에 둘도 없다는 이야기야 예전부터 들었지. 하하! 우리 도련님께 숲에 들어가 야수를 잡아 와 달라고 청하는 게 어떨지? 푸짐하게 배를 채우도록 말이야."

기욱은 소 가주의 조소하는 듯한 눈빛을 보고 주먹을 꽉 쥔 채 오래도록 아무 말도 하지 않았다.

지난번 협력 건으로 소 가주는 기씨 가문에 불만이 많았다. 그는 마음속으로 기씨 가문이 이 일에서 빠져 주기를 바라고 있었다. 그런 이유로 이곳까지 오는 내내 그는 기욱을 꽤 못살게 굴었다. 물론 기욱을 자극하고 핍박하여 견디지 못하게 만들 작정이었다.

기욱이 어떻게 대답해야 할지 몰라 망설이고 있는데 소 가주가 다시 말했다.

"왜 그러시나? 못 하겠어? 하하, 이 늙은이가 알고 있었지. 자네 기씨들 모두 죽음을 무서워하는 무리라는 것을!"

그러고는 몸을 돌려 수희에게 읍하더니 진지하게 말했다.

"수 장군, 여기까지 오긴 했지만 이 늙은이가 꼭 해야 할 말이 있습니다. 우리의 이번 행차는 매우 위험하고, 어떤 실수도 용납할 수 없지 않습니까. 제 힘을 제대로 파악하지도 못하는 이가 우리 발목이라도 잡는 일이 생기면…… 건명검을 얻지 못하는 것은 그렇다 치더라도 우리 목숨까지 잃을 수 있습니다!"

이 말은 사실 기욱에게 들으라고 하는 말이었다.

소 가주의 예상대로, 수희가 대답하기 전에 기욱이 화를 내며 검을 뽑았다.

"소 가주가 원하는 야수의 고기가 뭔지 말씀하시지요. 한 마리 필요하면 이 후배가 한 쌍으로 잡아다 줄 테니까!"

소 가주가 속으로 기뻐하며 입을 열려고 했을 때, 소 숙부가 참지 못하고 노성을 내질렀다.

"됐다! 소 가주, 일을 만들지 못해 안달이시구려? 함부로 숲에 난입하면 축운궁에게 들키는 것은 둘째 치고, 야수들을 부리는 가문에게 발견되거나 하면 우리 모두 쫄쫄 굶은 채로 도망치게 될 것이오!"

수희는 그들의 이런 쓸데없는 언쟁에 끼어들 의사가 없었다. 그녀는 예의를 전혀 갖추지 않고 냉랭하게 말했다.

"그만, 모두 입들 다무세요!"

소 가주와 기욱은 서로 눈빛을 주고받은 다음, 소매를 떨치고 서로에게서 돌아앉았다.

적막 속에서, 먼 곳에 몸을 숨기고 있던 시위가 소리 없이 떠났다. 이 시위는 바로 능씨 가문 소속이었다. 목연에게서 축운궁의 비밀을 들은 아금이 망하 주변에 매복을 심어 두었던 것이다.

지하의 수맥은 자유분방하게 흩어져 있으니, 흑인어 일족이 망하에서 흑삼림까지의 길만 안다고 장담할 수는 없었다. 그러나 망하는 절대적으로 중요하고 편리한 길목이니 시위를 매복시키는 건 당연한 일이었다.

시위가 길을 돌아 흑삼림으로 들어갔지만 소 숙부 일행은 전혀 눈치채지 못했다. 소 숙부가 부주의한 게 아니었다. 축운궁주가 가장 총애하고 신임하던 목연이 배반했을 거라고 소 숙부가 어찌 생각할 수 있겠는가.

아무리 기다려도 인어족 병사들이 돌아오지 않자 수희가 걱정하기 시작했다. 그녀가 소 숙부에게 물었다.

"이 물길에 매복이 있는 건 아니겠지요?"

소 숙부가 재빨리 대답했다.

"수 장군, 이 세상에서 물속에 매복이 가능한 자들은 당신들 인어족뿐 아닙니까?"

수희가 고개를 끄덕였다. 그러나 여전히 불안했기 때문에 인어족 병사 셋을 다시 물속으로 들여보냈다.

그녀는 비록 자신의 고집대로 여기까지 왔으나 계속 백리명천이 안전하게 돌아오기를 기도하고 있었다. 오늘 이 자리에 백리명천이 있다면 얼마나 좋을까. 그녀는 스스로 물에 들어가 허와 실을 파악하고, 그를 위해 길을 열 터였다.

수희는 이번 행차가 실패할까 봐 두려워하고 있었다. 분쟁이 두려워서가 아니었다. 사실 그녀도 이 일이 얼마나 많은 분쟁을 가져올지 감도 잡지 못하고 있었던 것이다.

그녀가 두려워하는 것은, 만약 자신에게 무슨 일이 생기면 다시는 백리명천을 볼 수 없을 거라는 사실이었다. 그 누구건, 마음속에 품은 사람이 생기면 겁이 많아질 수밖에 없는 것이다.

수희는 강에 비친 달그림자를 바라보며 저도 모르게 백리명천과 함께했던 짧은 날들을 떠올렸다.

이런 달밤이었다. 그녀가 나신으로 강에서 목욕하고 있는데 백리명천이 깊은 물 속에서 갑자기 튀어 올라 그녀를 놀라게 했다.

그러나 풍류 공자로 소문난 그는 그녀의 아름다운 몸, 수많은 남자가 바라던 그녀를 제대로 쳐다보지도 않고, 그녀가 자신의 꿈을 방해했다며 짜증을 냈다. 그때야 그녀는 그가 아무 일도 없을 때면 물속에서 자는 걸 좋아한다는 사실을 알게 되었다.

과거의 일을 떠올리기 시작하니 수희는 어느새 슬픈 마음이 들어 속으로 중얼거렸다.

'삼전하, 대체 어디 계신 건가요? 제가 이렇게 마음대로 행동하고 있으니, 어서 돌아와 저를 벌해 주세요!'

한참을 기다린 끝에 인어족 병사가 돌아와 보고했다.

"수 장군, 고묘로 가는 길을 찾았습니다. 길은 안전합니다."

수희가 무척 기뻐하며 말했다.

"잘됐다. 출발하자!"

얼마 지나지 않아 일행은 모두 물속으로 사라졌다.

수희는 알지 못하고 있었다. 이 강에 뛰어드는 순간, 그녀의 이 생애에는 더 돌아갈 수 있는 길이 없다는 것을.

그리고 이 순간, 수희의 주인은 여전히 북해에서 깊은 잠에 빠져 있었다……

어떤 여자가 본 적이 있을까

봄이 가고 있었다. 현공대륙 북강 대부분 지역에서 눈이 녹은 지는 이미 오래였다. 만물이 소생하고 있었다. 그러나 몽족 설지는 여전히 얼음으로 뒤덮인 은빛 세계였다. 호란설지와 환해빙원에 쌓인 눈은 일 년이 가도 녹지 않았다.

드넓게 펼쳐진 북해, 물이 깊어 검은빛으로 보였다. 봄, 여름, 가을, 겨울, 언제건 이곳의 하늘은 음산했다. 검은 구름이 낮게 깔리고, 미친 듯한 폭풍우가 금방이라도 불어닥칠 것 같은 이곳은 한겨울 눈 내리는 날을 제외하면 항상 날이 흐렸다. 멀어질수록, 바다와 하늘이 맞닿은 곳일수록 더더욱 음산해, 마치 세상의 끝과 같은 느낌을 풍겼다.

전설에 따르면 북해는 가장 깊고 추운 바다인 동시에 가장 무정한 바다라 했다. 이 바다에서는 어떠한 생명체도 살 수 없었기 때문이다. 반대로, 북해에 커다란 물고기가 아주 많다는 전설도 있었다. 그 물고기는 사람 수십 명을 삼킬 수 있을 정도로 크다고 했다. 그러나 무엇이 사실이고 무엇이 거짓인지는 설족 사람들조차 제대로 파악하지 못하고 있었다.

이 순간 백리명천은 어둡고 차가운 바다에 잠겨 있었다. 잠이 든 것처럼 고요한 얼굴이었다. 평소 그는 싱긋 웃는 모습이 무척이나 보기 좋았다. 그러나 고요한 모습은 더욱더 보기 좋아 흠잡을 곳이 없었다. 눈매, 콧날, 입술, 그리고 얼굴형이며 피부, 심지어 길고 풍성한 속눈썹까지, 몹시도 알맞았다. 조금만 더했다면 요사스러웠을 테고, 조금만 덜했다면 잘생겼다는 느낌이 들지 않았을 것이다.

군구신이 영민하게 잘생겼다면 백리명천은 수려하게 잘생겼다 할 수 있었다. 그러나 눈을 감은 채 미동도 하지 않고 있는 백리명천에게서는 평소 보이던 사악한 매력이며 날카로운 포부, 자유로운 기운이 전혀 보이지 않았다. 마치 아이가 된 것처럼 몹시도 순수해 보였다. 대체 어떤 모습이 진짜 그일까?

그는 풍류로 이름을 날린 현공대륙 만진국의 삼전하였다. 그러나 이 세상 그 어떤 여자도 그가 자는 모습을 본 적이 없었다. 그는 대체 어떤 남자인 걸까?

백리명천은 조용히 잠들어 있었다. 그의 몸 주변으로 자색 빛이 흐르며 그를 지켜 주고 있었다. 이것은 인어족이 물에 들어갔을 때 최후의 보호막으로, 가장 강력하게 스스로를 지키는 힘이었다. 손을 뻗으면 다섯 손가락도 보이지 않을 어둠 속에서 이 자색의 빛들은 영롱하게 빛났다.

그때, 고요한 깊은 곳에서 한 줄기 붉은 빛이 천천히 흐르기 시작했다. 그러나 그것은 선혈처럼 붉어 음산한 느낌마저 풍겼다. 빛나고 있는 것이 아니었다면 바닷속에서 피가 역류하는 것처럼 보였을 것이다.

붉은 빛이 점차 백리명천에게 다가가더니 점점 더 밝게 빛나기 시작했다. 처음에는 그 붉은 빛도 자색 빛에 막혀 백리명천에게 접근하지 못했다. 그러나 백리명천의 몸 주위를 몇 바퀴 돌더니 순식간에 자색 빛을 삼켜 버렸다. 동시에 백리명천을 삼키기 시작했다.

붉은 빛! 눈앞은 온통 붉은 빛이었다. 눈을 찌르는 듯한 붉은 빛. 이 붉은 빛은 백리명천을 삼키는 동시에 빠르게 외부로 확산되고 있었다. 마치 붉은 피가 크게 번져 가는 것 같았다. 바닷속 어둠의 세계 속에서 이 붉은 빛은 조용히, 그러나 놀라운 속도로 퍼져 나가고 있었다.

얼마나 지났을까. 붉은 빛이 점차 다시 중심으로 모이더니 점점 줄어들었다. 그리고 그 중심은 바로 백리명천이었다.

그 붉은 빛은 백리명천의 몸 안으로 물러난 걸까, 아니면 그의 몸이 붉은 빛을 흡수한 걸까. 어둠 속에서 선혈과도 같이 요사스럽게 빛나던 붉은 빛이 전부 백리명천의 몸 안으로 사라지는 모습은 신비롭기도 하고 공포스럽기도 했다.

붉은 빛이 전부 사라지자 자색 빛이 다시 나타나 백리명천 주위를 맴돌기 시작했다. 희미하던 자색 빛이 점차 밝아지더니 그전과 같이 아름답고 신비하게 백리명천을 감쌌다.

아무 흔적도 남기지 않았다. 방금 있었던 모든 일이 아예 일어나지 않았던 것만 같았다. 백리명천은 여전히 조용히, 평화로운 얼굴로 잠들어 있었다.

이미 수개월이 지났다. 그 누구도 그가 아직까지 북해에 있다고는 생각지 못했을 것이다.

이때였다. 하소만이 다시 바닷속에서 튀어 올랐다. 가볍게 뭍에 착지하는 그의 몸에는 물방울 하나 보이지 않았다.

군구신은 백리명천의 행방을 쫓는 일을 포기하지 않았다. 백리명천이 살아 있다면 살아 있는 대로, 죽었다면 죽은 대로 시체라도 보아야 했다. 그러나 고칠소는 물론이고 운한각과 화월산장, 만진국에 매복 중인 밀정까지, 지금 아무 실마리도 찾지 못한 상태였다.

군구신으로서는 이 해역을 그냥 놔둘 수 없었다. 하소만은 그의 명을 받아 벌써 세 번째 이곳에 온 참이었다.

하소만은 아직 어려 능력이 크지 않았다. 그리고 이 북해는 너무 춥고 깊었다. 몇 번이나 잠수했지만 그로서는 북해의 바닥까지 내려갈 방법이 없었고, 지금까지 아무것도 찾지 못하고 있었다.

"정말 큰 물고기에게 먹혔으면! 시신을 어디 가서 찾는담!"

하소만이 탄식하며 머리를 저었다. 그는 뒷짐을 진 채 마치 노인처럼 구부정한 자세로 해안가를 걷고 있었다. 그렇게 조금 걷다가 썰매에 올라탔다. 돌아갈 생각이었다. 그러나 그가 환해빙원을 빠져나가기도 전에 시위가 다급하게 달려와 서신을 한 통 내밀었다.

서신을 열어 본 하소만은 크게 놀랐다. 이 서신은 고칠소가 직접 쓴 것으로, 하소만에게 몽족설지에서 며칠 더 머물 것을 부탁하고 있었다. 고칠소가 직접 북강으로 올 테니 함께 북해를 살피자는 이야기였다.

하소만은 비록 비연, 군구신과 함께 빙해에 가지 않았으나 고칠소라는 이름은 이미 들어 보았다. 백리명천의 사부일 뿐 아니라 왕비마마의 의부고, 정왕 전하의 칠 숙부라는 사실 역시 아주 잘 알고 있었다. 그는 영광이라 생각하면서도 결단을 내리지 못했다.

하소만은 백리명천을 찾는다는 중요한 임무 외에 천택 황제를 시중드는 임무도 맡고 있었다. 진양성을 너무 오래 떠나 있을 수는 없었다. 그가 머뭇거리다가 시위에게 명령했다.

"가서 이 일을 황상과 정왕 전하께 보고드려라."

시위가 재빨리 말했다.

"만 공공, 이 일을 꼭 다시 보고드려야 합니까? 서신을 쓰신 분이 우리 왕비마마의 의부시고, 왕비마마께서도 그분 말이라면 다 들으시지 않습니까. 황상과 정왕 전하께서도 당연히 그분 말을 듣게 되어 있고요. 다시 보고를 올린다면 서신을 쓰신 분의 체면을 깎아내리는 게 아닐까요? 어쩌면 만 공공께서 이 일로 억울한 일을 당하실 수도 있습니다."

하소만이 바로 질책했다.

"주객이 전도되었구나! 멍청한 것!"

시위가 머리를 긁적이며 도무지 이해하지 못하겠다는 표정을 지었다.

하소만이 가볍게 코웃음을 친 다음 옷차림을 정리하고 단정한 자세로 앉았다. 그는 노련하고도 고아한 자태로 이젠 시위를 상대하지 않았다.

하소만은 얼마 전 진급하여 대내총관이 되었다. 그는 예전에도 거드름 부리는 걸 좋아하여 아무것 아닌 일도 현묘한 것처럼 꾸며 내곤 했는데, 지금 와서는 그런 버릇이 더욱 심해졌다. 겨우 열 몇 살의 나이인 데다 진짜 환관도 아니지만, 궁궐 깊은 곳 늙은 환관들과 비교해도 더하면 더했지 못하지 않았다.

시위는 더 말하지 못하고 그저 하소만을 바라보기만 했다. 하소만이 다시 고개를 돌리더니 침착하게 물었다.

"맞아, 전 어멈이 최근 무슨 실수라도 저지르지 않았나? 황상께서는 시중에 만족하시는가?"

그는 진양성을 떠나 있는 동안 천택 황제의 시중을 전 어멈에게 대신 맡겼다. 전 어멈은 비록 수십 년 동안 하인 일을 하며 비연의 시중을 들었지만, 하소만으로서는 완벽히 마음을 놓을 수 없었다. 그는 천택 황제가 적응하지 못할까 봐 걱정하고 있었다.

시위가 대답했다.

"실수는 없었습니다. 황상은 물론이고 염진 사부도 전 어멈을 칭찬하십니다. 다른 사람은 필요 없고, 꼭 전 어멈의 시중을 받으시려 할 정도입니다. 하지만 전 어멈은 항상 황상께 염진 사부와 적게 왕래하시라 권하고 있는데, 염진 사부는 그걸 모르는 모양입니다."

하소만은 이상한 점을 눈치채지 못하고, 오히려 매우 만족스러워하며 웃기 시작했다.

"그래, 황상께서는 황상다운 모습을 보이셔야지. 어린 승려와 계속 계시면 사람들의 뒷말을 피하기 어려우니……. 어쨌든 전 어멈의 솜씨가 이만저만이 아닌걸. 하하……."

장군, 귀한 손님이 오셨습니다

하소만은 입으로만 거들먹거릴 뿐이었다. 고칠소의 서신을 받은 이상 그는 감히 북강을 떠날 엄두를 내지 못했다. 그리고 이때 고칠소는 긴박하게 북강으로 향하고 있었다.

고칠소가 만진국으로 향했던 가장 큰 목적은 백리명천의 행방을 직접 알아보기 위해서였다. 지금 그는 백리명천이 바다에 들어간 날 이후로 소식이 완전히 끊겼다고 확신하고 있었다. 북해만이 유일한 실마리였다!

백리명천은 만진국에 없고, 수희와 소씨 가문의 가주, 기씨 가문의 소가주도 자리를 비운 상태였다. 이 와중에 만진국 군대는 점점 더 날뛰고 있었다. 두 나라의 경계선에서는 큰 전투가 세 곳에서 동시에 일어났다.

그러나 이 중요한 순간 양쪽 모두 주요한 병력을 모두 고문관으로 집중시키고 있었다. 이 전투가 바로 대국을 결정할 것이기 때문이다!

고문관 전투에서 만진국이 이긴다면 그들은 옛 영토를 수복함은 물론이고, 고문관을 통과해 진정으로 천염국 영토로 들어가게 될 것이다. 천염국이 이긴다면 역시 만진국의 진정한 요충지를 공략하고, 검 끝으로 만진국의 황도 광안성을 겨누게 될 것이다!

만진국 쪽은 해 장군이 나라에서 가장 강한 군대를 장악하고 싸우고 있었다. 그는 비장의 패라 할 수 있는 인어족 병사들까지 거느리고 있었으니 그 실력을 알 만했다.

기가군은 천무제와 함께 강산을 두고 싸운 적이 있는 만큼 군사 방면에서는 제 몫을 해낼 능력이 있었다. 지난번에는 좋은 패를 가지고도 기욱 때문에 망한 것에 불과했다. 지금은 기욱이 군에 없으니, 능력 있는 부장이 방해받지 않고 전력을 기울일 수 있는 상황이었다. 겉보기에는 패가 예전보다 좋아 보이지 않을지 몰라도, 꽤 괜찮게 싸울 수 있었다.

소씨 가문에 대해 이야기하자면, 그들은 본래 조운을 맡은 가문으로 따로 병사들을 키우지 않았다. 군대 내 요직을 차지하고 있는 몇몇 장수들을 매수하는 방식으로 세력을 넓혔을 뿐이다. 그러나 이번에는 소씨 가문도 더는 막후에 있지 않았다. 사치스러운 나날을 보내던 도련님 소옥승조차 군대에서 전투를 지켜보고 있었으니, 그들이 이 전투를 얼마나 중요시하는지 알 만했다.

해 장군이 직접 대군을 이끌고 있었고, 기씨 가문과 소씨 가문은 연합하여 동서 양쪽에서 해 장군에게 협력하고 있었다. 세 세력이 협력하니 결코 소홀하게 상대할 수 없었다!

천염국은 만진국처럼 야단법석을 떨며 군대를 총동원하지도 않은 상태였다. 천염국에는 군대가 넷 있는데, 바로 정가군과 기가군, 천웅군과 무졸군이었다.

기가군이 반란을 일으키자 정역비는 호국대장군이 되어 군대를 개편했다. 지금 천염국에는 군대가 셋 있는데, 하나는 정역비의 정가군이었고, 또 하나는 군구신의 무졸군, 또 하나는 천택 황제가 직접 지휘하는 어림군이었다. 물론 앞의 두 군대가 주력이었다.

정역비는 고문관 전투를 위해 무졸군의 일부를 동강으로 보내 정가군을 돕게 하고, 무졸군의 주력은 중부와 서부에 주둔시켜 백초국과의 전투를 대비하게 했다.

병사는 수가 중요한 게 아니라 정예인가가 중요하며, 장수는 용맹함보다는 지략이 중요하다. 병사를 지휘함에 있어서는 신속해야 하며, 기회를 놓쳐서는 안 된다. 정역비가 병력 전부를 쓰지 않고도 해 장군과 필적하는 걸 보면 최근 2, 3년 동안 천염국 군대에 유행하는 이 말이 사실임을 알 수 있었다.

'정역비 스스로가 대군과 같다. 싸우면 반드시 이기며, 대적할 자가 없다!'

이날, 쌍방은 격렬한 전투를 벌였지만 힘이 필적해 좀처럼 결판이 나지 않았다. 해가 중천에 떴을 때부터 해가 질 때까지 그들은 쉬지 않고 싸웠다.

만진국 군대 뒤쪽, 해 장군이 갑옷을 입고 장검을 찬 채 말 위에 앉아 있었다. 그의 시선은 앞쪽에서 벌어지고 있는 전투에서 한순간도 떠나지 않았다. 그러나 그의 표정은 점차 굳어가고 있었다.

그의 왼쪽에는 시위가 몇 명 있었고, 오른쪽에는 기씨와 소씨 가문의 사람이 있었다. 그중 우두머리라 할 사람은 당연히 소옥승이었다. 그들 모두 표정이 가라앉아 있었는데, 간단히 말해 긴장하고 있었다. 그들은 이제 해 장군에게는 인어족 병사 외에 지원병이 더는 없다는 사실을 알고 있었다. 그러나 정역비는 고문관 안에 있었고, 아직 주둔군의 지원을 받을 수도 있다!

마침내 소옥승이 입을 열었다.

"해 장군, 하늘이 곧 어두워지겠습니다. 시간을 더 끌어 봤자 양쪽 군대 모두 피로에 지칠 뿐입니다. 정역비가 관문을 열고 병사들을 내보낸다면 우리는 질 것이 분명합니다! 어서 행동에 옮기셔야겠습니다!"

소옥승의 뜻은 명확했다. 그는 인어족 병사들에게 기습 명령을 내릴 것을 해 장군에게 요구하고 있었다.

인어족 병사들은 육지전에는 능숙하지 못했다. 육지에서 보통 군대와 맞붙는다면 분명 꽤 고생하게 될 것이다. 인어족 병사들은 기습에 가장 적당했다. 이렇게 중요한 때에 인어족 병사들이 수로를 이용해 고문관 안으로 들어가 정역비의 후방을 공격한다면 분명 정역비도 어찌할 바를 모를 것이다.

해 장군은 당연히 소옥승의 말을 들었으나 상대하려 하지 않았다. 그러자 소옥승이 조급하게 말했다.

"해 장군, 지금 때가 어느 때인데 아직도 머뭇거리는 겁니까? 삼전하가 돌아오기를 기다리고 있는 거라면, 만진국이 조만간 정역비에게 짓밟히겠습니다!"

해 장군은 기씨, 소씨 가문의 사람에게 그다지 우호적으로 대하지 않았다. 게다가 군사와 관련한 일이 걸려 있는데 그가 어찌 소옥승의 체면을 생각해 주겠는가?

해 장군이 차가운 눈으로 소옥승을 바라보며 예의 없는 말투로 물었다.

"그렇다면, 소 공자께서 주장을 맡으시겠습니까?"

"저, 저는……."

소옥승이 한순간 말문이 막힌 듯 고개를 돌리더니, 반론하지 않고 그저 코웃음만 쳤다. 그 모습이 꼭 여자 같아 보였다. 해 장군은 소옥승의 이런 태도를 도저히 봐줄 수가 없었다. 그가 다시 말했다.

"소 공자께서 전장에 나서고 싶으시다면, 본 장군은 소씨 가문이 우리 만진국에 어떤 성의를 보이는지 지켜봐 드리겠습니다."

소옥승의 심장은 쿵 소리를 내며 떨어진 듯했다. 그는 두려워하며 말했다.

"해 장군, 그저 말씀을 드렸을 뿐이니 잘 생각해 보십시오. 시간이 많지 않습니다."

해 장군은 이 이상 소옥승을 상대할 마음이 없었다. 그의 시선이 전장을 지나 저 멀리 고문관 성루 위 눈부신 은빛으로 향했다. 거리가 멀어 얼굴을 제대로 볼 수 없었지만 그는 알고 있었다. 저 성벽 위에서 은빛 창을 들고 있는 키 큰 남자라면, 분명 정역비였다!

그가 날카로운 소리로 외쳤다.

"여봐라, 활을 가져와라!"

모두 경악했다. 해 장군이 대체 뭘 하려는 걸까?

시위가 곧 활을 가져왔다. 해 장군이 활을 당겨 저 멀리 은빛을 조준했다. 그 모습을 본 모두가 더욱 경악했다. 이렇게 먼 거리에서는, 아래에서 위로 화살을 쏘아 명중시킬 확률이 너무 낮았다. 오히려 해 장군의 위치를 드러내고, 그러면 정역비가 위에서 아래로 활을 쏠 수 있으니 해 장군이 위험해질 것이다.

소옥승이 저지하려 했을 때, 이게 웬일인가. 해 장군의 화살 끝이 살짝 방향을 바꾸더니 곁에 있는 동으로 된 징을 맞혔다. '챙' 하는 소리가 울려 퍼졌다. 병사들을 물리라는 징 소리였다!

사람들은 말할 것도 없고 곁에 있던 병사조차 굳어 버렸다. 그러나 해 장군이 노한 눈으로 노려보자 병사는 재빨리 징을 쳐서 병사들을 철수시켰다.

해 장군이 아무 말 없이 말 머리를 돌려 그 자리를 떠났다. 모두 서로의 얼굴을 바라보았다. 도저히 이유를 알 수 없었다. 심지어 해 장군이 패전을 인정한 것은 아닌지 걱정되기 시작했다. 곧 그들은 해 장군을 쫓기 시작했다.

이때, 멀리 고문관 성벽 위에 있던 정역비는 몹시 답답했다. 은빛 창을 들고 있는 자는 그로 위장한 병사에 불과했다. 그는 검은 옷을 입고 활을 든 채 조용히 성벽 오른쪽 구석에서 해 장군의 위치를 찾고 있었다. 해 장군이 징을 울렸을 때 그의 위치를 짐작했으나, 완벽하게 확신하지는 못해 손을 쓸 수 없었다.

곧 주 부장이 와서 나지막하게 물었다.

"장군, 저들을 쫓을까요?"

정역비가 긴 다리를 우아하게 거둬들이며 미소 지었다. 그 모습은 아무리 봐도 호국대장군이 아니라 건달 병사 같았다.

"네 생각은 어떠하냐?"

주 부장이 즉시 대답했다.

"물러나는 군사는 덮치지 말고, 궁한 도적은 뒤쫓지 말라 하였지요! 쫓아가지 않는 것이 맞습니다!"

정역비가 높은 곳에서 뛰어내리며 손을 내저었다.

"저들은 기껏해야 물러나는 군사일 뿐 궁한 도적은 아니다. 하지만 네 말이 옳다. 쫓아가지 않는 것이 맞다. 하하, 기다려 봐라. 열흘이 지나기 전에 승패를 가릴 테니!"

주 부장이 기뻐하며 말했다.

"장군께서 그리 말씀하시니 저는 안심이 됩니다."

그때 후방에서 근무하는 병사가 달려오더니 말했다.

"장군께 보고드립니다. 귀한 손님이 오셨습니다!"

정역비가 상당히 궁금해하며 물었다.

"누구지?"

"신농곡 경매장의 경매관이며, 왕비마마의 친우이신 당정 소저입니다."

병사의 대답을 들은 순간, 정역비의 입가에 걸려 있던 웃음기가 그대로 굳어 버리고 말았다…….

네가 죽거나 내가 놀라거나

당정이 왔다고?

당정과 정역비가 술을 마신 후 하룻밤을 함께 보낸 일을 아는 사람은 극소수였다. 정역비의 모친을 제외하면 신농곡의 노집사, 승 회장 외에 주 부장 정도나 실제 상황을 알고 있을 뿐이었다.

주 부장은 제 주인의 얼굴에서 웃음기가 사라지는 걸 보고 바로 병사에게 물러가라고 명했다. 정왕 전하와 왕비마마가 혼례를 치른 후, 항상 웃음기 많던 주인은 웃지 않게 되었다. 이며칠 동안 상당히 통쾌하게 전투를 벌이며 겨우 웃게 되었는데……. 그는 당정이 주인의 기분에 영향을 끼치지 않기를 바라고 있었다.

병사가 물러가기도 전에 정역비가 눈썹을 치켜세우고 주 부장을 바라보았다. 그 모습을 본 주 부장은 감히 아무 말도 할수 없었고, 병사도 감히 움직일 수 없었다.

정역비는 아무 말 없이 몸을 돌려 성벽 아래 전장을 바라보았다. 현재 만진국 병사들은 철수 중이었고 천염국도 정리 중이었다. 여기저기에서 연기가 모락모락 피어오르고, 땅에는 부상한 자들이며 시체가 가득했다.

정역비의 얼굴에는 이미 웃음기라고는 없었다. 그는 차가운 동시에 무거운 표정을 짓고 있었다. 그가 산 너머로 넘어가는 석양을 바라보며 말했다.

"당 소저는 귀한 손님이니 세심하게 대접하도록 해라. 그리고 본 장군은 군무가 바빠 오늘은 시간이 없으니, 내일 만나겠다고 전해라."

병사가 재빨리 외쳤다.

"명을 받들겠습니다!"

정역비가 뜻밖에도 한마디 덧붙였다.

"이 지역에 모기가 많지. 당 소저께 좋은 막사를 내드리고, 모기며 벌레를 몰아내는 것도 잊지 말도록 해라."

병사는 명을 수행하러 공손하게 물러갔다. 주 부장은 여전히 한숨을 내쉬고 있었다. 정역비가 곧 그에게 임무를 맡겼다.

전투 후, 희생당한 병사들을 위해 처리할 일도 많았고, 부상당한 병사들도 제때 치료해야 했다. 방어선도 구축하고, 양식도 보급해야 했으며, 전투 상황이며 형세도 분석하고, 적들의 의도를 추측하여 전략을 수정해야 했다……. 해야 할 일들이 너무 많았다. 정역비가 직접 해야 하는 일이 아니라 해도 모두 그가 관여하고 신경 써야 하는 일이었다. 그에게는 확실히 시간적 여유가 없었다.

주 부장이 떠난 후, 정역비는 곧 마음을 가라앉히고 다른 부장들과 이야기를 나누며 군영 쪽으로 걸어가기 시작했다.

해가 지고 밤이 되었다. 별들이 점차 떠오르는 가운데 군영은 바쁘게 움직이고 있었다. 모든 것은 깊은 밤이 되어서야 겨우 고요해졌고, 이제 남은 것은 군기가 바람에 펄럭이는 소리 뿐이었다. 마침내 부장들이 정역비의 막사에서 나갔다. 이제 막사 안에는 정역비 혼자 지도 앞에서 생각에 잠겨 있었다. 한참 후, 정역비가 직접 지도를 챙기며 물었다.

"몇 시인가?"

하인이 대답했다.

"4경[4]입니다."

정역비가 제 미간을 어루만지며 물었다.

"당 소저는 어디 계시고?"

당정이 혹시라도 소란을 벌이지 않을까 걱정하지 않았다면 거짓말이었다. 그러나 그는 걱정하면서도, 다른 일들을 제쳐 두고 먼저 그녀를 보러 갈 수는 없었다.

하인이 대답했다.

"양식 창고 옆에 새로 막사를 마련해 드렸습니다."

정역비가 다시 물었다.

"무슨 말을 하지는 않더냐?"

"장군께서 회의를 끝낸 다음 만나러 오셔도 괜찮다고 하셨습니다. 기다리시겠다고요."

정역비는 자신의 모친이 무슨 일을 저질렀는지 알지 못했다. 그러니 계속 자신을 밀어내던 당정이 무엇 때문에 찾아왔는지 짐작조차 하지 못했다. 지금 이 말을 들으니 더더욱 모르겠다

---

4 새벽 1시부터 3시까지.

는 생각이 들었다.

그가 다시 물었다.

"그 외에 다른 말은 없었는가?"

하인이 고개를 저었다.

"없었습니다."

정역비는 물론 한밤중에 당정을 찾아갈 수는 없었다. 그는 손을 내저어 막사 안의 모든 하인들을 내보냈다. 그러나 이게 웬일일까. 하인들이 물러간 지 얼마 되지 않아 막사 밖에서 병사 하나가 보고하는 말이 들렸다.

"장군, 당 소저께서 뵙고자 하십니다."

정역비는 몹시 놀랐다. 막사 밖으로 나가 보니 당정이 서 있는 게 보였다.

그녀는 꼿꼿한 자세로 뒷짐을 지고 있었다. 여전히 남자 옷을 입고 머리를 묶어 올려 관을 쓴 것이, 얼핏 보면 품위 있는 풍류 공자처럼 보였다. 물론 진지하게 살펴보면 곧바로 그녀가 여자라는 걸 알 수 있었지만 말이다. 당정은 맑고 청아한 인상으로, 얼굴이며 피부가 아름다운 것은 물론이고 빛나는 눈동자와 하얀 이까지, 사람의 마음을 뛰게 하는 미인이었다.

그 일 이후 정역비는 그녀를 만날 때면 얼굴이 무거워지곤 했다. 어떻게 해도 제 기분을 도저히 숨길 수 없었던 것이다.

정역비가 먼저 말을 건넸다.

"오래 기다리셨습니다."

그녀가 기다리겠다고 말한 후 이리 늦게 찾아왔다는 건 분

262

명 급한 일이 있기 때문일 것이다. 정왕 전하와 왕비마마가 상세한 이야기는 해 주지 않았으나, 그도 당정의 신분에 대해서라면 대강 알 수 있었다. 그러나 그는 비밀을 지키며, 모친이나 가장 신뢰하는 부장에게도 이야기하지 않았다.

당정은 임 노부인이 저지른 일을 정역비가 전혀 모른다는 사실을 알지 못했다. 그녀는 정역비의 말을 듣고, 자신이 무엇 때문에 왔는지 알 거라 짐작했다. 전체적인 상황과, 그리고 비연과 군구신에게 귀찮은 일을 더해 주고 싶지 않았기 때문에 당정은 성에 들어온 후 당장이라도 정역비를 찾아 결판을 내고 싶은 마음을 참았다. 그녀는 기다리고 또 기다리다가 정역비에게 시간적 여유가 생겼다는 생각이 들었을 때 바로 찾아왔다.

당정의 마음속에는 분노의 불길이 타오르고 있었다. 그러나 그녀는 눈을 가늘게 뜨고 해맑게 웃으며 말했다.

"그러게. 너무 오래 기다렸지."

정역비도 바보는 아니었다. 그녀의 목소리를 듣자마자 뭔가 이상하게 돌아가고 있다는 사실을 알아차렸다.

"막사로 들어가 이야기하시지요."

그는 문 앞에 쳐 놓은 발을 당정을 위해 걷어 주었으나, 당정은 호쾌하게 먼저 들어가라는 듯한 자세를 취했다.

"정 장군께서 먼저 드시지."

정역비는 점점 더 이상하다는 생각이 들었지만 그녀와 다투고 싶지 않았다. 그는 아무도 들이지 말라고 시위에게 나지막하게 명령한 후 막사 안으로 들어갔다.

당정이 그 뒤를 따라 들어오더니, 바로 등 뒤에서 긴 채찍을 뽑아 불시에 정역비를 향해 휘둘렀다.

"정역비, 죽어 버려!"

창졸간의 일이기는 했으나 정역비는 쉽게 피할 수 있었다. 당정의 무공은 괜찮은 편이었지만 정역비에 비하면 한참 아래였다! 그는 아무 말 없이 몸을 돌렸다. 미간을 세게 찌푸린 채였다. 당정이 다시 사납게 채찍을 휘두르며 외쳤다.

"본 소저가 오늘 너를 죽여 버리지 않으면, 본 소저는 더 이상 당정이 아니다!"

정역비가 다시 몸을 피했다. 당정이 두 번이나 전력을 다해 채찍을 휘둘렀으나 그에게 상처 하나 입히지 못했다. 그녀는 수치심으로 인해 부아가 나기 시작했다. 안 그래도 화가 나 있던 참에 부끄러움까지 더해지니, 그녀의 채찍이 더욱 사납게 날아다니기 시작했다.

휙! 휙! 휙!

채찍이 압도적인 기세로 춤을 추었다. 그러나 안타깝게도 당정은 단 한 번도 정역비에게 채찍질을 하지 못했을 뿐 아니라 오히려 자신이 숨을 거칠게 몰아쉬었다.

그 모습을 보고 정역비가 마침내 입을 열었다.

"대체 왜 이러는 겁니까?"

그는 당정을 열 번도 채 만나지 않았기에 그녀에 대해 완벽하게 이해하고 있지는 못했다. 그러나 그녀가 그를 죽이고 싶었다면, 지금까지 기다리지 않았을 거라는 사실을 잘 알고 있었다. 무슨 일이 있었던 게 분명했다.

분노한 당정이 다시 한번 채찍을 휘두르며 외쳤다.

"본 소저 앞에서는 미친 척이건 바보 같은 척이건 다 그만두시지! 본 소저가 말해 두겠는데, 오늘 네가 죽지 않으면 내가 놀랄 일이다! 자, 어서 목숨을 바쳐라!"

정역비도 다급한 나머지 외쳤다.

"대체 왜 이러는 거지? 내 목숨을 가져갈 거라면 최소한 이유는 좀 알자고!"

당정이 이해할 수 없다는 듯 큰 소리로 웃기 시작했다.

"이유? 너…… 아직도 내가 왜 이러는지 모르겠다는 건가?"

정역비는 순간적으로 말문이 막혔다. 그는 물론 알고 있었다. 자신이 그녀의 정조를 얻은 셈이니 죽어도 부족한 잘못이었다.

"나, 나는……. 그게, 당신……."

정역비가 말을 마치기도 전에 당정이 다시 한번 채찍을 휘둘렀다. 정역비는 그것을 피한 다음 당정의 채찍 끝을 잡고 그녀를 제지했다.

그가 진지하게 말했다.

"당정, 우리 일단 대화로 풀어 보는 게 어떻겠습니까?"

당정이 차가운 소리로 외쳤다.

"이거 놔!"

정역비는 놓지 않았다. 당정의 목소리가 더욱 차가워졌다.

"정역비, 놓아라. 아니라면 그 결과는 스스로 감당해야 할 거야!"

피차 분노한 차에

정역비는 당정의 위협에도 그녀를 놓아주지 않고 진지하게 말했다.

"일단 냉정을 되찾으시지요. 무슨 일이 벌어진 건지 말씀해 주시지 않겠습니까?"

당정은 겉보기에는 성숙하고 영리해 보였지만 정말로 화가 나면 그야말로 황소고집이었다. 그녀는 채찍을 힘껏 잡아당겨 정역비에게서 떼어 냈다. 눈 깜빡할 사이에 채찍이 다시 한번 정역비를 향해 날아가는 가운데 채찍 손잡이에 숨겨져 있던 암기도 함께 날아갔다.

암기를 쓰리라고는 미처 생각지 못한 정역비는 채찍은 피했지만, 암기는 피하지 못했다. 암기는 바로 그의 가슴으로 날아갔고, 순식간에 선혈이 솟구쳐 올랐다. 정역비가 당황하는 가운데 그 모습을 본 당정 역시 놀라 굳어 버렸다. 거대한 막사가 순식간에 조용해졌다. 모든 것이 멈춰 버린 것만 같았다. 시간까지도.

선혈이 정역비의 가슴에서 끊임없이 흘러나와 점차 그의 가슴을 붉게 물들였다. 갑자기 당정이 비명을 질렀다.

"악……!"

그녀는 마침내 분노 속에서 냉정을 되찾았으나, 또 다른 '냉정하지 못한' 상태에 빠지고 말았다.

당정의 비명 소리에 막사 밖 시위들이 몰려들었다. 정역비가 미리 이야기해 두지 않았다면 시위들은 이미 막사 안으로 달려 들어왔을 것이다.

"장군?"

그제야 정신을 차린 정역비가 상처 부분을 누르며 말했다.

"아무 일 아니니, 아무도 막사 안으로 들어오지 마라!"

당정은 자신의 입을 틀어막은 채 멍하니 그를 쳐다보고 있었다. 정역비는 침착하게 상처를 누르며 금창약을 꺼냈다. 그리고 자리에 앉아 자신의 옷을 찢어 붕대를 만들었다. 그런 후 망설임 없이 암기를 빼내고, 상처 위에 금창약을 잔뜩 바른 뒤 싸매기 시작했다.

암기를 뽑는 것은 고통스럽고, 금창약을 바르는 것은 더욱 고통스럽다. 그러나 정역비는 그 모든 일을 군더더기 없는 동작으로 해내며 미간 한번 찌푸리지 않았다. 그는 상처를 처리한 후 의자에 기대어 당정을 바라보았다.

당정은 여전히 멍한 표정이었다. 그녀는 자신이 지금 얼마나 당황스러운 표정을 짓고 있는지도 모르는 듯했다. 정역비는 그런 그녀를 아무 말도 하지 않고 한참 동안 바라보았다. 그러나 그녀가 계속 멍한 표정이자 저도 모르게 입 끝을 살짝 들어 올리며 웃었다.

"당 소저, 설마…… 놀란 겁니까?"

당정은 그제야 정신을 차렸다.

"나, 나……."

정역비가 다시 말했다.

"겨우 암기 하나로는 본 장군의 목숨을 취하지 못할 겁니다. 안심하시지요."

당정은 점점 더 난감해졌다.

"나, 나는…… 제대로 맞히지 못한 게 한스러울 뿐이다!"

그녀는 확실히 제대로 맞히지 못했다. 만약 살짝만 옆으로 비껴갔다면 정역비의 심장을 정확히 맞혔을 테고, 그는 정말로 목숨을 잃었을 것이다.

정역비가 웃으며 두 손을 의자의 팔걸이에 올려놓은 채 말했다.

"그렇다면 이번에는 제대로 맞혀 보시지요."

"너!"

당정은 화가 나서 죽을 지경이었다. 사실 그녀도 자기에게 화가 난 건지 아니면 정역비에게 화가 난 건지 구분할 수 없는 상황이었다.

당정은 소매 속에 숨기고 있던 암기를 들고 정역비의 심장을 조준하며 물었다.

"내가 정말로 너를 죽이지 못할 것 같나?"

정역비가 고개를 끄덕였다.

"그렇습니다."

당정의 눈이 차갑게 빛나더니 바로 암기를 던졌다. 그러나 그것은 정역비의 심장을 맞히기는커녕 그의 머리 위를 스치고 길게 날아가 등 뒤 바닥에 떨어졌다.

정역비가 한마디 하려 했을 때 당정이 먼저 가볍게 코웃음을 쳤다.

"당연히 너를 죽일 수 없지. 네가 죽으면 누가 우리 연아를 위해 전투를 벌이지? 하지만……."

당정이 정역비에게 걸어오더니 비수를 꺼내 들고 계속 말했다.

"하지만 너를 거세해 버릴 수는 있지!"

정역비가 미간을 찌푸리며 물었다.

"이렇게까지 불만을 품을 거라면 그때는 무엇 때문에 그렇게 아무렇지 않은 척한 겁니까? 설마, 하는 행동이나 말이 전부 거짓입니까? 당신이 이렇게 가식적인 여자라고는 생각지 못했는데!"

여자를 냉정하게 만들 수 없다면 그녀를 자극하여 더욱 흔드는 것도 방법이었다.

정역비는 당정이 원래 보여 주었던 태도가 거짓이라고는 생각지 않았다. 그런데도 그가 이렇게 이야기한 것은 그저 그녀를 자극하기 위해서였다. 과연 당정이 분노하여 외쳤다.

"정역비! 본 소저가 그때 너를 한 번 봐주었는데, 너와 네 어머니는 무엇 때문에 계속 질척거리는 거지? 그 일 후에 내가 그저 운이 나빴다고 한 것만으로는 충분하지 않은 건가? 네 어머니는 무엇 때문에 신농곡에 찾아왔지? 무슨 이유로 나에게 혼례를 치르라 핍박하느냐고! 지금은 그래, 노집사가 우리의 일을 알았고, 내 외숙부도 알게 되었으니 곧 우리 부모님도 알게 되시겠지. 앞으로 나에게 어떻게 사람들을 보고 살라는 거야? 내가 앞으로 현공대륙에서 어떻게 얼굴을 들고 살 수 있겠냐고!"

정역비가 경악했다.

"그게 무슨 소리입니까?"

당정이 냉소하기 시작했다.

"모르는 척하기는. 계속 그런 식이지! 원래 책임지겠다고 했던 사람이 누구였더라? 네가 이야기한 책임이라는 게 여기저기 떠벌려서 사람들이 다 알게 만들고, 그래서 본 소저가 어쩔 수 없이 너에게 시집가게 만드는 건가? 내가 어쩔 수 없이 네 자식을 낳고, 그래서 너희 정씨 가문의 대를 이어 주기를 바라고 있는 거냐고! 하하, 가식? 본 소저가 아무리 가식을 부린들 너에게 어디 대볼 수나 있겠어? 자, 본 소저가 미리 말해 두겠는데, 세상 모든 사람이 본 소저와 너의 일을 알게 된다 해도 본 소저는 결코 너에게 시집가지 않을 거야!"

정역비가 다급하게 물었다.

"어머니께서 신농곡에 가셨다고요?"

당정이 비수를 정역비 다리 사이 의자에 사납게 꽂으며 노한 목소리로 외쳤다.

"연기는 그만두라니까! 네 어머니가 노집사께 전부 말해 버렸단 말이다! 그게 네 뜻이 아니라는 거야? 어머니에게 핍박받다가 결국은 어머니로 하여금 노집사를 찾아가게 한 게 아니냐고! 그래서 노집사 어르신이 우리 부모님을 압박하도록!"

정역비는 의아한 표정이었다.

"당정, 맹세하겠습니다. 저는 이 일을 알지 못합니다. 분명 어머니 혼자 벌이신 일입니다. 믿어 주십시오!"

당정이 쉽게 그를 믿을 리 만무했다.

"그날 식당에서 다 들었어! 네가 어머니에게 압박받고 있는 걸! 게다가 너 스스로 말했잖아? 아내를 맞이하지 않겠다고. 그러면서 나를 핑계 삼아 어머니의 잔소리를 피하려 했지!"

정역비는 화가 난 어조로 즉시 부인했다.

"그런 적 없습니다!"

당정은 그의 눈을 바라보며 차갑게 말했다.

"그런 적 없다고? 그럼 묻겠는데, 그날 밤 우리 사이에 만약…… 만약 아무 일도 없었다면, 그래도 나를 아내로 맞이하겠어?"

정역비가 대답하려 하자 당정이 차가운 목소리로 다시 한번 외쳤다.

"제대로 생각해 보고 대답해!"

정역비는 살짝 멈칫하더니 한참 후에야 솔직하게 대답했다.

"아닙니다."

당정이 웃기 시작했다.

"그렇다면, 네가 아내를 맞이하고 싶지 않은 핑계로 나를 이용한 게 아니면 또 뭐지?"

이 질문은 계속 마음 깊숙한 곳에 숨어 있었지만 그녀는 이것을 끄집어내지 않으려고 노력했다. 아무래도 오늘 그녀는 완전히 이성을 잃은 모양이었다. 결국 이 질문까지 꺼낸 걸 보면.

정역비가 예전에 이 질문을 생각한 적이 있는지는 알 수 없었지만, 지금 그는 당정을 바라보며 오래도록 대답하지 않았다.

당정이 다시 말했다.

"대답해!"

정역비는 마침내 고개를 돌려 다른 곳을 바라보며 담담한 어조로 말하기 시작했다.

"당 소저, 저는 아내를 맞이하지 않기 위해 당신을 핑계로 삼은 게 아닙니다. 우리 사이에⋯⋯ 그 밤의 일이 있기 전에, 저는 아내를 맞을 마음을 이미 버렸습니다. 다만, 저는 당신을 책임지고 싶었고 그래서 당신을 아내로 맞고 싶었습니다. 당신이 필요하다면 저는 언제라도 당신을 아내로 맞을 겁니다."

필요? '필요'와 '바람' 사이에는 대체 얼마나 큰 차이가 있는 걸까? 당정은 일단은 그렇게 깊이 생각할 여유가 없어 그저 큰 소리로 웃기 시작했다.

"정역비, 그럼 말해 봐. 그 밤 전에 무엇 때문에 아내를 맞이할 마음을 버렸던 거지?"

정역비는 침묵했다.

당정이 말했다.

"연아 때문이겠지. 마음속에서 한순간도 놓아 본 적 없을 테니까. 너는 마음을 버렸던 게 아니라 그저 숨기고 있었던 거야. 너는 연아를 속이고, 정왕을 속이고⋯⋯ 스스로도 속이고 있지!"

정역비가 갑자기 고개를 돌리더니 노성을 질렀다.

"아닙니다!"

그러나 당정의 목소리는 그보다 더 사납게 들렸다.

"그렇다면 내 질문에 대답해! 무엇 때문에 아내를 맞이하지 않으려 한 거야? 대답할 수 없겠지. 마음속에 켕기는 게 있을 테니까! 그래, 그랬던 거야!"

정역비는 철저히 분노하고야 말았다.

"그만! 내 마음이 어떻건 그게 당신과 무슨 상관입니까?"

그 천한 목숨, 나만이 취할 수 있어

정역비의 분노한 얼굴을 보며 당정은 갑자기 굳어 버렸다. 그가 이리도 화내는 모습은 처음이었다.

그의 마음이 어떠하건 그녀와 무슨 상관일까? 당정은 이 질문에 어떻게 대답해야 할지 알 수 없었다. 그러나 그녀는 곧 입에서 나오는 대로 내뱉고 말았다.

"어떻게 나와 상관이 없을 수 있지? 연아는 내 동생이고, 정왕은 내 친우인데. 그들의 수하인 네가 어처구니없는 생각을 계속 품고 있다면…… 나는 너를 용서할 수 없다!"

이 말을 들은 정역비의 눈에 분노의 불길이 일기 시작했다. 그의 눈에 비친 당정의 모습을 그 불길로 태워 버리려는 듯.

"당 소저, 나는……."

그러나 당정은 그에게 기회를 주지 않고 강하게 말을 끊었다.

"그리고 마음속에 다른 사람을 품고 있으면서, 어떻게 그렇게 쉽게 나를 아내로 맞이하겠다고 말하는 거지? 내가 필요로 하는 것은 마음속에 다른 사람을 품어 본 적 없는 남자인데, 네가 가당하기나 한가? 네가 나를 아내로 맞이하겠다고? 책임을 진다? 입으로는 계속 아내로 맞이하겠다고 하면서, 어떻게 네 마음이 어떠하건 나와 상관이 없다고 할 수 있지? 그날 밤, 우리 둘 중 누가 누구를 덮쳤는지는 알 수 없는 거라고! 나는 너를 책임질 생각 없으니, 너도 나를 책임질 필요 없어! 경고해 두겠는데, 앞으로 내 앞에서 '책임'이라는 말을 두 번 다시 꺼내지 말라고. '아내로 맞이한다'라는 말은 물론이고! 한 번만 더 말한다면 다시 너를 채찍질할 것이다!"

당정은 단숨에 하고 싶은 말을 쏟아 냈다. 그녀는 조급한 것 같기도 하고 화가 난 것 같기도 했다. 호흡마저 흐트러진 상태로, 당정은 자신이 무엇 때문에 이렇게 많은 말을 했는지 모르겠다고 생각했다.

이 많은 말들은…… 그녀 자신에게 대답하기 위한 걸까, 아니면 정역비에게 대답하기 위한 걸까?

그의 마음이 그녀와 무슨 관계가 있냐고? 당연히 관계가 있다. 아니라면…… 아니라면 그녀가 그렇게 신경 쓸 리 없지 않은가. 그녀는 쓸데없는 일에 신경 쓰지 않는 성격이었다! 아니, 그녀가 가장 싫어하는 게 바로 쓸데없는 일에 신경 쓰는 사람이었다!

그녀는 마침내 눈을 들어 정역비를 바라보았다. 마치 이유를 전부 다 말했다는 듯, 그리고 이제야 그의 분노를 마주할 용기가 생겼다는 듯.

이 순간 정역비도 그녀를 보고 있었다. 그의 두 눈동자는 뭐라 표현할 수 없이 깊어져 있었고, 그라는 사람 전체가 철저히 평정을 되찾은 것 같았다.

고요한 막사 한가운데에서 두 쌍의 눈이 마주쳤다. 당정은 자신이 무엇 때문에 아직 떠나지 않고 있는지 알 수 없었다. 화를 내며 그를 죽이겠다고 달려왔으나, 그를 죽일 수 없다는 사실을 발견했다. 그렇다면 여기 계속 머문들 뭘 할까?

어쨌든 정역비는 당씨 가문의 데릴사위가 되겠다고 승낙할 남자가 결코 아니니, 그 이상 쓸데없는 말을 할 필요가 없었다. 부모님이 곧 그녀를 찾아올 테고, 신농곡의 일을 수습하는 걸 도와주실 거다. 그러니 그녀가 더 마음 졸일 이유가 있을까?

부모님이 정역비를 찾아와 빚을 받아 내려 하신다면…… 그는 그리 당해도 마땅했다!

그녀는 도망쳐야 옳았다. 아주 멀리, 부모님이 자신을 찾을 수 없는 곳으로. 그래, 그렇다면 운공대륙으로 돌아갈 필요는 없고…….

여기까지 생각한 당정은 사납게 정역비를 노려본 다음 몸을 돌렸다. 그리고 이 순간, 정역비가 이상할 정도로 평온한 말투로 입을 열었다.

"마음이 비어 버렸습니다. 그녀는 이미 마음속에 없어요. 하지만 누구도 마음에 들일 수 없습니다. 당 소저, 당 소저가 진양성을 떠난 다음 날 저도 군으로 돌아왔습니다. 모친께서 신농곡에 가신 일은 전혀 알지 못했습니다."

그는 잠시 멈추더니 계속 이야기하기 시작했다.

"당신 말이 옳습니다. 나는 당신을 책임질 수 없지요. 신농곡 쪽과 당신 부모님 관련한 문제는…… 당신이 내가 어떻게 하기를 바라건 그대로 하겠습니다."

당정은 정역비가 지금 자신을 바라보고 있다는 걸 알고 있었지만 돌아보지 않았다. 그녀의 귓가에는 그가 했던 첫마디가 계속 맴돌고 있었다. 그 뒤에 한 말은 아예 귀에 들어오지도 않았다.

그녀는 연약한 사람이 아니었다. 그러나 지금 그녀는 알 수 없는 이유로 괴로워하고 있었다. 마치 자신의 심장을…… 뭔가가 사납게 쥐어짜고 있는 것 같았다. 너무 아팠다. 견딜 수 없이 아팠다.

무슨 말이건 하고 싶었지만 대체 뭐라 말해야 할지 알 수 없었다. 당정은 저도 모르게 주먹을 쥐었다. 마음속 괴로움을 떨쳐 버리려는 듯. 그리고 그녀는 한마디 말도 없이 마른 웃음을 지으며 성큼성큼 밖으로 향했다.

정역비는 그녀를 쫓아오지도, 만류하지도 않았다. 당정은 그가 여전히 자신을 보고 있는지 알 수 없었다. 고요한 막사 안, 그녀의 발걸음 소리는 유난히도 크게 들렸다. 한 걸음 한 걸음, 문에 가까이 다가갔다. 한 걸음 한 걸음, 서로에게서 멀어졌다. 한 걸음 한 걸음, 이 생에 서로와 약속하는 일은 없을 것이다.

문 가까이 다가갈수록 당정의 걸음은 더욱더 빨라졌다. 그녀는 언제나 과감하고 명쾌한 성격이었고, 이치대로 행동하곤 했다. 지금 그녀가 이렇게 떠난다면…… 그리고 이 일에 더 이상 신경 쓰지 않는다면…… 그녀는 그 무엇에도 구속받지 않는 것처럼 걸어야만 했다!

막사 문에 걸린 두꺼운 발 앞에 도착한 당정이 발걸음을 멈췄다. 그녀의 입매가 제멋대로 곡선을 그리고 있었다.

그렇다. 그녀는 웃고 있었다.

"정역비, 한 달 정도 후에 우리 부모님이 천염국에 도착하실 거야. 신농곡의 일은 처리하고 싶은 대로 처리하도록 해. 그럼 행운을 빌어! 우리는…… 하하, 다시는 만나지 말기로 해!"

말을 마친 그녀는 힘차게 발을 들어 올렸고, 그 순간 그대로 당황하고 말았다. 문밖에 있던 시위들은 이미 땅에 쓰러져 있었고, 검은 옷에 얼굴을 가린 사람이 검을 들고 막사 안으로 들어오려던 참이었기 때문이다.

당정을 본 흑의인 역시 경악했다. 이 순간 두 사람 사이의 거리는 채 다섯 걸음도 되지 않았다.

당정이 정신을 차리기 전에 흑의인이 검을 찔러 왔다. 당정이 다급하게 피했으나 완전히 피할 수는 없어 오른손을 검날에 베이고 말았다. 길게 생긴 상처에서 선혈이 솟구쳐 올랐다. 당정이 바로 소리를 질렀다. 그러나 아픔으로 인한 비명은 아니었다.

"여봐라, 자객이다!"

그녀는 다급하게 뒤로 물러선 다음 오른손의 통증을 참으며 왼손으로 암기를 발사했다.

흑의인의 무공은 아주 뛰어난 것이 분명했다. 이런 근거리에서도 당정의 암기를 피하다니!

당정의 암기가 끊임없이 날아갔다. 그러나 흑의인은 더 이상 암기를 피하지 않고, 검을 휘둘러 막아 내며 한 걸음 한 걸음 그녀 가까이 다가왔다. 이 모든 일이 순식간에 벌어진 일이었다.

정역비가 이미 당정 뒤에 와 있었다. 그는 그녀를 끌어안아 한옆으로 밀어내고, 검을 쥔 다른 손으로 자객을 상대하며 차가운 목소리로 물었다.

"본 장군의 막사에 난입할 배짱은 있으면서, 얼굴을 드러낼 배짱은 없는 모양이지?"

자객의 능력도 평범하지는 않았다. 그는 다시 검을 휘둘러 정역비의 검을 막아 내며 가볍게 코웃음을 쳤다.

"너는 아직 이 늙은이의 얼굴을 볼 자격이 없다!"

정역비도 코웃음을 쳤다.

"알고 보니 노인장이셨군. 이 후배의 목숨에 눈독을 들이셨다니, 그야말로 영광인걸?"

두 사람은 대치 상태에 빠져들었다. 정역비의 가슴 상처가 다시 찢어진 듯 선혈이 배어 나와 붕대를 붉게 물들이고 있었다. 그것을 보고 흑의인은 기회라 여긴 듯 갑자기 정역비에게 발길질을 했다. 정역비가 재빨리 뒤로 물러났지만 흑의인은 그 기세를 타고 두 손으로 검을 잡은 채 정역비를 핍박했다.

정역비의 검날이 조금씩 밀려 그의 목 앞까지 다가왔다. 정역비가 버텨 내지 못한다면 분명 자신의 검에 제 목을 베이게 될 것이다.

당정은 손을 지혈하다가 이 모습을 보고 다급하게 암기를 날렸다. 흑의인은 정역비를 죽일 기회를 포기하지 않고 머리를 슬쩍 움직여 피하더니, 다른 손으로 비수를 꺼내 암기를 막아 내기 시작했다.

그러나 당정은 결국 그의 주의력을 분산시키는 데 성공했다. 정역비는 그 틈을 타서 두 손으로 검을 잡았고, 힘을 주어 흑의인의 검을 내몰 수 있었다.

흑의인은 제대로 서 있지 못하고 뒤로 몇 걸음 물러났다. 정역비의 검이 바로 그를 찔러 갔다! 흑의인의 검날이 겨우 정역비의 검 끝을 막았다.

두 사람은 다시 대치 상태에 빠져들었지만 형세는 완전히 달라져 있었다. 방금은 흑의인이 우세했다면 지금은 정역비가 공격을 하고 흑의인이 방어하는 형태였다! 당정은 무척 기뻤다. 기회가 온 것이다!

그녀의 상처는 아직 지혈되지 않았지만 당정은 그런 것은 신경 쓰지 않았다. 빠른 걸음으로 흑의인 앞으로 다가가 차가운 목소리로 말했다.

"본 소저가 말해 두겠는데, 정역비의 이 천한 목숨은 본 소저만이 취할 수 있다. 너에게는 그럴 만한 자격이 없어!"

이놈에겐 나만이 욕할 수 있어

당정의 패기 넘치는 말을 듣고 정역비가 바로 그녀를 바라보았다. 물론 흘깃 본 것에 불과했다.

당정이 바로 암기를 꺼냈고, 흑의인은 두 사람 사이에 낀 상태가 되어 아예 피할 수 없게 되었다. 눈 깜짝할 사이에 당정의 암기가 그의 등을 향해 날아갔다.

당정의 이 암기는 비장의 무기라 할 만했다. 비록 평소의 힘에는 미치지 못했지만, 바로 전에 날린 암기보다는 훨씬 사나운 기세였다.

등 뒤에서, 그리고 이렇게 가까운 거리에서 공격하니, 비록 암기 하나였지만 그 힘이 대단했다. 암기가 흑의인의 몸에 박힘과 동시에 그의 몸이 앞으로 밀려났다. 얼마나 고통스러울지는 말로 표현할 필요도 없었다.

그 모습을 보고 정역비는 검을 흑의인의 목에 들이댔다.

"네가 졌다. 검을 버려라!"

흑의인이 노한 눈초리로 그를 바라보았다. 그러자 정역비는 손에 정을 남겨 두지 않고 다시 검날을 살짝 밀어 그의 피부를 찢었다. 그러나 이게 웬일일까.

흑의인은 패배를 인정하기는커녕 경멸하듯 큰 소리로 웃기 시작했다.

"정역비, 그럴 만한 배짱이 있으면 지금 당장 이 늙은이를 죽여라!"

정역비의 눈에 불쾌한 빛이 스쳐 갔다. 그는 아무 말 없이 흑의인의 복면을 벗겼다. 흉하게 일그러져 있는 늙은 얼굴. 칼자국과 미간에 가득한 고집이 유독 눈에 띄었다.

당정은 알아보지 못했지만, 군대에서 자란 정역비는 한눈에 이 노인이 군인임을 알아보았다. 정역비의 입가에 경멸의 미소가 떠올랐다.

"전투에서 실패하니 내 막사에 숨어들어 암살을 꾀하는 건가? 하하, 너희 만진국의 품격이 이런 모양이지? 본 장군은 어린 시절부터 만진국 해 장군의 명성을 들어 왔건만, 지금에야 그자가 어떤 자인지 알겠군. 하하, 정말이지 시야가 넓어졌어!"

이 흑의인은 바로 해 장군이 파견한 자였다. 그는 노병일 뿐아니라 인어족 병사였다. 사실 오늘 밤 이곳에 온 건 그 한 사람만이 아니었다. 정역비를 암살하자는 생각은 수희가 떠나기전 제안한 것이었다.

만진국의 내전이 끝난 지 겨우 반년이었다. 국고는 물론이고 백성들의 집에도 양식이라곤 없었다. 천염국이 전쟁을 벌일 모든 준비를 끝낸 것과는 대조적인 상황이었다.

수희와 기씨, 소씨 가문이 한사코 먼저 전쟁의 발단을 만들었고, 해 장군은 정역비에게 압박당하며 어찌할 바를 모르고 있었다. 지구전을 벌일 양식조차 충분하지 않은 상태니, 수희가 생각한 대로 하는 것이 방법 아닌 방법이었다.

정역비에게 조소를 당하자 흑의인은 바로 부끄러움이 분노로 변해 욕설을 퍼붓기 시작했다.

"이런 풋내기 녀석이! 이 늙은이가 병사들을 이끌고 전쟁을 벌일 때 네놈은 아직 걷지도 못하고 있었지! 저 여자가 아니었으면 이 늙은이를 이겼을 것 같으냐? 이 늙은이도 예전부터 천염국 대장군이 젊어도 능력이 대단하다고 들어 왔는데, 오늘에야 기둥서방 노릇이나 하는 놈인 줄 알게 되었구나!"

흑의인이 말이 끝나자마자 정역비의 눈빛이 차갑게 변했다. 그러나 그가 막 입을 열려 했을 때, 조용히 제 상처를 치료하고 있던 당정이 갑자기 고개를 들더니 분노의 말을 토해 냈다.

"저 늙은이가 뭐라는 거지? 나 같은 일개 여자를 기습하지 않으면 이기지도 못하는 주제에. 부상당한 사람을 상대로도 이기지 못하면서 정말 무슨 소리를 하는 거지? 내 생각에 그쪽은 환자를 상대하더라도 이기지 못할 것 같은데!"

당정은 방금 아주 명확하게 보았다. 이 흑의인의 무공은 비록 아주 뛰어났지만, 쉽게 정역비를 제압할 수 없었다. 정역비가 열세에 처했던 것은 바로 그 가슴의 부상 때문이었다.

흑의인이 바로 고개를 돌리더니 노한 눈으로 노려보았다. 정역비가 당정을 흘깃 본 다음 다시 입을 열려고 하는데, 당정이 다시 한번 선수를 쳐서 화를 내기 시작했다.

"늙은이, 아무래도 같은 늙은이들이나 상대할 수 있을 것 같은데? 그나저나 뻔뻔하기도 하지, 감히 다른 사람을 비웃다니. 다른 사람이 위급한 틈을 타서 공격하고도 양심이 괜찮은가?

아, 본 소저를 그렇게 볼 필요 없어. 댁 같은 나이에는 재주가 남만 못하다 해도 그저 인정하면 그뿐이고, 수련할 필요도 없을 텐데. 어쨌든 아무리 수련한다 해도 기껏해야 관 안으로 뛰어드는 거나 연습할 수 있을 뿐이잖아. 하지만 정역비는 몇 년만 더 수련하면 검을 쓸 필요도 없이 손가락 하나로 그쪽을 눌러 죽일 수 있게 되겠지!"

"너!"

흑의인은 화가 나서 말도 제대로 나오지 않는 모양이었다. 늙은 얼굴이 시뻘겋게 달아올랐다.

"너, 너……."

"나? 아, 말해 두겠는데, 정역비 이놈에겐 나만이 욕할 수 있어. 그쪽에게는 정역비를 욕할 자격이 없다고! 다시 한번 욕을 해 보고 싶으면 해 보든가. 본 소저에게는 그쪽이 살래야 살 수 없고, 죽으려야 죽을 수 없게 만들 방법이 아주 많으니까! 그래, 그쪽 해 장군을 후회하게 만들 방법이 아주 많이 있지!"

당정은 부상한 제 손을 감싸며, 마치 아랫사람을 내려다보듯 눈썹을 치켜세우고 흑의인을 바라보았다. 그녀는 저도 모르게 혀끝으로 제 입술을 핥으며 눈을 가늘게 떴는데, 그 모습에는 상대에 대한 경멸이 가득했다.

말끔한 남자 옷에 그런 표정까지 지으니 자못 타인에게 구속받지 않는 자유로운 기질이 엿보였다. 여자들이 본다면 좋아하지 않고는 못 배길, 그리고 남자들이 본다면 어떻게든 정복하고 싶어 배겨 내지 못할 그런 기질이었다.

정역비가 다시 그녀를 바라보았다. 이때 당정도 우연히 그쪽을 바라보았다. 시선이 얽히자 그들은 약속이나 한 듯 고개를 돌렸다. 그리고 바로 이 순간, 흑의인이 재빨리 정역비의 검을 향해 몸을 던졌다. 검날이 그의 목을 꿰뚫었고, 피가 솟구치며 그는 즉사하고 말았다.

정역비와 당정 모두 당황했다. 흑의인이 이렇게 쉽게 자살할 거라고는 생각지 못했던 것이다. 흑의인이 '쿵' 소리를 내며 땅에 쓰러진 다음에야 그들 두 사람은 겨우 정신을 차리고 서로를 바라보았다. 이번에는 그들 중 아무도 시선을 옮기지 않았다.

정역비의 눈이 깊게 가라앉는가 싶더니 한참 동안 아무 말도 하지 않았다. 당정은 점차 민망한 기분이 들어, 그의 시선을 피하며 말했다.

"내, 내가…… 중요한 일을 망쳐 놓은 건 아니겠지?"

그녀는 바보가 아니었다. 정역비가 이 병사를 잡았다면 만진국의 군사 정보를 알아낼 수 있을 뿐 아니라, 만진국 군대를 모욕하거나 자극하여 함정에 끌어들일 수 있다는 사실을 알고 있었다.

정역비는 아무 대답도 하지 않았다. 그의 눈동자는 그저 사람을 꿰뚫어 보려는 듯 그녀를 깊게 응시하고 있을 뿐이었다.

당정은 그의 시선을 받으면 받을수록 불안한 마음이 들어 자신이 조금 전 무슨 말을 했는지 열심히 떠올려 보았다. 그녀는 방금 흑의인을 통쾌하게 욕했는데……. 사실 그녀는 별다른 생각 없이, 나오는 대로 욕했을 뿐이었다.

당정이 여전히 생각에 잠겨 있는데 문밖에서 발걸음 소리가 들려왔다. 곧 주 부장을 비롯한 정역비의 수하들이 병사들을 이끌고 들이닥쳤다.

다른 병사들은 말할 것도 없고 주 부장도, 이렇게 늦은 시간에 당정이 여기 있으리라고는 예상치 못했다. 물론 그들은 일시적인 호기심을 느꼈을 뿐, 외부 상황을 보고할 겨를조차 없이 허둥거리기 시작했다. 바로 정역비의 가슴에서 피가 흐르는 걸 발견했기 때문이다.

이 자리에 있는 젊은 장수건 노익장이건, 모두 절대적으로 정역비를 아끼고 지지했다. 그들은 정역비가 있어야 전쟁에서 이길 수 있다고 생각해, 제 목숨을 걸고 그를 지키고 있었다. 특히 이렇게 중요한 시기에 정역비가 부상 입은 모습을 보았던 사람은 지금까지 없었다.

부장 하나가 바로 명령했다.

"여봐라, 군의를 불러와라! 어서! 어서!"

주 부장이 금창약을 가져오며 그를 부축했다.

"장군, 어서 앉으십시오, 어서!"

정역비가 한 손으로 상처 입은 곳을 누르며 불쾌한 듯 말했다.

"작은 상처일 뿐인데 왜 이리 수선이냐? 본 장군을 뭐로 보는 거지? 외부의 상황부터 말하라!"

주 부장이 그제야 보고했다.

"자객 열 명이 왔습니다. 모두 서쪽 군영으로 왔고, 전부 체포했습니다. 다섯 명은 죽었고, 다섯 명은 부상한 상태입니다. 그들은 아마 성동격서의 방법을 쓰며 장군을 노린 것 같습니다."

정역비가 차갑게 말했다.

"아무 흔적 없이 고문관에 들어올 수 있는 건 인어족 병사들뿐이다! 일단 부상했다는 다섯 명은 제대로 치료해 두어라. 날이 밝으면 본 장군이 직접 심문할 것이다!"

주 부장이 서둘러 응답했다. 이때 군의가 달려왔다. 모두 다급하게 길을 터 주었으나, 이게 웬일인가. 정역비가 모두에게 떠밀려 한옆에 방치되어 있던 당정을 가리켰다.

"본 장군의 상처는 별것 아니니 당 소저부터 봐 드리도록."

이 순간, 눈이 날카로운 부장 하나가 바닥에 쓰러진 흑의인의 시체에서 암기를 발견하고 재빨리 물었다.

"장군, 장군의 상처도 암기에 당하신 겁니까?"

영문 모를 분노

정역비의 상처가 암기에 당한 거냐고?

이 자리에 있는 장수들 중 무기에 정통하지 않은 자가 없었다. 그들은 한눈에 정역비의 상처도 암기에 당한 것임을 알아보았다. 부장이 이리 물은 건 사실 정역비에게 누구에게 당한 건지 묻는 것이었다.

자객은 검날에 목을 찔려 죽었다. 그리고 등 뒤에 암기가 박혀 있었다. 보아하니 이 암기는 자객의 것이 아니었다. 그렇다면 이 암기의 주인은 당정일 수밖에 없었다!

정역비가 대답하기 전, 당정이 먼저 호쾌하게 인정했다.

"내가 상처를 입혔어요!"

영리한 그녀는 이미 부장의 말뜻을 알아듣고 책임질 준비를 하고 있었다. 그러나 그녀의 말이 끝나기가 무섭게 정역비가 바로 덧붙였다.

"실수였다."

하지만 모두의 안색이 좋지 않았다. 그들 모두 당정에게 추궁하는 듯한 눈빛을 던졌다. 정역비의 수하들은 모두 만만한 사람들이 아니었다. 당정 뒤에 군구신과 비연이 있지 않았다면 그들의 대장군에게 상처를 입혔다고 인정한 순간 바로 칼을 뽑았을 것이다.

주 부장은 이미 상황을 파악한 다음이었다. 그는 잠시 머뭇거리다가 과감하게 입을 열었다.

"당 소저, 다음에는 좀 더 정확하게 조준하시기 바랍니다. 이 암기가 조금만 옆으로 비껴갔다면, 우리 장군의 목숨을 앗을 수도 있었습니다! 우리 장군의 목숨은 바로 우리 정가군 모든 사람들의 목숨입니다! 우리 장군은……."

정역비가 말을 끊었다.

"됐다. 모두 나가라."

당정은 정역비를 바라보며 아무 말도 하지 않았다.

주 부장은 평소 정역비를 거역할 만한 배짱이 없는 사람이었다. 그러나 지금 나이 든 부장들도 함께 있는 틈을 타서 다급하게, 정역비의 시선을 피하며 군의에게 말했다.

"곽 의원, 지금은 가장 중요한 시기입니다. 열흘이면 승부가 결정될 거란 말입니다. 결코 태만하게 버릴 수 없는 기회니, 어서 장군의 상처를 치료하셔야 합니다. 만약 장군께서……."

이 말은 물론 당정에게 들으라 하는 말이었다.

안타깝게도 주 부장의 말이 끝나기도 전에 정역비가 다시 한 번 말을 끊었다.

"됐다고 했다! 나가라!"

이번에는 그의 목소리가 매우 날카로워져 있었다. 정역비는 그 이상 주 부장을 바라보지 않고 눈앞의 다른 장수들을 차가운 눈으로 바라보았다.

순식간에 모두가 고개를 숙이더니 다급하게 물러 나갔다. 정역비가 한번 화를 내면 아무리 나이가 많은 부장이라도 그의 기분을 건드릴 엄두를 내지 못했다! 주 부장 역시 더 이상 말을 덧붙이지 못하고, 고개조차 들지 못한 채 직접 자객의 시신을 끌고 나갔다.

거대한 막사는 다시 고요해졌다. 남은 것은 정역비, 당정, 그리고 군의뿐이었다. 군의는 깜짝 놀란 나머지 아까부터 미동도 하지 못하고 있었다. 정역비가 차가운 눈으로 그를 바라보며 질책했다.

"거기 서서 뭐 하고 있느냐? 어서 당 소저를 살펴봐 드리지 않고!"

군의가 그제야 정신을 차리고 당정을 자리에 앉히려 했다. 그러나 당정이 말했다.

"내 상처는 죽을 정도가 아니에요. 일단 당신네 장군부터 봐 드리세요."

사실 그렇게 많은 이들로부터 탓하는 듯한 시선을 받고, 또 주 부장의 말까지 들은 다음이라 그녀는 기분이 좋지 않았다. 그러나 차분히 주 부장이 군의에게 한 말을 곱씹어 보니, 사태가 심각하다는 생각이 들었다. 물론 그렇다고 해서 정역비에게 사과할 생각은 없었다.

당정은 자리에 앉지 않았고, 정역비 역시 아무 말도 하지 않았다. 곽 군의는 난감해 죽을 지경이었다. 그는 정역비의 기분이 좋지 않은 걸 눈치채고, 결국은 당정에게 구원을 청하는 눈빛을 보냈다.

그 모습을 본 당정도 마음속에 이유 모를 분노가 일어, 자리에 앉지 않고 일부러 정역비를 비웃듯 말했다.

"어서 그를 치료해 주라니까요. 그에게 무슨 일이라도 벌어지면 본 소저가 어떻게 감당하겠어요!"

말을 마친 당정이 몸을 돌려 나가려 하자 정역비가 바로 물었다.

"어디 가는 겁니까?"

당정은 고개도 돌리지 않았다.

"그쪽이랑 상관없는 문제지."

정역비가 다시 말했다.

"상처를 치료하신 다음에 가십시오."

당정은 계속 앞으로 걸어가며 속으로 중얼거렸다.

'제 상처가 나보다 심하면서, 뭘 저리 고집이야. 유치하긴!'

정역비의 말투가 차가운 명령조로 변했다.

"거기 멈춰!"

그러나 당정은 명령을 들을 사람이 아니었다. 그녀는 경멸의 미소를 띤 채 여전히 밖을 향해 걸어갔다. 그러나 이게 웬일일까. 정역비가 쫓아오더니 그녀의 손을 잡았다.

"이거 놔!"

당정이 발버둥을 쳤지만 정역비는 그녀를 끌고 가 자리에 앉혔다. 당정이 바로 자리에서 일어나려 했지만 정역비가 몸을 굽히더니, 두 손으로 의자의 팔걸이를 잡아 그녀를 그 안에 가뒀다.

당정은 노한 눈을 휘둥그렇게 떴지만 정역비의 시선은 여전히 차가워 보였다. 두 사람이 이렇게 가까운 거리에서 서로를 바라보는 건 처음이었다. 온 세상이 마치 그들을 따라 고요해진 것만 같았다. 당정은 문득 정역비의 눈동자가 몹시도 매혹적이라는 걸 알게 되었다. 가늘고 긴 눈매 역시…… 아름다웠다. 물론, 그녀는 곧바로 정신을 차리고 외쳤다.

"꺼져!"

정역비는 움직이지도 대답하지도 않았다. 그의 눈빛이 가라앉고 있었다.

당정이 다시 말했다.

"꺼지라고! 안 들려?"

정역비는 여전히 움직이지도 대답하지도 않았다. 당정은 인정하지 않을 수 없었다. 그가 엄숙한 표정을 지으면 군인 특유의 위엄 때문인지 감히 똑바로 바라보기 힘들었다.

당정은 그를 보고 또 보다가 뜻밖에도 겁을 내기 시작했다. 그러나 그녀는 그 사실을 인정하고 싶지 않아 화를 내며 외쳤다.

"정역비, 비키지 않으면 본 소저도 예를 갖추지 않겠어!"

정역비는 여전히 비키지 않았다. 당정이 손을 뻗어 그를 밀치려 했지만 손이 그에게 닿기도 전에 그대로 공중에서 멈춰 버리고 말았다. 정역비의 가슴 상처에서는 아직 피가 흐르고 있고, 그 모습을 보는 것만으로도 마음이 조마조마해진 것이다.

저도 모르게 의자 팔걸이 위에 놓인 그의 손을 바라보았다. 그의 오른손에도 핏자국이 가득했고, 의자의 팔걸이마저 붉게 물들고 있었다. 이 녀석, 정말로 상처가 심하잖아!

당정의 시선이 다시 한번 정역비의 얼굴로 옮겨 갔다. 그녀는 도저히 참을 수 없어 물었다.

"나에게 왜 이리 고집을 부리는 거야? 이러면 재미있어?"

정역비는 여전히 대답하지도 움직이지도 않았다. 표정도 그대로였다. 당정은 더 화가 나서 입에서 나오는 대로 물었다.

"살고 싶지 않은 거야?"

그녀는 분명 그를 죽이러 왔건만, 지금은 그 자신보다 더 그의 목숨을 아끼고 있었다. 안타깝게도 당정 자신은 그 사실을 눈치채지 못하고 있었지만.

정역비가 마침내 입을 열었다. 그러나 당정에게 대답하는 것이 아니라 곽 의원에게 하는 말이었다.

"당 소저를 치료해 드려라!"

곽 군의가 바로 앞으로 나섰다. 결국은 당정도 타협하고 말았다. 그녀는 탁한 숨을 내쉬며 고개를 한옆으로 돌렸다.

곽 의원이 당정의 상처를 치료하기 시작하자 정역비가 겨우 물러났다. 그는 자신의 의자로 돌아가 앉아 손으로 다시 상처를 감쌌다.

남자의 진지한 모습은 무척 보기 좋은 법. 실제로 어떤 남자들은 화를 내기 시작하면 보기 좋아 보인다. 정역비가 바로 그런 남자였다. 그가 다른 곳을 바라보자 살짝 창백해진 얼굴이 몹시 냉랭해 보였다. 심지어 얼굴의 윤곽마저 모두 차가워 보였다.

한참을 고요하게 있던 당정은 마침내 참을 수 없어 정역비를 곁눈질하기 시작했다. 그렇게 그를 바라보다가 무슨 생각에 빠진 것처럼 저도 모르게 넋을 잃었다. 곽 군의가 상처 치료를 끝냈을 때에야 겨우 정신을 차렸다.

당정이 재촉할 필요도 없이, 곽 군의가 정역비에게 달려가더니 다급하게 말했다.

"장군, 치료하셔야 합니다."

정역비는 여전히 다른 곳을 바라보며 말없이 상처에서 손을 치웠다. 이제 당정을 상대할 마음이 없어 보였다. 그 모습을 보고 당정은 가볍게 코웃음 치며 밖으로 향했다. 이번에는 정역비도 그녀를 막지 않았다.

그러나 그녀는 밖으로 나가지 않고 갑자기 되돌아왔다. 정역비가 바라보자, 당정이 퉁명스럽게 말했다.

"뭘 보는 거야? 본 소저는 가지 않을 거야! 네가 조심성 없이 죽어 버리기라도 하면 본 소저가 그 죄를 뒤집어쓰게 될 테니까!"

그녀는 정역비가 거절할까 두려운 듯, 재빨리 한마디 덧붙였다.

"네가 죽건 말건 별로 중요하지 않아. 그러나 전쟁에서 지거나 하는 일이 생기면 내가 너무 큰 죄를 짓게 되니까."

당정이 말을 마친 후 자리에 앉았다. 곧 정역비의 목소리가 들려왔다.

"본 장군은 죽지 않을 겁니다. 전쟁에서 지지도 않을 거고요. 가셔도 좋습니다."

불안하다, 하필이면

당정은 여전히 앉은 채 움직이지 않았다. 그녀는 정역비에게 대답하지 않고 그의 상처를 뚫어져라 쳐다보았다. 정역비는 곽 군의가 함께 있는 걸 의식해서인지 더는 말하지 않았다. 이렇게 두 사람은 침묵을 지키고 있었다.

곽 군의는 한참 동안 치료한 후에 정역비의 상처를 붕대로 감아 주었다.

"장군, 사흘 정도는 검을 쓰셔서는 안 됩니다. 상처가 악화되면 귀찮아질 수 있으니까요."

정역비의 몸에는 크고 작은 상처가 많았다. 그는 곽 군의의 말을 잘 이해할 수 있었다.

곽 군의가 물러간 후 그가 당정을 바라보았다. 한참 침묵했기 때문일까. 정역비도 화가 가라앉은 듯 말했다.

"제 수하들이 거칠고 우악스럽습니다. 함부로 말한 것을 용서해 주시지요."

"사정을 모르는 자는 죄가 없는 법이지."

당정의 말에 정역비가 다시 입을 열었다.

"오늘 밤의 일은, 결코 우리 정가군 군영 밖으로 새어 나가지 않을 겁니다. 안심하고 떠나셔도 좋습니다."

당정이 대답했다.

"당신들이 이야기를 퍼뜨리건 퍼뜨리지 않건 그건 당신들 일이고…… 본 소저는 본 소저가 해야 할 일을 하겠어. 그쪽의 상처가 나을 때까지 떠나지 않고 지킬 생각이야. 때가 되면 그쪽이 내쫓지 않아도 알아서 떠날 테니 걱정하지 않아도 돼."

정역비의 눈가에 복잡한 빛이 스쳐 갔다.

"왜입니까?"

당정이 이해하지 못하고 되물었다.

"왜라니, 무슨 왜?"

정역비가 잠시 침묵하다가 답했다.

"무엇으로 본 장군을 지켜 주실 겁니까? 겨우 암기 몇 개로? 남고 싶다면 저에게 합리적인 이유를 대서야 할 것 같습니다."

갑자기 떠나지 않겠다니, 그녀가 계속 그에게 보여 온 태도와는 너무 달랐다. 그녀가 조금 전 자객에게 했던 말을 포함해도…… 너무 달랐다. 그래서 정역비는 조금 불안한 마음이 들었다.

당정이 바로 소매를 걷고 팔을 드러냈다. 그곳에는 암기 발사기가 여럿 매달려 있었다. 그녀는 다시 치마를 걷어 다리를 드러냈다. 그곳에도 암기 발사기가 많이 묶여 있었다.

정역비는 운한각에 대해 아는 바가 많지 않아 당정에게 이런 능력이 있으리라고는 예상치 못했다. 그가 놀라고 있노라니 당정이 발도 들어 보였다. 그녀의 발바닥에도 암기가 숨겨져 있었다.

"정역비, 방금 자객이 기습한 게 아니었다면 본 소저는 너에게 손을 쓸 기회도 주지 않았을 거야. 암기 셋이면 자객의 생명을 취하기에 충분하니까! 본 소저의 손에 상처가 있다 해도, 본 소저는 여전히 쓸 수 있는 비장의 무기가 있고, 그쪽을 지켜 줄 수 있지. 그래, 지켜 주고도 남아! 본 소저는 운공대륙 당씨 가문의 딸이고, 운공대륙의 병기와 무기는 모두 우리 당씨 가문에서 나오지. 이 이유 정도면 합리적인가?"

정역비는 대답하지 않았다. 당정은 그가 승낙했다고 생각하고 몸을 일으켰다.

"내일 보도록 해. 협조하면서 빨리 회복하는 것이 좋을 거야. 본 소저도 오래 머물 생각은 없으니까!"

이 말을 끝으로 그녀는 정말로 자리를 떠났다. 미동도 없이 앉아 있는 정역비의 눈가에는 복잡한 빛이 가득했다. 한참 후에야 그는 겨우 중얼거렸다.

"하필이면……?"

하늘이 밝아 올 무렵, 당정이 성큼성큼 자기 막사 밖으로 나왔다. 거대한 막사 옆을 지나갈 때 그녀는 갑자기 '정왕비'라는 말을 듣게 되었다. 그녀는 자못 호기심을 느끼고 몰래 다가가 보았다. 주 부장이 곽 군의를 둘러싸고 한창 이야기꽃을 피우는 중이었다.

"이 늙은이가 정가군에 몸담은 지 꽤 오래되었지만, 노부인을 제외하고 지금까지 우리 군영에서 그리 오래 머문 여자는 단 두 사람뿐입니다. 한 명은 당 소저고, 다른 한 사람은 바로 왕비마마시지요. 왕비마마께서 오셨을 때는 정 장군께서 웃음을 멈추지 않으셨는데…… 노장군께서 돌아가신 후 이 늙은이는 장군께서 그리 즐겁게 웃으시는 걸 본 적이 없었지요.”

곽 군의가 탄식하더니 다시 말했다.

“그러나 오늘 그 당 소저는……. 주 부장, 말해 보시오. 당 소저와 정 장군은 대체 어찌 된 사이입니까? 당 소저가 장군을 화나게 하려고 최선을 다하는 건 아니겠지요? 여러분은 그때 정 장군의 얼굴을 보지 못하셨겠지만…… 화가 나서 파랗게 질리시고…….”

주 부장이 괴상하다는 듯 답했다.

“당 소저가 우리 장군과 무슨 관계인지는 나도 모릅니다. 그저 당 소저가 왕비마마와 무슨 관계인지만 알 뿐이지요. 흥, 등 뒤에 왕비마마가 계신다고 그렇게 방자하게 굴다니. 모두가 여자인 걸 뻔히 아는데 남자 옷이나 입고 선머슴처럼 굴고…….당 소저가 어서 떠났으면 좋겠습니다. 그래야 우리 장군께서 기분 나쁘실 일이 없을 것 같으니까요!”

이 말에 모두가 함께 탄식했다.

“안타깝습니다. 우리 장군께서 왕비마마와 인연이 없으셨던 것이. 하지만 그렇다 해서 꼭 오늘과 같은 꼴을 당해야 하는 건 아니지 않습니까.”

“왕비마마 같은 여자라면 정왕 전하여야 당해 내실 수 있긴 하겠지요.”

“그래도 그전에 소문도 많았는데……. 우리 장군께서 군으로 납치해 오신 적도 있는데, 결국은…….”

"입 다무시오! 해서는 안 될 말일랑 함부로 하지 말고! 재앙은 입에서 나오는 법, 장군께 민폐를 끼치는 일은 없도록 하시오!"

"정 장군의 상처가 심하지 않다니, 그것만으로도 다행입니다. 모두 흩어집시다!"

그들이 다가오는 것을 보고도 당정은 피하지 않고, 허리에 두 손을 얹은 채 길을 막아섰다. 주 부장 일행이 걸어오다가 그녀를 보고 모두 깜짝 놀랐다.

당정은 이들 중에서 주 부장이 가장 그녀를 불만스러워한다는 걸 알아챘다. 또한 그녀와 정역비 사이의 일을 알고 있다는 사실도 눈치챘다. 그녀는 아무 말 없이 눈썹을 치켜세운 채 그를 차갑게 노려보았다.

이 순간 모두 난감해하고 있었다. 물론 이 자리에 있는 이들은 당정과 감히 싸울 만큼 바보는 아니었다. 그들은 곧 당정을 공기처럼 취급하며, 고개를 숙이고 자리를 떠나려 했다.

당정은 그제야 입을 열었다.

"정말 미안하군요. 본 소저가 그렇게 빨리 떠나지 않아서. 앞으로 며칠 동안 본 소저는 당신들 대장군 상처가 나을 때까지 곁을 지킬 거예요. 그리고 본 소저의 귀에 정왕비마마를 비난하는 말이 들려오면, 당신네 정 대장군 본인을 포함, 본 소저가 직접 정왕 전하께 보고드릴 테니 어디 끝까지 해 봅시다!"

이 말에 모두 발걸음을 멈췄다. 그러나 곧 황망히 도망쳤다. 그들은 정왕비를 비난한 결과가 어떠할지 당정보다 훨씬 더 잘 알고 있었다.

사람들이 사라진 후 당정도 몸을 돌렸다. 그녀는 몹시 피곤했지만 막사에 도착해 누워도 잠이 오지 않았다. 그러고는 무슨 생각을 했는지 중얼거리기 시작했다.

"당정아, 당정……. 너는 왜 자랄수록 돌아가기만 하니? 계속 어색하게 굴고! 대체 왜……? 뭐가 문제야?"

그녀는 갑자기 몸을 엎드리더니 베개 아래에 머리를 묻었다. 마음이 번잡해지는가 싶더니 자기 자신이 무척 싫어졌다. 이런 기분이 든 것은 평생 처음이었다.

당정은 해가 중천에 떴을 때에야 눈을 떴다. 그녀는 깨끗한 남자 옷으로 갈아입고, 손에는 사용이 쉬운 암기를 장착했다. 그리고 정역비를 만나러 갔다.

정역비는 생포한 자객들을 심문해 꽤 많은 군사 정보를 얻었고, 현재 막사 안에서 부장들과 공략을 토론 중이었다. 당정이 호쾌하게 안으로 들어가자 그가 그녀를 흘깃 바라보았다. 그녀는 아무 말도 없이 한옆에 조용히 앉았다.

한참 들은 후 당정은 정역비가 공성계를 쓰려 한다는 걸 알게 되었다. 그는 고문관을 포기하고, 동서 양쪽에서 기습하여 해 장군을 포위할 생각이었다. 당정의 눈에 감탄하는 빛이 떠올랐다. 다들 알다시피, 고문관은 가장 중요한 요충지였다. 충분한 배짱이나 자신감이 없다면 결코 이런 방식으로 놀아 볼 엄두조차 낼 수 없었다.

부장이며 참모들이 떠난 후 정역비는 당정을 바라보았다. 그는 그녀의 손을 보았고, 그녀는 그의 가슴을 보았다. 그러나 당정의 손은 소매 속에, 그의 가슴은 갑옷 속에 감춰져 있으니, 서로의 상처가 어떠한지 볼 수 없었다.

두 사람은 곧 시선을 피했다.

정역비가 입을 열려 했을 때 당정이 먼저 명령하듯 말했다.

"내게도 갑옷을 줘. 함께 출정할 테니."

뜻밖에도 정역비가 승낙했다.

"좋습니다. 사람들을 시켜 가져다줄 테니 기다리시지요. 오후가 되면 내 막사로 와서 보고를 올리시고."

당정은 매우 만족스러웠다.

그러나 그날, 그들이 함께 고문관을 떠나기 전에 정역비는 신농곡 노집사에게 서신을 보냈다. 혼례나 아내를 맞는 일에 대해서는 아무 언급도 하지 않고, 그저 당정이 그와 함께 있다는 내용만 적은 서신이었다.

의심할 바 없이, 그는 당정을 배반한 것이다······.

그럼, 좀 더 강하게 안는 게 좋겠어

당정의 행방을 신농곡 노집사에게 알리면, 노집사는 자연스럽게 이 일을 당정의 가짜 부모에게 알리게 되어 있었다. 그러면 승 회장이 거의 제일 먼저 당정의 행방을 알게 되었다.

승 회장은 바로 당정을 찾으러 가지 않고 당정의 부모가 오기를 기다렸다. 이런 일에는 당정 본인 외에 부모만이 주도권을 쥘 수 있는 법이었다.

임 노부인은 진상을 알지 못한 상태로 신농곡 노집사를 찾아갔지만, 정역비는 분명 일부러 그런 것이었다. 당정의 부모와 연락할 방법이 없으니 이렇게 할 수밖에 없었다. 그는 비록 모든 상황을 이해하지는 못했지만, 비연이 운공대륙 대진국의 공주라는 것과 정왕 전하의 신분이 특수하다는 건 알고 있었다.

당정의 부모가 현공대륙에 온다면 일단 당정을 찾은 다음 그를 찾을 것이다. 그렇기에 정역비는 당정의 행방을 노집사에게 알린 것이다. 바로 가장 빠르게 당정의 부모를 만나기 위해서였다.

그는 이 일이 어떻게든 결말을 맺기를 원했다. 어떤 대가라도 치를 각오가 되어 있었다. 물론 당정은 이 일을 전혀 알지 못했다.

고문관을 떠난 주 부장 일행은 병사들을 이끌고 동쪽으로 갔고, 정역비는 직접 병사들을 이끌고 서쪽으로 향했다. 고문관 동서 양쪽으로 각 20리 떨어진 곳에 작은 관이 하나씩 있었는 데, 동쪽은 금곡관이었고, 서쪽은 보녕관이었다.

두 관은 모두 만진국에서 천염국으로 들어갈 때는 쉽고, 천 염국에서 만진국으로 들어갈 때는 어려운 곳이었다. 그러므로 해 장군은 이 두 관의 방어를 상대적으로 소홀히 했다. 정역비 는 바로 이 점을 노려서 이 두 관을 칠 예정이었다.

하루 후, 정역비는 보녕관에 도착했다. 당정은 계속 그의 뒤 를 조용히 따랐다. 그녀가 말을 하지 않으니 정역비도 자연스 럽게 말을 하지 않았다. 그렇게 두 사람은 잠시나마 평화롭게 공존했다.

다음 날, 고문관에 있던 부장이 인질들을 전부 성에 매달고 해 장군을 부추겼다. 해 장군은 수치가 분노가 된 동시에, 앞으 로 공격하지 않으면 퇴각하기 마련이라는 걸 알게 되었다. 정 오 무렵, 그는 다급하게 모든 병사들을 일으켜 고문관을 공격 했다.

해 장군이 고문관을 공격할 때 정역비와 주 부장은 정예병과 함께 보녕관과 금곡관을 점령했다. 병사들은 만진국 영토로 들 어가 좌우에서 해 장군을 기습했다. 고문관의 병사들과 합치니 세 방향에서 포위한 것과 같은 형태였다.

그리고 이때, 당정은 자신이 정역비라는 존재에 대해 잘못 생각하고 있었음을 깨달았다. 정역비는 부상을 입은 상태로도 전장에 나와야 했다. 그의 존재는 단지 적을 죽이기 위한 것일 뿐 아니라 사기를 고무하기 위한 것이기도 했다.

그녀는 비록 아무 말도 하지 않았지만 시위들과 함께 정역비 가까이에서 그를 지켰다. 그녀가 준비한 암기가 매우 훌륭했기 때문에, 그리고 전쟁터에서는 그 누구도 암기를 쓰리라고는 생각지 못했기 때문에, 전투가 시작되자 당정은 눈부신 활약을 보였다. 정역비의 시위들은 물론이고 정역비조차 편안하다고 느낄 정도로 당정은 명쾌하게 적들을 쓰러뜨렸다.

정역비 수하의 병사들은 말할 것도 없고 적들조차 당정에게 놀라고 있었다. 심지어 정역비의 몇몇 부장은 당정을 다시 봤다. 그리고 그녀가 암기를 쓸 걸 미리 알고 있던 정역비조차 몹시 놀라고 있었다.

또다시 병사들을 물리친 당정은 기분이 아주 좋았다. 한순간 자신이 정역비와 어떤 은원이 있는지조차 잊고, 그를 향해 웃으며 외쳤다.

"통쾌해! 본 소저가 오늘 저들을 쓸어버리겠어!"

돌아보며 웃는 모습이 호탕하고, 그 자태는 그 무엇에도 구속받지 않는 대범함이 있었다. 정역비는 순간적으로 멍해졌다. 마치 주변에서 전투를 벌이는 소리며 피비린내 섞인 바람 소리가 모두 고요해진 것 같았다. 온 전장에 당정만이, 그녀의 웃음만이 남은 것 같았다.

그에게 있어 이 순간의 당정은 몹시도 익숙한 동시에 몹시 낯선 느낌이 들었다. 전쟁터에서 적을 죽이는 여자를 보는 건 처음이었다. 그리고 여자가 군대의 호걸이 될 수 있다는 것도 처음 깨달았다.

당정은 계속 다가오는 병졸들을 죽였고, 정역비는 정신을 차렸다. 그는 검에서 손을 떼지 않은 채 주변을 유심히 살폈다. 그가 생각한 대로, 얼마 지나지 않아 해 장군이 몇몇 시위의 엄호를 받으며 달려왔다.

이때는 당정이 큰 우세를 점하지 못하고 있었다. 그녀의 암기가 드러나 모두 경계하고 있었기 때문이다. 그녀가 죽일 수 있는 것은 보통의 병졸들뿐이었다.

정역비가 결국 외쳤다.

"당정, 이리 와!"

당정이 말을 돌려 가까이 다가오자 정역비가 바로 손을 내밀었다. 당정이 이해할 수 없다는 듯 퉁명스럽게 물었다.

"왜 그래?"

정역비는 본래 그녀를 자신의 말 위로 데려올 생각이었지만 생각을 바꿔, 자신이 당정의 말 위에 올라탔다. 당정이 다급하게 소리쳤다.

"정역비, 뭐 하는 거야!"

"실례하겠습니다!"

정역비는 가볍게 그녀의 허리를 안고 다른 손으로 검을 쥔 채 나지막하게 말했다.

"고삐를 꽉 잡도록 하십시오. 해 장군이 왔습니다. 백리명천 휘하 가장 능력 있는 장수니, 쉬운 상대가 아닙니다. 내가 허세를 부리며 이목을 끄는 동안 그를 죽이십시오. 그럼 이 전쟁의 승부가 결정날 겁니다."

당정은 그제야 정역비의 뜻을 이해했다. 그녀는 즐거운 기분으로 제 허리를 감싼 손을 흘깃 보고는 호쾌하게 승낙했다.

"좋아, 그럼 좀 더 강하게 안는 게 좋겠어. 아니면 내 암기가 살짝 비껴가 그쪽 계획이 어긋날 수도 있으니까. 그렇게 돼도 나는 절대로 책임지지 않을 거야."

정역비는 그녀가 일부러 자신을 조소하고 있다고 생각하고 대답하지 않았다.

당정은 한참을 기다려도 대답이 돌아오지 않자 조급한 마음에 다시 외쳤다.

"내 말 들은 거야? 대답해!"

정역비는 여전히 아무 말도 하지 않았다. 당정은 그제야 그가 오해했다는 사실을 깨닫고 나지막하게 말했다.

"정역비, 내가 그쪽이랑 이런 농담을 하리라고 생각하는 거야? 싫지도 않아?"

정역비는 이런 때에 그녀와 논쟁하고 싶지 않아 검으로 옆에서 들어오는 공격을 막으며 당정에게 명령했다.

"앞으로, 빠르게!"

당정도 자신이 전쟁터에 있다는 사실을 잊지 않고 있었다. 그녀는 말을 달려 앞으로 가며 외쳤다.

"좀 안정되게 안아 달라고! 해 장군에게 쓸 만한 암기는 하나뿐이야. 맞히지 못하면 귀찮아질 거야!"

그녀는 농담을 하고 있는 게 아니었다. 당정은 해 장군을 잡

기 위해 폭발력이 특별히 강한 호접표라는 암기를 하나 준비해
왔다. 기회만 제대로 잡는다면, 해 장군이 피하지 못하고 막아
내게 기회만 만들면 된다. 이 호접표는 사람이 막아 낼 수 있는
암기가 아니었다.

당정은 이미 계산을 끝낸 상태였다. 보통 암기 여럿을 사용
하느니 호접표 하나를 사용하는 편이 승산이 훨씬 높았다.

정역비는 당정의 설명을 듣고 잠시 망설이다가 결국 그녀를
강하게 끌어안았다. 당정은 아무렇지 않으리라 생각했지만, 허
리에 와 닿는 힘이며 품의 온기를 느끼자 심장이 빠르게 뛰기
시작했다.

"그가 올 때까지 기다릴 필요 없잖아? 가자!"

정역비의 말에 따라 당정은 말을 부려 해 장군 방향으로 달
려갔다. 이 순간 해 장군도 그들을 향해 달려오고 있었다.

이 전투에서 정역비와 당정은 대승을 거두었다. 해 장군은
급소에 암기를 맞았고, 비록 목숨을 잃지는 않았지만 낭패한
꼴로 군대를 버리고 도망쳤다.

해 장군이 사라지고 나니 만진국 병사들은 오래 버티지 못하
고 뿔뿔이 흩어졌다. 정역비는 추격하라 명령했고, 새로운 성
을 공략할 수 있었다.

전투가 끝난 후 당정은 다시 조용해졌다. 그녀는 한마디 말
도 없이 몸을 돌려 자리를 떠났다. 정역비는 그런 그녀의 뒷모
습을 바라보며 당혹감을 느꼈다. 대체 그녀를 어떻게 해야 할
지 알 수 없었다. 그에게 이런 당혹감을 느끼게 한 첫 번째 여

자는 비연이었고, 두 번째가 바로 당정이었다.

그다음 전투에도 당정은 정역비와 함께 전장에 나갔다. 그녀
는 영웅의 자태로 과감하게 적들을 죽였다. 그리고 전투가 끝
나면 한마디 말도 없이 자신의 막사로 되돌아갔다.

그녀는 정역비의 부상이 괜찮아졌는지 묻지 않았고, 정역비
도 언급하지 않았다. 당정은 군대에 있는 것이 좋았고, 정역비
는 기다리고 있었다.

전장의 첩보는 끊이지 않고 군구신에게로 날아가고 있었다.
그리고 이때 비연 일행은 6층 묘실에 도착해 있었다. 그들은 여
기까지 오는 동안 새로운 비밀을 발견했다⋯⋯.

또 하나의 실마리

천염국에서 승리의 소식이 연이어 날아드는 가운데 군구신과 비연의 고묘 탐험도 매우 순조롭게 진행되고 있었다. 고묘 구조도가 있는 데다 여러 사람이 함께 힘을 모으니 단숨에 세 층을 내려가 6층 묘실에 도착했다. 헌원예가 썼던 시간의 반만으로 거둔 쾌거였다.

그들이 새로이 발견한 비밀은 구려족과 관련된 비밀이었다.

4층 묘실 벽화에서 그들은 '북해영경'이라 불리는 지역을 발견했다. 얼음과 눈으로 가득한 곳에서 제사를 지내는 그림이었는데, 그림 속 설원에는 역시 구려족의 깃발이 꽂혀 있었다. 부족 사람들은 모두 북쪽 바다를 향해 경건하게 절하고 있었다. 이 북해영경은 북해 부근에 있고, 구려족 사람들이 북해에 절하고 있는 게 분명했다.

구려족은 흑삼림에서 살았다. 그러나 빙해영경은 빙해안에 있었고, 북해영경은 북해안에 있다. 보통 사람들은 이 두 곳의 영경을 구려족이 제사를 올리던 곳으로 오해하기 쉬울 것이다. 빙해영경에서는 지살에게 제사를 올리고, 북해영경에서는 천살에게 제사를 올린다고 말이다.

그러나 구려족이 건명검을 가지고 있었다는 걸 아는 비연 일행은, 이 두 곳의 영경은 구려족이 제사를 지내는 곳이 아니라 그들이 건명력을 사용해 천살과 지살을 진압하는 곳이었으리라 추측하게 되었다.

천 년 전의 구려족은 분명 현공대륙에서 강한 세력을 지닌 부족이었을 거다. 아니, 어쩌면 현공대륙의 패자였을 수도 있었다. 5층 묘실의 벽화는 비연 일행의 추측을 증명해 주었다. 그 벽화 속 그림은 바로 흑삼림 속 중앙 숲의 모습이었다.

어두운 밀림 중앙에 제대가 있고, 그 위에는 검이 한 자루 놓여 있었다. 검신에 새겨진 용은 살아 있는 것처럼 생생했다. 벽화의 글자들을 짚어 가 보면 이 검이 바로 건명검으로, 고대의 용뼈를 사용해 주조한 거라고 했다. 이 검을 주조할 때 건명력이 생겨나 검 속에 깃들게 되었다. 그리고 이 검을 굴복시킨 자는 검과 하나가 되어 건명력을 원하는 대로 부릴 수 있다고 했다.

이 벽화를 보고 비연 일행의 의혹은 점점 더 커져 갔다. 흑삼림의 야수들이 지금도 감히 중앙 숲에 접근하지 못하는 것으로 보아, 건명검이 그곳에 있다고 보아도 무방했다. 그러나 건명력은 북해에 봉인되어 있었다. 검과 힘이 어떻게 분리된 걸까?

전설에 따르면 건명력은 주인을 택하여 깃든다 했는데, 이것은 또 어찌 된 걸까? 건명력이 무엇 때문에 군구신을 선택한 걸까?

비록 의혹이 끊이지 않았지만 비연 일행은 그래도 무척 기뻤다. 최소한 건명력을 어떻게 장악할 수 있는지 새로운 실마리를 얻었기 때문이다. 그리고 지금 그들은 6층 묘실에 도착해 있었다.

6층 묘실은 그 전의 묘실들과는 달랐다. 묘실 중앙에 거대한 원형의 호수가 있었는데, 구조도에서 본 바에 따르면, 마지막 묘실에 들어가기 위해서는 이 호수 안으로 잠수해 들어가야 했다.

비연 일행이 한 바퀴 돌아보았지만 새로운 벽화는 보이지 않았다. 그들은 서로 얼굴을 바라보았다.

전다다가 침묵을 깨고 말했다.

"벽화가 물속에 있는 건 아닐까?"

"만약 있다면 물속에 있을 수밖에 없겠지. 이럴 줄 알았다면 하소만을 불러왔으면 좋았을걸."

비연이 군구신을 바라보며 물었다.

"들어갈까? 아니면 기다릴까?"

하소만은 지금 아마 북강에 있을 테니, 이곳까지 아무리 빨리 온다 해도 한 달 반은 필요했다. 일을 길게 끌면 문제가 생기기 마련이다. 군구신은 더 이상 기다리고 싶지 않았다. 그러나 그는 바로 비연에게 대답하지 않고 목연에게 묻는 듯한 시선을 던졌다.

그들이 얼마 전에 받은 정보에 의하면 소 숙부가 수희와 기씨, 소씨, 그리고 수희의 인어족 병사들을 이끌고 망하에 도착했다고 했다. 매복하고 있던 시위가 그들의 대화를 정확히 듣지는 못했지만 그들은 어느 정도 단서를 추측해 낼 수 있었다.

소 숙부가 만약 수희와 기씨, 소씨를 이끌고 축운궁주에게 투신하는 거라면 축운궁주의 흑인어가 맞이하러 나왔을 것이다. 수희의 인어족 병사들이 길을 찾을 이유가 없었다.

소 숙부가 수희 일행을 이끌고 축운궁주에게 투신하는 게 아니라면 소 숙부는 과연 무슨 꿍꿍이일까?

가능성은 두 가지였다.

하나는 축운궁주에게 대항하는 것, 그리고 또 하나는 물에 들어가 다른 계획을 도모하는 것.

목연은 비록 비연 일행과 함께한 지 오래되지는 않았지만, 이 세 개의 묘실을 함께 뚫고 오는 사이에 사람들과 꽤 많은 묵계를 맺게 되었다. 물론 군구신과의 묵계도 있었다.

군구신이 자신을 바라보자 목연은 그가 무엇을 묻고 싶은지 바로 이해하고 대답했다.

"소 숙부는 친손주를 죽여 축운궁주의 비위를 맞췄던 자입니다. 분명 축운궁주가 얼마나 대단한지 알기 때문에 그랬겠지요. 저도 감히 움직일 생각을 못 했는데 하물며 그가 그럴 수 있을 리가요. 제가 보기에 그는 명을 받고 움직이고 있거나, 아니면 축운궁주 몰래⋯⋯."

목연이 말을 끝내기도 전에 전다다가 깜짝 놀라며 말했다.

"네 말뜻은, 소 숙부가 고묘로 올 수도 있다는 의미야?"

그들이 수로를 통해 축운궁으로 가고 있지 않다면 고묘로 올 가능성이 컸다.

목연은 말하다 방해받은 게 짜증 나는 듯 중얼거렸다.

"쓸데없는 소리."

전다다가 바로 그를 노려보았다.

"쓸데없는 소리라도, 네가 하려던 말이잖아."

목연은 반박하지 않고 저도 모르게 전다다를 노려보았다. 전다다 역시 무시하는 듯한 얼굴로 그를 슬쩍 노려보았다.

물기 어린 전다다의 눈이 목연의 눈보다 훨씬 커서 노려보는 기세가 등등해 보였다. 전다다가 이렇게 한 판 만회했다.

군구신은 그들의 이런 유치한 행동에는 관심이 없었다. 그는 바닥이 보이지 않을 정도로 어두운 호수 안을 들여다보았다.

비연은 목연을 바라보며 마치 이모라도 된 것처럼 흐뭇한 미소를 지었다. 비연에게 있어 전다다가 다른 사람과 입씨름을 하는 건 더 이상 정상적일 수 없는 상황이었다. 그러나 목연의 경우는 달랐다. 목연이 전다다를 노려보는 건…… 이 일에 희망이 있다는 이야기였다!

이 순간 비연은 당정이 무척이나 그리웠다. 당정이 함께라면, 저들의 미래에 대해 신나게 이야기를 나눠 볼 수 있을 텐데.

곁에 있던 고운원은 여전히 두 팔로 자신을 끌어안은 채 겁에 질린 쥐와 같은 모습이었다. 그러나 그도 뭔가 알아챈 듯 목연을 바라보며 두 눈을 빛냈다. 그의 입가에 소리 없이 떠오른 웃음은 그가 만족하고 있음을 보여 주었다. 그러나 비연이 시선을 던지자 그는 바로 웃음기를 거두고 몸을 웅크렸다. 비연은 이런 일에 익숙해져 담담할 수 있었다.

목연은 더는 전다다를 상대하지 않고 계속 말했다.

"십중팔구는 고묘로 오고 있겠지요. 명을 받고 오는 것이건, 아니면 축운궁주의 눈을 피해 오는 것이건…… 수희 일행은 분명 쓸 곳이 있어 데려오는 걸 겁니다."

그때 군구신이 다시 물었다.

"네가 보기에는 명을 받들고 오는 것 같은가, 아니면 눈을 피하고 있는 것 같은가?"

목연이 잠시 고민하다가 말했다.

"저도 이 고묘에 무엇이 숨겨져 있는지 알지 못했고, 수로와 통한다는 사실 역시 알지 못했습니다. 하물며 소 숙부야 말해 무엇하겠습니까? 그가 이곳으로 온다면 분명 명을 받들고 오는 걸 겁니다."

목연의 추측에 군구신은 매우 만족했다. 그가 호숫가를 걷기 시작하자 비연이 재빨리 그와 함께 걸으며 진지하게 말했다.

"물아래는 인어족의 영역이야. 만일에 대비해야 해. 이 일은 오래 끌어도 안 되지만, 그렇다고 모험을 할 수는 없으니……."

군구신이 말했다.

"뱀을 굴에서 끌어내는…… 인어를 물에서 끌어내는 게 낫다는 얘기겠지?"

비연이 웃었다.

"아니야. 으음, 전하께서 한번 추측해 보셔도 무방합니다."

군구신은 비연의 속을 짐작할 수 없었고, 주변 사람들도 모두 답답해하고 있었다. 전다다가 기다릴 수 없다는 듯 말했다.

"왕비마마, 변죽은 그만 울리시고 어서 말씀해 주시지요!"

비연이 아무 말 없이 손바닥을 내밀었다. 곧 대설이 망중의 소매에서 튀어나와 그 위로 뛰어올랐다.

사실 일행 중에서 겁이 가장 많은 이는 고운원이 아니라 대설이었다. 비연 일행이 고묘에 들어온 후로 대설은 망중의 소매에서 한 번도 나온 적이 없었다. 군구신은 그를 숨겨 주지 않았고, 비연에게 달라붙는 것도 허락하지 않았기 때문에 대설은 망중에게 붙어 다닐 수밖에 없었다.

이 순간, 대설이 비연의 손 위에서 고개를 웅크린 채 사방을 둘러보았다. 그 모습은 간단히 말해…… 고운원보다 한 술 더 떴다.

고운원조차 그 모습에 참지 못하고, 미간을 찌푸린 채 이마를 짚었다…….

승급, 아주 이상하다

이 겁먹은 쥐 같은 대설의 모습에 비연은 정말이지 그와 계약을 맺은 게 후회될 지경이었다. 너무 창피하잖아!

대설이 그녀의 기분을 느낀 듯, 사방을 두리번거리는 걸 그만두고 비연을 바라보았다. 그러면서도 계속 고개를 숙이고 있어 비연을 절망하게 했다.

군구신이 나지막하게 물었다.

"이 녀석을 물아래로 내려보내려고?"

비연이 고개를 끄덕였다.

"뱀을 동굴에서 끌어내기 전에 일단 앉아서 어부지리를 노려봐야지. 대설은 물이랑 아주 친해. 일단 대설을 물속으로 들여보내 길을 찾게 하고, 소 숙부 일행이 정말로 아래에 있다면 우리는 그들이 7층 묘실에 들어간 후 움직이는 편이 낫겠지. 내 생각엔 이렇게 해야만 실수가 없을 것 같아. 그리고 힘도 가장 아낄 수 있는 방식이고."

7층 묘실은 물속에 숨겨져 있으니 분명 커다란 비밀이 숨어 있을 것이다. 그리고 비밀이란 항상 커다란 위험을 동반하는 법이다. 소 숙부 일행이 먼저 모험을 하게 한 후 앉아서 그 성과를 가로채는 건 확실히 좋은 방법이었다.

군구신은 대설이 물과 친한지 알지 못하다가 비연의 말을 듣고 고개를 끄덕였다.

"그렇게 하도록 하지."

대설은 비연의 말을 이해하지 못했지만 그녀의 생각을 이해할 수 있었다. 대설은 고개를 돌려 어두운 호수를 바라보았다. 그야말로 마음속에 절망이 가득 차오르고 있었다!

대설도 지금 후회 중이었다. 그때 그렇게 충동적으로 비연과 계약을 맺지 말았어야 했다!

비연이 대설의 기분을 눈치챈 듯 바로 눈을 가늘게 뜨고 꾸짖었다.

"이건 명령이야. 일을 잘해 내면 큰 상을 내려 줄게. 하지만 제대로 해내지 못하면, 관을 하나 찾아 너를 넣어 버릴 테다."

대설이 바로 항의의 표시로 찍, 하고 울었다. 비연이 의외라는 듯 몸을 굽혀 물었다.

"꽤 대담해졌는데? 감히 항의도 하고 말이야? 마지막으로 한 번 물어볼게. 갈 거야, 말 거야?"

그녀의 얼굴이 제 앞 가까이 다가오자 대설은 재빨리 물러나 앞발을 웅크리며 고개를 끄덕였다. 곁에서 보고 있던 전다다가 도저히 참지 못하겠다는 듯 피식 웃으며 말했다.

"왕비마마, 정말 설랑 맞아요? 혹시 실수로 보통 빙려서와 계약을 맺은 거 아니야? 하하하!"

그녀가 웃음을 그치지 않자 비연은 몹시 난감해 듣지 못한 척했다.

배짱은 작지만 자존심은 무척 강한 편인 대설이 전다다를 향해 사나운 눈빛을 보냈다. 그 모습을 본 전다다가 당황하더니 곧이어 더 큰 소리로 웃기 시작했다.

"얘 좀 봐요. 나에게 화를 다 내네."

전다다는 일부러 가까이 와서 짐승의 말인 수어獸語로 도전했다.

"대체 뭘 보고 있는 거야? 나를 물려고? 본 소저가 누구인지는 알아? 본 소저는 호랑이도 부릴 수 있는 사람이야. 혹시 호랑이를 무서워하지는 않겠지?"

그 자리에 있는 사람 중에서 목연을 제외하면 아무도 전다다가 무슨 말을 하는지 알아들을 수 없었다. 목연이 전다다의 등 뒤에 서 있다가 중얼거렸다.

"유치하긴!"

다행히도 전다다는 듣지 못한 모양이었다. 아니었다면 두 사람은 다시 입씨름을 시작했을 것이다.

수어로 직접 교류하기는 어려웠으나, 야수들은 그 뜻을 짐작하기 마련이었다. 대설은 전다다가 자신을 조롱하는 걸 보고 정말 화가 났다. 그러나 그녀를 어떻게 상대해야 할지는 갈피를 잡을 수 없었다.

대설이 비연의 손에서 뛰어내리더니 작은 몸을 부르르 떨었다. 그리고 곧 원래의 위풍당당한 모습을 드러냈다.

전다다가 몹시 기뻐하며 말했다.

"정말 수컷이잖아! 꼬맹이보다 훨씬 크네!"

대설이 고개를 쳐들고 가슴을 편 다음 전다다를 흘깃 보고는, 우아한 자세로 물가로 걸어갔다. 마치 세상에 무서운 것이라고는 없다는 듯한 태도였다. 그의 이 특별히 우아하고 침착한 모습에는 패왕의 고귀함마저 깃들어 있었다.

대설은 물가에서 발을 멈추더니 다시 한번 전다다를 아랫사람 내려다보듯 바라보더니 빙려서로 변신했다. 그리고 우아하게 공중제비를 돌아 물속으로 뛰어내렸다.

전다다는 비연을 바라보며 즐거운 듯 말했다.

"배짱은 좀 없지만, 기개는 대단하잖아!"

비연이 미소 지으며 속으로 중얼거렸다.

'죽어도 체면은 살리겠다고…… 무리하기는.'

모두 조용히 기다리기 시작했다.

비연은 호숫가에 앉아 약왕정을 발동시켰다. 6층 묘실의 벽화가 물속에 숨겨져 있으리라 생각했지만, 약왕정은 적령석의 존재를 파악하지 못하고 있었다.

비연이 말했다.

"이상하네. 6층과 7층 묘실에는 벽화가 없는 걸까?"

말을 마치는 순간 갑자기 현기증이 일었다.

비연이 앞으로 고꾸라질 듯하자 군구신이 재빨리 그녀를 부축하며 물었다.

"괜찮아?"

비연이 미간을 문지르며 말했다.

"갑자기 좀 어지러워서 그래."

군구신이 고운원을 바라보았다. 와서 좀 살펴보라는 의미였다. 고운원이 난감한 표정을 짓는 가운데, 비연의 허리에 매달려 있던 약왕정이 갑자기 공중으로 떠올랐다. 모두 깜짝 놀랐지만 비연이 웃으며 말했다.

"별일 아냐. 약왕정의 신화가 승급 중이야. 나도 같이 고생을 좀 해야 해."

과연, 약왕정이 점점 커지더니 뜨거운 기운을 내뿜기 시작했다. 음산하고 축축하던 묘실의 공기가 따뜻하게 변할 정도였다.

비연은 참기 어려운 모양이었다. 처음에는 혼자 서 있을 수 있었으나 약왕정이 점차 커지면서 그녀의 현기증도 점점 더 강렬해졌다. 눈앞이 온통 흑백으로 번쩍이는 것만 같았다. 비연은 군구신의 품으로 쓰러지고 말았다.

군구신은 이것이 정상적인 상황이라는 걸 알면서도 걱정이 돼 속삭였다.

"많이 힘들어?"

비연은 괴로웠지만 동시에 무척 기뻤다. 북강에 있을 때 그녀는 약왕정의 신화를 6품까지 승급시켰다. 이번에 승급하면 약왕정의 신화는 7품이 된다. 최고 등급인 9품까지 또 한 걸음을 내딛는 것이다.

이제 군구신의 몸에서 한기를 몰아낼 일은 없었지만, 이렇게 높은 품의 신화를 손에 쥐고 있으면 앞으로 단약을 연마할 때는 물론이고 탕약 등을 끓이거나 약재를 손질할 때에도 시간을 크게 단축할 수 있었다. 가장 중요한 것은, 약효가 매우 높아질 거라는 사실이었다. 이렇게 좋은 점이 많은데 약간 고통스러운 게 뭐 대수겠는가?

"괜찮아, 곧 좋아질 거야."

비연이 그렇게 말하며 고운원을 바라보았다. 그는 고개를 들어 공중의 약왕정을 보고 있었다. 여전히 두 팔로 몸을 감싸고 웅크린 채였다.

비연이 약왕정을 바라보며 말했다.

"내 사부께서는 이 약왕정을 입신의 경지까지 수련하셨지요. 분명 9품이었을 거예요. 사부가 하셨던 거라면 나도 할 수 있을 거예요. 절대 사부의 체면을 떨어뜨리지 않을 거야."

이 말을 들은 고운원이 비연을 바라보았다. 그의 눈에는 희미한 슬픔이 깔려 있었지만 안타깝게도 비연은 눈치채지 못했다. 그녀는 계속 약왕정을 보고 있었던 것이다.

적막 속에서 약왕정에서 갑자기 붉은 빛이 쏟아져 나왔다. 마치 불꽃처럼 자극적인 빛깔이었다. 모든 이들이 뜨거움을 느끼며 멀리 떨어지려 했다. 그러나 찰나의 순간! 붉은 빛이 사라지더니 뜨거운 기운도 금방 사라졌고, 약왕정도 원래의 모습을 회복했다.

비연이 무척 기뻐하며 말했다.

"7품, 승급 성공했어!"

그녀가 손을 뻗어 약왕정을 거두려 했다. 그러나 이게 웬일일까, 약왕정은 그녀의 명령을 듣지 않고 다시 커지기 시작했다. 이건……

전다다가 놀란 소리로 외쳤다.

"왕비마마, 또 승급하는 건 아니겠죠?"

비연의 놀라움도 다른 사람들에게 뒤지지 않았다. 그녀는 이렇게 연속으로 승급하는 모습을 본 적이 없었다. 최근 그녀가 수련한 강도를 생각하면 약왕정이 7품으로 승급한 것만 해도 행운이라고 생각하고 있었다. 이게 대체 어찌 된 일일까?

비연은 무심결에 고운원을 바라보았다. 그리고 그 순간, 강렬한 현기증이 그녀를 덮쳐 왔다. 하늘도 땅도 뱅글뱅글 돌며 세상 전체가 무너지는 것만 같았다. 곧 그녀는 자기가 도는 건지, 아니면 주변의 모든 것이 도는 건지 구분할 수 없게 되었다.

그녀는 본능적으로 눈을 감고 군구신의 팔을 꽉 잡았다…….

뜻밖에 나타난 건명검

비연이 군구신의 팔을 잡자, 군구신도 그녀의 팔을 잡아 주었다. 그가 초조해하며 물었다.

"연아, 버틸 수 있겠어?"

그러나 비연은 그의 말을 듣지 못한 것처럼 대답하지 않았다.

비연이 대답하지 않으니 군구신은 더욱 다급해졌다. 그는 그렇게 많은 것을 돌아볼 여유가 없어 재빨리 질문했다.

"고운원, 이건 대체 어찌 된 일인지?"

고운원의 고통도 비연보다 덜하지 않았다. 아니, 비연보다 몇 배는 더 고통스러웠다. 그러나 그는 고통을 드러내기는커녕 난감한 표정 한번 짓지 않고 말했다.

"정왕 전하, 이런 일을 저에게 물으시면…… 저는 또 누구에게 물어야 하겠습니까?"

군구신은 물론이고 전다라 일행도 이 말을 듣자 하마터면 버럭 화를 낼 뻔했다.

고운원은 기어코 계속 말했다.

"저는 왕비마마께서 이 약왕정에 대해 말씀하시는 걸 들었습니다. 하지만 이 약왕정이 신물인 줄은 몰랐습니다. 오늘 이 약왕정의 모습을 본 것만으로도 삼생의 영광입니다. 네, 삼생의 영광이지요. 제가 만약……."

군구신의 안색은 이미 더 나빠질 수 없을 만큼 나빠져 있었고, 전다다는 아예 귀를 막고 소리쳤다.

"그만!"

고운원이 겁먹은 얼굴로 전다다를 바라보더니 입을 다물었다.

이 순간, 약왕정은 이미 이 자리에 있는 그 누구의 키보다도 커져 있었다. 거대한 약왕정이 천천히 아래로 내려오더니 세 다리로 땅에 버티고 섰다. 청동으로 만들어진 약왕정은 신비롭고 예스러웠으며, 몸체에 조각된 구름무늬 장식은 호쾌하면서도 세밀한 아름다움이 어려 있었다. 이 자리에 있는 이들 모두 약왕정에서 흘러넘치는 장중한 느낌에 저도 모르게 경외심을 느꼈다.

약왕정은 몹시 뜨거워져 있었다. 솥 안에서 뜨거운 기운이 계속 뿜어져 나와 대여섯 걸음 거리에만 있어도 견딜 수 없을 정도였다. 사람들 모두 잇달아 뒷걸음질을 쳤다.

모두 물러난 지 얼마 되지 않아 약왕정이 다시 붉은 빛을 내뿜기 시작했다. 이번의 붉은 빛은 그전과는 완전히 달랐다. 어찌나 성대하고 강렬한지 묘실 전체의 어둠을 완전히 몰아낼 수 있을 정도였다. 이렇게 강렬한 빛이라니!

그러나 그 역시 아주 잠시뿐이었다. 빛이 사라진 후 열기가 가라앉더니 약왕정은 원래의 모습으로 돌아와 땅에 떨어졌다. 주변의 모든 것도 아무 변화 없는 모습이었다. 마치 또 한 번 승급한 것 같았다!

모두 약왕정을 보고 있었으나 군구신만은 계속 비연에게 신경 쓰고 있었다. 그가 다급하게 물었다.

"연아, 괜찮아?"

비연이 천천히 눈을 떴다. 다행히 정신을 잃지는 않았지만 대답할 기력조차 남아 있지 않았다. 그녀는 군구신의 긴장한 얼굴을 보자 마음이 아프면서도 어쩐지 웃고 싶었다. 누군가가 자신 때문에 긴장하고 있는 모습을 보는 기분은 상당히 괜찮았다. 더구나 마음에 품은 이가 그러니, 행복했다.

비연이 말했다.

"좋지 않아."

군구신이 다급하게 말했다.

"어디가 불편한데? 약왕정이 또 승급한 건가?"

비연은 그제야 고개를 숙이고 그에게 잡힌 팔을 바라보며 말했다.

"전하, 저를 놓아주지 않으시면 팔이 끊어지겠습니다."

군구신은 그제야 자신이 그녀를 너무 꽉 잡고 있다는 사실을 깨달았다. 재빨리 손을 놓은 다음 어쩔 줄 몰라 하며 말했다.

"나, 나는……."

비연이 마치 꿀이라도 먹은 양 달콤하게 웃으며 말했다.

"안심해도 좋아. 난 괜찮으니까."

두 사람이 주변의 다른 이들을 둘러보았다. 그러자 둘을 지켜보던 모두가 잇달아 시선을 돌리는 가운데, 전다다만 환하게 미소 지으며 말했다.

"당정 언니가 아무리 영리한 사람이라도 좋아하는 사람 앞에서는 바보가 된다고 말한 적이 있는데……. 정왕 전하, 방금 정말 바보 같았어요! 속을 뻔했지 뭐예요, 하하! 정왕 전하는 왕비마마를 정말 좋아하시는 거지요?"

비연은 난감한 마음에 고개를 숙였다. 그러나 군구신은 뜻밖에도 얼굴 한번 붉히지 않고 그렇다고 대답했다. 그의 목소리는 크지 않았지만 그 자리에 있는 모두가 들을 수 있었다.

전다다는 원래 이 기회를 틈타 그 둘을 야유할 생각이었지만, 군구신이 이런 반응을 보이리라고는 전혀 생각지 못했다. 그녀는 대체 어떻게 대답해야 할지 알 수 없어 바보처럼 웃으며 군구신의 엄숙한 시선을 피했다.

비연이 곧 약왕정을 집어 들었다. 그녀는 기쁜 동시에 의아했다. 사부에게서 들은 바에 의하면, 어떻게 수련하건 이 약왕정의 신화는 1품씩 올라가기 마련이라고 했다. 품이 높아질수록 필요한 수련 시간도 길어지고, 정체기를 겪기도 해 몇 년 동안 올라가지 못하는 일도 있다고 들었다.

그녀는 최근 수련을 하지도 않았는데 약왕정이 어떻게 이리 빨리 8품까지 올라간 걸까? 8품에서 1품만 더 올라가면 최고 등급인 9품이다! 바꿔 말하자면, 그녀에게는 이제 마지막 관문만이 남은 셈이었다!

비연은 약왕정을 허리에 묶으면서 계속 고민했다. 설마 그 적령석 때문일까?

사부는 열성이 있는 약재가 약왕정의 신화를 승급시키는 데 도움이 된다고 했다. 정말 적령석 때문이라면…… 만약 적령석을 더 얻을 수 있다면 쉽게 9품까지 올라갈 수 있지 않을까?

군구신은 비록 약왕정에 대해 잘 알지 못했지만 이상한 점을 발견하고 물었다.

"연아, 이 약왕정이 정상인가?"

비연은 방금 분석한 결과를 그에게 이야기하려다가 문득 대설이 공포심을 느끼는 것을 감지했다. 그녀는 일단 약왕정에 대해 신경 쓰지 않기로 하고 서둘러 말했다.

"소 숙부 일행이 아래에 있어. 7층 묘실에 기관이 무척 많지만 그들이 모두 통과했어. 인어족 병사 몇 명이 문밖에서 지키고 있는데, 그들이 물의 장벽을 배치했어. 대설은 들어갈 수 없는 모양이야."

군구신은 바로 결단을 내렸다.

"기다리지!"

비연이 고개를 끄덕이며 대설을 소환했다.

사실 대설은 한계에 다다라 있었다. 그가 다급하게 헤엄쳐 돌아와 물 밖으로 얼굴을 내밀고 숨을 헐떡거렸다. 이렇게 대설은 몇 번이고 오가며 소 숙부 일행을 감시했다. 비연과 군구신은 모두와 함께 앉아 대책을 의논했다.

소 숙부와 소 가주는 1등급의 고수다. 수희와 기욱 역시 어디 내놔도 빠지지 않을 실력이었다. 물론 무공만을 이야기하자면 비연 일행이 소 숙부 일행보다 앞서 있었다. 하지만 비연과 군구신의 목표는 그저 이기는 것이 아니라 그들 모두를 잡는 것이었다. 인어족 병사 한 명이라도 도망친다면 이 안의 일을 숨길 수 없게 될 테니까.

모두와 함께 의논하던 중에 비연이 묘계를 하나 떠올렸다. 그녀는 생긋 웃으며 모두에게 가까이 오라고 한 뒤 나지막하게 계책을 속삭였다.

바로 이 순간, 수희 일행은 7층 묘실 함정 속에서 격렬한 전투를 벌이고 있었다. 소 숙부는 순조롭게 몸을 빼내 묘실 중앙의 원형 제대에 안착했다.

이 원형 제대는 세 사람 키만 한 높이로, 거대한 황금빛 용이 부채꼴 형태로 조각되어 있었다. 그런데 그 모습이 마치 살아 있는 것처럼 생생해, 얼핏 보기에 마치 진짜 용이 그곳에 똬리를 틀고 있는 것처럼 보였다.

제대에는 한 층 더 높은, 네모난 제대로 통하는 돌계단이 있었는데, 이 네모난 제대가 바로 검을 위한 대였다. 한 사람 키만 한 거대한 석검이 네모난 제대 위에 비스듬히 꽂혀 있었다.

소 숙부는 원형 제대 위로 뛰어올라 한 걸음 한 걸음 검대를 향해 걸어갔다. 그는 눈 한번 깜빡하지 않고 그 석검을 바라보았다. 그의 안색이 점차 창백해졌다. 이 석검 위에, 역시 살아 있는 듯 생생한 석룡이 마치 휘감듯이 버티고 있었기 때문이다.

용이 검에 깃들어 있다니, 건명이다! 이것이 바로 건명검이다!

소 숙부가 이곳에 온 것은 건명검을 찾기 위해서가 아니라 수희 일행을 속이기 위해서였다! 그런데 건명검이 어찌 이곳에 있는 걸까?

소 숙부는 의아한 얼굴로 고개를 저었다. 그는 비록 축운궁주의 명을 받들어 온 것은 아니었지만, 지금도 축운궁주를 배반하지 않았다. 그가 수희 일행을 속여 이곳으로 데려온 것은, 그들을 이용하여 축운궁주가 원하는 물건을 얻기 위해서였다. 때문에 그는…… 이곳에 축운궁주가 원하는 물건이 아니라 건명검이 있을 줄은 예상하지 못했다!

그가 이 고묘에 대해 아는 것은 모두 축운궁주에게서 배운 것이었다.

문득 깨닫게 되었다.

축운궁주는 계속 그를 속여 왔던 것이다…….

소 숙부도 속았다

건명검은 소 숙부가 꿈에서도 그리던 물건이었다. 그러나 그것을 본 순간 소 숙부의 마음은 분노로 가득 찼다. 축운궁주가 그를 완벽하게 신임하지 않고 그를 속였다!

그는 그때 스스로 축운궁주에게 몸을 의탁했고, 10년을 함께 보냈다. 그는 요 이모와 마찬가지로 축운궁에 대해, 심지어 능호법에 대해 아는 바가 전혀 없었다.

봉황허영이 북강에 나타났을 때 소 숙부는 마침내 손에 쥔 패를 축운궁주에게 공개할 마음을 먹었다. 단목요는 그에 대해 전혀 알지 못했지만 그는 단목요의 내력을 아주 잘 알고 있었다.

단목요는 축운궁주가 찾아내 비호하고 있는 자에 불과했다. 그러나 소 숙부는 비호를 필요로 하지 않았다. 그가 바라는 것은 10년 전 끝내지 못한 대업을 계속하는 것이었다.

그는 결심을 내린 후 3대 상고 신력에 대해 자신이 아는 비밀을 모두 축운궁주에게 털어놓았다. 심지어 《운현수경》이라는 기서의 존재까지도 속이지 않고 이야기하며 자신의 충성심을 증명했다.

소 숙부가 생각했던 대로 축운궁주는 금세 그와 의기투합했다. 그리고 그에게 계속 중요한 임무를 맡기며 적지 않은 비밀을 알려 주었다. 《운현수경》의 행방을 포함하여.

《운현수경》은 인어족의 보물로, 운공대륙과 현공대륙의 모든 수맥 상황이 기록된 책이었다. 천 년 전 모든 인어족은 금인어족의 통치를 받았고, 이 《운현수경》은 금인어족이 보관하고 있었다.

축운궁주는 그에게 인어족은 구려족을 주인으로 섬겼다고 이야기했다. 금인어족이 멸족된 후 《운현수경》은 구려족의 손에 떨어졌고, 천호 고묘의 가장 아래층에 묻혔다.

축운궁주는 최근 계속 《운현수경》에 대해 생각하고 있다고도 말했다. 《운현수경》을 얻으면 아마도 바다를 건널 방법이 있을지도 모른다고. 하지만 안타깝게도 흑인어 일족의 능력에는 한계가 있어 마지막 묘실의 방어막을 뚫을 수 없었다.

소 숙부는 백리명천이 옥인어 일족의 후예라는 사실을 알게 된 후, 옥인어 일족을 칠 계획을 세웠다. 그가 수희 일행을 속여 데려온 것은 바로 이 《운현수경》을 얻어 축운궁주를 기쁘게 해 주고 싶었기 때문이었다.

그러나 놀랍게도 이 묘에 보관되어 있는 것은 《운현수경》이 아니라 건명검이었다! 축운궁주는 그에게 건명검이 중앙 숲 중심에 보관되어 있다고 말했다. 그렇게 큰일을 축운궁주가 허투루 말했을 리 없다. 그녀가 그를 속인 것이다!

소 숙부는 생각할수록 공포스러운 동시에 매우 불안해졌다. 축운궁주가 무엇 때문에 그를 속인 걸까? 그를 믿지 못해서? 아니면 다른 음모 때문에? 축운궁주는 또 어떤 일들을 속였을까?

소 숙부가 생각에 빠져 있는 동안, 수희 일행이 함정에서 빠져나와 하나둘 제대 아래에 내려섰다. 곧 제대 위로 올라온 그들은 놀라며 기뻐했다. 특히 수희는 기쁜 나머지 말도 제대로 하지 못하는 상태였다. 그녀가 빠르게 앞으로 나오더니 물었다.

"소 숙부, 이 검이 바로 건명보검인가요?"

소 숙부는 그제야 정신을 차렸다. 그의 눈가에 사나운 기색이 스쳐 갔다. 그가 마음속으로 가장 바라던 것이 바로 건명보검이었고, 《운현수경》을 찾아 축운궁주를 웃게 하고 싶었던 것도 결국은 건명보검을 손에 넣기 위해서였다. 이곳에서 건명보검을 만나게 된 게 우연이라 해도 그는 사양하지 않을 작정이었다. 건명보검을 얻게 되면 그는 진정으로 축운궁주와 협력 관계를 구축할 패를 얻게 되는 것이다!

소 숙부는 바로 수희에게 대답하지 않고 묘실을 한 바퀴 둘러보았다.

물의 방어막을 거쳐 묘실 문 안으로 들어온 후, 난잡하게 쏟아지는 화살이며 암기를 피해야 했다. 인어족 병사들은 아직도 화살 함정에서 도망쳐 나오지 못하고 있었다. 그러나 그 외에는 이 묘실에 별다른 기관이나 함정은 보이지 않았다. 건명검이 숨겨져 있는 묘실에 방어 장치가 겨우 화살 함정뿐이라니, 너무나 이상했다.

소 숙부가 여전히 생각에 잠겨 있는데 수희가 다급하게 재촉했다.

"어서 말해 줘요. 이 검이 건명검인가요?"

소 숙부는 차라리 수희가 검을 시험하게 하는 편이 낫겠다는 결론을 내렸다. 어쨌든 수희의 손에 있는 적령시는 가짜였고, 진짜 적령시는 그의 손에 있었다.

그는 수희에게 고개를 끄덕였다.

"그렇소. 그 검이 바로 건명이오!"

수희는 더할 나위 없이 흥분하여 다시 물었다.

"어떻게 발동시키죠? 적령시는 어떻게 쓰는 거예요?"

거대한 석검은 당연히 건명검의 본체가 아니었다. 건명검은 저 거대한 석검 속에 감춰져 있을 테고, 석검을 파훼하는 일 역시 결코 쉽지 않을 것이다.

소 숙부는 원래 소 가주 곁에 서 있었으나 일부러 기욱 근처로 걸어간 다음 수희에게 대답했다.

"물론 적령시로 발동시켜야 하오. 수 장군, 그 석검의 용 조각에 열쇠 구멍이 숨겨져 있을 것이오. 이 늙은이도 그 열쇠 구멍이 어디에 숨겨져 있는지는 모르니 직접 찾아보시오."

수희는 조급한 마음에 바로 석검을 쓰다듬기 시작했다. 소 가주도 흥분한 나머지 앞으로 나섰다.

"수 장군, 이 늙은이가 같이 찾아 드리리다."

그는 석검의 뒤쪽으로 달려가더니 두 손으로 탐욕스럽게 석검을 쓰다듬었다. 기욱 역시 흥분한 상태였지만 감히 경거망동하지 않고 일단 소 숙부에게 묻는 듯한 시선을 던졌다.

수희와 소 가주가 정신이 팔린 틈을 타서 소 숙부가 속삭였다.

"분명 함정이 있을 것이다. 내가 뛰면 너도 함께 뛰도록 해라."

기욱은 살짝 놀라며 소리 없이 고개를 끄덕였다.

소 숙부와 기욱이 곁에서 기다리며 경계하고 있을 때, 얼마 지나지 않아 수희가 환호성을 질렀다.

"찾았다! 찾았어!"

소 가주가 재빨리 앞쪽으로 돌아와 외쳤다.

"어디? 어디에?"

수희 입장에서는 건명검을 얻어야 건명력을 얻을 수 있는데, 필경 그들 옥인어족이 있어야만 바닷속 건명력을 불러낼 수 있었다. 소 가주 입장에서도 건명검을 얻어야 건명력을 얻을 수 있었는데, 그는 지금도 소 숙부의 거짓말을 믿고 있었다. 기뻐하는 가운데 한 사람은 경계심을 품었고, 한 사람은 슬슬 나쁜 마음을 먹었다.

수희가 통명스러운 어조로 말했다.

"소 가주, 그쪽은 신경 쓸 필요 없어요. 옆으로 물러서시죠."

소 가주의 눈에 차가운 빛이 스쳐 갔다.

그는 여전히 공손한 얼굴로 아무 말 없이 고개를 끄덕였다. 그리고 소 숙부와 기욱을 흘깃 보며 물러났다. 그는 비록 나쁜 마음을 먹고 있었으나, 건명검을 보지 못한 상태에서 손을 쓸 정도로 우둔하지 않았다.

수희가 찾은 열쇠 구멍은 용의 목에 있는 비늘 아랫부분에 있었다. 수희는 가슴께에서 적령시를 꺼내 조심스럽게 구멍에 밀어 넣었다.

갑자기 제대 전체가 진동하기 시작했다. 모두 깜짝 놀라는 가운데 가장 먼저 반응한 사람은 소 숙부였다. 그는 다급하게 제대에서 뛰어내렸고, 미리 마음의 준비를 하고 있던 기욱 역시 그를 따랐다. 반면에 수희와 소 가주는 아직 정신을 차리지 못하고 있었다.

찰나의 순간, 날카로운 화살들이 머리 위에서 쏟아져 나왔다. 마치 화살이 폭우가 되어 내리는 것 같았다. 그와 동시에 묘실 전체가 흔들렸다.

수희와 소 가주는 도망치기에 늦은 상태였다. 수희는 어깨에, 소 가주는 팔에 화살을 맞고 제대에서 내동댕이쳐지듯 쓰러졌다. 그들이 막 몸을 일으켰을 때, 제대 전체가 빙글빙글 돌아가기 시작했다. 돌아가는 제대에 쏟아지는 화살……. 제대는 점점 더 빠르게 돌아가고, 화살도 점점 더 많이 쏟아지고 있었다.

수희와 소 가주가 검을 들어 막기 시작했다. 소 숙부와 기욱도 마찬가지였지만, 그들은 멀리 도망친 상태라 상황이 좀 나았다.

소 숙부는 수희에게 모험을 하게 하려 했을 뿐, 그녀의 목숨을 빼앗을 생각은 없었다. 어쨌든 물의 장벽을 뚫고 밖으로 나가려면 수희와 인어족 병사들이 필요했기 때문이다. 그는 기욱을 먼저 보내고는 뒤에 있는 수희에게 소리쳤다.

"수 장군, 일단 나오시오! 다시 계책을 생각합시다. 이 기관은 함부로 들어갈 것이 아니오!"

수희는 매우 안타까웠으나 역시 목숨은 아까운 법이었다. 그녀와 소 가주는 소 숙부와 기욱이 이상하다는 것을 눈치채지 못했다. 수희는 화살을 피해 소 숙부가 있는 방향으로 도망쳐 왔다.

제대는 점점 더 빠르게 돌아가고 있었고 화살도 점점 더 많이 쏟아졌다. 모두 재빨리 묘실 밖으로 나가 물의 장벽을 뚫고 빠져나왔다.

물의 장벽을 나오자마자 수희는 직접 호수의 물을 분리하여 소 숙부 일행이 몸을 쉴 수 있는 공간을 만들어 주었다. 그들은 대책을 상의하기 시작했다.

그리고 이 순간, 대설이 근처에서 잠복하고 있었다…….

도망치고 싶어, 너무 무서워

수희가 손을 흔들자 호수 물이 갈라졌다. 덕분에 소 숙부 일행은 물속에서도 뭍에서와 마찬가지로 편하게 있을 수 있었다. 빛이 묘실 앞 물 장벽을 뚫고 들어와 그들이 있는 곳을 밝게 비췄다.

대설이 몸을 숨긴 채 이들을 똑똑히 보고 있었다. 그는 수희를 보며 감탄하는 동시에 두려워했다. 인어족이라니. 그는 천 년 전에 물속에서 인어족이 펼치는 능력을 본 적이 있었다.

수희뿐 아니라 다른 인어족 병사들도 대설의 존재를 발견하지 못했다. 주변이 칠흑처럼 어두웠고, 대설은 아이 손바닥만 했던 것이다.

묘실 안에서는 화살이 끊임없이 쏟아지고 있었다. 계속 기다리던 수희의 인내심이 결국은 바닥나고 말았다.

"설마, 이 화살들이 멈추지 않아 우리가 들어갈 수 없는 건 아니겠죠?"

그녀의 이 말은 그저 신경질이 아니라 다른 뜻을 품고 있었다. 바로 소 숙부, 소 가주, 기욱이 용기를 내어 길을 열어 주면 좋겠다는 의미였다.

소 숙부는 아무 말도 하지 않았다. 소 가주도 노련하고 용의주도한 성격이라 듣지 못한 척했다. 그리고 기욱은 최근 소 숙부의 지적을 받으며, 말이 많으면 잃는 것이 많다는 걸 깨닫게 되어 역시 침묵을 지켰다. 대신 곁에 있던 인어족 병사들이 바로 함께 소리쳤다.

"저희들이 수 장군님을 엄호해 드리겠습니다!"

수희의 분노는 가볍지 않았다. 그녀는 병사들을 야단치는 척하며 다른 사람들을 비꼬기 시작했다.

"하하, 엄호해 준들 무슨 쓸모가 있다고? 평소에 입만 열면 충성 타령을 하더니, 정말 중요할 때는 하나도 쓸모가 없군! 다 쓸모없는 녀석들뿐이야! 본 장군이 너희들을 키운 보람이 없다!"

모두 기분이 좋지 않았지만 어쨌든 인어족의 조력이 필요한 상황이었다. 소 숙부가 먼저 입을 열어 수희의 기분을 달래며 창끝을 소 가주에게로 돌렸다.

그가 조소를 품은 눈으로 말했다.

"소 가주, 나라를 위해 힘을 바칠 시기가 아니오. 선두에 서시면 이 늙은이가 수 장군을 지키고, 다른 사람들은 기욱과 뒤를 맡으면 되겠군. 어떠신가?"

소 가주가 바로 몸을 뺐다.

"수 장군, 소 숙부, 저는 죽음을 무서워하는 무리는 아닙니다만, 선두에 섰다가 제대로 길을 열지 못해 큰일을 망칠까 두렵습니다. 차라리 소 숙부가 앞에 서시고 제가 수 장군을 보호하는 건 어떻겠습니까? 기욱은 저와 함께 있으면 괜찮겠지요. 하하! 기욱은 야수도 두려워하지 않는 인재인데, 그런 큰 인재를 이런 사소한 일에 써 버릴 수는 없으니 말입니다."

소 숙부가 바로 반박했다.

"소 가주, 이 늙은이가 그대에게만 묻겠소. 이번에 들어가면 어떤 일이 발생하건 수 장군을 세심하게 지키고, 순조롭게 건명검을 가져올 수 있다고 확언할 수 있소? 게다가 아무도 뒤를 맡게 하지 않겠다니…… 우리가 내부에서 적을 만나는 일이 없으리라고 확신하시오?"

이 질문을 듣고 나니 소 가주도 긍정적인 답을 할 수 없었다.

소 숙부의 이 질문은 사실 수희에게 들려주기 위해 한 것이었다. 소 가주가 머뭇거리는 사이에 수희가 단호하게 말했다.

"소 숙부 말대로 하지요. 소 가주, 앞장을 서세요!"

아무리 싫더라도 소 가주는 승낙할 수밖에 없었다. 그는 어쩔 수 없이 최선을 다하겠노라고 대답했다. 물속에서 수희와 건명검을 다투는 건 불가능한 일이었다. 그러니 그는 뭍에서 건명검을 빼앗을 생각이었다. 이미 지원군을 안배했으니 며칠 후면 망하 부근에 도착할 것이다.

소 가주가 앞에서 가고 소 숙부가 수희 곁에서 걸었다. 그리고 기욱과 인어족 시위들이 그 뒤를 따르고 있었다.

소 숙부는 오래 기다릴 생각이 없었다. 그의 입장에서는 소 가주가 앞장서기만 하면 어떤 위험한 상황이 오건 자신의 능력으로 스스로와 기욱의 안전을 확보할 수 있었다. 그러니 그는 당연히 최선을 다할 생각이었다.

일행은 이렇게 물 장벽을 뚫고 화살들이 쏟아지는 묘실로 들어갔다. 인어족 병사들은 밖에서 파수를 보고 있었다.

대설은 물 장벽 안에서 무슨 일이 벌어지는지는 정확히 알 수 없었지만, 그 안이 무척 위험하다는 건 알 수 있었다. 소 숙부 일행은 모험을 하러 간 것이다. 대설은 잠시 기다리다가 물 위로 올라가 숨을 들이마시고는 다시 잠수했다.

비연은 대설을 통해 대강의 정보를 파악했다. 대설에게는 그저 지켜보기만 하고 손을 쓰지는 말라고 당부했다. 비연은 소 숙부 일행이 묘실의 기관을 전부 한 번씩 밟기를 간절히 바라고 있었다.

대설이 숨을 들이마시러 세 번째 올라왔다 내려갔을 때, 소 숙부, 수희, 기욱, 세 사람이 거의 동시에 물 장벽을 뚫고 나왔다. 수희가 바로 물을 양옆으로 갈라 통로를 만들었다.

세 사람 모두 상처를 입었고, 그 뒤를 따라 소 가주와 인어족 병사 둘이 따라 나왔다. 소 가주의 부상이 가장 심각했다. 인어족 병사는 열 명이 넘게 들어갔으나 겨우 두 명만이 나왔다. 손실이 어느 정도인지 알 수 있었다!

안에서 무슨 일을 겪었는지 그들 모두 안색이 창백하게 질린 채 숨을 몰아쉬고 있었다. 대설은 멀리서도 그들의 공포를 느낄 수 있었다.

수희가 제일 먼저 외쳤다.

"너무 무서워요! 이런 건 본 적이 없는데……. 너무 무서워! 우리 인원이 부족한 것 같아요. 아무래도 일단 뭍에 올라 다시 신중하게 의논해 보는 게 좋겠어요!"

소 가주가 가장 먼저 찬성했다.

"반드시 다시 계획을 짜야 합니다. 다시 들어가도 나올 수 있다는 보장이 없습니다!"

기욱 역시 도망치고 싶었지만 소 숙부를 보며 오래도록 아무 말도 하지 않았다.

소 숙부는 여전히 담담한 표정이었지만 그 역시 다시 들어가자고 주장하고 싶지는 않았다. 그가 수희에게 말했다.

"갑시다. 돌아가 다시 의논해 보지요."

그들이 떠나려는 걸 보고 대설은 놀라 숨을 들이켰다가 하마터면 물을 먹을 뻔했다. 몰래 따라가면서도 한참 동안 나서지 않았지만 비연의 세 번째 명령이 떨어지자 마침내 용기를 내 살며시 가까이 다가갔다. 그는 영리하게도 수희를 선택했다. 불시에 덤벼들어 수희의 얼굴을 사납게 긁고는 재빨리 도망쳤다.

수희는 멍한 표정을 지었다가 곧 날카로운 비명을 질렀다.

"악……! 이게 뭐야! 내 얼굴!"

그러나 대설은 이미 수로에서 벗어나 물속으로 들어간 다음이었다. 그는 두려움으로 온몸을 떨면서도 수희 일행을 향해 앞발을 흔들었다. 동시에 물속에 가라앉지 않기 위해 뒷발을 허우적거리고 있었는데, 그 모습이 도전적이라기보다는 몹시도 우스꽝스러웠다. 그러나 대설이 수희의 얼굴을 공격한 것만으로도 이미 충분히 도전적이라 할 만했다.

수희가 날카롭게 비명을 지르자 인어족 병사 둘이 대설을 추격했다. 소 숙부는 곧 대설이 백새빙천에서 몇 번 소란을 피웠던 그 빙려서라는 것을 알아챘다.

"저 쥐가 여기 있다니! 설마 비연 그들이……."

수희가 이 말을 듣자 더욱 분노하여 외쳤다.

"쫓아가요! 어서!"

그녀는 고함을 지르며 사나운 기세로 대설이 도망친 방향을 향해 길을 열었다. 모두 쫓아오기 시작했고, 대설은 그야말로 목숨을 걸고 도망치고 있었다.

비연은 대설의 모든 것을 느낄 수 있었다. 그러나 그들 일행 중 누구도 물 아래로 내려갈 수 없어 그녀는 가장 나쁜 상황까지 상정하고 있었다. 대설이 버틸 수 없게 되면 원래의 몸을 드러내게 할 작정이었다.

다행히도 호수 아래는 칠흑과 같이 어두웠다. 덕분에 대설은 수희 일행의 추격을 피해 어둠 속에 숨을 수 있었다.

조마조마한 추격전 끝에 대설은 마침내 물 밖으로 나와 땅 위에 쓰러졌다. 온몸이 젖은 그는 일어서려는 순간 비틀거리며 다시 쓰러지고 말았다. 아무래도 너무 놀라 다리에서 힘이 풀린 모양이었다.

비연이 재빨리 대설을 안아 올렸다. 대설이 낮게 울었는데, 그 모습이 무척 가여워 보였다.

비연이 위로하며 말했다.

"괜찮아, 괜찮아. 정말 잘했어. 돌아가면 큰 상을 내릴게!"

대설은 비연의 품에 얼굴을 비비고 싶었지만, 군구신이 그를 집어 관 뒤에 숨어 있는 망중에게로 던졌다.

군구신은 한 손으로는 비연을 안고, 다른 손에는 검을 든 채 목연을 향해 달려갔다.

다른 사람들은 모두 한참 전부터 숨어서 지켜보고 있었다.

그렇다. 그들은 재미있는 연극을 준비하고 수희 일행을 기다리고 있었다…….

함정, 한바탕 재미있는 연극

군구신은 비연을 지키며 목연과 싸우기 시작했다. 비록 연극이긴 했지만 진짜로 하는 것처럼 보였다.

그들 두 사람은 영술을 사용하지 않았다. 목연은 전력을 다 했고, 군구신은 힘의 7할만을 사용했다. 하지만 얼핏 보기에는 그가 비연을 지키느라 힘을 발휘하지 못하는 것처럼 보였다.

전다다와 진묵, 그리고 망중 일행은 관 뒤에 숨어 몰래 지켜보고 있었다. 진상을 알지 못했다면 그들조차 눈앞의 격렬한 싸움이 진짜라고 믿었을 것이다.

얼마 지나지 않아 소 숙부가 물에서 뛰어올라 뭍에 착지했다. 그 뒤를 이어 수희, 기욱, 소 가주와 인어족 병사들이 물에서 나왔다.

소 숙부는 이 고묘가 여러 층으로 이루어져 있다는 걸 알고 있었으나 호수에서 나오자마자 바로 6층 묘실일 거라고는 생각지 못했다. 게다가 눈앞에서 펼쳐지고 있는 싸움은 몹시도 놀라웠다. 그는 너무 놀라 눈을 휘둥그렇게 뜨고 얼이 빠진 듯 중얼거렸다.

"능 호법!"

수희는 군구신과 비연을 보고 놀라고 있다가, '능 호법'이라는 말을 듣자 더욱 정신을 차릴 수가 없었다. 너무 놀라 얼굴에

작열하는 통증까지 잊을 정도였다. 그녀는 능 호법의 존재를 알고 있었으나 얼굴을 실제로 보는 건 이번이 처음이었다.

소 가주와 기욱도 소 숙부만큼이나 놀랐다. 특히 기욱이 그러했다. 그의 시선이 능 호법을 넘어 군구신과 비연 쪽으로 향하자 놀라움이 점차 분노로 변했다.

그는 진양성을 떠난 후 지금까지 군구신과 비연을 본 적이 없었다. 저들은 자신을 손바닥 위에 올려놓고 가지고 놀았을 뿐 아니라, 그의 부모조차 저들 손에 떨어진 상태였다. 그가 어떻게 분노하지 않고 치를 떨지 않을 수 있겠는가?

소 숙부가 앞으로 나오더니 목연에게 읍하며 외쳤다.

"수하가 능 호법을 뵙습니다!"

그제야 모두 정신을 차리고, 상황이 복잡하다는 사실을 깨달았다.

군구신과 비연이 어떻게 여기에 있는 걸까? 저들도 건명검을 가지러 온 걸까? 저들이 건명검에 얼마만 한 비밀이 있는지 알고 있을까?

능 호법은 또 어떻게 여기에 온 걸까? 소 숙부가 축운궁주를 배반하고 몰래 건명검을 훔치려 했는데, 지금 여기서 능 호법을 만났으니 어쩌면 좋지? 능 호법이 여기 있다면 축운궁주는? 축운궁주도 여기 있는 건 아닐까?

그들이 놀라고 있을 때 목연이 군구신을 막아 내며 소 숙부를 돌아보더니 차갑게 물었다.

"소 숙부, 여기는 무슨 일이냐? 네가 왜 여기 있지?"

군구신은 그 틈을 타서 비연을 데리고 뒤로 물러나 그들을 바라보았다. 그는 한 사람 한 사람 가늠해 본 후 비웃듯 말했다.

"본 왕은 소씨와 기씨가 어떻게 백리명천의 눈에 들었는지 신기했는데, 함께 축운궁의 비위를 맞추고 있었던 거군. 정말이지 축하할 일이야!"

수희는 한 손으로 얼굴을 가리고 다른 한 손으로는 검을 쥔 채 한참 동안 아무 말도 하지 않았다. 능 호법이 함께 있는 게 아니었다면 그녀는 결코 군구신이 이렇게 비웃도록 내버려 두지 않았을 것이다.

그녀는 그저 자신을 위로할 수밖에 없었다. 군구신 일행은 아직 삼전하가 실종되었다는 사실을 알지 못하는 게 분명하고, 이것은 백리 황족에게는 좋은 일이라고.

소 가주와 기욱 역시 욱해서 정보라도 흘릴까 두려워 감히 입을 열지 못하고 있었다.

소 숙부는 목연의 텅 비어 버린 듯한 눈을 보며 속으로는 불안해하면서도, 겉으로는 태연자약하게 굴었다. 그는 군구신은 쳐다보지도 않고, 공손하게 목연에게로 다가가 나지막한 목소리로 말했다.

"능 호법, 백리명천은 행방불명 상태로 생사를 알 수 없습니다. 현재 옥인어 일족은 수희가 장악하고 있고, 저는 수희가 우리 축운궁의 신하가 되도록 설득했습니다. 수희는 소씨, 기씨 가문과 결맹을 맺고, 천염국에 병사들을 일으킨다는 명목으로 그들을 끌어들였습니다. 제가 저들을 이끌고 이곳에 온 것은 바로 궁주의 명을 받았기 때문입니다. 다른 것은…… 궁주께서 저에게 밝히지 말라 하셨으니, 능 호법께서도 이해해 주시기 바랍니다."

계강란과 단목요는 능 호법을 정말로 무서워했지만, 소 숙부는 그저 두려운 척했을 뿐이었다. 몇 번이나 능 호법이 축운궁주에게 수치를 당하는 장면을 직접 보았고, 능 호법이 사실 축운궁주의 신임을 완벽하게 받지 못한다는 것 역시 알고 있었다. 축운궁주에게는 수많은 비밀이 있는데, 능 호법도 그 비밀을 알지 못할 것이다.

목연은 '궁주의 명을 받들고 왔다'는 소 숙부의 말이 진실인지 알 수 없어 질문을 던지려 했다. 그런데 소 숙부가 먼저 선수를 쳤다.

"군구신 저들은……. 이것은……."

목연은 소 숙부를 떠보고 싶었지만 그의 경계심을 돋울 수도 없어 냉랭하게 답하는 수밖에 없었다.

"본 호법이 명을 받들어 고묘를 지키고 있었는데, 이 두 사람이 몰래 들어오는 것을 발견하고 여기까지 추격해 왔다."

목연은 축운궁에서 두 마음을 먹은 것을 표현한 적이 없었다. 소 숙부는 그가 축운궁주를 배반하고 군구신 일행에게 협력하고 있으리라고는 꿈에도 생각할 수 없었다.

소 숙부는 그저 우연이라 여기면서도, 상황을 좀 더 파악하고 싶어 호기심 어린 목소리로 물었다.

"이곳은 흑삼림 깊이 숨겨져 있는데, 저 두 사람 능력이 대단합니다. 감히 이곳까지 난입해 올 수 있다니!"

목연이 대답했다.

"그렇다. 내가 우연히 발견하지 못했다면 저들은 이미 물속으로 들어갔겠지. 너희 모두 잘 왔다. 나를 도와 저들을 사로잡아라! 궁주께서 무척 기뻐하실 것이다!"

소 숙부는 묘실에서 건명검을 발견했기 때문에 다시 축운궁으로 돌아갈 마음이 없었다. 그는 재빨리 수희 일행에게 눈짓을 했다.

수희 일행은 무척 영리해, 그것만으로도 소 숙부가 능 호법을 죽일 생각임을 깨달았다. 그러나 능 호법을 죽이기 전에 먼저 능 호법과 손을 잡고 군구신과 비연을 죽여야 했다!

수희가 가장 먼저 검을 휘두르며 군구신을 겨눴다.

"정왕, 본 장군은 계속 전장에서 그대를 만날 수 없어 유감이었지. 오늘 이 묘실에서 만나다니, 하하! 본 장군이 그대에게 최후를 선사하지!"

군구신은 수희를 제대로 쳐다보지도 않았다. 말도 안 되는 소리를 하고 있다는 듯 그녀를 무시하는 표정이었다. 그러나 비연은 적에게 유리한 고지를 내줄 사람이 아니었다.

비연이 조소하며 말했다.

"만진대군이 어찌 그리 비참하게 패했는지 이상했는데. 고작 한 달도 안 되는 사이에 성을 세 개나 잃었잖아? 그런데 수 장군이 전장에 직접 나가지 않아서 그랬던 거군! 쯧쯧, 정말 유감이야!"

수희가 눈을 가늘게 뜨더니 검을 살짝 비껴 비연을 겨눴다. 그녀의 입에서 차가운 목소리가 흘러나왔다.

"망할 계집, 그렇게 의기양양할 필요 없다. 네가 우리 삼전하에게 진 빚을 오늘 내가 반드시 계산해 줄 테니!"

비연의 입가에 어린 경멸이 더욱더 짙어지는가 싶더니 그녀가 물었다.

"네가 무슨 자격으로 백리명천을 대신하지?"

군구신과 운한각이 만진국에 심어 놓은 밀정이 적지 않아 그녀는 만진국의 판세를 아주 잘 알고 있었다. 백리명천이 돌아오지 않자 수희가 스스로의 생각대로 행동해, 손에 쥐고 있던 좋은 패를 수습의 여지도 없이 망쳤다는 사실 역시 잘 알고 있었다! 백리명천이 죽었다면 어쩔 수 없겠지만, 만약 백리명천이 돌아온다면 수희도 절대 좋은 결말을 맞지 못할 것이다!

비연이 이리 묻는 것은 수희의 무능함을 비웃는 것이었다. 그러나 수희의 귀에는 다른 의미로 들렸다.

수희는 마음속으로 비연을 연적이라 생각하고 있었다. 백리명천을 너무나 잘 알고 있는 그녀는 여자에게 직접 빚을 받아 내겠다고 하는 그의 말을…… 믿지 않았다.

그래, 절대로 빚 때문일 리가 없었다. 그녀는 지금까지 백리명천이 고작 빚 하나에, 사람 하나에 그렇게 집착하는 걸 본 적이 없었다!

수희는 충동적으로 손을 휘둘렀다. 그 모습을 본 기욱도 참지 못하고 손을 썼고, 소 숙부도 연이어 뛰어들었다.

소 가주는 머뭇거리다 함께 손을 뻗었다. 그는 자신들이 인원수가 많아 군구신은 분명 살아남지 못할 테니, 부상을 입었다 해도 일단 참여하는 척하는 편이 낫겠다고 생각했다.

모두 이렇게 손을 쓰기 시작했고, 목연 역시 움직였다. 그러나 목연의 검이 향한 곳은 바로 소 숙부였다…….

쓸모없는 것이 아니라 막후의 조종자

소 숙부 일행이 전력을 다해 군구신을 포위했을 때, 목연이 소 숙부의 등 뒤에서 검을 찔러 왔다.

날카로운 검이 급소를 덮치자 소 숙부가 이상함을 눈치채고 재빨리 몸을 비틀었다. 전광석화의 순간, 날카로운 검날이 소 숙부의 팔을 스쳤고 팔에 깊은 상처가 생겼다.

시간마저 멈춰 버린 것만 같았다.

소 숙부는 목연을 돌아보며 의아한 표정으로 말했다.

"네가……."

수희 일행 역시 경악하여 아무 반응도 보이지 않고 있었다. 이게 어찌 된 일일까?

목연이 망설이지 않고 검을 휘둘렀다. 이번에는 소 가주를 핍박했다. 그와 동시에 군구신이 비연을 지키며 다른 한 손으로 소 숙부를 습격했다.

이 순간, 소 숙부 일행은 마침내 이해할 수 있었다. 목연은 이미 축운궁을 배반했고, 군구신과 싸우던 것은 함정이었다. 그때, 주변에 숨어 있던 진묵, 전다다 일행이 전부 검을 쥐고 달려 나왔다.

군구신의 검이 소 숙부를 핍박했다. 목연과 진묵이 함께 소 가주를 상대했으며, 전다다와 망중이 수희를 앞뒤에서 공격했다. 그리고 다른 시위들이 기욱과 인어족 병사들을 상대하기 시작했다.

모두 격렬한 전투를 벌이는 가운데 비연만이 군구신의 품에서 단단히 보호받고 있었다. 그런 그녀의 모습은 폐물처럼 보이기도 하고, 심지어 성가신 짐 같기도 했다.

그러나 사실 이 전투를 주도한 건 그녀였다. 그녀가 목연과 군구신의 연극을 안배했고, 모두에게 상대를 할당해 주었다.

그녀는 진지하게 소 숙부 일행의 무공을 평가한 다음 두 가지 가능성을 준비했다.

첫 번째는 목연이 소 숙부를 기습하는 데 성공할 경우였다. 군구신은 쉽게 소 가주와 수희를 제압할 수 있을 테고, 남은 사람들은 진묵 일행에게 맡기면 인어족 병사는 한 명도 도망치지 못할 것이다.

두 번째는 목연이 소 숙부를 기습하지만 성공하지 못할 경우였다. 그런 경우 목연은 바로 소 가주를 습격하고 진묵의 지원을 받게 되어 있었다. 그들 두 사람이라면 최단 시간 내에 소 가주를 사로잡을 수 있을 거라 생각했기 때문이다.

이 경우 소 숙부는 군구신이 처리하기로 했다. 그의 능력이라면 짧은 시간 내에 소 숙부를 사로잡을 수 없다 해도 긴 시간 동안 견제할 수는 있을 터였다.

수희는 전다다와 망중이 함께 상대하고, 다른 사람들은 시위들에게 맡기기로 했다.

검날이 번쩍이는 것을 보면서도 비연은 군구신의 품에 안긴 채 태연자약한 표정이었다. 그녀는 군구신과 소 숙부의 싸움뿐 아니라 주변의 사정까지 모두 살피고 있었다. 모든 것은 그녀가 예상한 대로였다.

진묵과 목연이 재빨리 소 가주를 제압했다. 그리고 진묵이 소 가주를 잡고 있는 동안 목연은 바로 시위들을 지원했고, 단숨에 기욱을 제압했다.

그와 동시에 전다다와 망중도 수희를 제압했다.

군구신은 소 숙부의 검을 쳐 떨어뜨리고는 검날로 그의 목을 핍박했다.

그 모습을 본 인어족 병사들은 저항을 포기하고 도망치기 시작했다. 그러자 전다다가 수희의 목에 검을 댄 채 차가운 목소리로 외쳤다.

"모두 검을 내려놓고 두 손을 높이 든 뒤 무릎을 꿇어라! 아니면 이 여자의 목숨은 없다!"

이 순간의 전다다는 평소 시원시원한 성격과는 완전히 다른 사람이 된 것 같았다. 조그만 얼굴은 엄숙하고 날카로웠으며 금원보를 대할 때보다도 진지한 것 같았다.

전다다가 이렇게 위협하니, 수희가 말을 하기도 전에 인어족 병사들은 모두 검을 내려놓았다.

거대한 묘실이 마침내 조용해졌다. 격렬한 전투가 겨우 차 한 잔 마실 시간 만에 끝난 셈이었다. 어찌나 빨리 끝났는지 모두 사실이라는 생각조차 들지 않을 정도였다.

소 숙부는 도무지 이해할 수 없어 목연을 바라보며 말했다.

"능 호법! 감히 궁주를 배반하다니, 대담하기 짝이 없구나! 보아하니 저들이 난입한 게 아니라 네가 저들을 데려온 것이렷다!"

목연은 침묵을 선택했다.

소 숙부가 다시 말했다.

"능 호법, 다시 생각해 보게! 궁주를 배반하면 어떤 결말이 올지, 분명 우리 중 그 누구보다 잘 알고 있을 텐데!"

목연은 여전히 침묵을 지켰다.

소 숙부는 그 이상 묻지 않고 여전히 의아한 얼굴이었다. 그는 속으로 자신이 빠르게 반응해서 다행이라 생각하고 있었다. 아니었다면 정말로 어떻게 죽었을지도 모를 일이었으니까!

이때 수희가 참지 못하고 비웃듯 외쳤다.

"당당한 정왕과 정왕비가 이런 후안무치한 수단을 쓸 줄이야! 오늘, 정말이지 시야를 크게 넓혔지 뭐야!"

이 말을 들은 기욱도 재빨리 한마디 했다.

"수 장군, 그건 수 장군이 저들을 너무 높이 평가하신 거지요. 저들이 저리 비열하고 음험하지 않은 적이 있었습니까?"

그러나 입으로 억지를 부린다고 비연 일행에게 영향을 끼칠 수는 없었다.

비연이 기욱에게 다가가 해맑게 웃으며 말했다.

"기 대소야, 정말 오랜만이네요!"

기욱은 비연 때문에 괴로운 일을 꽤 여러 번 당했다. 그녀가 이렇게 웃는 것을 보자 저도 모르게 모골이 송연해졌다. 하지만 그는 무리해 전혀 위축되지 않은 척, 노한 눈으로 비연을 바라보며 말했다.

"본 소야는 다시는 너를 보고 싶지 않다!"

비연은 화를 내지 않고 생긋 웃으며 다시 물었다.

"그럼 부친도 다시 만나고 싶지 않은 모양이네?"

이 말에 소 숙부가 비연을 바라보았다. 동시에 기욱이 다급하게 외쳤다.

"내 부친을 어떻게 한 것이냐? 고비연, 능력이 있다면 나를 괴롭혀라! 내 부친 같은 노인을 괴롭히는 게 뭐 대단한 일이라도 되는 줄 아느냐?"

그의 부친 같은 노인을 괴롭힌다고?

비연이 참지 못하고 피식 웃었다. 기욱이 정말 재미있는 농담을 하는 것 같았다. 먼저 반란을 꾀해 천염국을 치려 한 게 누군데 이리도 당당할까! 기욱이 만약 그녀의 진짜 신분을 알게 된다면 또 무슨 말을 할까?

기세명은 얼음 동굴에서 괴로움을 겪으면서도 기씨 가문의 그 기밀 정보를 털어놓지 않았다. 하지만 외동아들인 기욱을 보내면 아마 입을 열 거라고 비연은 생각했다.

"기 대소야, 안심해요. 당신 부친은 아주 잘 지내고 있으니까! 곧 당신 부자가 만나게 해 줄게. 분명 당신 부친이 무척 기뻐할 거야!"

그녀는 웃기만 할 뿐 다른 기분은 전혀 드러내지 않은 채 소 가주를 흘깃 바라보았다. 비연은 복수에 급급하지 않았다. 필경 그들에게는 더 중요한 일이 남아 있었으니까.

망중이 소 숙부, 수희, 기욱과 소 가주를 묶기 시작했다. 비연과 군구신은 낮은 목소리로 이야기를 나눈 다음, 진묵만 데리고 물속으로 들어가기로 했다. 일곱 번째 묘실에는 기관이 많아, 사람이 많으면 오히려 방해가 될 뿐이었다.

목연의 무공이 진묵보다 한 수 위니, 그가 패잔병들을 지키고 전다, 망중이 함께 협력한다면 큰일은 없을 터였다.

모든 준비를 끝낸 후 비연이 직접 인어족 병사 하나를 노려보며 말했다.

"우리를 데리고 아래로 내려가라. 무슨 수작이라도 부린다면, 너희 수 장군이 너를 용서하지 못하게 될 것이다."

이 말은 분명 수희의 안전을 들어 인어족 병사를 위협하는 것이었다. 수희가 다시 한번 분노한 눈으로 바라보며 외쳤다.

"고비연, 염치도 없이! 능력이 되면 직접 물속으로 들어가!"

소씨, 기씨, 혁씨 가문이 함께 모인 걸 본 비연은 기분이 아주 좋지 않은 상태였다. 그러나 그녀는 수희를 향해 여전히 찬란하게 미소 지으며 말했다.

"내가 네 사람 좀 쓴다 해서 뭐 어떻다고?"

수희는 화가 나서 얼굴이 파랗게 질렸다.

"망할 계집!"

이 말을 들은 군구신이 버럭 화를 내려 했지만 비연이 그를 제지했다.

비연이야말로 화를 내는 능력이 일류였고, 사람의 화를 돋우는 능력도 그에 뒤떨어지지 않았다.

그녀가 수희 앞에서 팔짱을 낀 채, 침착한 얼굴로 인어족 병사에게 묻기 시작했다.

"묘실 안에서 뭔가 좋은 물건을 발견한 모양이지? 본 왕비는 너희를 너무 오랫동안 기다렸다. 어서 말해서 본 왕비를 기쁘게 해 주렴!"

소 숙부의 계책

비연의 자세며 말투 때문에 수희는 화가 나서 죽을 지경이었다.

아니, 그녀뿐 아니라 소 숙부 일행 모두 화가 났다. 그들은 이제야 비연이 어부지리를 취하기 위해 뭍에서 기다리고 있었다는 걸 깨달았던 것이다.

수희는 화가 치밀어 말이 나오지 않을 지경이었다. 이미 냉정을 되찾았던 소 숙부조차 분노했고, 소 가주와 기욱은 더욱 그랬다.

그러나 아무리 분노한다 해도 그들은 아무것도 할 수 없었다.

수희는 속으로 후회하기 시작했다. 처음 비연이라는 존재에 대해 들었을 때 죽여 버렸어야 했는데…….

소 숙부와 소 가주는 의심을 품기 시작했다. 고씨 가문의 저 계집은 어릴 때는 그렇게 영리하지 않았는데. 그리고 성격도 저렇지 않았는데!

그리고 기욱은 속으로 상상의 나래를 펼치고 있었다. 그가 처음 혼약대로 비연을 아내로 맞이했다면 그 후의 일은 완전히 달라졌을 것이다.

여기까지 생각한 그는 진지하게 비연을 살펴보았다. 그녀는 뼈만 남은 것 같던 예전과 달리 몸에 보기 좋은 곡선이 생겨 있었을 뿐 아니라, 얼굴도 부드러운 느낌이 감돌며 예뻐 보였다. 원래 바탕이 꽤 좋으니 앞으로 좀 더 몸을 챙긴다면 대단한 미인이 될 것이다.

기욱은 후회하고 있었으나, 안타깝게도 자신이 후회한다는 사실조차 자각하지 못하고 있었다. 수희의 목소리에 그는 겨우 정신을 차리고, 자신의 생각에 경악하며 다시는 비연을 쳐다볼 엄두도 내지 못했다.

수희가 화를 내며 외쳤다.

"묘실 안에 좋은 물건이 있다 해도 너희가 얻을 수는 없을 거다! 너희에게 알려 주는 것이 두렵지 않아……."

비연이 냉랭하게 그녀의 말을 끊었다.

"본 왕비가 네게 물어본 게 아니니, 입을 다물도록!"

그녀는 인어족 병사에게 경고의 눈빛을 던졌다.

인어족 병사가 바로 수희를 바라보자, 전다다가 눈치 빠르게 비수를 수희의 얼굴 상처에 가져다 댔다.

수희는 깜짝 놀라 몸서리를 쳤다. 인어족 병사의 묻는 듯한 시선 앞에서 그녀는 정말로 어쩔 줄 몰라 하고 있었다.

비연은 진지하게 인어족 병사를 바라보며 물었다.

"말하지 않겠다는 건가?"

인어족 병사는 점점 더 초조해하며 수희를 바라보았다.

수희는 전다다의 비수가 무서운 나머지 인어족 병사에게 지령을 내리지 못하고 시선을 피하고만 있었다.

인어족 병사가 더더욱 다급해했다.

"수 장군, 알려 주십시오!"

수희가 마침내 후회하기 시작했다. 이럴 줄 알았다면 아예 입을 열지 않는 편이 나았을 것이다.

그녀는 차마 인어족 병사를 보지 못하고, 원한을 품은 목소리로 대답했다.

"대답해 줘!"

인어족 병사가 입을 열었다.

"묘실에 건명보검이 있습니다."

이 말에 비연 일행은 크게 놀랐다. 묘실의 벽화에서 본 대로라면 건명검은 중앙 숲 제대에 있어야 하는 것 아닌가? 흑삼림의 야수들조차 중앙 숲에 들어가지 못하는 것이 바로 그 증거아닌가! 그런데 건명검이 어떻게 고묘의 가장 아래층에 있다는 걸까?

비연이 다급하게 물었다.

"묘의 어디에?"

인어족 병사는 7층 묘실의 제대와 검대를 본 대로 설명했다.

비연 일행은 서로 얼굴을 바라보며, 이 일에는 숨겨진 진실이 있다는 사실을 실감했다. 이것은 아마 몽족이 멸족한 일이며 건명검이 북해에 봉인된 일과도 관계있을 것이다.

비연이 계속 물었다.

"너희들이 검을 움직였을 때 묘실에 어떤 함정이 나타났지?"

인어족 병사는 그래도 머리가 좋은 편이었다. 그는 화살 비에 대해서는 솔직하게 이야기했지만 적령시에 대해서는 언급하지 않았다.

비연이 다시 물었다.

"겨우 화살 비 정도였는데 대체 왜 도망쳐 나온 거야?"

소 숙부 일행은 결코 보통 사람들이 아니었다. 건명검을 앞에 두고 쉽게 물러 나오지 않았을 것이다.

이때 인어족 병사가 공포에 젖은 얼굴로 전전긍긍하며 대답했다.

"안에…… 안에 귀신이 있었습니다! 아주 많은 귀신이…… 사람을 먹습니다!"

이 말에 모두 의아한 표정을 지었다. 비연이 차가운 목소리로 말했다.

"다시 말해 봐!"

인어족 병사는 말조차 더듬고 있었다.

"저, 정말로…… 귀신입니다. 우리는 원래 열 사람도 넘었는데, 살아남은 것은 저와 다른 한 명뿐입니다. 소 숙부와 수 장군도 보고…… 모두 도망쳤습니다."

인어족 병사가 거짓말을 하는 것 같지는 않았다. 비연이 수희 일행을 바라보았지만 모두 침묵을 지키고 있었다.

비연은 묻는다고 해도 정보를 더 얻을 수 없다는 걸 눈치채고 명령했다.

"잠수해서 길을 열어라!"

인어족 병사는 정말 무서웠지만 수희에게 상처를 입게 할 수도 없어 물속으로 뛰어들었다.

비연 일행이 물에 뛰어들려 할 때 갑자기 소 숙부가 입을 열었다.

"정왕, 저 인어족 병사가 하지 않은 이야기가 있지. 이 늙은 이가 그대들과 거래를 하면 어떻겠는가!"

이 말에 수희가 즉시 노한 눈으로 그를 바라보았다. 그러나 소 숙부는 그녀에게 신경 쓰지 않고 이어 말했다.

"건명검은 그냥 발동시킬 수 있는 게 아니야. 능 호법이 축운 궁을 배반한 이상, 이 늙은이도 자네들에게 말하는 게 무섭지 않네. 이 늙은이도 이미 축운궁을 배반했어. 나를 놓아주게. 내 가 자네들에게 건명검을 발동시킬 방법을 알려 줄 테니! 자네 들이 이 늙은이를 도와 축운궁주를 죽여 주기만 하면, 이 늙은 이도 분골쇄신, 온 힘을 다함세!"

이 말을 들은 소 가주도 다급한 마음에 외쳤다.

"이 늙은이도 건명의 비밀을 알고 있소이다! 놓아주신다면 함께 묘실로 들어가겠습니다!"

소 가주는 우호적으로 보이기 위해 다시 한번 덧붙였다.

"그 귀신이라는 것, 제가 보기에는 환상에 지나지 않습니다!"

기욱은 소 숙부의 목적이 범상치 않다는 생각에 잠시 망설이 다 아무 말도 하지 않았다.

군구신은 그들을 경멸하듯 바라보았다.

소 숙부는 직접 친손주를 죽였던 인물인데 또 무슨 일이건 못 하겠는가? 이런 인간과는 절대 함께할 수 없는 법이다!

그리고 소 가주는 백리 황족을 배신한 후 다시 투항했다. 원칙도 지조도 없는 인물인데 어찌 믿을 수 있겠는가? 충성심이라니, 웃기지도 않지!

비연의 눈가에 교활한 빛이 스쳐 가는가 싶더니 그녀가 웃으며 말했다.

"그럼 여러분 중 누가 먼저 입을 여는지 볼까?"

말이 끝나자마자 수희가 가장 먼저 입을 열었다.

"적령시가 있어야만 건명보검을 발동시킬 수 있어! 적령시는 내 몸에 있지! 가져가!"

수희는 원래 소 숙부 일행을 완전히 믿지 않아 여기까지 오는 동안 경계하고 있었다. 그러나 이렇게 중요한 순간에 자신을 배반할 거라고는 생각지 못했다.

그녀는 방금까지만 해도 비연에게 적령시가 없는 이상 헛수고일 거라 생각하며 속으로 기뻐하고 있었던 것이다.

소 숙부가 그녀를 배신한 이상, 그녀도 그들에게 좋은 결과를 내줄 생각은 없었다!

그녀가 다시 말했다.

"적령시는 내 가슴께에 있어!"

비연 일행은 모두 의아한 표정이었다.

전다다가 직접 수희의 가슴에서 열쇠를 하나 꺼냈다. 이 열쇠는 물과 같은 재질에 불과 같은 빛깔이었고, 주위에 붉은빛이 감돌며 따뜻한 기운을 내뿜고 있는 게 아주 신비롭고 아름다웠다.

수희가 이를 갈며 외쳤다.

"그 거대한 석검 위에 열쇠 구멍이 있어. 적령시를 꽂아야만 발동이 되지. 묘실 안에 기관이 많으니, 어떻게든 살아 돌아오는 게 좋을 거야. 본 장군이 너희들을 기다리고 있을 테니!"

이때 소 숙부와 소 가주는 고개를 숙인 채 침묵하고 있었다. 두 사람 모두 실망한 것처럼 보였지만 정말로 실망한 것은 소 가주뿐이었다.

소 숙부는 실망하기는커녕 속으로 만족하고 있었다. 그가 방금 했던 말은 바로 수희를 자극해 적령시를 꺼내게 하려 했던 것이었기 때문이다.

수희의 적령시가 가짜라는 걸 아는 이는 소 숙부 한 사람뿐이었다……

허실, 시험해 보자

'적령'이라는 단어를 듣자 비연 일행은 몹시 놀랐다. 적령시를 본 후에는 더욱 궁금한 표정을 지었다.

열쇠는 수정처럼 투명했고, 불과 같은 색의 빛을 내뿜고 있었다. 이것은 바로 비연이 묘실 벽화에서 얻은 약광석인 적령석 아닌가?

적령석으로 만든 적령시만이 건명검을 발동시킬 수 있다고?

비연은 갑자기 의심을 품기 시작했다.

설마 누군가가 묘실 안 벽화를 일부러 남겨 둔 게 아닐까? 귀한 적령석을 숨기기 위해서가 아니라, 누군가가 적령석을 발견하고 벽화의 내용을 이해한 다음…… 심지어 건명보검을 가져가기를 바라서?

그 사람이 건명보검을 7층 묘실에 숨긴 사람일까? 만약 그렇다면 수희 일행의 이 적령시는 또 어찌 된 것일까?

"이 물건, 어디서 난 거지? 이 비밀은 어떻게 알게 되었고?"

군구신이 먼저 입을 열었다. 보아하니 그도 비연과 같은 생각을 한 것 같았다.

소 숙부는 낙담한 듯 고개를 숙인 채 대답하지 않았다.

수희는 소 숙부 일행에 대한 분노로 가득 차, 당장이라도 그들의 속셈을 드러내지 못해 안달 중이었다. 그녀가 차갑게 코웃음을 쳤다.

"혁소해가 축운궁주에게서 알아 온 정보지. 적령시의 반은 기씨 가문에, 반은 소씨 가문에 있었어! 모두 그들 조상이 우연히 얻은 거라고 하더군! 그렇지 않았다면 본 장군이 저런 믿을 수 없는 자들과 상대했을 것 같나?"

이 말을 듣자 비연 일행은 무엇 때문에 서로 다른 속내를 품고 있는 네 가문 사람들이 함께 모였는지 알 수 있었다.

열쇠 하나로 자물쇠 하나를 열 수 있는 법이니, 열쇠를 쉽게 만들어 낼 수는 없었을 것이다. 그렇다면 이 열쇠는 건명검이 이곳에 있다는 걸 아는 사람이 만든 것일 수밖에 없었다. 그럼 그녀가 방금 벽화에 대해 추측한 내용이 틀린 걸까?

비연은 뭔가 이상하다는 생각이 들었지만 입 밖으로 말할 수는 없었다. 그녀는 전다다의 손에서 적령시를 받아 들고 열심히 살펴본 후에 곧 문제가 무엇인지 알아차렸다!

수희의 이 적령시는 가짜였다! 이 열쇠의 재질은 비록 적령석과 아주 비슷했지만 약성이라고는 전혀 없었다. 그저 특수한 수정으로 위조한 것에 불과했다.

수희의 자포자기한 모습을 보면 그녀는 분명 상황을 알지 못하는 것이다. 그렇다면 소 숙부는?

소 숙부가 적령시에 대해 처음으로 이야기한 게 분명하다!

비연이 소 숙부를 슬쩍 바라보니 아직도 고개를 숙이고 있었다. 비연은 마음속으로 짚이는 바가 있었으나 완벽하게 확신하지는 못했다. 소 숙부의 허와 실은 시험해 봐야만 알 수 있을 것 같았다!

"적령시, 그런 것이 있었군."

비연이 일부러 감격한 듯 말했다.

"적령시가 없다면 우리가 저곳에 간다고 한들 헛수고였겠군?"

그녀는 일부러 군구신에게 권하듯 말했다.

"전하, 신첩이 보기에 혁 노인과 소 가주가 그저 기회주의자인 것만이 아닌 것 같아요. 주인을 잘못 만난 이들일 수도 있지 않을까요? 저들이 우리 천염국에 귀순하겠다면, 저들에게 기회를 줄 수도 있지 않을까요? 물속으로 데려가 우리에게 충성심을 표할 기회를 말이에요."

군구신은 비연의 말에 숨은 뜻을 바로 알아차리고 고개를 끄덕였다.

"애비愛妃가 원하는 대로 하시오."

군왕이 사랑하는 여자를 부르는 말인 '애비'라는 단어가 뜻밖에도 이렇게 자연스럽게 군구신의 입에서 나오자 비연은 그만 넋이 나갔다. 다행히도 그녀는 곧 정신을 차리고 웃으며 말했다.

"감사합니다, 전하."

소 가주는 기대하지 않았던 기쁜 일이 생긴 것처럼 연이어 고맙다고 말했다.

소 숙부는 기뻐할 뿐 아니라 의기양양한 표정까지 지었다. 그의 생각에 모든 것은 아직 그가 장악하고 있었다. 그저 희생양이 수희에서 비연과 군구신으로 바뀌었을 뿐이다. 그는 기대에 가득 차, 두 손 모아 읍하며 다시 한번 충성을 맹세했다.

그 모습을 본 기욱은 난감할 수밖에 없었다. 그도 소 숙부를 따라 하고 싶었으나 그렇게 체면이 깎일 짓을 하고 싶지도 않았다. 소 숙부가 계속 눈짓을 보내고 나서야 그는 겨우 군구신에게 읍하며 말했다.

"정왕 전하, 말장이…… 말장이 잘못을 깨달았습니다! 부디…… 저에게도 공을 세워 과거의 잘못을 메울 기회를 주십시오!"

군구신은 의외라는 표정을 지었고, 비연은 놀란 가운데 감탄했다. 기욱, 저 녀석의 얼굴이 어쩜 저리 두꺼울까? 군왕 앞에서 장수가 자신을 낮춰 부르는 말인 '말장'이라는 단어까지 말할 줄이야!

군구신이 차가운 눈초리로 기욱을 바라보며 아무 말 없이 비연의 손을 잡았다. 이보다 더 그의 뜻을 명확하게 드러내는 건 없을 것이다.

기욱이 심호흡을 한 후에 비연에게 읍하며 말했다.

"왕비마마, 말장이 잘못을 깨달았습니다! 부디 말장에게 공을 세워 잘못을 보충할 기회를 주십시오! 왕비마마!"

"좋아!"

비연이 아주 명쾌하게 대답하더니 단약 세 알을 꺼내 그들에게 나누어 먹였다.

"기회를 줄 테니 충성심을 잘 드러내 보도록. 그러지 않으면 해독약은 없을 테니까. 그럼 대라신선이 온다 해도 살리지 못할 것이다."

소 가주가 가장 먼저 독약을 먹었다.

소 숙부는 잠시 머뭇거렸지만 비연이 자신들을 쉽게 믿는다면 그거야말로 사기라는 생각이 들었다.

소 숙부가 독약을 먹는 걸 보고 기욱도 두말없이 집어삼켰다.

비연은 무척이나 만족스러웠다.

수희는 옆에서 계속 저주의 말을 퍼붓고 있었다. 어찌나 화가 났는지 온몸의 구멍이란 구멍에서 다 연기가 솟아오를 것 같았다. 그러나 안타깝게도 아무도 그녀를 상대하지 않았다.

인어족 병사가 잠수하여 길을 열었다. 진묵이 자연스럽게 가장 먼저 뛰어내렸다.

군구신은 망중에게도 입수하라고 명하고, 목연, 전다다와 시위들만 수희를 감시하게 했다.

소 가주와 소 숙부, 기욱이 망중 다음으로 뛰어내렸고, 군구신과 비연이 가장 마지막이었다.

군구신은 비연의 허리를 안은 채 나지막한 목소리로 속삭였다.

"왜 그랬던 거지?"

"적령시가 가짜야."

그 이상 설명할 필요가 없었다. 군구신은 바로 상황을 알아채고 진지하게 그녀를 칭찬해 주었다.

"우리 애비께서는 영명하시군."

비연은 호쾌하게 칭찬을 받아들였다.

"재미있는 연극은 좀 더 기다려야 할 거야!"

비연과 군구신이 물속으로 뛰어든 후, 대설이 한옆에서 빠져나왔다. 대설은 잠시 머뭇거리더니 결국은 비연을 따라 물에 뛰어들었다. 계약을 맺은 영수라면 주인이 위험한 일을 행할 때 반드시 따라다니며 지켜야 했다.

비연 일행이 떠나자 묘실이 다시 고요해졌다. 이때 고운원이 관 옆에서 걸어 나왔다. 그는 몹시도 무기력한 모습으로 시위 옆으로 다가와 섰다. 그러나 아무도 그에게 주의를 기울이지 않았다.

그가 호수 안을 들여다보더니 무슨 생각을 했는지 살짝 미간을 찌푸린 후 활짝 웃었다. 마치 모든 것을 꿰뚫어 보았다는 듯한, 모든 것이 제 손바닥 위에 있다는 듯한 웃음이었다.

"고비연, 그들을 쉽게 믿다니, 분명 후회하게 될 거야! 고비연, 두고 보라지! 본 장군은 너를 보고 웃을 날을 기다리겠다!"

수희가 계속 소리치자 마침내 전다다가 짜증을 냈다.

"그 입 좀 다물지!"

수희가 노려보자 전다다는 시위에게 천을 가져와 입을 막아 버리게 했다. 그리고 귀를 막은 채 호숫가로 걸어가 앉았다.

목연은 전다다를 보며 한 마디도 하지 않았다. 그는 검을 들어 수희를 겨누고는 다른 시위들은 모두 호숫가를 지키게 했다. 위쪽 묘실에는 모두 파수를 보는 시위들이 있으니, 그들은 지하 호수 쪽만 경계하면 된다.

인어족 병사가 길을 열어 준 덕분에 비연 일행은 바로 7층 묘실 문 앞에 도착했다. 그곳에는 두툼한 물 장벽이 있어, 물이 묘실로 들어가는 것을 막는 동시에 모든 것을 막고 있었다. 덕분에 묘실의 문이 열려 있다는 것은 희미하게 볼 수 있었지만 묘실 안의 상황은 정확히 볼 수 없었다.

비연 일행은 그제야 이 물 장벽이 수희 일행이 설치한 게 아니라는 걸 알게 되었다. 그리고 인어족 중 계급이 가장 낮은 흑인어족은 이 물 장벽을 파훼하지 못했다는 사실도 알게 되었다.

소 숙부가 다급하게 인어족 병사에게 모두를 데리고 안으로 들어가라고 말했을 때, 비연이 모두를 막아섰다.

"잠시만!"

내가 너희들을 위해 파수를 서지

소 숙부는 비연과 군구신을 먼저 들여보내지 못해 안달이었고, 비연과 군구신도 소 숙부 일행을 먼저 들여보내지 못해 안달이었다. 그들 모두 직접 안으로 들어갈 생각은 없었던 것이다.

그러나 위험을 무릅쓰기 전에 비연이 정확히 알아야 할 일들이 있었다. 소 숙부가 축운궁주를 배반했든 아니든, 옥인어를 이용해 이곳에 온 것만 봐도 그가 목연보다 이 묘실에 대해 더 많은 걸 알고 있는 건 확실했다. 그에게서 정보를 알아내지 못한 상황에서 그를 '희생'시키면 아깝지 않겠는가?

비연은 빠르지도 느리지도 않게 물었다.

"혁 노인, 보아하니 이곳에 대해 상당히 잘 아는 모양이던데. 말해 보시지. 이 묘실은 인어족의 묘인 모양이지? 아니라면 이곳에 물 장벽이 있을 리 없으니?"

비연은 구려족에 대해 알고 있었지만 일부러 언급하지 않았다. 소 숙부가 무엇을 아는지 시험해 보고 싶었던 것이다.

소 숙부는 비연 일행이 6층까지 온 걸 보면 묘실에 대해 잘 알고 있으리라 생각했다. 그들 일행이 대체 어느 정도까지 아는지 알 수 없어 그는 거짓말을 할 수 없었다. 그들을 이미 생사의 갈림길까지 끌고 온 이상 모든 것을 헛수고로 돌릴 수는 없는 것이다.

그가 진지하게 대답했다.

"전하, 왕비마마, 이 고묘는 구려족의 묘입니다. 이곳에 물 장벽이 있는 것은, 천 년 전에 인어족 전체가 구려족을 주인으로 모셨기 때문입니다."

이 말 덕에 비연은 자신의 추측이 옳았음을 알게 되었다. 그러나 무표정하게 다시 물었다.

"그렇다면 축운궁주는 구려족의 후예인 모양이군."

사실 소 숙부도 그렇게 의심하고 있었다.

"그럴 가능성이 매우 높습니다."

비연이 다시 물었다.

"건명보검과 건명력은 어떤 관계지? 설마, 건명력도 구려족이 장악하고 있었던 건가?"

소 숙부는 소 가주를 속였기 때문에, 그 앞에서 진실을 말해 사달을 만들 수는 없었다. 그러나 그는 능 호법이 북해의 일을 비연 일행에게 말했으리라는 것도 알고 있었다.

소 숙부가 한참 생각하다가 답했다.

"축운궁주가 말하는 것을 훔쳐 들었을 뿐입니다. 건명검을 얻는다면 건명력을 장악할 수 있다고 합니다. 다른 것은, 저도 정확히 알지 못합니다."

소 숙부는 '장악'한다는 말로 소 가주를 속이는 동시에 비연을 상대할 수 있었다. 하지만 탄로 날까 두려운 마음에 서둘러 한마디 덧붙였다.

"왕비마마, 제가 축운궁에서 어떤 지위에 있었는지는 능 호법이 가장 잘 알고 있습니다. 믿지 못하시겠다면 능 호법에게 물어보셔도 됩니다."

물론 그는 비연이 정말로 능 호법을 찾아가 물어보기를 바라지 않았다. 소 숙부가 다시 말했다.

"왕비마마, 축운궁주는 천하에서 가장 의심이 많은 자입니다. 능 호법이라고 진상을 안다는 보장이 없습니다. 건명검을 얻은 후 건명력을 장악하여 축운궁주를 죽이면 진상을 알게 되실 겁니다! 어서 들어가야 합니다. 축운궁주가 우리가 이곳에 난입했다는 사실을 알게 되면, 그 결과는 감히 생각하기 두려울 정도입니다!"

소 숙부는 몹시도 의미심장한 눈길로 비연을 바라보았지만 내심 긴장하고 있었다.

비연은 일부러 잠시 생각하는 척하다가 말했다.

"그도 그렇군. 그럼 들어가도록 하지!"

소 숙부가 무척 기뻐하며 속으로 안도의 한숨을 내쉬었다. 물론 기욱에게 눈짓하는 것도 잊지 않았다. 그러나 인어족 병사가 물 장벽을 열었을 때, 비연이 적령시를 소 숙부에게 내밀며 말했다.

"혁 노인. 본 왕비와 전하는 언제나 의심스러운 사람은 쓰지 않고, 사람을 쓰면 철저히 믿지. 이 적령시를 줄 터이니 너희 세 사람이 먼저 들어가도록. 반드시 석검을 발동시켜야 한다. 본 왕비와 전하가 밖에서 너희들을 위해 파수를 설 테니 안심해도 좋다. 건명검을 얻기 전에는 본 왕비와 전하가 아무도 너희를 방해하지 못하게 할 테니!"

소 숙부는 비연의 손에 들린 적령시를 보고 얼이 빠지고 말았다!

소 가주와 기욱은 비록 사건의 진상은 알지 못했지만 상황이 어떻게 돌아가는지는 알 수 있었다. 비연의 이 말은, 그들이 건명검을 얻기 전에는 묘실에서 나올 수 없다는 의미였다. 그리고 비연이 그들에게 독약을 먹인 것은 그들을 신임하지 않아서가 아니라 그들이 묘실에 들어가도록 핍박하기 위해서라는 것을 깨달았다!

비연은 소 가주와 기욱은 안중에도 없었다. 그녀의 목표는 소 숙부였다. 그녀는 적령시를 내밀며, 방금 소 숙부의 의미심장한 말투를 따라 말했다.

"혁 노인. 어서 들어가시도록. 시간을 더 끌지 말고. 검을 손에 넣지 못한 상태에서 독이 발작하면, 그 결과는 생각하기도 두려울 테니까."

소 숙부는 북강에서 비연의 고집스러운 모습을 보아 그녀를 상대하기 쉽지 않다는 걸 알고 있었다. 하지만 그는 오늘에서야 그녀가 고집스러울 뿐 아니라 영리하다는 사실도 알게 되었다.

이렇게 핍박받은 상황에서 비연의 말을 거절한들 죽을 수밖에 없었다. 살 수 있는 유일한 길은 묘실 안으로 들어가는 것이었다. 소 숙부는 남몰래 주먹을 쥐면서, 설사 함께 죽는 한이 있더라도 일단 이 기회를 잡을 수밖에 없다고 생각했다. 비연과 얼굴을 붉혀서야 안 될 일이었다.

그는 억지로 웃으며 말했다.

"믿어 주시니, 이 늙은이가 최선을 다하겠습니다!"

그는 적령시를 받아 들고 뒷짐을 지더니, 잠시 후 가장 먼저 묘실로 들어갔다. 기욱과 소 가주도 선택의 여지가 없어 그를 따라 들어갔다. 비연 일행 역시 들어갔으나 물 장벽과 묘실 문 사이에서 발을 멈췄다.

묘실 안 화살 비는 이미 멈춰 있었다. 방에 가득한 화살들을 제외하면 모든 것이 처음과 같은 상황이었다. 소 숙부 일행은 한 걸음 한 걸음 조심스럽게 제대를 향해 걸어가고 있었다.

비록 인어족 병사가 묘실의 상황을 상세하게 이야기하긴 했지만, 직접 보고 나니 비연과 군구신은 경악하지 않을 수 없었다. 이렇게 작은 묘실 안에 저렇게 거대한 제대와 높은 검대라니!

또한 거대한 석검은 장엄하고 신비로운 것이 마치 천지 사이에 우뚝 솟은 것 같기도 하고, 천 년의 세월 속에 우뚝 솟아 있는 것 같기도 했다.

건명력 때문일까? 군구신은 석검에게서 무어라 표현하기 어려운 매력을 느꼈다. 그는 저도 모르게 앞으로 나가려다가 다행히 이성을 되찾고는 나지막한 목소리로 말했다.

"건명검이 나오면 건명력이 검으로 되돌아갈까?"

벽화에 기록된 바에 따르면 건명검은 용의 뼈로 만들었는데, 주조할 때 검에서 건명력이 생겨났다고 했다. 일단 건명력을 굴복시킨다면 검과 사람이 하나가 되어 마음대로 건명력을 부릴 수 있다고도 했다. 이 이치대로라면, 건명력이 건명검을 만나면 검으로 되돌아가야 옳았다.

그러나 운한각이 조사한 바에 따르면, 건명력은 주인을 택해 깃들고, 주인이 죽으면 힘은 떠난다고 했다.

사람, 검, 그리고 힘. 이 사이에는 어떤 관계가 있을까? 셋 중 무엇이 주도적인 위치를 얻을 수 있을까? 사람과 검이 하나가 된다는 말의 '하나가 된다'는 대체 어떤 의미일까?

비연이 한참 생각하다가 말했다.

"진상이 어찌 되건, 저 검은 우리 거야!"

군구신도 동의하는 바였다. 그는 비연을 품에 안았다. 두 사람은 그렇게 서로를 끌어안은 채 문 앞에 서서 소 숙부가 제대 가까이 다가가는 것을 지켜보았다.

소 숙부가 제대 앞에 도착하자 참지 못하고 뒤를 돌아보았다. 그리고 군구신과 비연이 서로 안고 있는 모습을 보고는 화가 나서 피를 토할 뻔했다. 그는 그 이상 보고 싶지 않아 성큼성큼 걸어 제대 위로 올라갔다. 소 가주와 기욱 역시 그 뒤를 따랐다.

지난번 그들이 제대 위에 올라갔을 때는 각종 공포스러운 환상이 나타나, 그들은 이성을 잃고 하마터면 서로를 죽일 뻔했다. 이번에는 신중하게 올라갔으나, 놀랍게도 그들이 검대로 올라가는 동안 아무런 환상도 나타나지 않았다.

모든 것이 순조로웠다. 이건 더 큰 위험이 그들을 기다리고 있다는 의미일 수도 있었다. 소 숙부는 불안하게, 그 생생하게 살아 있는 듯한 석룡을 바라보며 한참 동안 움직이지 않았다.

그 모습을 본 비연이 큰 소리로 외쳤다.

"시간이 많이 남아 있지 않을 텐데!"

그녀가 이야기하는 시간은 물론 독이 발작하기까지의 시간이었다.

소 숙부는 기욱에게 뒤로 물러나라고 눈짓한 후, 이를 악물고 적령시를 열쇠 구멍에 꽂았다…….

열쇠, 진실과 거짓이 섞인

소 숙부는 과감하게 적령시를 석룡 위 열쇠 구멍에 꽂았다. 그 순간 소 가주와 기욱의 시선은 석룡에 꽂혀 있었고, 비연과 군구신 역시 눈 하나 깜빡하지 않고 지켜보고 있었다.

거대한 묘실은 바늘 하나 떨어지는 소리도 들릴 정도로 고요했다. 시간마저도 멈춘 것 같았다. 모두 긴장한 채 소 숙부가 적령시를 돌리는 걸 바라보았다.

소 가주와 기욱은 진상을 알지 못했기에, 석룡이 깨지고 건명검의 진짜 모습이 드러나는 걸 보고 싶은 기대에 차 있었다.

군구신과 비연은 소 숙부의 이 동작이 묘실 안의 기관을 얼마나 건드릴지 지켜볼 작정이었다.

소 숙부 본인은 그 누구보다도 긴장하고 있었다. 적령시를 꽉 쥐고 있는 그의 손바닥은 이미 땀으로 가득했다.

그가 방금 비연에게서 가짜 적령시를 건네받았을 때 뒷짐을 졌던 것은 바로 자신의 운명과 관련된 일을 두 가지 결정하기 위함이었다. 그중 하나가 바로 자신이 가지고 있던 진짜 적령시와 가짜 적령시를 바꾸는 것이었다. 즉, 현재 그의 손에 있는 적령시는 진짜였다.

그는 건명보검을 얻고 싶었고, 독이 발작하기 전에 도망치고 싶었다! 비연이 재촉할 필요 없이 그는 스스로 분초를 다투고 있었다. 그러나 그의 동작이 느린 것은 경계심 때문이었다.

마침내 그의 눈빛이 차가워졌다. 그는 재빨리 적령시를 돌렸다.

찰칵! 찰칵! 찰칵!

세 번 소리가 울린 후 묘실은 다시 조용해졌다. 마치 온 세상이 고요해진 것만 같았다. 모든 이들이 숨을 죽인 채 석검을 바라보았다. 그러나 시간이 흘러도 거대한 석검은 미동조차 하지 않았다.

모든 이들은 의혹을 품은 채 점점 더 긴장하고 있었다. 잠시 기다려 보았지만 석검, 검대, 제대, 아무것도 움직이지 않았다. 어찌 된 일일까?

가장 답답한 사람은 소 숙부였다. 축운궁주는 아주 분명하게 말했었다. 건명보검은 돌 안에 있고, 적령시를 사용해야만 열 수 있다고. 그리고 적령시를 찾는 임무를 그에게 맡겼다. 축운궁주가 아무리 그를 놀리고 싶다 해도 그렇게 놀리지는 않았을 것이다!

갑자기 '찰칵'거리는 이상한 소리가 다시 들려왔다. 그러나 이번에는 열쇠 구멍에서 들려오는 게 아니라 사방과 천장에서 들려오고 있었다. 그 소리는 크지 않았지만 고요한 묘실에서 유달리 또렷하게 들렸고, 무척이나 신비하고 공포스러웠다.

석검에 움직임이 있는지는 알 수 없는 일이었다. 지금 확신할 수 있는 것은 주변의 무엇인가가 움직이고 있다는 사실이었다.

비연은 긴장한 얼굴로 기대하고 있었다. 그녀는 군구신의 손을 잡고 감동하여 말했다.

"연극이 시작되려나 봐!"

군구신의 잘생긴 얼굴에는 별다른 표정이 드러나 있지 않았다. 그는 비연을 제 몸 뒤로 지키며 속삭였다.

"대단한 연극일 것 같으니, 조심하도록 해."

기욱과 소 가주는 이미 온몸에 경계심을 곤두세운 채 주변을 둘러보고 있었다. 그러나 소 숙부는 고집스럽게 석검 앞에 서 있었다.

그는 대체 왜 아무 변화도 일어나지 않는지 알 수 없었다. 그러나 그는 여전히 축운궁주가 적령시와 관련하여 그를 속였으리라고는 생각지 않았다. 그는 계속 열쇠를 움직였지만, 어떻게 해도 열쇠는 돌아가지 않았다.

바로 이때, 주변에서 들려오던 '찰칵'거리는 소리가 점점 더 커졌고, 점점 더 급해졌다. 기욱과 소 가주는 허둥지둥거리기 시작했다.

기욱이 참지 못하고 말했다.

"소 숙부, 대체 무슨 일입니까?"

이때, 소 숙부가 겨우 고개를 들었다. 그 순간, 지붕과 삼면 벽의 벽돌들이 갑자기 움직이기 시작했다.

벽돌 하나하나가 빠르게 자리를 바꾸며 서로 교차되고 있었다. 그리고 벽돌 뒤에 숨어 있던 수많은 화살이 쏟아지기 시작했다.

이 화살들은 이전에 소 숙부 일행이 만난 것보다 많으면 많았지 절대 적지 않았다. 아주 찰나의 순간, 소 숙부를 비롯한 세 사람의 모습이 화살 비 속에 그대로 덮여 버렸다.

비연은 눈을 휘둥그렇게 떴다. 소름이 끼쳤다. 만약 소 숙부 일행을 먼저 들여보내지 않았다면, 지금 저 속에 있는 것은 그녀와 군구신이었을 것이다.

군구신의 시선은 계속 검대에서 떠나지 않았다. 차가운 눈동 자에 진지함이 배어들고 있었다. 비연은 잘 알지 못했지만 그는 이런 일에 익숙했다. 그가 보기에 화살 비가 무섭긴 하지만 소 숙부와 소 가주를 막을 수는 없을 것이다. 기욱은…… 아마도 좋지 않은 일이 길한 일보다 많을 것이다.

화살 비가 쏟아지는 가운데 소 가주 홀로 계속 화살을 막아 내고 있었다. 버틸 수는 있었지만 꽤 힘든 일이었다. 어쨌든 그는 심하게 부상한 상태였던 것이다.

그리고 소 숙부와 기욱은 등과 등을 맞대고 있었다. 보기에는 협력하는 것 같았지만 실제로는 소 숙부가 기욱을 지켜 주고 있었다. 동시에 소 숙부는 여전히 석검에 신경을 쓰고 있었다.

그는 이 화살 비가 그치고 나면 건명보검이 열릴지도 모른다고 생각하고 있었다. 그는 가장 좋은 때를 놓치거나, 비연의 뜻대로 되게 할 수는 없었다!

반 시진 후, 화살이 마침내 줄어들기 시작했다. 그제야 소 가주는 기욱이 소 숙부의 보호를 받고 있는 걸 발견했다. 소 가주는 도무지 이해할 수 없었지만, 일단은 그런 것까지 생각할 여유가 없었다.

그러나 비연과 군구신은 이미 모든 것을 똑똑히 보고 있었다.

비연이 의심스럽다는 듯 물었다.

"저 두 사람, 설마 다른 협력 관계인 걸까?"

군구신이 반문했다.

"이런 상황에서, 대체 어떤 협력 관계가 자기 생명보다 중요할 수 있지?"

소 숙부에게 여력이 있다면 분명 숨겨 두어야 옳았다. 그러나 그는 공들여 기욱을 지켜 주었다. 아니, 공을 들이는 정도가 아니라 목숨을 걸고.

마침내 소 숙부와 기욱이 마지막 화살을 쳐 냈다. 화살 비가 끝난 것이다. 그러나 다음 순간, 기욱이 갑자기 검을 들고 시계 반대 방향으로 돌더니 등 뒤의 소 숙부에게 덤벼들었다.

기욱의 동작은 느렸고 소 숙부의 반응은 극히 빨랐다. 기욱의 검은 소 숙부를 찌르지 못하고 그저 소 숙부의 허리께를 스쳐 갔다.

소 숙부는 경악했고, 비연과 군구신도 경악했다. 기욱이 왜 저러는 것일까?

곧 소 가주가 갑자기 두 손으로 검을 잡더니 죽어라 석검을 찌르기 시작했다.

"너를 죽여 버리겠다! 너희를 죽여 버릴 거야!"

비연이 문득 짚이는 바가 있어 외쳤다.

"환상은 마음에서 생겨나지! 환상이야!"

기욱과 소 가주는 이성을 잃고 자신의 마음이 만들어 낸 환상에 사로잡혀 있었지만, 소 숙부는 여전히 맑은 정신을 유지하고 있었다.

군구신도 이해했다.

"이게 바로 진정한 함정이군."

화살 비가 그리도 시간을 길게 끌었던 건 사람들이 공포에 질려 허둥거리게 만들기 위한 것이었다. 바로 사람의 마음을 미혹하려는 방법이었던 것이다!

소 가주는 석검을 적이라 생각하는 듯, 제 검이 부러진 후에도 계속 석검을 베고 있었다.

기욱은 소 숙부를 적이라 생각하고 계속 급소를 노리고 있었다.

소 숙부는 피하면서 고함을 질렀지만, 기욱은 깨어나지 않았다.

이때 망중이 앞으로 나서더니 나지막하게 말했다.

"전하, 왕비마마, 제가 가서 적령시를 가져올까요?"

망중은 비록 적령시가 가짜라 해도 기관을 발동시킨 걸 보면, 그 열쇠의 형태가 옳다고 생각했다. 가짜 열쇠의 모양대로 열쇠를 만들기만 하면 진짜 적령시를 만들 수 있을 터였다.

비연이 말했다.

"목숨이 아깝지 않아? 뭐가 그리 급해?"

지금 저 안으로 난입해 들어간다면 어떤 기관을 또 만나게 될지 장담할 수 없었다. 비연의 마음은 망중보다도 다급했지만, 인내심을 발휘해 참고 있었다. 그리고 군구신은 더욱 침착한 표정이었다.

그렇게 그들은 문밖에 서서 묘실 안에서 벌어지는 우스운 연극을 감상했다.

갑자기 소 가주가 미친 듯이 부러진 검을 휘두르며 외쳤다.

"다가오지 마! 본 가주가 경고하겠다! 빙핵의 힘은 우리 소씨 가문의 것이다! 나 소오가 영생을 얻을 것이다! 하하하……! 영생을 얻는 자, 모든 것을 주재한다……! 하하하……!"

그는 손안의 부러진 검을 보며 비할 데 없이 기뻐했다.

"빙핵의 힘, 영생의 힘……."

그는 웃고 또 웃다가, 갑자기 부러진 검을 들어 올리더니 제 복부를 향해 찔러 갔다!

목걸이, 갑자기 나타난

소 가주는 부러진 검을 제 배에 찔러 넣자마자 환상에서 깨어났다.

그러나 안타깝게도 늦었다.

그는 소 숙부와 기욱을 바라보다가 고개를 숙이고 제 배를 보았다. 그의 얼굴에 경악한 표정이 떠올랐다. 그리고 곧, 그 경악은 공포로 바뀌었다.

그가 소 숙부에게 손을 내밀며 말했다.

"사, 살려……."

그러나 말을 채 끝맺지 못하고 그대로 앞으로 쓰러지고 말았다. 바닥으로 쓰러지는 순간 검이 몸을 관통했다.

비연과 군구신은 소제성의 친아들이자 소씨 가문 가주인 소오가 이런 결말을 맞으리라고는 생각지 못했다. 동시에 이보다 더 사람의 분노를 풀어 줄 만큼 명쾌한 결말 또한 생각나지 않았다!

자신의 손에 죽다니! 환상 속에서, 야심 속에서! 우스꽝스럽고 서글픈 결말이지만 전혀 불쌍하지 않았다. 정말이지 벌을 받아 마땅한 자였으니까.

비연이 말했다.

"통쾌하네!"

소 숙부는 기욱을 방어하면서 소 가주의 시신을 바라보았다. 그의 얼굴에 의아한 표정이, 아니 심지어 공포심이 어리고 있었다. 자신의 심력이 충분하지 않아 환상에 빠졌다면 어떤 결과가 나타났을지 차마 상상할 수조차 없었다.

그는 마침내 기욱의 검을 사납게 쳐서 떨어뜨린 후 분노한 목소리로 외쳤다.

"기욱, 죽고 싶지 않다면 정신 차려라!"

기욱은 검을 놓치자 맨손으로 소 숙부에게 달려들었다.

"우리 할아버지는 대체 살아 계신 거야, 돌아가신 거야? 우리 할아버지 어디 있어? 말해! 빨리 말하란 말이다! 아니면 내가 널 죽여 버릴 테다!"

이 말을 들은 비연이 당황했고, 군구신도 의외라는 표정을 지었다.

기욱의 조부, 즉 기씨 가문의 선대 가주인 기연결은 사망한 지 오래였다! 10년 전 빙해에서 용오름이 있었을 때, 그의 몸은 용오름의 강력한 힘에 말려들어 갈기갈기 찢어지고 말았으니까.

그때 기씨 가문 사람은 아무도 그 자리에 없었다. 기욱이 상황을 알지 못할 만도 했다.

그러나 그가 소 숙부에게 이리 묻는다는 건 분명 무언가 숨겨진 비밀이 있기 때문일 것이다.

소 숙부의 놀라움은 비연과 군구신에 못지않았다. 그는 기욱이 내심 자신을 이 정도까지 믿지 못하는 줄은 몰랐던 것이다. 어쨌든 그는 비연과 군구신이 너무 많은 것을 듣게 하고 싶지 않아 재빨리 기욱의 말을 잘랐다.

"네 할아비는 죽은 지 오래다. 이 늙은이가 몇 번을 말해야 믿을 테냐? 제발 정신을 차리거라. 아니면 이 늙은이도 더는 예의를 차릴 수 없구나!"

이 말은 사실 비연과 군구신에게 들려주기 위한 것이었다. 소 숙부는 검을 든 손은 거두고 다른 손으로 기욱에게 장풍을 날렸다.

기욱이 석검 쪽으로 날아가 부딪쳤다.

그의 마음속에 소 숙부에 대한 얼마나 큰 적의가 숨어 있었던 건지, 그리고 이 순간 또 어떤 환상에 빠져 있었던 건지는 하늘만이 알 일이었다. 그는 여전히 환상에서 깨어나지 못하고 있었다.

기욱이 엉금엉금 일어나며 소리쳤다.

"우리 가문의 적령시가 어째서 네 손에 있느냐? 너는 대체 얼마나 알고 있는 게냐? 어째서 나를 돕는 거지! 대체 왜 나에게 너를 믿으라 하는 것이냐……."

비연과 군구신은 모두 긴장한 채 듣고 있었다. 그러나 기욱의 말을 다 듣기도 전에 군구신이 갑자기 몸을 돌리더니, 등 뒤 물 장벽을 보며 놀란 소리로 외쳤다.

"누군가 오고 있다! 그것도 아주 많이!"

비연도 깜짝 놀라 기욱이 무슨 말을 하는지 신경 쓸 겨를도 없이 다급하게 몸을 돌려 장벽 밖을 살펴보려 했다. 그러나 안타깝게도 아무것도 보이지 않았다.

물 장벽은 아주 두꺼웠고, 밖은 칠흑과 같은 어둠이었다. 묘실이 아무리 밝아도 밖까지 비출 수는 없었다. 오히려 바깥 어둠 속에서는 그들의 위치를 대강이나마 볼 수 있었다. 비연은 즉시 자신들이 밝은 곳에, 적들은 어두운 곳에 있어 더욱 위험하다는 사실을 인지했다!

그와 동시에 진묵과 망중이 군구신과 비연을 보호하기 시작했다.

그들도 주변의 움직임을 알아차린 것이다.

군구신의 판단이 옳았다.

물 장벽 밖에 누군가가 있었고, 그것도 아주 많았으며, 그들을 포위하려 하고 있었다.

옥인어족 병사는 여전히 곁에 서 있었는데, 주먹을 꽉 쥔 채 눈을 빛내고 있었다. 그가 손을 들려 하자 군구신이 그의 팔을 잡으며 차갑게 물었다.

"말해라. 어찌 된 일이냐?"

6층 묘실과 그 위에는 그들의 시위들이 지키고 있었고, 땅 위로 올라가면 능씨 가문의 세력이 지키고 있었다. 누군가가 위에서 그들과 싸우며 내려왔다면 한두 시진 안에 이곳까지 올 수 있었을 리 만무했다.

방어막 밖 저들은 분명 수로를 이용했을 테고, 수로를 이용했다면 인어족일 수밖에 없었다. 군구신은 수희를 구하러 온 원병들이리라 짐작하고 있었다.

"나, 나는…… 모릅니다, 몰라요……."

인어족 병사는 덜덜 떨며 감히 군구신과 눈도 맞추지 못하고 있었다. 그러나 갑자기 다른 손을 들더니 물 장벽을 사납게 내리쳤다.

묘실 안의 빛이 순식간에 수로 밖으로 쏟아지며 주변을 밝게 비췄다. 그리고 바깥의 형세를 똑똑히 보게 된 모두는 놀란 숨을 들이켤 수밖에 없었다.

물 장벽 주변이 온통 인어족으로 가득 차 있었다. 그들은 모두 인어족의 진정한 모습을 드러내고 있었다. 영롱한 검은 비늘을 번쩍이는 물고기의 꼬리에 건장한 인간의 상반신, 그러나 양팔에는 날카로운 지느러미가 달려 있었다. 두 귀는 정령처럼 뾰족하니 길었고, 얼굴은 모두 기이할 정도로 아름다웠다. 장검을 손에 들고 있는 그들은 물에 사는 정령 같기도 하고 물속의 군단 같기도 했다.

비연 일행이 성년 인어의 몸을 본 것은 처음이었다. 그러나 그들은 한눈에 이들이 흑인어 일족이라는 사실을 알아볼 수 있었다. 축운궁주 수하의 흑인어족!

비연이 놀란 비명을 질렀다.

"축운궁주가 우리를 발견한 걸까?"

군구신이 사납게 옥인어족 병사의 옷깃을 잡고 차갑게 말했다.

"장벽을 닫아라. 아니라면 수희 역시 좋은 결말을 보지 못할 것이다!"

그러나 이게 웬일일까. 옥인어족 병사가 갑자기 투명한 목걸이를 하나 들더니 외쳤다.

"형제들이여, 내 주인께서 뭍에 계시다! 어서 그분을 구해다오!"

커다란 눈물 모양 목걸이는 바다처럼 푸른빛이었다. 그 투명하니 윤기가 도는 모습을 보면 무슨 보석인 것 같았고…… 남정석과 아주 비슷해 보였다.

비연과 군구신은 몹시 놀랐다.

그들은 하소만이 지니고 있던 목걸이를 본 적이 있었다. 그런데 옥인어족 병사가 지닌 이 목걸이는 모양으로 보나 재질로 보나 하소만의 것과 완전히 똑같아 보였다. 다만 하소만의 것보다 조금 컸을 뿐.

이 목걸이가 인어족의 상징물인 걸까? 인어족을 부를 수 있는 걸까? 하지만 수희에게 이 물건이 있었다면 어째서 이렇게 몰래 사용한 걸까?

군구신은 깊이 생각할 겨를이 없었다.

옥인어족 병사에게서 목걸이를 빼앗고는 그를 진묵에게로 밀쳐 내며 말했다.

"지켜라!"

그다음 군구신은 비연을 안고 묘실 안으로 달려갔다.

흑인어족 병사들이 어떻게 불려 왔는지는 알 수 없었지만, 그들이 온 이상 축운궁주도 곧 오게 될 것이다. 군구신은 축운궁주를 만나고 싶었지만 건명력을 장악하기 전에는 자제해야만 했다.

현재 가장 중요한 일은, 축운궁주가 그들을 찾아오기 전에 건명보검을 손에 넣는 것이었다!

군구신이 비연을 데리고 묘실 안으로 달려가고 있을 때 흑인 어족 병사들은 두 갈래로 나뉘었다. 그들 중 일부분은 6층 묘실을 향해 헤엄치고, 나머지 대부분의 병사들은 물 장벽을 깨고 안으로 들어오기 시작했다!

진묵은 바로 결단을 내리고 옥인어족 병사를 망중에게 밀쳤다.

"그를 감시해! 내가 지킬 테니!"

흑인어족 병사는 이 물 장벽을 통과할 방법이 없었다. 옥인 어족 병사의 능력에도 한계가 있어, 사람을 데리고 통과할 수 있을 뿐 장벽을 완전히 깨트릴 수는 없었다.

그러므로 진묵이 지금 해야 하는 일은, 깨진 장벽의 틈을 전력을 다해 지켜 비연과 군구신에게 시간을 벌어 주는 것이었다.

진묵은 원래 고요한 성격이었지만 이 순간에는 더 놀라울 정도로 조용해 보였다.

흑인어족 병사들이 쏟아져 들어오자 그는 홀로 여럿을 상대하며 격렬한 전투를 벌이기 시작했다.

망중이라고 한가롭게 있지만은 않았다. 그는 인어족 병사의 목을 조르며 외쳤다.

"말해! 대체 어찌 된 일인지. 아니면 네 비늘을 전부 벗겨 내버릴 테다!"

그러나 이미 일을 저지른 옥인어족 병사가 사정을 털어놓을

리 만무했다.

사실 그 목걸이는 그의 것이 아니었다. 소 숙부가 묘실로 들어가며 일부러 떨어뜨린 것이었다…….

멀리 꺼졌으면

현공대륙의 인어족은 모두 네 종족으로 이루어져 있었다. 혈통이 귀한 순서대로 열거하면 금인어, 은인어, 옥인어, 흑인어였다. 인어족이 죽을 때 남기는 교주 역시 혈통에 따라 달랐다.

사람들 모두 인어족의 교주는 당연히 금주, 은주, 옥주, 현주로 이루어져 있으리라 생각했다. 그러나 사실은 그렇지 않았다.

천 년 동안 경매장이며 암시장에 금주는 단 한 번도 나타난 적이 없었다. 그 이유는 금주가 모두 사라져 버렸기 때문이 아니라, 애초에 금주라는 것이 이 세상에 존재하지 않았기 때문이다.

금인어의 눈물은 집루라 했다. 금인어의 생명이 다해 갈 때 마음에 집념이 남아 있으면, 그가 흘리는 눈물이 집루가 되었다. 그리고 집념이 크면 클수록 집루에 깃든 힘이 더욱 커졌다.

물속에 들어가면 집루 속에 숨어 있던 힘이 특수한 음파를 일으켰는데, 이를 집루의 소리라고 했다. 이 소리는 인어족만이 들을 수 있었다.

금인어가 존귀한 존재였던 이유는, 인어족 그 누구라도 이 소리를 들으면 바로 집루가 있는 곳으로 모일 수밖에 없었기 때문이다.

방금 소 숙부가 집루를 떨어뜨렸다. 집루는 소리 없이 물 장벽에서 호수 안으로 떨어졌다. 옥인어족 병사는 바로 집루의 소리를 들을 수 있었다.

금인어족과 관련한 소식이 끊긴 지 천 년이 흘렀지만, 집루에 대한 경외심은 천성에 가까웠다. 게다가 옥인어족 병사는 소 숙부가 정말로 비연에게 투항하지 않았다는 사실을 알아차렸다.

그는 소 숙부가 어떻게 집루를 가지고 있었는지는 생각할 겨를이 없었다. 집루의 소리가 퍼져 나갈 때까지 잠시 기다렸다가, 그는 몰래 그것을 주워 들고 기회를 노리고 있었다.

이때, 옥인어족 병사는 망중에게 제압당해 있었고, 진묵은 홀로 적을 맞이하여 격렬하게 싸우고 있었다. 그리고 묘실 안에서는 비연과 군구신이 이미 제대에 올라가 있었다.

소 숙부는 기욱을 환상에서 깨운 뒤 끌어당겨 함께 석룡 옆에 섰다. 그리고 적령시를 가리고 군구신과 비연을 마주 보았다.

이 일을 시작한 사람으로서 소 숙부는 당연히 흑인어족이 왔다는 사실을 알고 있었다. 그러나 그는 아무것도 모르는 척하며 외쳤다.

"정왕 전하, 왕비마마! 바깥에 축운궁주가 온 것입니까?"

그는 일단 흑인어족 병사를 깨우면 축운궁주가 곧 도착하리라는 사실을 알고 있었다. 그럼 군구신을 무리 없이 제압할 수 있을 테고, 그는 기회를 보아 도망칠 수 있을 것이다.

유일하게 그의 계산에서 빗나간 것은 건명보검이 아무리 해도 발동되지 않고 있다는 것이었다. 그는 여전히 적령시가 건명보검을 발동시킬 수 있다 믿었기 때문에, 검대에서 한 걸음도 떠날 생각이 없었다.

소 숙부가 연극을 계속하는 걸 보고 비연과 군구신은 마음속으로 냉소를 흘렸다. 비록 그들은 그 눈물 형태의 남정석이 무엇인지 알지 못하긴 했지만, 흑인어족 병사들이 온 게 그 목걸이와 관계가 있다는 건 알 수 있었다.

옥인어족 병사가 흑인어족 병사들을 부를 능력이 있었다면 무엇 때문에 지금까지 기다렸겠는가? 이 일은 분명 소 숙부와 관련이 있었다!

소 숙부가 명백하게 시간을 끌고 있을 때 어울려 줄 생각이 없었다. 다만 마지막 연극만은 군구신도 소 숙부에게 어울려 줄 생각이었다.

군구신이 앞으로 한 걸음 나선 다음 말했다.

"물 장벽을 지키기만 하면 된다. 본 왕이 건명보검을 얻기 전에는 그 누구도 이곳에 들어올 생각을 하지 말아야 할 것이다."

소 숙부는 연신 고개를 끄덕였다.

"그렇습니다, 그렇고말고요. 흑인어족은 방어막을 통과하지 못하지요."

군구신이 다시 한 걸음 앞으로 걸어가 물었다.

"적령시가 건명검을 깨운다고 하지 않았는가? 어째서 아무 움직임도 없는 거지?"

소 숙부도 바보는 아니었다. 위험한 냄새를 맡은 그는 등 뒤에 감추고 있던, 적령시를 쥔 손에 힘을 주었다. 그리고 다른 한 손으로 군구신을 공격했다.

군구신은 망설이는 빛 없이 바로 후퇴해 비연 바로 앞까지 물러났다. 소 숙부는 무척 기뻐하며, 그 기회를 틈타 기욱을 검대에서 멀리 떨어진 제대 구석으로 밀어냈다.

소 숙부는 마침내 연기를 그만두고 냉소했다.

"정왕, 이 늙은이는 네가 영술을 한다는 사실을 알고 있다. 하하, 우리 내기할까? 네가 과연 이 늙은이의 손에서 열쇠를 빼앗을 수 있을지?"

소 숙부는 당연히 군구신의 추격에서 도망칠 수 없을 것이다. 그러나 힘을 겨룰 능력은 있었다. 군구신이 그의 손에서 물건을 빼앗을 가능성은 겨우 7할 정도밖에 되지 않았다.

소 숙부가 도전하듯 그를 바라보았다. 군구신이 제 미끼를 물기를, 그렇게 시간을 끌 수 있기를 바라면서.

군구신이 눈을 가늘게 떴다. 금방이라도 소 숙부를 덮쳐 올 것 같았지만 그는 미동조차 하지 않았다.

군구신이 무엇 때문에 소 숙부를 쫓아가겠는가? 그는 소 숙부가 적령시를 가지고 가능한 한 멀리 꺼져 주기를 바라고 있었다!

그가 지금부터 할 일은, 비연이 안심하고 건명보검을 발동시킬 수 있도록 그녀를 지키는 것이었다. 그들은 비연의 손에 있는 적령석이야말로 진품이라는 사실을 알고 있었다.

망중이 소 숙부의 적령시를 빼앗아 모조품을 만들자고 했을 때, 비연은 홀연히 깨달았다. 건명검이 열쇠로 발동되는 것이라면, 열쇠의 형태만 정확하다면 재질은 무엇이건 상관없어야 했다. 그러나 눈앞에 보이는 사실은 그와 달랐다.

비연은 건명검을 발동시키는 건 적령시가 아니라 적령석이라고 생각했다! 적령시의 존재는 천 년 전부터 내려온 음모에 지나지 않을 것이다.

그들이 전에 했던 추측이 옳았다. 묘실 벽화의 적령석이야말로 건명검을 발동시키는 열쇠인 것이다!

군구신은 소 숙부를 보고 있었지만 주변 역시 경계하고 있었다. 그가 나지막한 소리로 비연에게 말했다.

"내가 지킬 테니, 하려던 일을 하도록 해."

"응!"

비연은 군구신과 등을 맞댄 채 석룡을 바라보았다. 곧 열쇠 구멍을 찾아냈다. 그녀는 약왕정을 검대 위에 내려놓고 조용히 발동시켰다. 벽화에서 모은 적령석을 신화로 걸쭉해질 때까지 끓인 다음 열쇠 구멍에 쏟아부을 생각이었다.

적령시는 열성을 지녔기에, 일단 열을 가하자 약왕 신화까지 더욱더 뜨겁게 만들었다. 그와 동시에 빠른 속도로 걸쭉한 형태가 되어 가고 있었다. 그러나 이 과정에서 약왕정에서는 놀라울 정도의 열기가 쏟아져 나왔다. 비연조차 건드릴 수 없을 지경이었다.

군구신이 지켜 주고 있어 비연은 안심하고 약왕정에 정신을 집중할 수 있었다.

소 숙부와 기욱은 군구신이 움직이지 않는 걸 보고 의아해했다. 그들은 군구신과 비연에게는 적령시가 없으니 석검에 아무 행동도 할 수 없으리라 생각했다. 그러나 여전히 불안했다.

소 숙부가 다시 도전하듯 비웃기 시작했다.

"정왕 전하께서 졌다고 인정하시는 건 아니겠지? 하하! 정왕 전하께서 졌다고 인정하는 사람이었다니, 아무래도 이 늙은이가 그쪽을 너무 높이 평가했던 모양이야!"

군구신은 무표정한 얼굴로 아무 말도 하지 않았지만, 여전히 높은 곳에서 아랫사람을 보는 듯한 모습이었다. 냉철한 두 눈은 분노하지 않아도 위엄이 있어 보였고, 타인이 감히 침범할 수 없을 듯한 고귀한 느낌을 풍겼다. 소 숙부는 점점 더 불안해졌다.

이때 비연은 8품 신화를 소환하고 있었다. 약왕정이 점점 더 거대해지더니 옅은 붉은 빛을 내뿜기 시작했다.

소 숙부와 기욱은 마침내 뭔가 이상하다는 것을 깨달았다. 기욱이 저도 모르게 중얼거렸다.

"저게 대체 뭐지……?"

그의 말이 끝나자마자 비연이 다급하게 군구신을 밀어내고는 자신도 멀리 떨어졌다. 찰나의 순간, 약왕정에서 갑자기 불이 크게 일어나더니 모든 것을 덮어 버렸다.

그러나 그저 순간의 일이었을 뿐 불은 곧 줄어들었고, 약왕정도 아무 일 없었다는 듯 작게 변했다. 그저 비연과 군구신만이 공기 속에 따뜻한 기운이 남아 있는 것을 느낄 수 있을 뿐이었다.

그리고 이 순간, 소 숙부와 기욱은 눈을 휘둥그렇게 뜨고 있었다. 석룡의 열쇠 구멍에서 옅은 붉은 빛이 쏟아져 나오는 걸 본 것이다! 그 붉은 빛은 적령시의 색과 똑같아 보였다!

곧, 그 붉은 빛이 열쇠 구멍에서 흘러나오더니 석검의 모든 부분으로 뻗어 나갔다. 이게 어찌 된 일일까?

소 숙부가 자신의 적령시를 꺼내 보며 이해할 수 없다는 표정을 지었다!

설마, 이 적령시도 가짜란 말인가?

〈제왕연〉 12권에서 계속